De pers over G
moorden):

'Zinderende thriller.' **** *AD*

'Een mooie mix van gruwel en Hollandse "gewoonheid", onberispelijk en met veel vaart geschreven.' *VN detective- en thrillergids*

'Strak geschreven, in denderende vaart. De heldere, dan weer verwarde gedachten van de 19-jarige Kyra weerspiegelen knap het geoefende werkpatroon van rechercheur Mertens. Mooie omgevingsbeschrijvingen completeren de thriller.' *De Telegraaf*

'Nagelbijtend spannende thriller met buitenlandse allure. Ik kan niet wachten op de rest van de boeken in de reeks *De Noordzeemoorden*.' *Crimezone/Hebban*

'Deze titel biedt alles waar een thrillerliefhebber van houdt. Dit eerste deel is de perfecte binnenkomer en biedt alles om uit te kijken naar het vervolg.' *Vrouwenthrillers.nl*

'De cliffhanger die ervoor moet zorgen dat je ook het volgende deel gaat lezen is van een hoog niveau: het liefst zou je meteen doorlezen.' *Mustreads.nl*

'*IJskoud* is opnieuw een goed geschreven, spannend boek.' **** *AD*

'Isa Maron schrijft gedreven, maakt haar hoofdpersonen gedreven. Zó je in de belevingswereld van een kind te kunnen verplaatsen dwingt alle bewondering af.' *De Telegraaf* ****

Lees ook *Galgenveld* en *IJskoud* (deel 1 en 2 van *De Noordzeemoorden*):

Een serie raadselachtige moorden vol symboliek, een halsstarrige rechercheur, een iets te bemoeizuchtige eindexamenkandidate en een spoorloos verdwenen zus. De ingrediënten van *De Noordzeemoorden*, een knap geconstrueerde, vierdelige thrillerserie die de lezer meevoert van Amsterdam naar Texel, en verder op een tocht langs de kille Noordzee.

Galgenveld
Als Amsterdam-Noord wordt opgeschrikt door een gruwelijke moord is de negentienjarige Kyra Slagter als een van de eersten op de plaats delict. Tot grote ergernis van rechercheur Maud Mertens mengt ze zich in het recherchewerk en geeft ze ongewenst advies. Gaandeweg blijkt dat Kyra's suggesties toch wel heel nuttig zijn voor Mertens en dat de twee tegenpolen elkaars hulp goed kunnen gebruiken. In een wervelend samenspel tussen de jonge, scherpzinnige en soms overmoedige Kyra en de ervaren, bedachtzame rechercheur Mertens komen de gruwelijke daden van een maniakale moordenaar aan het licht.

IJskoud
Twee jonge kinderen verdwijnen op bijna hetzelfde moment. Hoewel de politie, onder leiding van Maud Mertens, met man en macht onderzoek doet, kan dat niet voorkomen dat er de volgende dagen meer kinderen ontvoerd worden. Voor Mertens vormen de verdwijningen een onwelkome herinnering aan een oude zaak waarin een jong meisje slachtoffer werd. Toch maakt dit juist dat ze verbeten achter de ontvoerders aan gaat.

Kyra Slagter weet wat het is als een familielid wordt weggerukt en je vol vragen achterblijft: ontvoerd, vermist, vermoord? De zaak spoort haar nog meer aan haar eigen vermiste zus te vinden: vier jaar geleden verdween Sarina, zonder spoor of bericht.

Isa Maron debuteerde met *Passiespel*, dat werd verkozen tot Beste Nederlandse Vrouwenthriller. De thrillers die volgden bevestigden haar talent. Met *De Noordzeemoorden* schaart ze zich definitief bij het rijtje van beste thrillerschrijfsters van Nederland.

isamaronwelkom

ISA MARON

THRILLER

RITUEEL

DE NOORDZEEMOORDEN - 3

the house of books

Eerste druk, november 2015
Tweede druk, maart 2018

Omslagontwerp: Loudmouth, Utrecht
Typografie: Studio Overamstel

ISBN 978 90 443 5306 8
ISBN 978 90 443 4816 3 (e-book)
NUR 305

www.thehouseofbooks.com
www.facebook.com/isamaron
www.overamstel.com

OVERAMSTEL
uitgevers

The House of Books is een imprint van Overamstel uitgevers bv

– 1 –

Klonk.

Ook dat nog. Simon blijft staan en tuurt naar de zwarte modder waarin hij de schep met een door frustratie gedreven woede heeft gestoken. Hij wacht af, zijn hart bonst in zijn oren en hij weet zeker dat hij een of andere ramp over zichzelf heeft afgeroepen, maar er zijn geen tekenen van de apocalyps – geen opspuitend water, geknetter, zelfs geen zacht gesis. Langzaam ademt hij uit. Met de achterkant van een ruwe werkhandschoen veegt hij langs zijn neus.

Hij staat in de tuin van een immens huis dat op een ruim stuk grond onder aan de Nieuwendammerdijk ligt, recht aan de jachthaven in een uitloper van het IJ in Amsterdam, afgezonderd van de rest van de wijk, alsof het zich niet wil inlaten met de buurt. Hij pakt het handvat weer beet en duwt nogmaals, maar krijgt de schep met geen mogelijkheid dieper de aarde in. Wat hier ook ligt, het zal de grond uit moeten als hij hier verder wil graven. Nog een meter of vier, dan is hij eindelijk klaar. Hij staat al uren in deze modderpoel om de nieuwe vijver wat breder te maken.

Voorzichtig wiebelt hij de houten steel van de schep heen en weer, trekt hem iets terug en duwt nog een keer. Tot nog toe was de aarde zacht en schoon als nieuwe kinderklei. Hij gaat op zijn hurken zitten, maar in de zwart glanzende modder is niets te zien. Misschien ligt er een steen. Of iets waardevols. Wie hier vroeger ook gewoond heeft, hij moet rijk geweest zijn, anders woon je niet in een huis met elf kamers, op een perceel van meer dan tweeduizend vierkante meter, in Amsterdam, aan de dijk, waar acteurs en politici in grote houten schippershuizen wonen en verderop, in de kleine arbeidershuisjes, de mensen die zich laven aan hun nabijheid.

Langzaam komt hij overeind.

'Als je klaar bent kun je de schep gewoon laten staan,' had Jelmer gezegd. 'Alleen dit stukkie nog en als d'r wat is moet je bellen.'

Jelmer praat altijd tegen hem alsof hij een idioot is, alleen maar omdat hij net klaar is met de therapie. De irritante vrees voor de buitenwereld was op zijn zestiende – vlak na het overlijden van zijn vader – ineens komen opzetten, maar nu, drie jaar later, had hij dat best aardig onder controle.

Hij kijkt op naar het huis, dat boven hem uittorent, en dan weer naar de straat. Niemand ziet hem hier. Hij slikt, ademt dan diep in en schept nog wat van de zwarte aarde weg.

Niet bang zijn. Niet toegeven.

Hij schrikt als hij iets donkerbruins ziet glimmen. Een automatische reactie op iets onverwachts. Met veel moeite overtuigt hij zichzelf ervan dat het niets engs kan zijn. Het voorwerp is rond en lijkt wel een voetbal. Zo'n leren, vintageding – alleen lijkt het leer versteend te zijn, alsof het zich in de loop van de tijd in deze schuilplaats heeft gehard tegen aanvallen van buitenaf. Geen schatkist, denkt hij en hij lacht zichzelf uit omdat hij toch enigszins teleurgesteld is. Je zult ook eens geluk hebben.

Met bonzend hart, maar toch ook nieuwsgierig, schept Simon meer aarde met zijn handen weg. Hij trekt zijn werkhandschoenen uit, want hij kan zijn vingers niet normaal bewegen in die stijve dingen. Zwarte, teerachtige modder plakt aan zijn handen en ineens ziet hij wat het is. Een schedel. Menselijk. De neusholte is met aarde gevuld en langs de grotendeels tandeloze bovenkaak glijdt in een pulserende beweging een grote roze regenwurm naar binnen. Hij ziet de aan elkaar gekoekte plukken haar, en de resten huid die tegen de zijkant van het hoofd geplakt zitten. Hij begint te hijgen. Korte, niet effectieve ademhalingen. Zijn hoofd tolt. Hij heeft hier de hele middag in een kerkhof staan graven.

– 2 –

'Er was geen spek.'

De vrouw trekt een frons in haar gerimpelde voorhoofd en zwaait haar dunne wijsvinger heen en weer.

'Niets!'

'Dat is vervelend, mama,' zegt Maud Mertens lijdzaam. Nog steeds verbaast ze zich over de eenzijdigheid van haar moeders wereld, die al een jaar of vijf niet veel groter is dan haar ontbijt. Daar zit ze met haar doorschijnende grijze haren en de smalle nek die te iel lijkt om het hoofd te dragen. Ze maakt een gorgelend geluid waarmee ze haar ongenoegen over het ontbijt benadrukt.

Roos kijkt Maud met rollende ogen aan en ze schudt zachtjes haar hoofd. Zij kent haar moeder alleen nog maar als mopperende dwaas. Dat ze tien jaar geleden dikke maatjes waren is haar puberdochter natuurlijk vergeten. Soms probeert Maud haar te herinneren aan die andere oma, die verstopt zit in de vrouw die ze geworden is, maar dan kijkt Roos haar aan met het typische ongeduld van een zeventienjarige, die ouderdom ziet als een ziekte die ze zelf nooit zal krijgen.

'Er was yoghurt,' zegt Mauds moeder met een van afkeuring vertrokken gezicht. 'Met allerlei smerige zoetigheid.'

Maud kijkt om zich heen. Lompe grenen stoelen staan aan even lompe tafels met kleine potjes plastic plantjes. Aan de muur hangt kunst die gemaakt is door de bewoners van het verzorgingshuis.

Haar telefoon gaat. Ze vist de mobiel uit haar jaszak en kijkt op het schermpje.

'Werk,' zegt ze bijna geluidloos tegen Roos en ze neemt het gesprek aan. Geconcentreerd luistert ze naar haar collega-rechercheur Niels Bingsten, terwijl haar dochter haar hoopvol aankijkt en haar moeder glazig door het raam naar buiten staart.

'Ik moet gaan,' zegt ze als ze ophangt.

Roos springt op, pakt de theekopjes en brengt ze naar het keukentje. Twee dames met hetzelfde gewatergolfde kapsel gluren angstig naar haar geheel in zwart geklede kind. Haar zware legerkistjes bonken op de grond. Sinds een week draagt ze een handvol fluorescerend blauwe strengen in het zwarte haar, misschien in een poging wat luchtigheid in haar verschijning te brengen, of misschien juist om de grimmigheid ervan te benadrukken. Wist ze het maar. Begreep ze het maar.

Haar moeder is gaan staan.

'Gaan we naar huis?' zegt ze. 'Eindelijk. Ik vind er hier niks aan.'

Maud kijkt haar aan en ziet de hoopvolle glans in haar ogen. Ze wendt haar blik af en kijkt naar haar moeders handen, die op de tafel rusten. Ze lijken op boomwortels die net boven de grond uit komen.

'Misschien is er morgen wel spek, oma,' zegt Roos terwijl ze haar grootmoeder omhelst. 'Zou dat niet fijn zijn?'

Maud buigt naar voren en kust de rimpelige wang. 'Ik moet gaan, mama. Werken. Ik zie je snel weer.'

'Als je maar voorzichtig doet, meisje.' Haar moeder glimlacht waterig en haar stem is ineens zachter dan die lange tijd is geweest. Langzaam laat ze zich weer op de stoel zakken. Ze speurt de tafel af en bij gebrek aan een theekop om zich aan vast te klampen trekt ze het plastic plantje naar zich toe.

'Dat gedoe over het ontbijt altijd,' zegt Roos schamper als ze met grote passen naar de passagiersdeur van de auto loopt.

Maud stapt in, snoert de gordel vast en start de auto. Zwijgend stelt ze de routeplanner in, ook al weet ze precies hoe ze moet rijden.

'Het is jammer dat je nooit in het café van opa en oma bent geweest,' zegt Maud. Ze kijkt naar de lange rij auto's voor het stoplicht en stuurt de trambaan op. Als het licht op groen springt is ze als eerste weg. 'Ze serveerden het beste ontbijt van de hele Dappermarkt. Iedereen kwam daar een goede start van de dag halen. Gebakken eieren. Met dikke witte boterhammen. En spek. Daar waren ze beroemd om, om het goede spek. Het beste spek van Amsterdam.'

Even is het stil in de auto.

'Wat is er eigenlijk aan de hand?' vraagt Roos. 'Waar gaan we naartoe?'

Maud haalt haar schouders op. 'In een tuin in Noord heeft iemand zijn schep in een halfvergaan hoofd gezet.'

*

'Waar spreken we af?' Kyra Slagter zet de luidspreker van haar telefoon aan en gaat rechtop zitten. Hoe meer afstand ze van haar tekentablet neemt, hoe beter het grijsblauwe vergezicht eruitziet. Vooral de branding is goed geworden. De schimmige figuur op het strand – de cape wappert in de wind, de steen op de staf fonkelt – zorgt voor mysterie en diepte. In de verte, op de mistige horizon, is een klein zeilschip te zien. Ze rekt zich uit.

'Oké,' zegt ze tegen Antoine. 'De Bierfabriek. Zeven uur. Tot straks.'

Shit, vijf uur al. Ze moet nog douchen, haar kleren in de droger gooien, de hond uitlaten.

Ze staat op, grist haar trui van de stoel en even blijft ze staan. Sarina lacht naar haar vanaf de achtersteven van een zeilboot, haar neus een beetje verbrand, plukken blond haar waaien om haar gezicht, Dave heeft zijn arm om haar heen geslagen. Ze moet gelukkig zijn geweest.

De foto is op de muur geprikt met een roze punaise die in een doos met schoolspullen zat die ze van oma kreeg toen ze naar de brugklas ging. Potloden in alle kleuren, roze plakband met rode hartjes, een roze etui met glimmertjes, zelfs roze paperclips. Dit schooljaar kreeg ze een retedure tekentablet, omdat ze ging studeren. Wat is dat voor een ding, zou Sarina vragen, waarom teken je niet gewoon op papier? Digitale kunst, DeviantArt, haar zus weet niet eens wat dat is. Zo lang is ze al weg.

Kyra houdt haar adem in. Ze hoort de klok die beneden hangt tikken.

Sorry.

Ineens vullen haar ogen zich en twee tranen rollen over haar wangen.

Misschien moet ze de foto's van de muur halen. En ook de kaart van de Noordzee met de stippellijnen van de route die Sarina heeft afgelegd met Dave, of alleen, of helemaal niet – ze weet het niet. Misschien moet ze de muur verven – de aantekeningen, de pijlen van mens naar feit naar plek, alles overschilderen.

Toen ze Grigor ontmoette, de vader van Dave, dacht ze dat de zoektocht naar haar zus in een stroomversnelling zou komen, maar in plaats daarvan is de hele zaak opnieuw in een stinkend stilstaand watertje veranderd. Ze doet haar oortjes in en zet de muziek aan. George Ezra zingt vrolijk dat ze hem overal de schuld van mag geven. *What you waiting for?* vraagt hij met zijn rauwe stem. Ja, denkt ze, waar wacht ik op?

Iets nieuws, een bericht, een doorbraak. Wat zegt het over Sarina als ze haar zoektocht opgeeft? Wat zegt het over haar? Wanneer slaat stoere koppigheid om in zielig vasthouden?

Kyra trekt haar trui hardhandig over haar hoofd en blaast de statisch geworden haren weg.

'Misschien moet je haar loslaten,' had Antoine van de week voorzichtig gezegd. *Get a life*, bedoelde hij en hij had gelijk.

*

Maud parkeert haar auto boven aan de dijk, op de hoek van een zijstraat, waar ze enorm in de weg staat. Het is een zonnige dag, de wind ruist zacht door het loof van de bomen en onder aan de dijk doen een paar spierwitte geitjes zich tegoed aan het volle gras en de tere witte klaver. Idyllisch, zou je kunnen denken, ware het niet dat er op een paar meter afstand een lijk in de tuin ligt.

'Je kunt niet mee,' zegt ze tegen Roos, die achter haar aan loopt.

Roos kijkt haar zwijgend aan.

'Het is een plaats delict,' voegt Maud toe als haar dochter blijft zwijgen.

'Ik wacht hier wel,' zegt Roos terwijl ze ontspannen tegen een stenen pilaar bij het toegangshek leunt. 'Als het te lang duurt loop ik straks wel naar huis.'

Maud knikt en draait zich om. In gedachten neemt ze de lijst door van punten die afgevinkt moeten worden. Onderzoek op de vindplaats, schouwarts, NFI, buurtonderzoek.

'Ligt er overduidelijk al een hele tijd,' zegt Niels Bingsten, die op haar af komt lopen. Het is een lange man, mager, en zijn armen en benen zwaaien langs zijn lijf alsof hij sneller wil gaan dan hij kan. Zijn gezicht draagt de sporen van zijn jarenlange rookverslaving, ook al is hij een paar maanden geleden gestopt.

'Jaren?' vraagt Maud als Niels naast haar staat. 'Of maanden?'

'Ik zou zeggen jaren,' zegt hij. 'Maar dat is gokken. Ze gaan nu beginnen met verder uitgraven.'

Maud knikt. Het woonhuis is gigantisch, een klassiek gebouw dat op een soort stenen verhoging staat. Aan de voorkant en de zijkanten ligt een smal terras waarlangs een laag gietijzeren hek staat. De witte spijlen en de boogjes staan goed in de verf.

'Wie woont hier?' vraagt ze.

'Het is recent verkocht. De nieuwe eigenaren hebben flink verbouwd en zijn er net ingetrokken. Het is die vent van tv, die Edward Narcing.'

'Wie?'

'Die survivalspecialist. Maakt allerlei tochten in onherbergzame gebieden en laat dan zien hoe je overleeft. Hij doet ook die campagne voor het Wereld Natuur Fonds.'

'O, die. Ik weet wie je bedoelt.'

'Hij zit in het buitenland en zijn vrouw is niet thuis.'

'Is ze onderweg?'

'We proberen nu via de alarmcentrale haar nummer op te sporen.'

'Zijn er geen kinderen?' vraagt Maud.

'Volgens mij hebben ze twee tieners, maar die zijn er ook niet.'

'En ze wonen hier pas? Wie woonde er voor die tijd?'

'Dat zijn ze op het bureau aan het uitzoeken.'

Maud loopt naar de tent en groet de collega's die daar aan het werk zijn.

'De tuinman heeft het lichaam gevonden,' informeert Niels haar. 'Een jonge vent, die van zijn baas nog een rand extra moest wegscheppen. Hij zit daar, op het trapje bij de deur.'

'Ik praat zo met hem,' zegt ze terwijl ze dichter bij de vindplaats gaat staan.

'Nog iets anders gevonden?' vraagt Niels aan de collega's in de witte plastic pakken. Zoals altijd hebben ze in wijde cirkels naar het hoofd toe gewerkt, de omgeving afspeurend naar alles wat maar een spoor of bewijs zou kunnen zijn, en ze zijn nu dicht bij het hoofd aan het werk.

'Niks,' antwoordt een van hen. Hij wijst naar de kuil. 'We gaan nu beginnen met het verder uitgraven.'

Maud hurkt om de gedeeltelijk blootgelegde schedel beter te kunnen zien. De menselijke resten zien er van deze kant redelijk gaaf uit, afgezien van een langwerpige barst, waarschijnlijk van de schep van de tuinman. Het hoofd ligt in een hoek van ongeveer vijfenveertig graden, met de kin op de borst – als je de rest van het lichaam zou kunnen zien. Van de onderkaak steekt maar een klein stukje boven de zwarte aarde uit. Dit hoofd heeft gepraat, gehuild, gelachen, zich over schoolwerk gebogen en zich zorgen gemaakt en nu liggen hier de resten van dit denkende, ademende mens. Ze staat op en loopt terug naar haar collega's. De forensisch rechercheurs moeten nu eerst hun werk doen, en straks de schouwarts. Eerst de jongen maar eens wat vragen stellen.

*

Bij de villa is iets aan de hand. Al maanden zijn ze daar aan het verbouwen, maar dit is anders. Kyra trekt Lot iets dichter naar zich toe en loopt over het bruggetje naar het gesloten toegangshek. Een meisje met zwartblauw haar en gothic kleding staat tegen een van de pilaren geleund. Ze tikt onafgebroken op haar mobiel. Lot kwispelt, maar het meisje reageert niet op de hond.

'Wat is er aan de hand?' vraagt Kyra.

Het meisje kijkt op. 'Een lijk in de tuin,' zegt ze.

'Een lijk?'

'Als in: een dood persoon, skelet, geraamte.' De donkerbruine ogen van het meisje kijken haar spottend aan. In haar rechteroorschelp draagt ze vier kleine ringen en haar ogen zijn donker opgemaakt. Veel ouder dan zestien, zeventien kan ze niet zijn. Kyra knikt. Hoe komt er in godsnaam een lijk in de tuin bij de familie Narcing? Dan trekt er een rilling door haar heen.

Nee.

Onmogelijk. Hoe kan Sarina op de Noordzee verdwijnen en dan hier in de tuin van een buurhuis opduiken? Dat kan echt niet.

Meteen pakt ze haar telefoon en belt Maud Mertens, maar die neemt niet op. Zal ze haar ouders bellen? Moeten zij dit weten? Mijn god, als het haar zus is, als...

Het kan niet. Ze weet zeker dat Sarina verdwenen is van een zeiljacht, ergens ten noorden van de Duitse Wadden, misschien in Denemarken.

Maar niks is onmogelijk. Milly Boele werd na haar vermissing ook in de tuin van een buurman gevonden. Een politieman nota bene, iemand van wie je al helemaal niet verwacht dat hij jonge meisjes doodt.

Ze moet Bas spreken. Ze pakt haar mobiel en stuurt hem een berichtje. *Waar ben je?* Hij antwoordt niet. De familie woont er nu een paar maanden. Bas heeft ook een hond en ze kent hem van het uitlaten. Zijn tweelingzus en zijn ouders heeft Kyra maar één keer gezien.

'Jij bent Kyra Slagter,' zegt het meisje ineens.

Kyra draait zich naar haar toe. 'Maar jou ken ik niet.'

'Ik ben Roos, de dochter van Maud Mertens,' zegt ze. 'Ik ken jou uit de verhalen van mijn moeder. Je woont hier toch vlakbij? En dat is toch de hond van jouw buurvrouwen?'

'Is je moeder hier?' reageert Kyra. Dus Maud praat thuis over haar. 'Ik wist niet dat Maud kinderen had. Ik moet haar onmiddellijk spreken.'

'Alleen mij,' zegt Roos. Ze houdt haar mobiel voor zich uit en neemt een paar foto's. 'Ze is daar aan het werk.'

Kyra probeert het hek te openen, maar dat is afgesloten. Ze kan eroverheen klimmen, maar dat ziet er zo wanhopig uit.

'Ik moet Maud spreken,' roept Kyra naar een politieagent die bij de garage staat. 'Maud Mertens!'

De man gebaart dat hij eraan komt.

'Is Maud daar?' vraagt Kyra aan het meisje. 'Dat weet je zeker?'

'Tuurlijk,' zegt ze zonder op te kijken. Weer staat ze een tijdje op haar telefoon te tikken en dan stopt ze het apparaat in haar jaszak.

'Is het een vrouw, dat lijk?' vraagt Kyra aan Roos.

'Geen idee.' Roos staart naar de werkzaamheden voor het huis. 'De tuinman is op een hoofd gestuit. Misschien moeten ze de rest nog uitgraven.'

Sarina met het lange blonde haar en het magere lijf. De zus die na elke toets huilde dat ze het helemaal verknald had, die op de tafel had staan dansen omdat ze haar diploma had gehaald en met een grijns van oor tot oor naar Texel vertrok voor een vakantie met vriendinnen en niet meer terugkwam.

Kyra's hartslag versnelt en nogmaals belt ze Maud, die nog steeds niet opneemt. Het lijkt zo logisch. Zo logisch als wat. Nee, doe normaal. Ze ademt diep in en probeert zichzelf te overtuigen van het feit dat het gevonden lichaam niet Sarina is. Sarina is ergens in Denemarken of in Zweden, Noorwegen of misschien ergens op de bodem van de Noordzee, niet in Amsterdam. Ze heeft genoeg aanwijzingen om te weten dat haar zus iets is overkomen, maar niet vlak bij huis.

'Saai, dat politiewerk,' zegt Roos. 'Ik sta hier nu al een kwartier en er gebeurt helemaal niets.'

'Iedereen denkt aan wilde achtervolgingen,' zegt Kyra. 'Maar in het echt is het vooral een speurtocht met veel denkwerk.' Urenlang is ze met klasgenoten in de weer geweest om sporen veilig te stellen. Zonder iets te verstoren bordjes neerzetten bij stukjes bewijsmateriaal. Eindeloze hoeveelheden foto's maken. Vingerafdrukken opsporen en documenteren. Alles vastleggen op papier en daarna digitaal administreren zodat de mensen die het bewijsmateriaal nodig hebben, het ook kunnen vinden op het moment dat dit nodig is. Recherchewerk heeft iets weg van het maken van een puzzel met duizend bloederige stukjes. Of meer.

'Ik heb gehoord dat je een opleiding doet om ook rechercheur te worden,' zegt Roos.

Kyra knikt. 'Ik heb het eerste jaar bijna afgerond.'

'En? Is het wat?'

'Wat ga jij doen na school?' Kyra kijkt Roos aan en probeert zich een beroep voor te stellen dat bij haar uiterlijk past. Uitsmijter misschien. Artiest in een tattooshop. Waar blijft Maud toch? Kyra zwaait naar de politieman bij de garage, die nog steeds met iemand aan de telefoon is. Hij gebaart dat hij haar begrijpt, maar blijft daar gewoon staan.

'Geen idee,' antwoordt Roos. 'Misschien de kunstacademie. Fotografie.'

'Cool.'

'Daar heb je mijn moeder,' zegt Roos als Maud Mertens bij de hoek van de villa verschijnt. Kyra wenkt haar met een urgentie waar ze hopelijk niet omheen kan. Maud trekt haar wenkbrauwen op en begint hun kant op te lopen. Kyra's telefoon piept en ze ziet dat Bas online is. Snel typt ze dat hij naar huis moet komen en zijn ouders moet bellen.

Wat is er dan? vraagt hij.

Bizarre vondst in jullie tuin, antwoordt Kyra. *Kom snel.*

'Kyra,' groet Maud haar. Dan wendt ze zich tot Roos. 'Ik ben hier nog wel even bezig,' zegt ze. 'Ik denk dat je beter naar huis kunt gaan.'

'Denk je dat...' stamelt Kyra. 'Zou het mogelijk zijn dat...'

'Ik weet het niet,' zegt Maud, die meteen begrijpt wat ze bedoelt. Ze opent het hek en laat Kyra binnen. 'Het lijkt me heel, heel onwaarschijnlijk,' vervolgt ze. 'Het spoor eindigt op Norderney. Hoe zou ze van daar naar hier gekomen zijn? En waarom? Waarom dan niet gewoon in Amsterdam toeslaan?'

Kyra zwijgt.

'Dat lijkt mij ook,' zegt Roos. 'Het is echt heel gek als dat je zus is.'

Maud kijkt haar aan, duidelijk verward over wat ze met de steun van haar dochter aan moet.

'Ik moet de familie spreken,' zegt Maud. 'Maar er is niemand thuis. Ik heb de voicemail van mevrouw ingesproken, maar nog geen reactie gekregen. Die man zit in het buitenland, begrijp ik. Ken jij hen?'

'Ik heb net de zoon een berichtje gestuurd,' zegt Kyra en ze kijkt op haar telefoon. 'Bas heet hij. Hij is onderweg.'

Maud lacht. 'Ik had het kunnen weten,' zegt ze hoofdschuddend. 'Waarom heb ik je niet meteen gebeld?'

Kyra haalt haar schouders op. Lot trekt ongedurig aan de lijn. Ze kan haar beter even naar huis gaan brengen.

'Nou, dan ga ik maar.' Roos kijkt haar moeder chagrijnig aan. Ze haalt haar telefoon weer tevoorschijn.

'Tot straks,' zegt Maud. 'Vertel jij aan papa dat ik aan het werk ben?'

'Dat weet hij ook wel zonder dat ik het zeg,' antwoordt Roos. Ze zwaait een kleine rugzak over haar schouder en loopt weg.

'Het is best oké,' roept Kyra haar na. 'Voor een opleiding.'

Roos kijkt grijzend om, steekt haar hand op en loopt zonder nog naar haar moeder te kijken weg.

*

'Maud?'

De schouwarts roept haar en Maud gebaart dat ze eraan komt.

'Wat weet je van de familie?' vraagt ze aan Kyra.

'Ik breng de hond even weg,' zegt Kyra. 'Dan kom ik zo terug om je te vertellen wat ik weet.'

'Goed,' zegt Maud.

Kyra draait zich om en rent weg, de hond aansporend om netjes naast haar te blijven.

Maud kijkt haar na. Natuurlijk is Kyra hier. Die duikt altijd op als je haar niet verwacht. Aan de andere kant is het wel logisch, want ze woont een paar huizen verderop aan de dijk. De gedachte dat het lichaam van Sarina kon zijn is zo gek niet. Zelf heeft ze er ook aan gedacht, maar ze had de mogelijkheid snel verworpen. Er is heel duidelijk bewijs dat het meisje ver weg van deze plek verdwenen is, in het gezelschap van mensen die helemaal niets met de familie Narcing te maken hebben. Ze loopt terug naar de witte tent en meldt zich bij de schouwarts.

'Ik moet je teleurstellen,' zegt hij. 'Of misschien ook niet.'

'Vertel.'

'Er is geen lichaam. Hier ligt alleen een hoofd.'

– 3 –

Hij is gekomen om het af te ronden. Al maanden ziet hij uit naar deze dagen. Hoogtepunt van het jaar. Eerst teert hij op de vorige, dan fantaseert hij over de volgende.

Rustig loopt hij de trap af. Hij werpt geen blik op de wijnkelder achter de glazen deur, maar opent de verstevigde en zo goed als onzichtbare poort recht voor hem door een code in te toetsen op het bedieningspaneel van de klimaatbeheersing, die niet alleen voor de wijn is aangelegd. Met een zachte klik schiet het slot los en dan zwaait de dikke ijzeren deur geluidloos naar binnen. Als hij de ruimte binnenloopt gaat een zachtgeel licht branden, dat langzaam aanzwelt en helderder wordt.

De kamer is vierkant, smetteloos schoon en helemaal glimmend wit geschilderd. Meteen loopt hij door naar de linkerhoek en daar blijft hij staan. Hij kleedt zich uit, vouwt zijn kleding zorgvuldig op en legt die op een smalle tafel die langs de muur staat. Dan loopt hij terug naar zijn hoek, richt zich tot zijn heiligdom en hij blijft staan. Als in trance. Onbeweeglijk.

Na een paar minuten spreidt hij zijn armen tot schouderhoogte, handpalmen vooruit, vingers gespreid, en hij ademt een paar keer diep in. Hij trilt, kreunt, voelt het leven door zijn lichaam razen. Dit is zijn bestemming, de reden waarom hij leeft. Nog leeft. Weer leeft.

Hij voelt dat ze er zijn, dat hij het centrum is, de blikvanger. Het trillen wordt heviger, maar hij dwingt zichzelf om te blijven staan, zijn handen niet te gebruiken. Wel spant hij zijn bilspieren aan, duwt zijn heupen ritmisch naar voren, tot hij zijn hoofd in zijn nek legt, alle spanning uit hem vloeit, en hij de diepste zucht sinds lange tijd slaakt.

Dan kleedt hij zich weer aan, maakt de grond goed schoon en loopt naar boven.

Hij stapt in de auto, laat die achter in zijn garage in de stad, om vervolgens te voet naar het centrum te gaan.

De Dam is altijd een voortreffelijk beginpunt. Hier neemt de spanning weer toe, net als zijn hartslag, het tempo van zijn ademhaling, zijn geilheid. Soms voelt hij zelfs even die speldenprikken op zijn huid, die zich alleen maar manifesteren bij het besef dat het ook mis kan gaan, dat hij een fatale fout zou kunnen maken, de afgrond in kan storten omdat het koord te smal is, of te slap, en hij – vanzelfsprekend – niet gezekerd is. Wat heeft het voor zin dit soort dingen te doen als je geen risico loopt?

Het lijkt alsof hij ontspannen slentert, maar in werkelijkheid is hij op zijn hoede, staan al zijn zintuigen op scherp. Zijn hele lijf is klaar om in een fractie van een seconde aan te spannen, toe te slaan. Hier op de grote cirkelvormige treden rond de hoge pyloon, met zijn beelden van wanhoop en ellende, omarmd door de gedenkmuur, zitten er genoeg.

Aarde, door het offer gewijd...

Hij kijkt niet naar de in steen gebeitelde woorden, niet naar de urnen met aarde, maar richt zijn blik op de meisjes om zich heen. Wat hem niet interesseert registreert hij amper. Een blonde op twee uur. Te dik. Een andere recht voor hem. Interessant. Ze lacht. Haar gepiep is teleurstellend en hij loopt door. Na een halfuur loopt hij naar de tramrails, kijkt om zich heen en steekt over naar de andere kant van het plein. Voor het paleis staan talloze groepjes toeristen. Geen haast, hij heeft geen haast, sterker nog, het is het spel, de jacht, het onverwachte en onzichtbare gevaar dat in hem huist dat hem genot brengt. Daar, die – die lange daar. Hij komt iets dichterbij en glimlacht naar het meisje als ze met een sierlijk gebaar een lok haar achter haar oor veegt.

Een grote vent met spierballen waarmee hij zijn onzekerheid probeert te verhullen, kijkt hem achterdochtig aan en langzaam loopt hij door. Van een afstandje bestudeert hij het meisje uitvoerig en hoe langer hij kijkt, hoe sterker zijn ogen zich verankeren aan haar gezicht, hoe vuriger zijn gedachten over haar zijn en hoe harder zijn fantasie met hem op de loop gaat. Fantastisch. Het zou fantastisch zijn met haar.

– 4 –

'Maar waar is het lichaam dan?' Niels Bingsten staat wijdbeens voor de schouwarts, de armen over elkaar geslagen, en kijkt de man aan alsof hij er persoonlijk voor verantwoordelijk is dat er alleen maar een hoofd in de tuin ligt, en geen compleet lijk.

'We moeten verder graven,' zegt een van de mannen in het wit tegen Maud. Zijn voorhoofd is vochtig van het zweet. 'Waarschijnlijk ligt het op een andere plaats in de tuin.' De onderzoeker wijst naar de vindplaats. 'We beginnen met dat hele gedeelte voor het huis.'

Maud knikt. Ze weet dat het geen zin heeft om te vragen hoelang ze bezig zullen zijn.

'Hoelang ligt het hoofd daar al, denk je?' Maud richt zich opnieuw tot de schouwarts, een kleine Indische man met een ernstige blik.

Hij haalt zijn schouders op. 'Een tijdje,' zegt hij aarzelend. 'Zo op het eerste gezicht zou ik denken: een jaar of twee. Maar je weet hoe dat gaat met die dingen. Het is hier vrij vochtig, de grond rijk aan leven. Dat kan aan de ene kant zorgen voor een snellere ontbinding en afbraak. Aan de andere kant zorgt de veenachtige grond soms juist voor betere conservering van bepaalde delen van het lijk. Zoals je ziet is er nog redelijk wat huid hier aan de zijkant.'

'Een hoofd in goede conditie,' zegt Niels. 'Door een langdurig modderbad.'

'Ik kan nog geen leeftijd koppelen aan het slachtoffer,' vervolgt de arts, de opmerking van Niels negerend. 'In elk geval vermoed ik dat de schedel van een vrouw is, alhoewel ik dat nu ook nog niet zeker weet. Het hoofdhaar is in elk geval lang.'

'Laten we voorlopig nog geen conclusies trekken,' onderbreekt Maud hem.

'Mocht het je interesseren,' zegt de schouwarts koel. 'Om de hals van het slachtoffer – of wat daarvan over is – bevindt zich een stuk touw.'

'Verwurging,' zegt Maud.

'Wellicht.' De schouwarts kijkt Maud met een hautaine grijns aan. 'Laten we niet te snel oordelen.'

Niels gniffelt en Maud zucht zo onmerkbaar mogelijk. Wel blijven opletten. Het is vrijdagmiddag en eigenlijk had ze al met een biertje in de tuin willen zitten. Ze moet niet vergeten om straks Edwin te bellen. Hij is vast al aan het koken.

De technisch rechercheurs beginnen met het afzetten van het grotere gebied waarin gegraven zal worden.

'Wat doen we?' vraagt Niels als ze teruglopen naar de oprit voor de garage, zodat ze niet in de weg lopen.

'Ik wil de bewoners spreken,' antwoordt Maud. 'Heeft die alarmcentrale al contact gehad? Bel jij het bureau eens om te vragen of ze al weten wie de vorige eigenaar van het huis is.' Ze wijst met haar hoofd naar het toegangshek. 'Dan maak ik even een praatje met Kyra, die schijnt de huidige eigenaren te kennen.'

'Kyra Slagter,' zegt Niels als hij de jonge vrouw aan ziet komen lopen. 'Krijg nou wat.'

'Bas Narcing komt eraan,' zegt Kyra tegen Maud. Licht hijgend loopt ze door de poort. 'Hij fietst nu hierheen. Zijn moeder is ook onderweg.'

'Wat weet je van hen?'

Ze vertelt dat er maandenlang verbouwd is aan het huis.

'De enige die ik een beetje ken is Bas,' gaat Kyra verder. Het lijkt erop dat ze het idee dat het hoofd van Sarina zou kunnen zijn van zich af heeft gezet.

'Hij is veertien,' vervolgt het meisje. 'Heeft een tweelingzus, Jacomien. Van zijn vader heb ik alleen een keer een glimp opgevangen en zijn moeder, Claire, heb ik een keer de hand geschud, maar dat is het dan. Die mensen zijn volgens mij altijd weg. Vader voor zijn televisieprogramma's en presentatieklussen en moeder heeft een online designmodewinkel waarvoor ze vaak op pad is, ook in het buitenland.'

‘En de kinderen?’

‘Op school, sport, bijles – dat soort dingen.’

‘Ik bedoel als de ouders weg zijn.’

‘O, die zijn gewoon alleen thuis. Het zijn geen baby’s meer.’

‘Veertien, zei je toch?’

‘Vroeger hadden ze au-pairs. Twee zelfs, tegelijkertijd. Bas zei dat-ie de hemel dankt dat-ie van ze af is.’

Een moment staren ze allebei naar het graafwerk in de tuin. Niels komt weer teruglopen en aan zijn hele houding is te zien dat hij nieuws heeft.

‘Het huis was eerder van Ina Demsterwold,’ zegt hij buiten adem. ‘De weduwe van Ruud Demsterwold.’

‘Dat had ik je ook kunnen vertellen,’ zegt Kyra, maar Niels en Maud negeren haar.

‘Demsterwold?’ vraagt Maud met grote ogen. ‘Je bedoelt... Jezus, maar... Die woonde toch in Den Haag?’

‘Dat dacht ik ook, maar zijn vrouw en kinderen woonden hier. Dit was het gezinshuis, dat appartement was een...’

Snel maakt Maud een gebaar om aan te geven dat hij verder niets moet zeggen, niet met Kyra Luistervink in de buurt. Jezus, Demsterwold betrokken bij deze zaak. Een publieke figuur met een behoorlijk besmet blazoen. Iemand over wie Niels zo zijn eigen idee heeft omdat ze zijn naam al eerder in een zaak zijn tegengekomen.

‘Allejezus,’ zegt Niels en hij loopt de andere kant op, maar komt onmiddellijk weer terug. ‘Maud, je weet wat dit betekent... Allejezus.’

‘Nog even niet, Niels.’

Geen toestanden nu. Niet hier, en plein public. Rustig blijven. Dat hoofd ligt er nog niet zo lang en Demsterwold is een jaar of twee, drie geleden overleden. Misschien heeft hij er helemaal niks mee te maken.

Onrustig loopt Niels in de richting van de vindplaats, om dan weer terug te komen. Hij haalt diep adem. ‘Dat wordt... interessant...’ zegt hij uiteindelijk. ‘Je hebt gelijk. We hebben het er zo wel over.’

‘Inderdaad,’ zegt Maud en in haar herinnering weergalmt een

vrouwenstem: *Zóveel blauwe plekken had ze nou ook weer niet.*

'Eén stap tegelijk,' zegt ze tegen zichzelf en tegen Niels. 'Eerst de feiten, alleen de feiten. Laten we ons focussen op wat we nu aan gegevens hebben.'

Ze loopt weg van Niels en Kyra. 'Ik bel even een paar mensen,' roept ze achterom. 'Ben zo terug.'

Ze moet nadenken over hoe ze dit moet gaan aanpakken. Niels in het gareel houden. De pers op afstand. De hoge heren uit haar nek. Dit is een tijd om alles goed te doen, perfecter dan perfect. Ze belt haar baas, Erik Tijssen, laat een boodschap achter over in wiens tuin ze staat en waarom, hangt op en loopt terug. Hij krijgt het bericht ook via andere kanalen, maar ze kan hem maar beter ook zelf op de hoogte houden.

'Hoelang heeft de familie Demsterwold hier gewoond?' vraagt Maud aan Niels als ze terugloopt. Ze begint langs de gevel van het huis te lopen en probeert zich een voorstelling van de indeling te maken.

'Dat hoofd moet begraven zijn in de periode dat zij hier woonden,' antwoordt hij. Nog steeds opgewonden loopt hij met haar mee.

'Kyra,' zegt Maud. 'Wij moeten ons werk kunnen doen, dus misschien kun jij...' Weggaan, wil ze zeggen, maar ze wacht af tot Kyra het begrijpt.

'Ik wil die Narcings spreken,' zegt Maud. 'Ik wil meer weten van de Demsterwolds, meer weten van het huis.'

'Van een heleboel dingen,' zegt Niels met opeengeklemde kaken. 'Van een heleboel mensen.'

Kyra is gewoon blijven staan en ergens kan Maud daar wel om lachen. Ze is nog net zo brutaal en vasthoudend als een jaar geleden – toen ze als een van de eersten ter plekke was bij het lijk van Marc Gaullier – en net zo nieuwsgierig naar het recherchewerk, maar tegelijk, godzijdank, een stuk rustiger en verstandiger. Ze zal straks wel weer naar het onderzoek naar de verdwijning van haar zus vragen.

'Kyra,' zegt ze. 'Je moet nu echt gaan.'

De jonge vrouw ademt in om iets te zeggen, maar wordt onderbroken door een van de collega's.

'Maud!'

Een van de witte plastic pakken wenkt haar. Snel loopt ze terug naar de voorkant van het huis, waar het graafwerk wordt verricht.

'Nog een hoofd,' zegt de schouwarts en hij wijst naar een schedel op een ruime meter van de eerdere vindplaats.

– 5 –

Vorig jaar december

Ze hebben afgesproken in Stork, het visrestaurant aan het IJ. Intiem genoeg om een goed gesprek te kunnen hebben en groot genoeg om voldoende apart van de andere gasten te kunnen zitten. Ze zitten aan een ruime tafel, Kyra, Jarno, haar ouders en de vader van Dave, die uit de Verenigde Staten is overgekomen.

'We weten niet op welke dag Dave precies vermist is geraakt,' zegt de man nadat hij een slok heeft genomen van zijn water. 'Maar nadat we ruim een week hadden geprobeerd hem te bereiken, besloten we dat er iets mis moest zijn.'

Hij spreekt Amerikaans met een licht Slavisch accent. Het is een lange, atletisch gebouwde man en bijzonder knap, hoewel zijn gezicht en houding sporen verraden van een zwaar leven en vooral van zorgen. Hij heeft verteld dat hij al veertig jaar in Amerika woont, succesvol is met zijn beveiligingsbedrijf – hij legt installaties aan bij de *rich and famous* –, maar dat hij zich sinds de verdwijning van Dave niet meer goed kan concentreren op het werk.

'Die eerste weken heb ik bijna vierentwintig uur per dag naar hem gezocht,' zegt Grigor Kowzinsky. 'Ik vloog met mijn vrouw naar Duitsland en we zochten op Norderney omdat hij had gezegd dat hij daarnaartoe ging. We volgden het spoor naar Nederland en daarna naar Denemarken, maar daar liep het dood. Mobieltjes, radiocontact, post, er was niets meer. De boot zou die zomer in onze werkplaats in Monaco voorzien worden van alle elektronica, een antidiefstalsysteem, volgsysteem, dat soort dingen. Ik werd verteerd door de gedachte dat mijn eigen apparatuur ons had kunnen helpen.'

Iedereen is even stil.

'En toen was daar ineens het bericht dat hij gevonden was. Alleen hij, niet de boot.' Even zwijgt Daves vader en hij kijkt Kyra's moeder aan. Het verdriet ligt dicht onder de oppervlakte. Kyra ziet haar moeder vechten tegen haar tranen.

'Na de begrafenis heb ik me op de zoektocht naar de boot geconcentreerd,' vervolgt Grigor. 'Ik heb contact laten opnemen met alle havens waar hij geweest kon zijn. We stuurden een omschrijving en foto van het schip, en van Dave natuurlijk, en we loofden een beloning uit voor de gouden tip. We denken dat het schip in ieder geval in Zweden en Noorwegen heeft aangemeerd, maar we gaan er ook van uit dat Dave toen al niet meer aan boord was.'

De man pakt zijn tas en haalt een paar foto's tevoorschijn die hij omgekeerd op tafel legt. Zijn grote handen legt hij erbovenop.

'Ik wist niets van jullie dochter,' zegt hij schor. 'Dave had me niet verteld dat hij een passagier aan boord had. Het is niets voor Dave om iemand mee te nemen en ons daar niets over te vertellen. Dat heeft hij nooit eerder gedaan. Althans, voor zover ik weet. Ik weet zo langzamerhand niet meer wat de waarheid is. Ik heb iets heel belangrijks over het hoofd gezien, een signaal gemist, iets wat ik als vader...'

'Die vragen hebben wij ons ook gesteld, Grigor,' onderbreekt Kyra's moeder hem met zachte stem. 'Wat er gebeurd is... Je valt, je blijft vallen, maar je komt nergens terecht. Sinds Sarina weg is...' Ze zwijgt en neemt een slok van haar koffie. 'Maar wat ik weet is dit: ook wij kunnen eigenlijk nog steeds niet geloven dat Sarina zomaar met jouw zoon is meegegaan. Zonder iets tegen ons te zeggen. Dus dan kunnen er twee dingen aan de hand zijn. Of allebei onze kinderen waren heel andere mensen dan we dachten. Ze hadden een geheim leven. Jouw kind en mijn kind. En op de een of andere manier zijn die twee leugenaars elkaar tegengekomen en er samen vandoor gegaan, met welke bedoeling dan ook. Dat kan. Alles kan. Maar zou het ook niet kunnen zijn dat onze kinderen zijn overvallen door een emotie die groter was dan henzelf, die hen heeft meegesleurd in een angstaanjagende, maar heerlijke stroom? Ze konden geen weerstand bieden. Niet tegen elkaar, niet tegen de emotie, niet tegen het lot.'

'Liefde,' fluistert de vader van Dave. Hij schudt zijn hoofd en schraapt zijn keel. 'Maar dat verklaart nog niet waarom mijn zoon dood is en jouw dochter nog steeds vermist.'

Hij draait de bovenste foto om.

'Het schip heette Den Schuymer. Omdat wij het amper konden uitspreken wilden we het een nieuwe naam geven.' De grote man met de brede handen lacht weemoedig. 'Maar ook daar waren we nog niet aan toegekomen. Ik kocht vaker schepen. Klassieke jachten die ik liet restaureren. Soms verkocht ik ze door. Soms hield ik er een. Nu vaar ik niet meer.'

Hij laat de foto rondgaan en Kyra staart naar een slank, wit schip, dat schuin in de golven hangt.

'Het was twaalf meter lang en had drie hutten, een in de punt en twee in de achterkajuit.'

Hij geeft meer details, over de snelheid, het bouwjaar, de ontwerper en de vorige eigenaars, maar Kyra hoort het amper. Dus dit is het schip waarmee haar zus had willen vertrekken. Hier heeft ze op gewoond, in elk geval een paar dagen, maar het plan was een paar maanden, met Dave, de liefde van haar leven, totdat iets of iemand haar droom ruw verstoorde.

'Waar is het nu?' vraagt Kyra.

'Verkocht,' zegt Grigor. 'Aan een Fransman. Waarschijnlijk ligt het ergens in de Middellandse Zee. Twee jaar na het overlijden van Dave ontvingen we bericht dat het in Noorwegen lag, in een haven in een fjord. Er was voor twee jaar vooruitbetaald, cash. Pas toen opnieuw betaald moest worden begonnen ze de zoektocht naar de eigenaar.'

'Er waren zeker geen sporen meer aan boord?' vraagt Kyra.

Grigor schudt zijn hoofd. 'Niks,' zegt hij. 'We hebben het met een stofkam uitgeplozen en daarna nog een keer ondersteboven gekeerd, maar we hebben niets gevonden wat ook maar de kleinste aanwijzing gaf.'

'Haren?' vraagt Kyra. 'Huidschilfers? Een spatje bloed?'

Er moet toch iets zijn geweest.

'Niets bruikbaars. Geloof me.'

Grigor draait de volgende foto van de stapel om. Een stralende Sarina en een breedlachende Dave kijken in de lens.

– 6 –

'Dit verandert de zaak,' zegt Niels. Hij schudt zijn hoofd. Maud weet maar al te goed hoe verbitterd hij over Demsterwold kan zijn, maar nu lijkt hij vooral onthutst. Jaren geleden had hij de politicus verdacht van betrokkenheid bij de moord op een klein meisje dat in stukken, verspreid door het hele land, teruggevonden werd. *Zóveel blauwe plekken had ze nou ook weer niet...* Zelf staarde ze zich blind op de ouders, de moeder met name. Was het niet haar taak om haar dochter te beschermen? Of dat nou tegen de stiefvader was, of tegen wie dan ook... Toch was een verband met een netwerk – met of zonder Demsterwold – dat het meisje misbruikt zou hebben nooit aangetoond en de verdenkingen hadden naar Mauds smaak veel te veel weg van een hysterische complottheorie.

'We zullen de hele tuin moeten afgraven,' zegt Maud. 'Wie weet wat er nog meer ligt.'

Voor het huis ligt een flink stuk gras, maar ook om het huis heen liggen groene lappen, keurig onderhouden. Maud staart naar de potten met buxusbollen die naast de garage staan, de bloeiende seringen en de groenstrook met eendjes. Tweeduizend vierkante meter overhoopgooien op zoek naar lichaamsdelen... Daar gaat weer een weekend dat ze eigenlijk aan haar gezin had beloofd...

'Zie je dat het Sarina niet kan zijn,' zegt Maud zo stellig mogelijk. Op de een of andere manier heeft ze steeds de neiging om Kyra gerust te stellen. 'Als het nou een enkel lichaam was,' vervolgt ze. 'Maar twee... Haar verdwijning is nooit in verband gebracht met een andere zaak. Alleen met de dood van Dave, en zijn lichaam is gevonden... En dan nog...'

Kyra zwijgt een tijdje. Het is een knappe meid met een open, vrolijk gezicht. Toch heeft Maud in het afgelopen jaar ook haar sombere en halsstarrige kant leren kennen. Ze ziet er bleek en gespannen uit.

'Ah, Bas!' roept Kyra naar een donkerblonde jongen die gehaast aan komt fietsen. Hij zet zijn fiets tegen de garage en loopt met grote passen op Maud en Kyra af. Een sympathiek jong, dat zie je zo. Groot voor zijn leeftijd, en gespierd, maar nog met de licht voorovergebogen houding van de puber die zich nog ongemakkelijk voelt met zijn nieuwe postuur. Hij heeft een vriendelijke blik en glimlacht een beetje verlegen naar Kyra.

'Wat is er gebeurd?' vraagt hij opgewonden.

'Cadeautje van de vorige eigenaar,' zegt Kyra en als Maud haar geïrriteerd aankijkt vervolgt ze snel: 'Zou ik denken, of misschien van die daarvoor, of zomaar iemand...'

'Wat hebben jullie allemaal gevonden?' vraagt de jongen aan Maud. 'Sorry.' Hij steekt zijn hand uit. 'Ik ben Bas Narcing.'

'Ik kan je geen details geven,' antwoordt Maud terwijl ze hem de hand schudt. 'Maar we hebben menselijke lichaamsdelen in jullie tuin gevonden.'

'Ik had al gezegd dat het een schedel was,' zegt Kyra zacht. 'Toen ik hem vroeg naar huis te komen.'

Maud knikt zwijgend. Ze moet Kyra nu echt wegsturen. Als er iets is wat in de wereld van politie en recherche absoluut verboden is dan is het informatie op straat gooien.

'Ik hoop dat je beseft hoe gevoelig dit soort informatie is,' zegt ze kortaf.

'Natuurlijk,' antwoordt Kyra. 'Ik dacht alleen...'

'Dit gaat mijn moeder niet leuk vinden,' zegt Bas met een mengeling van plezier en angst. 'Echt helemaal niet leuk.'

'Als je het over de duvel hebt...' Niels wijst naar een lange, magere vrouw op stiletto's die met benen van minstens twee meter hun kant op vliegt.

'Wát gebeurt híér,' roept ze. 'Wát zijn jullie in gódsnaam aan het dóén!'

Ineens herkent Maud haar. Ze speelt in een reclamespotje voor een tandpastamerk of een of andere elektrische tandenborstel. Misschien heeft Claire Narcing bij het filmen van die commercial geleerd om bepaalde woorden in een zin zo overdreven te benadrukken. Met een brandende blik in haar ogen blijft de vrouw voor haar staan.

'Mevrouw Narcing?' vraagt Maud.

'Natuurlijk,' zegt de vrouw. 'En wát is hier aan de hand?'

'Uw tuinman heeft tijdens zijn werkzaamheden menselijke resten aangetroffen,' zegt Maud zo neutraal mogelijk. 'Dat vraagt vanzelfsprekend om nader onderzoek.'

'U kunt toch niet zonder overleg mijn hele tuin vernielen!'

'We hebben veel moeite gedaan om u of uw man te bereiken,' zegt Maud rustig. 'Maar u zult begrijpen dat we niet hebben kunnen wachten tot een van u reageerde.' Ze slikt het woord 'eindelijk' net op tijd in.

'Edward zit in Alaska. Die is vanzelfsprekend niet bereikbaar als hij aan het werk is.' De borst en hals van de vrouw staan vol rode vlekken. 'Ik ga niet akkoord met verder onderzoek. U moet hier onmiddellijk mee ophouden.'

Met een wijsvinger veegt ze een lange lok donker haar naar achteren.

'Het spijt me,' zegt Maud koeltjes. 'Maar uw tuin is een plaats delict geworden. Wij zijn verplicht hier onderzoek te doen.'

'Ik bel mijn advocaat,' zegt de vrouw. Ze heeft op geen enkele manier laten blijken dat ze haar zoon heeft opgemerkt. 'Ik accepteer dit niet. Dit moet onmiddellijk stoppen.' Ze pakt meteen haar telefoon en draait zich van de groep af om te bellen.

'Erik is er.' Maud maakt Niels attent op de komst van hun baas, die met grote passen op de groep af komt lopen. Alweer iemand met haast. Alweer iemand die er behoorlijk geïrriteerd uitziet.

'Maud,' zegt hij op barse toon. 'Ik moet jou even spreken.'

Ze zet een paar passen zijn kant op. 'Zeg het maar.'

Nog geen uur geleden verheugde ze zich op een luie vrijdagavond, de perfecte start van een weekend zonder al te veel plannen, en nu staat ze hier, in een graftuin, met een heleboel boze mensen.

'Iemand heeft een bericht op Instagram geplaatst over wat hier gebeurt.' Bij Erik Tijssen komt de stoom bijna uit zijn oren. 'Met foto en al.'

'Kyra,' zegt Maud meteen, ze draait zich om en kijkt haar woedend aan.

'Nee,' zegt Kyra beledigd. 'Natuurlijk niet.'

Maud weet zeker dat ze Bas geen foto heeft zien nemen. Een van hun eigen mensen is ondenkbaar.

'Misschien een voorbijganger,' zegt Niels. 'Er wandelen zoveel mensen over de dijk. Een foto is zo genomen.'

'Er is specifieke informatie genoemd,' zegt Tijssen. 'Onder andere dat de tuinman zijn schep in een hoofd zette.'

'Mijn advocaat is onderweg,' breekt Claire Narcing van een afstandje in. 'Ik accepteer dit allemaal niet.' Ze richt zich tot Erik Tijssen. 'En u bent?'

'Mevrouw.' Maud voelt een haast onbeheersbare woede in haar opkomen. Ze probeert hier verdorie een onderzoek te doen en dan moet ze het opnemen tegen een of ander nuffig type en een woedende baas. 'U zult toch begrijpen dat wij...'

'Het was Roos, Maud,' fluistert Tijssen met opeengeklemde kaken. 'Ze had net zo goed het adres erbij kunnen zetten.'

Roos. Zo vaak zijn er zaken die de recherche niet onder controle heeft, maar dit. Haar eigen dochter. Hoe vaak heeft ze Roos niet verteld over de moeizame relatie van de politie met de media? Ze zal toch niet echt een foto van haar recherchewerk op Instagram hebben gezet? Onmogelijk.

'Wát is er gebeurd?' briest Claire Narcing die inmiddels weer naast haar staat. 'Staat mijn adres op het net? Met wat er aan de hand is? Hoe halen jullie het in je hóófd?'

Boven aan de dijk installeren zich twee fotografen met hun camera's en telelenzen.

'Natuurlijk heeft niemand van ons...' begint Erik Tijssen, maar Claire Narcing onderbreekt hem.

'Mijn god,' fluistert ze verbijsterd. Even ziet ze er bang uit. 'Nu begint het circus.' Meteen verhardt haar stem. 'Zie wat jullie hebben gedaan! Dit wordt een ramp. Een absolute ramp!'

'Ik weet het niet hoor,' zegt Kyra met een harde toon waar Maud van schrikt. 'Maar heeft iemand van jullie nog in de gaten dat er hier mensen liggen? Slachtoffers? Mensen die vermist zijn, iemands kind, misschien wel iemands zus?'

*

'Ben jij niet het buurmeisje?' vraagt Claire aan haar. Waar Bas iets opens en zachtaardigs uitstraalt – bijna iets verontschuldigends –, straalt zijn moeder iets geslotens en hooghartigs uit.

'Klopt,' antwoordt Kyra vriendelijk.

'Wat doe je hier dan?' Als een stem dodelijk kon zijn dan was ze nu al gecremeerd.

'Ik kwam langslopen,' zegt Kyra, 'met de hond. Ik ken Bas, en ik zag de recherche, ze konden jullie niet bereiken, dus ik dacht...'

'Jij dacht: ik zet de boel even op internet. Nou, briljant. Wegwezen hier, je hebt al genoeg schade berokkend. Jou hoef ik hier niet meer te zien.'

'Ik heb niet...'

'Bespáár me je smoesjes.' Claire ziet eruit alsof ze haar nagels in haar gezicht gaat zetten en Kyra stapt naar achteren.

'Ik ga al,' zegt ze. Bas kijkt haar met een wanhopige blik aan. Hij haalt adem om iets te zeggen, maar ze schudt haar hoofd. 'Ik ga al,' herhaalt ze. 'Laat maar.'

Als ze wegloopt ziet ze Maud met iets van paniek in haar ogen naast Erik Tijssen staan. Wat een rotzooi.

Bovenaan de dijk spreekt een van de fotografen haar aan.

'Wat is er aan de hand?' vraagt hij. 'Kun je me iets vertellen?'

Zonder te reageren loopt ze door. Twee hoofden in een tuin verderop aan de dijk. Bizar. Wat is daar in vredesnaam gebeurd? Hoelang gaat het duren voordat er uitslag is van het DNA-onderzoek? Ze moet dat aan Maud vragen.

Ze pakt haar telefoon, maar bedenkt zich. Niet nu. Ze kan beter morgen contact opnemen. Of even langsgaan. God, ze moet Sophie spreken. Straks, in de kroeg.

Thuisgekomen roept Kyra hard dat ze er is, maar niemand antwoordt. Ze loopt de trap op naar haar kamer. Jarno woont al een jaar niet meer thuis en ze mist hem nog steeds. Haar moeder is waarschijnlijk nog op haar werk, net als haar vader. Allebei lijken ze steeds minder vaak thuis te zijn. Niet dat ze dat erg vindt. Ze heeft overwogen om op kamers te gaan, maar is dat nodig als niemand zich met je bemoeit?

Ze kijkt op haar wekker. Nog een halfuur en dan moet ze in de stad zijn. Snel trekt ze een fris T-shirt aan, vluchtig kijkt ze in de spiegel en ze zet wat ontsnapte lokken van haar lange blonde haar vast in de klem op haar achterhoofd. Dan blijft ze staan, roerloos, midden in haar kamer, en ze staart nog een keer naar de muur waarop ze de gegevens rond de verdwijning van haar zus heeft verzameld.

Loslaten. Gewoon een woord. Doorgaan met je leven. Gewoon een goedbedoeld advies.

De foto van de zeilboot hangt naast de kaart van Texel en die van Norderney, het Duitse Waddeneiland waar Sarina voor het laatst is gezien. Van de zeilboot loopt een stippellijn over de kaart die erboven hangt, van Texel via de westkust van Denemarken naar de zuidkust van Noorwegen. Een dunne stippellijn waarboven een vraagteken staat loopt in een lus langs het zuiden van Zweden. De plaatsnamen waarvan Grigor het vermoeden – niet de zekerheid – heeft dat het schip die heeft aangedaan, zijn op de kaart aangegeven. Hvaler. Kjøkøysund. Sandefjord. Tananger. Våge. Ze heeft de kaart van Noorwegen tot in detail bestudeerd, maar nog nooit had ze een kustlijn met zoveel inhammen, eilandjes en wateren gezien. Er moeten duizenden plekken zijn die alleen bij de plaatselijke bevolking een naam hebben, verlaten en winderig, met alleen een vissershut hier en daar. Ze staart naar een foto van de haven waar het schip uiteindelijk gevonden is. Een klein schip in oranje water, onder een donkere lucht, op de voorgrond een kluwen touwen en een enorme bolder. Dave is aangespoeld op het eiland Fanø in Denemarken, de boot is gevonden in Noorwegen, maar Sarina is nog steeds spoorloos en de wirwar van sporen rondom haar zus heeft nog steeds niet tot iets concreets geleid. En nu ligt er ineens een lijk in de tuin van een van de buren.

Helemaal aan de zijkant van het overzicht hangt de foto met de roze punaises. Dave en Sarina heffen nog steeds het glas naar de camera, lachend, stralend, en nergens in de helderblauwe lucht is ook maar iets te zien van de donderwolk die naar hen op weg was.

– 7 –

Erik heeft de woedende Claire Narcing apart genomen en van een afstandje hoort Maud zijn rustige, lage stem. In de tussentijd arriveren er meer leden van het onderzoeksteam. De hele operatie is opgeschaald nu er twee hoofden zijn gevonden. Meer mankracht, een persconferentie in een zaaltje in plaats van een woordvoerder die eenvoudigweg op straat zijn verhaal doet. Nog even en die verdomde officier van justitie komt zich er weer mee bemoeien, of erger nog, de burgemeester en weet ik wie allemaal.

'Ina Demsterwold,' zegt Niels Bingsten, die op haar af komt lopen, 'zit sinds een maand of tien in een verpleeghuis in het Gooi.'

'Weet je al hoelang de familie Demsterwold hier heeft gewoond?'

'Nog niet.'

'Heb je een adres? Zullen we gaan?'

Voor het onderzoek hier kan ze toch niets doen. Ze moet afwachten wat er verder gevonden wordt, en wanneer. De familie Narcing spreekt ze straks wel. Waarschijnlijk liggen de overblijfselen er al veel langer dan zij hier wonen. Als iemand iets weet, is het een van de Demsterwolds en ze wil de oude mevrouw spreken voordat die klus haar uit handen genomen wordt. Of verboden. In het onderzoek naar de vermeende misdaden van Ruud Demsterwold zijn al gekkere dingen gebeurd.

Ze overleggen kort met de leider van het onderzoeksteam en willen net naar de auto van Maud lopen als Erik Tijssen haar roept.

'Loop maar vast,' zegt ze tegen Niels en ze geeft hem de autosleutels.

'Maud,' zegt Tijssen bars. 'Dit onderzoek gaat door allerlei mensen met een loep nagekeken worden op onregelmatigheden.'

Ze knikt dat ze het begrijpt. Er zijn al heel veel onderzoeken waarin de naam Demsterwold voorkomt vastgelopen. Erik kijkt haar met een koele blik aan. De manier waarop zijn korte grijze haar in toom wordt gehouden door gel verraadt zijn ijdelheid. Net als het lichte baardje dat hij zorgvuldig op een lengte van een millimeter houdt. Het moet heel wat moeite kosten om er altijd uit te zien alsof je te veel belangrijke zaken aan je hoofd hebt om je te scheren. Hij wil al weglopen, maar dan bedenkt hij zich en draait zich naar haar toe.

'Maak niets los wat je niet de baas kunt blijven,' zegt hij. Hij zwijgt even, waarschijnlijk om zijn woorden kracht bij te zetten, dat doet hij wel vaker. 'Straks om negen uur heb ik overleg over de aanpak. Waar ga je nu naartoe?'

'Ina Demsterwold.'

Tijssen knijpt zijn ogen iets samen.

'Hou die dochter van je in toom,' roept hij terwijl hij terug begint te lopen naar de vindplaats van de hoofden. 'Je hebt geluk dat de media er toch al bovenop duiken en haar bericht verzuipt in de rest van het gekrakeel.'

'Rij jij?' vraagt Maud aan Niels. 'Ik moet even bellen.'

'Zet haar maar een weekje op water en brood,' zegt Niels. Hij zet de autostoel iets naar achteren en doet zijn riem om.

Maud gromt iets, probeert het nummer van haar dochter en smijt haar telefoon op het dashboard.

'Die eeuwige voicemail,' zegt ze. 'Appen, snapchatten, berichtjes via messenger, maar gewoon praten: ho maar! Een leeghoofd is ze. Een...'

Maud bedenkt een aantal scheldwoorden, maar ze zwijgt.

'Het waait wel over,' zegt Niels.

Maud staart uit het raam. Hoe weet haar dochter altijd precies datgene te doen wat haar het meest irriteert? En hoe is het mogelijk dat zij daar toch nooit op voorbereid is?

Haar telefoon gaat en Maud moet haar riem losmaken om het ding van het dashboard te kunnen vissen. De auto begint onmiddellijk te piepen bij zoveel onwettig gedrag. Ze klemt haar telefoon tussen haar oor en haar schouder en probeert de riem weer vast te maken, maar haar jas zit in de weg.

'De informatie over Demsterwold,' zegt Thomas Kuipers. 'De familie heeft bijna dertig jaar in het huis gewoond.'

'Dat is lang.'

'Het is het ouderlijk huis van Ruud Demsterwold. Zijn ouders woonden er bijna vijftig jaar voordat ze het aan hun zoon overdroegen.'

'Interessant,' zegt Maud en ze bedankt Thomas voor de informatie.

'Dus als ik het goed begrijp,' zegt Niels als ze hem heeft verteld wat ze weet, 'is dit huis altijd van Ruud Demsterwold geweest, maar woonde hij zelf in de verschillende dienstwoningen in het buitenland en in dat appartement in Den Haag?'

Maud knikt peinzend. 'Ik weet precies wat je denkt,' zegt ze, 'en ik denk hetzelfde, maar jij en ik weten allebei dat het verstandig is voor nu even bij dit ene gegeven te blijven: twee hoofden in de tuin van de familie Narcing en niemand die weet hoelang ze er al begraven zijn. We praten met Ina omdat het nu nog kan. Je weet hoe dat gaat. Maar verder wil ik de kwestie-Demsterwold voorlopig met rust laten.'

'Waarom?' vraagt Niels. Hij kijkt stuurs voor zich uit.

'Ik heb een moordzaak met twee slachtoffers. Dat is al ingewikkeld genoeg en ik voel er weinig voor om dit onderzoek te vermengen met een ander onderzoek, dat bovendien beladen is en ons heel veel tegenwerking kan bezorgen. Laten we ons concentreren op hoelang die hoofden er al liggen, en van wie ze zijn.' Maud kijkt naar haar collega, maar hij concentreert zich nog steeds op de weg. 'Het komt allemaal vanzelf bovendrijven,' zegt ze. 'Dat zie je maar weer.'

'Te laat, hij is dood.'

'Maar zijn goede naam niet,' zegt Maud. 'En de mensen die hem altijd beschermd hebben ook niet.'

'Misschien,' zegt Niels. 'Misschien.'

– 8 –

Zijn hele plan is in duigen gevallen en allemaal door een stel idioten. Natuurlijk was het onontkoombaar, maar hij was ervan uitgegaan dat alles intact zou blijven. In elk geval tot zijn laatste.

Hij vloekt als de automobilist die voor hem rijdt niet aan de kant gaat, ook al hangt hij nog zo kort achter zijn bumper. Hij seint, maar zijn voorganger reageert niet.

Verandering van plan betekent risico. Verandering van plan betekent minder voldoening. Hij moet iets bedenken. En snel.

Hoe halen ze het in hun hoofd om een vijver aan te leggen in die voortuin? Waarom in godsnaam? Er ligt verdomme een sloot, zowat voor de deur.

Het moest onaangetast blijven. Maagdelijk. Van hem en hem alleen. Godverdomme. Als hij eraan denkt dat hij niet kan doen wat hoort, dat hij niet alle stappen kan zetten die gezet moeten worden, dat het verhaal dat hij zelf heeft geschreven – zijn heilige en louterende geschiedenis – niet volbracht kan worden, dan stroomt er een onhoudbare vloedgolf woede door hem heen. Hij houdt zijn adem in, alsof hij zichzelf wil straffen, maar dat maakt zijn ongedurigheid alleen maar erger.

Hij hamert op zijn claxon, vijf, tien keer. Lang, kort. Eindelijk gaat de sukkel aan de kant en hij trapt het gaspedaal diep naar beneden. Zijn auto schiet vooruit en hij lacht om al die eikels rechts van hem in hun Volkswagens en Volvo's en hun truttige burgerlevens.

Hij neemt de afslag en mindert vaart. Met een scherpe bocht stuurt hij zijn auto de smalle weg tussen de weilanden op. Koeien. Kerktorens. Slootjes. Nu hij met een sukkelgangetje van veertig kilometer per uur tussen het groen zoeft laat hij de kap naar beneden komen. Hij houdt van de geur van drassige weilanden en vee, van de wind door zijn haren en het feit dat hij een auto heeft zoals deze.

Als hij het huis ziet valt het hem zoals altijd op hoe mooi het is. Dat heeft hij goed gedaan. Eenvoudig en sierlijk, het oude gedeelte klassiek en de aanbouw strak en modern. De bescheiden voorgevel doet een argeloze voorbijganger niet vermoeden dat er een zee aan ruimte schuilgaat in het huis. Een makelaar had hem eens benaderd met de vraag of hij de boel niet wilde verkopen, en toen hij zijn prijs noemde was de man in hoongelach uitgebarsten.

'En toch verkoop ik het voor geen cent minder,' had hij die sukkel toegebeten. De vraag was hem niet nogmaals gesteld.

Jaren geleden hadden de buren wel eens geprobeerd een praatje met hem te maken, nieuwsgierig als ze waren naar de verbouwingen die hij uit liet voeren, maar ook dat contact had hij afgekapt. Hij had geen behoefte aan contact met middelmatigheid.

De deur van de garage – een rechthoekig, sober gebouwtje dat vlak naast het huis staat – gaat geruisloos omhoog en hij parkeert zijn auto in de verder lege ruimte. Hij pakt de tas met boodschappen van de achterbank en even later ruimt hij alles op in de kastjes, zet het nieuwe pak pure hagelslag achter het aangebroken pak en is even bezig alles netjes recht te zetten. Op het zwart marmeren keukenblad verzamelt hij de ingrediënten voor zijn avondmaal. De groente legt hij naast elkaar, van donker naar licht, ernaast zet hij het kartonnen pak met de pasta.

Hij draait zich om, pakt de afstandsbediening van de grote televisie die aan de wand hangt en zet een internationale nieuwszender op. Daarna pakt hij zijn iPad, leest de berichten op de sites en grijnst. Alles gaat goed.

Als de pastasaus staat te pruttelen loopt hij naar buiten. Hij controleert het bewateringssysteem aan de voorkant van het huis, volgt de slang van bak naar bak en stelt tevreden vast dat alles werkt zoals het behoort te werken. Hetzelfde ritueel herhaalt hij aan de achterkant van het huis, waar langs twee zijden van het terras in brede bakken bloeiende heesters staan. Ook daar werkt het systeem prima. Hij loopt terug naar de keuken, zet water op voor de farfalle en bekijkt het wereldnieuws. Tevreden hoort hij de berichten over de ongekend vroege en krachtige orkaan boven Amerikaans grondgebied en hij loopt de kamer in om de computer aan te zetten. Natuurrampen en menselijk geweld bieden fantastische mogelijkheden voor het verdienen van grof geld.

– 9 –

Het verzorgingshuis is een witgepleisterd pand met een rieten kap, dat verscholen ligt in de bossen bij Bussum. Ze worden ontvangen door de directrice.

'Ik vrees dat mevrouw Demsterwold u niet veel informatie zal kunnen geven,' zegt ze met een stralende glimlach. 'Het heden en het verleden lopen bij haar nogal door elkaar, begrijpt u?'

'We willen het toch graag proberen.'

'Vanzelfsprekend. Al helemaal in een zaak als deze, ik hoorde het van uw collega, tamelijk bizar...' Ze blijft even staan en kijkt Maud aan alsof ze een verdere toelichting verwacht. Dan draait ze zich om. 'Als u mij wilt volgen?'

De vloer kraakt als ze door een brede hal naar een met smaak ingerichte woonkamer lopen. Klassieke meubelen staan langs de muren, op de vloer ligt donkergroene vloerbedekking en aan de wanden hangen schilderijen. Echte schilderijen, landschappen en stillevens – geen kliederwerkjes van bewoners. Ze nemen plaats op een van de twee chesterfields die bij de elektrische haard staan. Ina Demsterwold is een klein vrouwtje met een grof gezicht. Haar neus is klein en staat een beetje omhoog, waardoor je ongewild zicht hebt op haar neusgaten. Haar ogen staan net iets te ver uit elkaar. Ze zit ineengedoken tegenover hen en glimlacht schaapachtig naar Maud.

'Ina,' spreekt de directrice haar aan. 'Dit is Maud Mertens van de politie. En haar collega Niels Bingsten. Ze willen je iets vragen.'

'Wat aardig,' antwoordt de oude vrouw. 'Wat alleraardigst.'

'Goedemiddag mevrouw Demsterwold,' begint Maud. 'We willen u iets vragen over uw huis. Over de tuin...' De ogen van de oude vrouw lijken op die van haar moeder. Die grijze waas. Het waterige.

Hoe vraag je een bejaarde vrouw of ze weet wiens hoofden er in haar tuin begraven liggen?

'Toe maar, kindje,' zegt Ina. 'Niet bang zijn.'

'In uw tuin zijn een aantal opmerkelijke vondsten gedaan,' zegt Maud voorzichtig. 'Ik vraag me af of u daar iets van weet.'

'Wat alleraardigst,' zegt Ina. Met een kromme vinger veegt ze nadenkend langs haar neus. 'De tuin is heel mooi. Heel mooi. Echt erg mooi.'

'Er is gegraven,' zegt Maud. 'Ze gaan een vijver maken.'

'Geweldig.' Ina knikt goedkeurend. 'Heeft u Vince gezien? Hij houdt van vissen. Hij mag niet te laat komen.'

'Weet u wat er in uw tuin begraven ligt, mevrouw Demsterwold?'

'Ik heb niet graag dat hij na het donker thuiskomt.' Ina Demsterwold kijkt Maud angstig aan. 'Hij is nog zo jong.'

De oude vrouw begint te trillen.

'De politie?' zegt ze ineens hard. 'Wat kom jij doen?' Ze kijkt Maud met een vuile blik aan en vervolgens lijkt het weer alsof ze doodsbang is. 'Wat kom je doen? Is het Vince? Is het Vinsje? O hemel, het is onze Vince! Vince!' De oude vrouw zwaait met haar armen en probeert van de bank omhoog te komen. 'Godverdomme, Vince!' krijst ze ineens woedend.

'Er is niks aan de hand met Vincent,' zegt Niels. 'Alles is prima in orde.'

'Hij is veilig,' bevestigt ook Maud, maar de oude dame lijkt het niet te horen.

De directrice wenkt naar een van de verplegers die inmiddels bij de deur staat.

'Wij geven haar iets om haar te kalmeren,' zegt ze tegen Maud. 'Als u in de hal kunt wachten?'

Niet veel later wordt Ina Demsterwold op een brancard weggereden.

'Die jongen,' murmelt ze in het voorbijgaan met een woedende blik. 'Dat rotjong...'

'Dit gebeurt wel vaker,' zegt de directrice. 'We brengen haar naar haar kamer. Voorlopig zal ze wel even slapen.'

Ze begint in de richting van de voordeur te lopen als om aan te geven dat ze beter kunnen vertrekken.

'Mevrouw Demsterwold lijdt aan alzheimer,' zegt ze terwijl ze de rechercheurs voorgaat. 'In haar eigen huis wist ze zich nog lange tijd te redden, mede door de inwonende verpleger, maar uiteindelijk ging dat niet langer. Helaas is haar situatie sinds ze hier is niet verbeterd.' Heel even laat de vrouw haar professionele masker een beetje zakken. 'Haar kortetermijngeheugen is verdwenen, ze onthoudt nog maar een paar minuten. Ze heeft erg veel last van stemmingswisselingen. Soms ook van angstaanvallen.' Ze ademt diep in en strijkt met een hand over haar zalmroze blouse. 'Zoals ik al zei: u zult van haar niets wijzer worden, ben ik bang.'

'Die buien,' vraagt Niels. 'Die boosheid en die angst. Hebben die met iets specifieks te maken? Een situatie of een bepaald persoon?'

'Niet dat ik weet. Ik zou het de psychiater moeten vragen, maar die kan, zoals u zult begrijpen, niet zomaar allerlei persoonlijke informatie verstrekken.' Ze trekt een zuinig mondje. 'Zelf heb ik nooit een lijn kunnen ontdekken in haar angsten of in de dingen die ze zegt. Meestal is ze heel positief. Ze lacht veel en gedraagt zich beleefd. Dan ineens slaat haar bui om en is ze boos. Of bang. Vreselijk bang.'

'Zonder dat daar een aanleiding voor is?' vraagt Maud.

'Daar lijkt het op.'

'Hebt u de gegevens van de familie zodat wij daarmee contact kunnen opnemen?' Maud haalt haar kaartje tevoorschijn en geeft het aan de directrice. 'Ik hoor het heel graag van u als u iets te binnen schiet of als u de komende tijd iets bijzonders opvalt.'

'Er is iemand die haar zaken behartigt, een soort toezichthouder,' zegt de vrouw. 'En een zoon en een dochter, maar die wonen beiden in het buitenland. Ik zal u de gegevens mailen.'

Het grind knerpt onder Mauds laarzen en door het geluid hoort ze bijna niet dat haar telefoon gaat. Het is de leider plaats delict.

'Ik denk dat je maar even moet terugkomen,' zegt hij.

'Bijzonderheden?' vraagt Maud.

'Er liggen hier niet een, niet twee, maar vier hoofden,' zegt de man. 'Maar het is vooral de manier waarop ze hier liggen die je even zelf moet zien.'

*

Het is druk in de kroeg, zoals altijd op vrijdagavond. Antoine steekt zijn biertje omhoog.

'Op al die briljante studenten met een propedeuse,' zegt hij grijnzend.

'Jij wel, ja,' moppert Sophie. Ze steekt haar tong uit naar haar vriendje.

'Ik heb mijn p ook niet,' zegt Kyra schouderophalend.

'Lul niet,' valt Antoine uit. 'Je hebt alles gehaald.'

'Ja, maar ik vind die paper echt kut.'

'Je had toch een voldoende? Een zeven, zei je vorige week.'

'Zeven komma zes.'

'Bedoel ik.'

'Maar het is een dom onderzoek, met een hele domme conclusie, ik wil het niet mee laten tellen.'

Sophie, Antoine en Chantal staren haar aan. Ze had er beter niets over kunnen zeggen.

'Het is echt een heel domme paper,' probeert Kyra zich te verdedigen. 'Ik wil het gewoon niet inleveren, dan komt het in mijn portfolio en raak ik er nooit meer van af. Weersinvloeden en gipsafdrukken, kom op zeg. Ik wil onderzoek doen naar die schedels bij ons op de dijk. Veel spannender.'

Narcings horrorvilla houdt de media en ook de gemoederen van haar vrienden flink bezig.

'Die moord heeft met het huis te maken, met de plek of met de bewoners,' vervolgt ze. 'Als ik erachter kom wat daar is gebeurd, of hoe de identificatie gaat, als ik die paper schrijf terwijl het onderzoek loopt, dan...'

Kom ik er sneller achter of Sarina bij de slachtoffers zit, wil ze zeggen, maar ze zegt niets.

'Je bent gek,' zegt Antoine en hij staat op. 'Ik ga nog bier halen. Jullie ook?'

‘Een Chouffe,’ zegt Kyra. ‘En daarna ga ik naar huis.’

‘Je meent dit toch niet, hè?’ zegt Sophie als Antoine naar de bar verdwenen is. ‘Je kunt gewoon nu al je propedeuse halen en dat ga je dan ook gewoon doen.’

‘Het gaat niet om het cijfer,’ zegt Kyra. ‘Het is het onderwerp. Ik wil gewoon...’

‘Lastig zijn,’ onderbreekt Antoine haar als hij het bier op het tafeltje zet. Hij moet zijn stem verheffen om boven de herrie van de mix van studenten en toeristen in de kroeg uit te komen. Hij heft weer zijn glas. ‘Op... Daar heb je Tom, trouwens.’

Kyra kijkt op en even schiet er een vreemde rilling door haar heen. Sinds hij haar in het koude Noordhollands Kanaal hielp met zoeken naar de kleine Jesse heeft ze Tom twee keer gezien, allebei de keren om met het jongetje een wandeling en een praatje te maken. Jesses psychologe had gezegd dat het goed voor hem zou zijn.

‘Tom!’ Antoine zwaait enthousiast. ‘Biertje?’

‘Ik ben hier met mijn zus,’ zegt Tom. Hij draagt een oud leren jasje, donkerbruin, net zo donker als zijn wilde bos haar. Hij grijnst naar haar en knikt ter begroeting.

‘Kom erbij zitten.’ Antoine wijst naar de hoek van de tafel. ‘Hier is nog plaats.’

Kyra neemt een grote slok bier. ‘Ik moet toch zo weg,’ zegt ze. ‘Dan kun je hier zitten.’

Antoine begint schaamteloos tegenover Tom en zijn zus op te scheppen over de opleiding die ze volgen. Om aan te tonen hoe interessant die wel niet is vertelt hij dat Kyra voor school ook onderzoek doet naar de horrorvilla van Narcing. God, nu komt ze over als een of andere nerd met een moordobsessie.

‘Ik kwam er toevallig langs,’ legt ze uit. ‘Ik ken de rechercheur die daar aan de slag was, eh... van een eerdere zaak.’

Dat klinkt idioot. Overdreven.

‘De buren waren niet thuis en ik bood aan contact met de buurjongen op te nemen. Ik appte hem, daarom stond ik daar toen ze...’

Shit, bijna zegt ze iets over het tweede hoofd, terwijl dat nog helemaal niet in het nieuws is geweest.

'Hoe zag die schedel eruit?' vraagt Toms zus. 'Is het waar wat ze zeggen, dat dat ding er al heel erg lang ligt? Of zat er nog vlees aan of huid of zo?'

'Mijn zus is gek op horrorfilms,' verontschuldigt Tom zich.

'Ik weet er verder niets van,' zegt Kyra. 'Sorry.'

Ze kan beter gaan. Dan kan ze niets verkeerds zeggen. Bovendien kijkt Tom haar de hele tijd zo aan.

'Kyra maakt zich zorgen,' vult Antoine aan. 'Ze is bang dat het slachtoffer haar zus is. Die is vermist geraakt. Vijf jaar geleden.'

Tom kijkt haar met gefronste wenkbrauwen aan. Na de stille tocht van vorig jaar hebben ze er kort over gesproken, maar ze heeft hem het fijne ervan niet verteld.

Toms zus legt haar hand tegen haar wang. 'Wat vreselijk,' zegt ze.

Ze moet achter in de twintig zijn en ze ziet eruit alsof ze zo uit de designmodeafdeling van de Bijenkorf is weggelopen. Haar lippen zijn zorgvuldig gestift en haar wimpers zijn gigantisch. Ze heeft zich voorgesteld, maar Kyra is haar naam weer vergeten.

'Ze was op vakantie op Texel,' zegt Kyra terwijl ze haar T-shirt rechttrekt. 'Ze is ergens op de Noordzee verdwenen, of langs de Noordzee. Met een boot. We weten het niet. Het is al lang geleden.'

'En nu denk je dat ze in die tuin ligt?' vraagt Tom. De frons hangt nog steeds op zijn voorhoofd.

'Vreselijk,' zegt zijn zus weer en met een sierlijk gebaar trekt ze haar lange, gestylede haar over haar linkerschouder.

'Eigenlijk niet,' zegt Kyra. 'Hoe zou dat kunnen? Ze had helemaal niets te maken met die buurvrouw of die familie.'

'Anyway,' breekt Antoine in. 'Als het iets met Sarina te maken heeft komt Kyra er wel achter, want als die ergens haar zinnen op heeft gezet...'

Snel drinkt Kyra haar glas leeg en ze geeft Antoine een schop onder tafel, maar hij doet alsof hij het niet merkt en gaat door met vertellen hoe ze een jaar geleden onderzoek deed naar de moord op haar docent Marc Gaullier en doodleuk op zijn moordenaar afging. Hoe ze haar best ook doet, ze kan niet één slimme opmerking bedenken om een ander onderwerp in het gesprek te brengen. Elke keer als ze iets wil zeggen, versnelt haar hartslag en bedenkt ze dat ze beter haar mond kan houden. Tom kijkt haar met zijn wonderlijk blauwe ogen aan en glimlacht. Pretlichtjes. Kuiltjes in zijn wangen.

'Ik ga naar huis,' zegt ze. 'Ik moet morgen vroeg op.'

Sophie probeert haar aandacht te vangen en knikt richting Tom. Jezus, ook dat nog. Als ze nu niet snel maakt dat ze wegkomt, staat ze nog veel erger voor lul.

'Sorry, ik moet echt gaan,' zegt ze, veel te hard lachend en met haar handen gebarend. 'Bedankt! Ik zie jullie weer!'

Bedánkt? Bedankt waarvoor? Wat was dat nou weer voor iets raars? Ze glipt tussen de zware gordijnen die voor de kroegdeur hangen naar buiten en de frisse avondlucht omarmt haar. Sophie en Antoine. De flauwe grappen vliegen je om de oren en ze liggen samen in een deuk om de domste dingen. Allemaal heel leuk, zolang ze haar erbuiten laten.

Snel stapt Kyra op haar fiets en ze zwenkt tussen de halfdronken studenten en de onoplettende toeristen door. Morgenvroeg gaat ze weer naar de villa. Kijken of ze Maud daar kan vinden. Wat zou de beste invalshoek zijn voor de paper over de vondst bij de villa? De slachtoffers? De identificatie of de opzet van het onderzoek? De locatie?

Ineens hoopt ze dat haar moeder thuis is. Kunnen ze nog een film kijken of een aflevering van *The Bridge* op Netflix. De laatste tijd gaat het thuis iets beter. Ze zien elkaar wel niet zo vaak, maar als ze samen zijn is het meer ontspannen. Soms zelfs leuk.

Kyra steekt de Dam over en fietst over het fietspad langs de Bijenkorf richting de Beurs van Berlage. Misschien moet ze een keer met haar moeder iets gaan drinken in de stad. Sophie doet ook dat soort dingen met haar moeder. Nu Sarina wat minder aanwezig is thuis, niet meer elke stilte vult, en het onuitgesproken gemis een heel klein beetje minder weegt of in elk geval niet meer op elk moment even loodzwaar is, is dat misschien een goed idee. Moeder en dochter. Moeder en haar laatste dochter.

Bij de Prins Hendrikkade staat het stoplicht op rood en Kyra fietst tegen het verkeer in, linksaf.

Op de hoek bij het Victoria Hotel staat ineens haar vader. Ze haalt adem om zijn naam te roepen, maar dan ziet ze dat hij voorover buigt en een vrouw die ze nog nooit eerder heeft gezien op de mond zoent. Een scooter flitst claxonnerend voorbij en Kyra's stuur zwenkt in een rare hoek. Ze moet haar best doen om niet om te vallen. Papa? Een donkerblonde vrouw op stiletto's? Dit klopt van geen kant. Die man kan haar vader niet zijn, maar toch, ze weet het zeker. Verbijsterd fietst ze door en na een paar seconden stopt ze en kijkt om. Het is hem. Echt. Hij lacht naar die vrouw. Heeft helemaal geen oog voor zijn omgeving. Met een teder en tegelijk kwajongensachtig gebaar veegt hij een lok uit het gezicht van zijn date. Hij fluistert iets en lacht naar haar. Dan draaien ze zich om en lopen de zij-ingang van het hotel in.

– 10 –

Vorig jaar december

Een voor een draaien de handen van Grigor Kowzinsky de foto's om en hij legt ze naast elkaar op het witte damast. Flitsen van onbezorgdheid, vrijheid. Blauwe lucht, witte wolken, lachende gezichten. Leven zoals het bedoeld was en nog jarenlang had moeten zijn. Een luidruchtige groep mannen in pak komt het restaurant binnen en even is Kyra afgeleid door het gelach en het enthousiasme in de stemmen.

Ze kijkt weer naar de foto's op tafel. Een groepje jonge mensen in een haven. Dave, naast hem een man van een jaar of dertig met een schipperspet, Sarina, een meisje met kort rood haar dat overdreven lacht en haar arm om haar zus heeft geslagen, half achter haar een meisje met halflang donkerblond haar dat verschrikt naar de camera kijkt. Dave en Sarina, lachend op de achtersteven, een glas wijn in de hand. Dave in de kajuit. Sarina op de boeg. Wat was het mooi weer, die paar dagen dat ze samen waren geweest. Wat lachten ze onbevangen naar de camera, naar elkaar. Haar moeder zit met betraande ogen naar de foto's te staren. Ze pakt er een op en houdt hem dicht bij haar gezicht.

'Dave heeft een dag voor zijn verdwijning een hele set foto's aan ons gemaild,' zegt Grigor. 'Hij stuurde vaak foto's, ook vaak van ontmoetingen met zijn tijdelijke vrienden, zeilers onder elkaar. Dit zijn de enige foto's waar Sarina op staat. Pas nadat er vanuit Nederland contact met ons werd gezocht en we over haar hoorden, legde ik de link met het meisje op die foto's.'

'Dank u wel,' zegt Kyra terwijl ze naar de laatste foto van haar zus staart. Jezus, Saar, waar ben je? Je ziet er zo gelukkig uit. Hoe kan het dan zo mis zijn gegaan?

Ze wil iets zeggen over hoe gelukkig ze lijken, maar op de een of andere manier vindt ze er niet de juiste woorden voor.

'De kust bij Fanø,' zegt Grigor als hij de volgende foto omdraait. Een eindeloos zandstrand. Ook hier een blauwe lucht met een paar witte wolken.

'Het lijkt op Texel,' zegt Kyra ademloos. Ze draait zich naar haar ouders en broer. 'Verdomd, het is precies Texel.'

'Hier is Dave gevonden.' De stem van Grigor is laag en hoewel de man zijn best doet om zijn emoties binnen te houden, hoort Kyra de barst in de klank.

'Ik weet niet of jullie dit willen zien,' zegt Grigor. 'Het is niet zo fraai.'

'Ik schrik niet zo snel,' zegt Kyra, denkend aan de boeken die ze op school heeft doorgenomen. 'En mijn vader is arts, die moet ook wel tegen een stootje kunnen.'

Haar vader knikt. Jarno zit er zwijgend bij.

'Toe maar,' zegt haar moeder, en haar ogen laten de foto van Sarina nog steeds niet los.

Grigor draait een volgende foto van de stapel om. In het zand ligt een man, de buik gezwollen, de krullen vastgeplakt aan het grauwe gezicht. Zijn lichaam heeft een levenloze kleur wit, de huid is gemarmerd en gevlekt. Rondom zijn mond en neus zijn stukken vlees weggegeten. Het is niet voor te stellen dat dit de lachende jongen van de foto's is.

Niemand zegt iets en als Kyra opkijkt ziet ze tranen over haar moeders wangen rollen. Haar vader neemt een slok van zijn wijn. Jarno pulkt aan zijn nagelranden. Kyra kijkt Grigor aan, die haar rustig opneemt. Hij heeft deze beelden natuurlijk al zo vaak gezien. Elke dag, elke nacht moeten ze in zijn gedachten zijn opgelicht, op de meest onmogelijke momenten. Zou het ooit wennen?

'Hij is naakt,' zegt ze ten slotte. 'Waarom is hij naakt?'

Haar vader kijkt verbaasd op. 'Hij lag in zee,' zegt hij.

'Maar niet om een stukje te zwemmen,' zegt Kyra. Ze trekt de foto naar zich toe en bekijkt hem van dichtbij. 'Wat is de doodsoorzaak en had hij nog andere verwondingen?'

'Kyra...' Haar vader klinkt geërgerd. 'Je gaat veel te snel. Je trekt conclusies zonder dat je er iets van weet.'

'Bloeduitstortingen,' zegt Grigor zacht. 'Op zijn rug, zijn bovenarm, in zijn linkerzij. Twee gebroken ribben. Verwondingen aan de handen. Scheur in het linkeroor.' Grigor stopt even met praten. 'Hij is verdronken,' vervolgt hij dan. 'Daarom dacht iedereen dat het gewoon een ongeluk was. Niemand dacht aan moord.'

Moord. Het is de eerste keer dat iemand het woord uitspreekt in verband met de verdwijning van Sarina. Natuurlijk heeft iedereen eraan gedacht. Talloze keren. Vermist. Verdwenen. Ontvoerd. Sporen van geweld. Allemaal termen die gebruikt zijn, maar het woord moord heeft nog niemand in de mond durven nemen.

Haar moeder staat op. 'Ik ga even naar het toilet,' zegt ze en ze loopt met grote passen weg.

'In eerste instantie dacht men dat hij om een of andere reden 's nachts overboord was geslagen. Je ligt te slapen, naakt, je hoort iets, komt je bed uit en wordt verrast door een windvlaag of je struikelt. Iedere zeiler weet dat zoiets kan gebeuren. Een blauwe plek kan wijzen op een klap van de giek, of een val.'

'Maar u geloofde dat niet,' zegt Kyra.

Hij kijkt haar aan met zijn grijze ogen. Hij is geïntrigeerd, denkt Kyra ineens. Niet alleen maar vermoeid en verdrietig. Zijn blik verraadt een triest soort verwachting. Ze herkent het gevoel. Voor het eerst is er iemand die de gekte deelt.

'Ik had meteen mijn twijfels,' zegt Grigor bedachtzaam. 'Dave was geen groentje, die zeilde bij wijze van spreken al voor hij kon lopen. Maar ook omdat het schip niet gevonden was. De Noordzee is druk bevaren en het leek me onmogelijk dat een onbemand zeiljacht wekenlang onopgemerkt ronddobbert.' Hij glimlacht voorzichtig. 'Ik wist toen nog niets van Sarina,' verklaart hij.

'Hoelang heeft hij in het water gelegen?' vraagt Kyra.

'Een week of twee.'

'Is het autopsierapport beschikbaar?'

'Nadat het lichaam was vrijgegeven heb ik in Amerika nogmaals een schouw laten doen. Beide rapporten geven eenzelfde beeld, maar de conclusies zijn verschillend.'

‘De Denen houden het op een ongeluk,’ zegt Kyra. ‘En de Amerikanen spreken van geweld.’

De man knikt.

‘Detective Mertens vertelde me dat je een opleiding tot rechercheur doet,’ zegt hij.

‘Klopt,’ zegt Kyra. ‘Ik zit net in mijn eerste jaar.’

‘Ik kan je de rapporten geven,’ vervolgt hij. ‘Mijn hele dossier heb ik voor je beschikbaar als het je interesseert.’

‘Heel graag.’

‘En mocht je in de gelegenheid zijn om naar Amerika te komen,’ vervolgt Grigor, ‘dan kan ik je introduceren bij een aantal mensen die ik betrokken heb bij het onderzoek. John Douglas is een vriend van mij.’

‘John Douglas?’ Even weet Kyra niets meer te zeggen en in de pauze die valt schuift haar moeder weer aan.

‘Wie?’ vraagt ze. ‘Is er een verdachte?’

‘John Douglas is voormalig FBI, mam,’ vertelt Kyra. ‘De man die het profilen heeft bedacht. De oprichter van de Special Crime Unit. Ik heb drie boeken van hem.’

– 11 –

Ze moet zich vergist hebben. Die man leek gewoon op haar vader, maar het is vast een of andere toerist die een paar daagjes weg is met zijn vrouw. Heeft niet iedereen een dubbelganger? Wat een onzin. Natuurlijk was dat haar vader. Hoe kun je je nou vergissen als het om je eigen vader gaat? Onmogelijk.

Haar vader gaat vreemd. Duikt met een of andere brunette een hotel in. Onmogelijk.

Kyra trapt als bezeten de trappers rond. Ze vliegt over het lange, rechte fietspad langs het Noordhollands Kanaal.

Klootzak.

En nu? Wat moet ze doen? Hem confronteren? Het aan haar moeder vertellen?

Klootzak.

Als hij dit zo nodig moet doen, waarom doet hij dat dan midden in de stad, verdomme? Hij kan toch weten dat hij dan gezien kan worden? Het stikt er van zijn patiënten. Misschien is dat het, misschien is het een patiënte van hem. Mijn god, dan kan hij nog uit zijn beroep gezet worden ook. Waarom doet hij zoiets? Hoe kan hij haar moeder... Hoe kan hij het hele gezin...

Maar mama doet ook al jaren raar. Voor de verdwijning van Sarina was ze al gestrest, nerveus. Ze klaagde over haar werk en over de drukte van het gezin.

'Ik dacht dat het makkelijker zou worden,' zei ze dan. 'Nu de kinderen wat ouder zijn, maar dat is helemaal niet zo.'

Het leek een waarschuwing, speciaal voor Kyra, althans zo vatte zij het op: houd je rustig, ik wil geen problemen van jouw kant, die andere twee zijn al lastig genoeg.

Het drama rond haar oudste dochter maakte haar moeders wanhoop natuurlijk nog veel groter. De eerste weken, maanden, was ze hyperactief aan het zoeken. Posters. Website. Twitter. Een speciaal telefoonnummer. Ze liep de deur plat bij de politie en de media. Na een maand of vier stortte ze in. Geen resultaat. Geen dochter. Dagenlang kwam ze haar bed niet uit en ook toen ze weer een beetje meedeed in het dagelijks leven leek het alsof ze er met haar hoofd niet bij was. Kan ze het haar vader echt kwalijk nemen dat hij verliefd wordt op een ander?

Klootzak.

*

'Wat ik opvallend vind,' zegt Maud tegen de onderzoeksleider terwijl ze door de modderige tuin naar de vindplaats lopen, 'is de manier waarop de hoofden zijn geplaatst.'

Met hun rug naar het huis blijven ze staan en Maud en Niels kijken naar de resultaten van het graafwerk. Het begint donker te worden en twee collega's zijn bezig de tuin van de Narcings te versieren met een soort bouwlampen. Ze heeft nog niets van Tijssen gehoord. Geen waarschuwing, geen aanmoediging. Ze weet niet zeker of geen bericht in dit geval ook echt, zoals ze zeggen, goed bericht is.

'Klopt. Als je hier gaat staan,' – de onderzoeksleider loopt een meter of twee door en kijkt achter zich – 'voor dit raam, dan zie je goed dat de hoofden in een flauwe boog liggen.'

Maud gaat naast de man staan. Wat voor haar ligt lijkt op een archeologische afgraving. De schedels steken een klein beetje af tegen de donkere modder. Omdat de grond rond elk hoofd volledig weggegraven is, liggen ze allemaal op hun eigen kleine verhoging van aarde. Het lijkt of ze op een dikke staak zijn geplaatst.

Maud knijpt haar ogen een beetje dicht en probeert de afstanden tussen de hoofden te schatten.

'Zijn ze allemaal tegelijk begraven?' vraagt ze. 'De afstanden tussen de hoofden lijken wel exact gelijk. Het is helemaal symmetrisch.'

'Precies,' zegt de leider van het onderzoek. 'Dat is het wonderlijke. Maar er valt nog meer op.' Hij doet een stap naar voren en wijst naar de eerste schedel in de rij. 'Dit touw is oranjerood, terwijl de andere touwen onder de hoofden naturel zijn.'

'Ander materiaal,' zegt Niels. 'Dat kan er inderdaad op wijzen dat ze niet tegelijkertijd zijn vermoord. Of begraven.'

Maud hurkt voor de kuil waar de hoofden in liggen. Dan komt ze overeind, loopt naar het trappetje van het terras, stapt omhoog en loopt naar het raam rechts naast de voordeur. Daar blijft ze staan en ze staart nogmaals naar de schedels, die ze nog maar moeilijk kan onderscheiden. Ineens gaan de lampen aan en dan ziet ze het duidelijk.

'Wat?' vraagt Niels.

'Niks,' zegt Maud. 'Ik probeer gewoon goed te kijken, maar ik weet niet zeker wat ik zie. Wat is hier achter dit raam, trouwens? De woonkamer?'

'De keuken,' zegt Niels. 'Zag ik toen ik aankwam. Zo'n hypermodern glanzend geval.'

'Zoals ik al zei liggen ze in een mooie bocht,' zegt de onderzoeksleider als hij naast haar komt staan. 'Ik vraag me af hoe hij dat voor elkaar heeft gekregen als hij ze niet allemaal tegelijk heeft begraven. Dan moet hij toch een of ander teken in het gras hebben achtergelaten, anders weet je nooit meer waar wat precies ligt.'

'Maar er is niets gevonden, toch?' vraagt Maud. 'Geen paaltjes of iets dergelijks?'

'Niks. Tot nog toe. De aarde die al eerder is weggeschept door de tuinman wordt nog onderzocht.'

'Heb je dat allemaal opgemeten?' vraagt Maud.

De onderzoeksleider knikt.

'En?'

'Honderdtwintig centimeter ongeveer.'

'Ik wil het graag precies weten,' zegt Maud. 'Tot op de millimeter. Meet het nog maar een keer.'

Maud draait zich om en probeert naar binnen te kijken, maar de rolgordijnen zijn dichtgetrokken. Claire Narcing doet al de hele avond alsof ze niet thuis is. De leider plaats delict mag alleen contact opnemen via de advocaat van de familie. Zelfs over toiletbezoek moet onderhandeld worden. Niels heeft net aangeboden koffie te halen bij het café verderop aan de dijk.

Maud kijkt omhoog en ziet in het raam boven de keuken Bas Narcing staan. Hij glimlacht voorzichtig naar haar en knikt. Dan loopt hij uit het zicht.

*

Haar vaders auto staat niet op de oprit, maar de fiets van haar moeder leunt op zijn vaste plek tegen het hek. Wat moet ze zeggen? In elk geval iets over de vondst verderop, als mama daarover niet al iets op het nieuws heeft gezien. Maar moet ze ook iets over papa zeggen? Is het wel haar zaak? Haar moeder heeft de laatste jaren al genoeg te verduren gehad. Misschien moet ze het negeren, er niet eens meer over nadenken.

Haar moeder zit op de bank, haar voeten opgetrokken. Rondom haar liggen een paar tijdschriften. *Psychologie Magazine. Linda.* De thrillergids van *Vrij Nederland.* De televisie staat aan.

'Hoi mam. Heb je het nieuws gevolgd?' vraagt Kyra. Ze blijft in de deuropening staan.

'Wat is er dan?' Haar moeder kijkt haar met grote ogen aan. Een lange pluk blond haar valt voor haar leesbril en ze veegt hem achter haar oor.

'Bij de villa verderop zijn twee schedels in de tuin gevonden.' Kyra zegt het zo rustig mogelijk, maar ze ziet haar moeder verstarren.

'Wie?' vraagt ze ademloos.

'Liggen er al jaren.'

'Vijf jaar is het. Ze is vijf jaar weg.'

'Het kan,' geeft Kyra toe. 'Maar serieus, mam, wat had Sarina in godsnaam te maken met Ina Demsterwold? Kwam ze daar ooit over de vloer? Wat zou die oude vrouw met haar moeten? Ze woont daar al zo lang helemaal alleen. Veel langer dan Sarina kwijt is.'

Er valt een beladen stilte waarin Kyra zich afvraagt wat ze kan zeggen. Welk argument is het sterkst? Hoe overtuig je iemand van iets wat je zelf ook nog niet helemaal gelooft?

'Ze is verdwenen op de Noordzee,' zegt ze ten slotte. 'Ver weg. Ik geloof er niets van dat ze op de een of andere manier is teruggekomen.'

Het kan gewoon niet dat ze in plaats van ver van huis zo dichtbij zou blijken te zijn. Niet in handen van een of andere onbekende gek, maar in de tuin van een bejaarde, alleenstaande buurvrouw.

'Ze is daar niet, mam,' fluistert Kyra.

Bijna gelooft ze het zelf. Haar moeder trekt haar benen op en slaat haar handen om haar knieën. Een paar minuten zit ze onbeweeglijk na te denken.

'Ik kan daar niet over nadenken,' zegt ze uiteindelijk. 'Het is te erg.'

Kyra zegt niets, omdat ze niet weet wat ze zou kunnen zeggen.

'Volgens mij is ze het niet,' zegt haar moeder vastberaden. Ze haalt haar armen van haar benen en zet haar voeten weer op de grond.

Kyra knikt. 'Wil je thee?' vraagt ze. Haar moeder is duidelijk niet van plan om nog over Sarina of over de vondst bij de villa te praten.

'Ik zit al de hele avond aan de thee,' antwoordt ze. 'Geef mij maar een glas wijn.' Ze pakt de afstandsbediening en zet de televisie uit.

Als Kyra terugkomt staart haar moeder afwezig naar het zwarte beeldscherm van de LG. Zodra ze Kyra opmerkt, kijkt ze op en lacht meewarig naar haar.

'Zullen we een film kijken?' vraagt Kyra. 'Anders lig ik toch maar wakker.'

'Goed idee,' zegt haar moeder terwijl ze nerveus met haar vingers op haar been trommelt. 'Of een aflevering van *The Bridge*?'

'Laten we dat doen,' zegt Kyra. 'Dan neem ik zo ook een wijntje.'

Niet veel later vloekt ze in gedachten om de wending die het verhaal neemt.

'Ik vond die politieman een beetje een goedlachse sul,' zegt haar moeder gniffelend. Ze heeft nog een glas wijn voor zichzelf ingeschonken en ziet er wat meer ontspannen uit. 'Maar nu hij ineens met die getuige in bed duikt kijk ik heel anders naar hem.'

'Lekker,' zegt Kyra schamper.

'Ach, dat maakt de personages interessant,' zegt haar moeder. 'Ik vind het wel verrassend.'

Als de aflevering afgelopen is kust Kyra haar moeder goedenacht en loopt naar boven. Ze gaat op haar bank zitten en kijkt naar Sarina's muur. Loslaten. Niet piekeren. Ze heeft geen idee hoe je zoiets doet.

– 12 –

Londen

Happend naar lucht schrikt Sarah wakker. Ze hoort zijn gehijg, voelt zijn handen om haar bovenarmen, voelt zijn harde lijf tegen het hare. Ze wordt heen en weer geschud tot ze misselijk is. De laatste keer braakte ze, dus sloeg hij haar en toen ze weer bij bewustzijn kwam deed haar hele lijf pijn en kon ze amper uit haar opgezwollen ogen kijken.

De kamer is donker.

Stil. Heel stil.

Ze is alleen. Ook al is de warmte verstikkend, toch trekt ze het dekbed strakker om zich heen, verder omhoog, tot over haar kin. Langzaam wennen haar ogen aan het duister. Dit is haar kamer. De kamer bij Mabel en Phil, die aan de andere kant van de gang slapen. Als ze roept dan staan ze binnen een minuut naast haar, dat weet ze uit ervaring, maar ze houdt zich stil.

Als ze zichzelf ervan overtuigd heeft dat hij niet in haar kamer is en haar hartslag weer een normaler ritme heeft, doet ze de lamp naast het bed aan en gaat rechtop zitten.

Ze haat het dat hij nog steeds invloed heeft op haar leven. Ze zou hem weg willen snijden, zoals je dat bij een gezwel doet, willen bestrijden als een smerige ontsteking, willen negeren omdat hij klein en onbeduidend is, maar hij eist zijn rol, diep in haar hersenen. Hij is haar herinneringen en gedachten met geweld binnengedrongen en nu krijgt ze hem niet meer weg. Hij is helemaal met haar vervlochten en als ze eraan begint te tornen zal ze als een breiwerk uit elkaar vallen, tot ze niks meer is, alleen een kluwen in de knoop geraakt draad op de grond, iets zonder waarde, dat je weggooit omdat er niets meer van te maken valt.

Ze staat op en loopt naar de spiegel die boven de kaptafel hangt. Ze buigt voorover, tot ze heel dicht bij zichzelf is.

'Sarah,' fluistert ze als ze naar het meisje kijkt. 'Sarah, Sarah. Ik ben Sarah.'

Hij had haar naam gevraagd, de man op het strand, de man met de hond. Al maanden trekt ze aan de noodrem als haar gedachten zijn kant op gaan, maar ze weet dat ze het niet langer kan uitstellen. Ze moet daarnaartoe. Ze moet op de rand van de smeulende vulkaan gaan staan en gewoon springen. Als zij niet naar hem toe gaat, dan komt hij wel naar haar, dat blijkt.

Ze veegt het zweet van haar gezicht en ademt diep in. Zou het waar zijn dat het kennen van je naam, je echte naam, een soort macht over je geeft? Net zoals ze zeggen dat het maken van een foto je ziel vangt?

'Sarah,' fluistert ze weer. 'Sarah.'

Ze is minder mager. Haar huid is niet meer zo grauw en haar wallen zijn voor het grootste deel weggetrokken. Haar haren zijn voller, glanzender. Belle Bea, *zei oma vroeger. De mensen vonden haar mooi. Dat had ze zelf nooit zo goed kunnen zien, maar nu ziet ze het al helemaal niet. Ze is bleek en heeft een te spitse neus, haar mond is te breed. In feite is ze een soort mislukte Sophia Loren. Met littekens. Ze draait haar hoofd opzij, bestudeert de zijkant van haar gezicht en laat haar vinger voorzichtig over de gebobbelde lijn gaan die over haar kaaklijn loopt. Haar hand gaat omhoog en ze voelt aan de knobbel op haar oorschelp, de plek waar de scheur weer dichtgegroeid is, met een onregelmatige klont bindweefsel als resultaat.*

Gehoorzamen. Opletten. Voorzichtig. Gehoorzamen. Ik zal het doen. Ik doe wat je vraagt. Alsjeblieft.

'Sarah,' prevelt ze. 'Nu heet je Sarah.'

Hij heeft zijn macht verloren. Haar ogen zijn helder. Haar blik is rustig. Zelfverzekerder. 'Ik ben Sarah. Je kunt me niet stoppen, niet vinden. Ik ben Sarah.'

– 13 –

Vorig jaar december

'Sarina en Dave zijn elkaar dus tegengekomen op Texel,' zegt Kyra. 'We weten niet of ze dat afgesproken hebben – want ze hebben elkaar al eerder in Amsterdam ontmoet – of dat het een spontane actie is geweest, maar in elk geval zijn ze uiteindelijk samen van het eiland weggevaren.'

'Mijn vrouw zegt dat het onmogelijk is dat Dave een afspraak had om met een meisje op reis te gaan zonder dat aan haar te vertellen,' zegt Grigor.

Kyra hoort het zwijgend aan. Dat zegt haar moeder ook altijd over Sarina, maar zij weet beter. Haar zus had wel meer geheimen voor haar moeder. De band was lang niet meer zo goed als zij iedereen wil laten geloven.

'Hoe het ook zij,' vervolgt Grigor, 'Sarina is op Texel aan boord gekomen en vandaar is de reis naar Ameland gegaan, en vervolgens naar Norderney. Vanuit Ameland, voordat ze in Duitsland aankwamen, heeft Dave de mail gestuurd met de foto's.'

'Zegt hij daarin dan niets over een meisje?' vraagt Kyra's vader.

'Niets. Hij vertelt over de wind, over het weer, over het schip en zegt dat hij bijzondere mensen heeft ontmoet.' De man draait opnieuw een vel papier om, met daarop de mail die de jongen zijn vader heeft gestuurd. Snel leest Kyra de tekst.

Nederland is een bijzonder land, schrijft hij. *Met bijzondere mensen. Verheug me nu op de Duitse Wadden. Later meer!*

'Sloot hij alle mails af met: "later meer"?' vraagt Kyra.

'Nee.'

'Het lijkt een belofte om snel over Sarina te vertellen.'

'Dat vind ik ook,' zegt Grigor. Hij zwijgt even. 'Een ander belangrijk feit is dat Dave een afspraak had op Ameland. Dat vertelde hij mij de laatste keer dat ik hem aan de telefoon had.'

Kyra gaat rechtop zitten. Ongelooflijk, na al die jaren zoeken en puzzelen blijven er verrassingen boven water komen, maar wat wil je anders?

'Dave zou de boot na een tocht over de Noordzee naar Zuid-Europa varen. Later in het jaar zou een schipper de boot naar het Caribisch gebied brengen. Dave had op Ameland een afspraak met een schipper die hij eerder in Amsterdam was tegengekomen en die de klus graag wilde doen. Ikzelf wilde liever het bureau inschakelen waarmee we eerder hadden gewerkt.'

'Bureau?' vraagt Kyra's moeder.

'Een soort uitzendbureau voor schippers en zeilteams.'

'Die schipper die Dave was tegengekomen,' zegt Kyra. 'Heette die Jerry Hasting?'

Grigor knikt bedachtzaam. Weer ziet Kyra de intense blik van de man. Er is iets. Onder die verweerde huid, die korst die hem beschermt tegen invloeden van buitenaf, zit een diepere laag die veel meer bevat dan hij laat zien.

'Jerry Hasting,' bevestigt hij. 'Hij leek de juiste man, zei Dave, omdat hij eerder een dergelijke klus had gedaan en een mooie aanbeveling had gekregen. Zorgvuldig. Ervaren. Daadkrachtig. Dat soort woorden. De schipper die wij eerder hadden ingeschakeld, via het bureau, zou in de nazomer vader worden, dus die was niet beschikbaar.'

'Zegt Dave in zijn mail niets over het gesprek met Hasting?' vraagt Jarno, die vooroverleunt en het papier met de mail uit Kyra's handen pakt.

'Niks,' zegt Grigor. 'Vreemd genoeg niet.'

'Ik heb op internet gezocht naar Jerry Hasting,' zegt Kyra. 'Op Facebook vond ik alleen een paar Jerry Hastings', met een s. De paar maal Hasting die ik wel vond waren allemaal ouder dan negenenvijftig. Op de een of andere manier paste die leeftijd niet bij het beeld dat ik had.'

'Denk jij dat oudere mannen niet kunnen moorden?' vraagt Grigor. Hij houdt zijn handen over elkaar gevouwen op de laatste papieren en kijkt haar onbewogen aan.

Kyra schudt haar hoofd. 'Nee, dat is het niet.' Ze denkt even na over hoe ze dit het best kan formuleren. 'Iemand moet aan boord zijn gekomen van het schip en een stuk zijn meegevaren,' vervolgt ze. 'Dat betekent dat die persoon op Ameland – of heel eventueel op Texel of op Norderney – in de haven was. Maar zonder eigen schip, want anders kun je niet aan boord blijven, lijkt me. Dan laat je je eigen boot zomaar achter. Dus ik stel me voor dat het iemand is die rondreist, zwerft, zo je wilt. Dat lijkt me niets voor een vijftiger of zestiger, maar meer voor iemand van in de twintig of dertig.'

Grigor knikt. 'Wanneer de kennismaking met Dave positief was verlopen had ik zijn referenties willen nabellen, zoals ik altijd doe,' zegt hij. 'Ik geloof niet dat het zijn echte naam is. Ik heb naderhand iedereen met die naam laten checken, dubbelchecken zelfs, maar er zat niemand bij die het kan zijn.'

'Maud Mertens kon ook al niets vinden.' Kyra's vader zucht. De koffiemachine bij de bar begint ineens luidruchtig te malen.

'Mertens kan nooit iets vinden.' Holly Slagter roert in haar cappuccino en ondanks het feit dat ze haar stem verheft om boven de herrie uit te komen, klinkt ze opvallend zacht. Ze moppert vaker op de recherche, maar de scherpe toon wordt steeds zwakker. Bitterheid wordt kennelijk niet altijd sterker naarmate de tijd vordert en Kyra hoopt dat het een smaak is die zelfs helemaal kan vervliegen.

'Er moet een signalement zijn,' zegt Kyra. 'Van de mensen die eerder met hem gewerkt hebben bijvoorbeeld.'

Een vage glimlach vormt zich op het verweerde gezicht van Grigor.

'Inderdaad.' Langzaam draait hij het laatste vel papier van de stapel om. 'We hebben een schets laten maken.'

Kyra staart naar de tekening van een knappe man, een jaar of vijfendertig, met korte blonde krullen, een neus die net iets scheef staat en een licht spottende trek om zijn mond, ook al lacht hij niet. Hij heeft iets van een acteur, misschien van een komiek – hij is een soort

Owen Wilson –, alleen passen zijn ogen niet in het plaatje, want de blik is ijskoud en berekenend.

– 14 –

Maud wordt wakker, rolt op haar zij en kijkt naar de wekker. Twee voor zeven. Ze strekt haar arm uit om haar telefoon van het nachtkastje te pakken, maar ze mikt niet goed en duwt de iPhone bijna over het randje. Een beetje wankel stapt ze uit bed, wrijft over haar gezicht en grist haar spijkerbroek van de stoel. Veel te kort geslapen, dat zou ze niet meer doen. Ze gaapt en trekt een grijs T-shirt met lange mouwen uit de kast. Net op tijd sluit ze de slaapkamerdeur achter zich.

'Goedemorgen,' zegt ze tegen haar moeder wanneer die zoals altijd stipt om zeven uur belt. Hopelijk heeft ze Edwin nu eens een keer niet wakker gemaakt.

'Ik heb goed gegeten,' antwoordt zij.

'Was er vandaag wel spek, mama?'

'De koffie was goed warm.'

'Dat is altijd fijn, mam, warme koffie.'

'En ze hadden zachte broodjes. Beter dan die harde Duitse.'

'Kaiserbroodjes. Die vind je toch altijd zo lekker?'

'Ik ga de krant lezen.'

'Oké...' Ze wil nog iets zeggen, maar haar moeder heeft alweer opgehangen. Snel tikt ze op de naam van Niels Bingsten en ze vraagt of er nog nieuws is.

'Ik kom hier net aan,' zegt hij. 'De hele tuin ligt overhoop. Ik denk dat je maar even moet komen.'

'Is er nog meer gevonden?'

'Veel meer. Kom maar gewoon kijken, dan zie je wat ik bedoel.'

*

Kyra heeft het gordijn een stukje opengedaan. Het is acht uur en de geest van Sarina is maar net uit de kamer vertrokken. Ze hadden weer over het strand gerend, haar zus onbereikbaar voorop. Ze gaapt.

Tweehonderd meter verderop zijn rechercheurs aan het werk bij de villa. Bas heeft haar een berichtje gestuurd. Hij denkt dat er meer gevonden is dan de twee hoofden. Ze stuurt hem een bericht terug, maar hij reageert niet. Ligt zeker nog te pitten.

Ze trekt haar kledingkast open en pakt een wit T-shirt met een V-hals en de vage print van een grote roze vlinder en een spijkerbroek. Als ze zich heeft aangekleed kijkt ze in de spiegel. Ze lijkt op haar zus. Sarina was mager, dat is ze zelf niet, maar de bruingroene ogen, het lange blonde haar, de volle mond – als je haar nu vergelijkt met de foto's van de Sarina van toen, zou je kunnen denken dat ze tweelingen zijn. Een zieke en een gezonde.

Ze loopt naar beneden en maakt een noodzakelijke kop koffie. Ze gaapt alweer, heel overdreven, en ze wrijft in haar ogen.

Wat moet ze met haar vader? Hoe langer ze erover nadenkt, hoe vreemder ze vindt wat ze gezien heeft. Denkt gezien te hebben. Vlak nadat ze gisteren naar bed was gegaan hoorde ze hem thuiskomen.

'Wil je nog een wijntje?' vroeg hij aan haar moeder en daarna klonk er gestommel in de keuken, en gelach in de woonkamer. Kan bedrog zo doodnormaal klinken?

Nogmaals gapend pakt ze de dampende mok en loopt terug naar boven. Eerst koffie, dan de doden bij de villa. En Maud zien op te sporen.

Ze gaat aan haar bureau zitten en start de Mac op. De doden. De plek.

Ze probeert allerlei zoektermen, maar gek genoeg komt ze niets tegen over het grote huis aan de dijk. Het moet toch een bepaalde geschiedenis hebben.

Ze kopieert een foto van de villa, die nog steeds op de site van de makelaar staat, en print het plaatje uit. Na even zoeken heeft ze ook een plattegrond van het perceel op haar bureau liggen. Vreemd, dat je sommige buren goed kent en andere helemaal niet. Demsterwold. Bij de laatste buurtbarbecue waar ze met zijn allen naartoe zijn gegaan, jaren geleden – vóór Sarina, toen ze dat soort dingen nog deden als gezin, ze was een jaar of dertien –, heeft ze de buurjongen Vincent en het buurmeisje Carla gesproken. Allebei een stuk ouder dan zij. Carla zeker een jaar of vijftien. Zij stond toen op het punt om naar Zweden te verhuizen. Vincent had ze voor het etentje nooit eerder gesproken, want die woonde in Groot-Brittannië. Hij was de avond van het buurtfeest met een Engelse vriend gekomen, een soort hippiefiguur met lang haar en een nonchalante houding. Ze hadden samen een bedrijf, vertelde hij, maar hij werkte ook nog bij een hightech-adviesbureau. De Engelsman had er verlegen lachend bij gezeten, terwijl Vincent de show probeerde te stelen met flauwe grappen, en Jarno had aan zijn lippen gehangen, net zoals Sarina aan de lippen van Carla hing. Weggaan, verhuizen naar een land vol meren en bossen, magisch!

De ouders van Carla en Vincent kende Kyra eigenlijk niet. Mevrouw Demsterwold liet zich maar zelden zien en deed niet aan buurtfeestjes. De vader was nooit thuis, die verbleef voor zijn werk altijd in Den Haag of anders in het buitenland.

Ruud Demsterwold toetst ze in. Een lange lijst met links verschijnt. Droge feiten op Wikipedia, maar ook andere koppen. *Onderzoek Demsterwold gestaakt. De affaire-Demsterwold. Oude zaak Demsterwold opnieuw in het nieuws. Mysterieuze Demsterwold-doden.*

What the fuck? Gaat dat over de buurman? Kyra buigt naar het scherm toe en bekijkt de foto's van de man. Hoog voorhoofd, überdun haar dat als een soort aureool rondom zijn schedel kringelt, kleine ogen en een scherpe blik onder grote, bijna witte wenkbrauwen. Dunne lippen en de mondhoeken licht omlaag in een arrogante, zelfingenomen trek. Een boekhouder, zou je denken, of een wereldvreemde en superarrogante kunstenaar.

Ze klikt op een van de links en leest het al wat oudere artikel. Demsterwold is een jaar of twee geleden overleden, maar kennelijk is hij voor zijn dood flink in het nieuws geweest, alhoewel ze zich daar zelf niets van herinnert. Snel loopt ze door wat artikelen heen om een indruk te krijgen van de zaak en na een halfuur gaat ze achterover in haar bureaustoel hangen, ademt diep in en langzaam weer uit. Een lange lijst van curieuze verdachtmakingen. Nooit iets bewezen. Geen veroordeling. En nu blijken er losse hoofden in de tuin van het huis waar hij ooit woonde te zijn begraven. Daar kan ze zeker weten een paper over schrijven.

– 15 –

Londen

De rechercheur stelt zich voor als Alan Smith en even heeft Sarah de neiging om een grapje te maken over deze algemene naam, maar ze houdt zich in. Hij lacht ingetogen naar haar, bemoedigend bedoeld, vermoedt ze. Zijn vrouwelijke collega, die ze al eens eerder heeft gesproken, kijkt haar niet aan en schenkt een glas water voor haar in.

'Ik heb me in uw zaak verdiept,' zegt de man. Hij klinkt vriendelijk, maar ook zakelijk – neutraal. 'Voor zover dat mogelijk is. Ik bedoel dat er niet erg veel informatie beschikbaar is.'

Het is bizar dat zij een zaak is. Hoe is ze in deze situatie verzeild geraakt? Nu ze zich haar eigen verleden – althans tot het moment dat ze met hem meeging – weer herinnert, vraagt ze zich af hoe het kan gebeuren dat je leven in zo'n korte tijd volledig omdraait. Natuurlijk heeft ze het eerder gezien. Haar vader veranderde in korte tijd van een gezonde vent in een zieke man. Dat ging ook snel, maar toch in zekere zin geleidelijk. Het was een kwestie van maanden, niet van uren. Minuten.

'Er is maar weinig bekend over u,' zegt rechercheur Smith. 'Ik zou de informatie die we wel hebben graag met u doornemen. Zeker omdat uw geheugen nu steeds beter wordt.'

Ze knikt. 'Dat is goed.'

Nadat ze in Schotland gevonden was heeft de politie uitgebreid navraag gedaan, maar er had zich niemand gemeld die een vervuilde en verdwaasde jonge vrouw had zien rondzwerven. Een oproep in de lokale krant leverde niets op. Ook verder onderzoek – van haar kleding, haar haren, haar lichaam – leidde in eerste instantie niet tot een spoor. Haar identiteit bleef lange tijd onbekend, tot ze uiteindelijk zelf was gaan praten. Maar wat er was gebeurd – waarvandaan ze was gevlucht en voor wie ze zich zo fanatiek had schuilgehouden – was nog steeds een raadsel.

'Om te beginnen de omstandigheden waarin u bent aangetroffen.' Hij legt een paar foto's neer. Grasland, rotsen, bewolkte luchten en smalle wandelpaden. Kildermorie heet het, waar ze gevonden is. Ergens in de Schotse Hooglanden. Ze rilt.

'Hier had u zich verscholen,' zegt de man. Hij laat een foto zien van het rotsblok waar ze zich onder had gewurmd. Een deel van de spleet tussen de onderkant van de rots en de aarde is losgeboord. 'En dit zijn een aantal dorpen en steden in de buurt.'

De politie had voorgesteld met haar terug te gaan naar die plek, om te zien of ze wellicht letterlijk op haar schreden kon terugkeren, maar ze had geweigerd. De angst was zo groot dat die haar keel dichtkneep als ze er alleen al aan dacht.

Sarah kijkt naar de foto's en probeert zich uit alle macht iets te herinneren. Hoe harder ze haar best doet, des te sneller de herinneringen wegvluchten, lijkt het wel.

'Ik weet het niet meer,' fluistert ze schor. 'Mabel heeft me verteld over hoe ze me vonden, maar ik kan het me niet herinneren. Echt niet.'

'Neem de tijd,' zegt de vrouwelijke agent. 'Kijkt u eens goed.'

Ze staart een tijdje naar de foto van de rots en pakt hem op. Ook als ze hem van dichtbij bekijkt maakt het niets bij haar los. Ze legt hem terug en pakt de foto's van de omgeving. Het landschap is kaal, meedogenloos. Ze ziet haar vuile en gehavende voeten. Voelt de harde ondergrond, de wind die vrij spel heeft op de vlakte. Ze heeft het koud, heel koud. De struiken durven hier amper te bloeien. Ze trekt haar trui strakker om zich heen en even lijkt het weer alsof ze het nooit meer warm kan krijgen.

'Ik weet nog dat ik liep,' zegt ze. 'Ik loop en loop. Ik wil niet in de buurt van mensen komen. Soms moet het, want ik heb honger. Heel erge honger. Ik weet het niet meer. Ik weet alleen nog dat ik bang was. Verschrikkelijk bang.'

Ze neemt een slok water, maar krijgt het daardoor nog kouder. Op de tafel ligt een waaier van beelden. Heuvels. De lucht. Blauw. Wit. Grijs, veel grijs.

Het geluid van haar eigen hijgen. De adem die door haar rauwe luchtpijp schuurt. De steken in haar zij. Ze kan niet meer. Toch rent ze.

'Ik ren,' zegt ze. 'Ik weet niet of hij me volgt. Ik durf me niet te verstoppen, want dan kan hij me vinden. Als ik maar blijf rennen.'

'Wie is het?' vraagt Alan Smith. 'Hoe heet hij?'

Ze zwijgt.

'Wat is zijn signalement?' vraagt de vrouw. Ze heeft steil, donkerblond haar en grote ogen. Ze lacht goedmoedig naar haar. 'Is hij lang? Of kort? Wat voor kleur haar heeft hij? Hoe oud is-ie?'

Sarah opent haar mond, de lucht stokt in haar keel, ze wil wel, maar ze kan niet. Alles is gestopt. Elke beweging, haar ademhaling, ze knippert zelfs niet met haar ogen. Zo zit ze bijna een minuut.

'Ik weet het echt niet,' zegt ze dan buiten adem.

– 16 –

Maud wacht bij het stoplicht op de IJdoornlaan en gaapt. De groenstrook naast de weg is verwilderd en er staan papavers en korenbloemen in het hoge gras. Er is geen wolk aan de lucht en het belooft een lekkere lentedag te worden. Eigenlijk zou ze vandaag met Edwin en Roos naar het Ilperveld gaan, om een excursie met een boot te maken waarbij verteld zou worden over de vogels in het gebied. Ze hadden Edwin gevraagd of hij als bioloog van het waterschap ook niet eens rondleidingen en lezingen kon verzorgen. In plaats van met haar vriend en dochter te ontspannen, moet ze vandaag proberen te ontdekken aan wat voor zaak ze nu eigenlijk werkt. Hoofden die al jaren in de tuin van een omstreden, maar dode oud-politicus liggen. De ene helft van de media was in volle vaart gedoken op het geruststellende nieuws dat bekende Nederlanders ook wel eens grote pech hebben bij de aankoop van een nieuw huis. EDWARD NARCING TREFT GRUWELTUIN BIJ DROOMVILLA was een van de koppen die ze in de online kranten had zien staan. De andere helft van de media probeerde verbanden te leggen tussen het gevonden hoofd en Demsterwold. NIEUW ONDERZOEK IN DE ZAAK-DEMSTERWOLD. TELLER DEMSTERWOLDS DODENLIJST LOOPT OP.

Godzijdank is het nieuws dat er meer dan één hoofd gevonden is nog niet doorgedrongen. Mensen zijn al snel opgewonden over bizarre feiten, zo erg zelfs dat ze de neiging hebben om de rest van de zaak over het hoofd te zien. Maar lang zal het niet duren. Als de nieuwswaarde van die ene schedel daalt en het aantal vragen rondom de zaak exponentieel toeneemt zullen ze er ongetwijfeld nog vandaag achter komen dat er vannacht veel meer gevonden is. En dan zal de zaak exploderen. Ze gaat met zichzelf een weddenschap aan. *Als het nieuws voor twaalven doorbreekt zonder dat mijn team erover praat, haal ik een fles chablis voor vanavond.*

Maud parkeert haar auto bij de ingang van jachthaven Twellegea en loopt zo snel ze kan zonder er volkomen belachelijk uit te zien naar de villa. Telkens neemt ze zich voor naar de sportschool te gaan, of ten minste wat vaker te gaan wandelen met Edwin, maar er is een duivelse samenzwering die verhoedt dat ze aan haar fitheid kan gaan werken. Ze houdt haar pas iets in als ze bij de villa aankomt. Bovenaan de dijk heeft zich een groepje fotografen verzameld en verderop, half verscholen achter een struik, staat zelfs een zendwagen van een televisiezender.

In de tuin van het huis, net aan de andere kant van de sloot, staat een geïmproviseerde schutting van ijzeren hekken en zwarte doeken, maar toch kun je net de hoofden van haar collega's boven de afrastering zien. Maud vist haar telefoon uit haar jaszak en belt het bureau.

'Jolanda,' zegt ze in haar telefoon. 'Overleg jij straks even met de onderzoeksleider want ik wil de boel hier nog meer uit het zicht hebben. Ik kom net aan bij de villa en het wemelt hier van de media.' Op de grasstrook bij de geiten, op de lichte helling tussen de sloot en de weg, kan best een hoog hekwerk neergezet worden. Ze kijkt naar de overkant van de straat en stelt vast dat de overburen altijd vanuit een zolderraam zicht zullen hebben op wat er gaande is.

'Tijssen gaf me net ook al opdracht het terrein onzichtbaar te maken,' zegt Jolanda. 'Er komt ook extra bewaking rond het hele perceel.'

'Prima,' antwoordt Maud. 'Regel het zo snel mogelijk.'

Als ze over het kleine bruggetje naar het huis loopt komt Niels al op haar af.

'Een bizarre zaak,' zegt hij en als Maud het schouwspel ziet staat ze stil en blijft met open mond staan kijken.

De tuin voor het huis is grotendeels weggegraven. Waar eerder alleen een brede sleuf blubber voor het terras lag – op de plek waar de waterpartij aangelegd zou worden – heeft nu bijna het hele grasveld plaatsgemaakt voor een grote zwarte moddervlakte, op een beetje knullige manier overdekt door twee tenten.

In de moddervlakte bevinden zich een aantal smalle verhogingen van aarde. Kleine zwarte plateaus met op elk ervan een halfvergaan hoofd. Aan sommige schedels kleeft nog wat hoofdhuid of haar, andere zijn helemaal kaal.

O jezus. Ze heeft al veel gezien, maar dit slaat alles. Snel telt ze. Nog eens zes. Vier op de bodem van de vijver. Zes in een grote bocht daaromheen, in wat gisteren nog het grasveld was. Ineens voelt Maud zich te moe om verder te lopen. Te moe om te praten. Wat is hier gebeurd? Waarom doen mensen elkaar dit aan?

'Zoals je ziet zijn we nog niet klaar met graven,' zegt de nieuwe onderzoeksleider. Het is een kleine, slanke vrouw met steil blond haar, rommelig met een klem op haar achterhoofd bevestigd.

'Sandy,' zegt ze terwijl ze haar hand uitsteekt. 'Sandy Koel. We hebben elkaar een keer eerder ontmoet. Die zaak met die juwelier toen.'

Maud knikt. Ze weet het weer. Het hoge huilen van de vrouw die om haar neergeschoten man rouwde had nog lang nagegalmd in haar oren. Sandy was toen een van de weinigen die onaangedaan leek en haar werk met precisie en rust was blijven doen. Bijna het hele team leefde intens mee met de hoogzwangere weduwe en het zoontje van een jaar of drie.

Maud ademt diep in en laat haar blik over de moddervlakte en de tentoongestelde schedels gaan.

'We hebben natuurlijk heel zorgvuldig gewerkt,' zegt Sandy. 'Juist omdat we op zoek zijn naar andere lichaamsdelen hebben we handmatig gegraven. Alle weggegraven aarde is verzameld en wordt nagekeken. Daar zijn we nog niet helemaal mee klaar, maar tot nog toe is niets bijzonders gevonden. Ja, bierflesdopjes, een oude aansteker, dat soort dingen.'

Maud en Niels lopen achter Sandy aan naar het terras dat voor de villa ligt. Met hun rug naar het raam blijven ze staan. De rolgordijnen zijn nog steeds omlaag.

'De komende uren gaan we verder graven en de strook richting de sloot onderzoeken.'

'Ik mag toch hopen dat het hierbij blijft,' zegt Niels.

Maud staart naar de tien hoofden die in twee halve cirkels voor het huis liggen.

'Zijn ze allemaal even oud?' vraagt ze.

'De meeste slachtoffers zijn volwassen,' antwoordt Sandy. 'Maar er zit ook een kind tussen.' Ze wijst naar het eind van een van de rijen.

'O.' Mauds stem klinkt zwaar. 'Ik bedoelde of de hoofden tegelijkertijd begraven zijn of dat er een duidelijk tijdsverloop in zit.'

'Mijn god,' stamelt Niels. Hij zet een stap naar voren en kijkt met een grauw gezicht achterom. 'Ik zag het niet eens...'

'Ik ook niet,' geeft Maud toe en ze kijkt hem aan in een poging hem gerust te stellen. 'Omdat die eersten volwassenen zijn, ging ik er gewoon van uit dat ze allemaal...'

Ze had er nog niet aan gedacht. Of misschien heeft ze de gedachte onbewust weggedrukt.

'Als dit bekend wordt,' zegt ze tegen Niels, 'dan springt heel Nederland hier bovenop. Dat wordt een gekkenhuis.'

'Kan er eindelijk eens een echt goed, gedegen onderzoek naar die klootzak komen,' antwoordt hij. 'Gerechtigheid.'

'De hoofden zijn in de loop van de tijd begraven,' zegt een van de forensisch experts die op hen af komt lopen. 'We moeten nog nader onderzoek doen natuurlijk, maar aan de staat van ontbinding is te zien dat ze van verschillende jaren zijn. Kijk.' Hij gaat hun voor en zwijgend loopt het groepje rechercheurs achter hem aan. Bij de hoofden die het eerst gevonden zijn blijft hij staan. Hij wijst naar de vier schedels die vooraan liggen. 'De ogen, tong, lippen, dat soort zachte dingen zijn meestal al snel verdwenen. Je ziet hier' – hij wijst naar een van de schedels – 'dat de meeste huid weg is, alleen hier aan de zijkant' – hij wijst naar een andere schedel – 'en daar bij deze, zit nog iets en bij deze twee is nog een aanzienlijke hoeveelheid haar te vinden.' Hij stapt naar voren en wijst naar de volgende rij hoofden. 'Bij deze zien we wat meer resten, eigenlijk denk ik dat ze precies op volgorde liggen. Ik vermoed dat op de eerste rij de oudsten liggen, en op de volgende rij van links naar rechts van oud naar de meest recente.'

'Niet iedereen heeft een touw,' stelt Maud vast.

'Klopt.'

'Het kind heeft geen touw.' Maud aarzelt. Ze heeft een vieze smaak in haar mond en het lijkt alsof iemand een band om haar borst heeft gespannen die tussen haar schouderbladen met een vleugelmoer wordt aangedraaid. Ze kucht. 'En die laatsten ook niet, maar de rest wel.'

'Dat had ik ook al genoteerd,' zegt Sandy. Haar stem klinkt vreemd opgewekt, alsof het compleet krijgen van de puzzelstukken en het oplossen van het raadsel belangrijker zijn dan het verdriet dat hier voor hen ligt. 'We kunnen hier een paar heel interessante conclusies uit gaan trekken.'

'Is alles gefotografeerd?' vraagt Maud. 'Gefilmd, opgemeten, monsters genomen?' Ze pakt haar telefoon en belt opnieuw Jolanda. 'Regel ook meteen een overkapping,' zegt ze. 'Ik wil doek gespannen hebben over de gehele voortuin.'

'Is gebeurd,' antwoordt Sandy haar na het telefonische oponthoud. 'We weten precies waar ze liggen, hoe ze liggen, alles.'

'Wanneer gaan de schedels weg?' Niels schudt zijn hoofd terwijl hij het vraagt.

'Eerst werken we nog aan de rest van de voortuin,' zegt Sandy stellig. 'Als we daar niets meer vinden dan gaan we door aan de zijkant.' Sandy wijst naar een stukje gras met kale plekken, beschut onder een paar grote loofbomen die op het terrein van de buren staan.

'Heb je er bezwaar tegen als ik wat extra hulp inroep?' vraagt Maud aan Sandy. De jonge vrouw kijkt haar met licht samengeknepen ogen aan.

'Geen enkel,' zegt ze na even nagedacht te hebben.

*

De zon schijnt, maar het is fris buiten. Met haar handen diep in haar vestzakken loopt Kyra op een drafje over de dijk, langs de kruising met de Nieuwendammerstraat en het straatje naar de huizen aan de haven. Ze vertraagt haar pas als ze de eerste journalisten bij hun busjes ziet staan. Niet aan gedacht, dat die hier zouden rondzwermen als vliegen rond een mesthoop. Langzaam loopt ze door. Als ze hier gaat stilstaan dan valt ze op. Misschien komen ze vragen stellen, op zoek naar details die nog niemand heeft. Of naar tranen, een of ander persoonlijk drama doet het altijd goed bij de massa. *Mijn buurman – we waren zulke goede vrienden – bleek een seriemoordenaar te zijn!*

Als ze bij de villa in de buurt komt gaat ze nog langzamer lopen. In de tuin staat een hekwerk met zwarte folie zodat je geen zicht hebt op wat allemaal gebeurt. Verder loopt ze, tot ze bij het bruggetje staat, de oprit naar het huis. Het waait en ze rilt. De dag oogt zomers, maar het is koud. Is het hier toch gebeurd? Is haar zus hier gestorven en begraven? Wat heeft zich hier afgespeeld, achter de door witte latjes verdeelde ramen? Wie heeft hier geschreeuwd, of willen schreeuwen, en van wanhoop tranen verspild omdat niets en niemand te hulp schoot?

Ineens realiseert ze zich dat hun vragen over Sarina in de eerste paniek vooral gingen over waar ze was. Na die eerste verwarring vroegen ze zich wel af wat er gebeurd kon zijn, maar nu realiseert ze zich dat die vragen nooit grondig genoeg zijn geweest, niet diep genoeg gingen. Zelfs toen ze beseften dat Sarina niet terug zou komen, dat het niet anders kon dan dat ze dood was, zochten ze antwoord op de vraag hoe het mogelijk was dat ze verdween, maar niet op de vraag wat er na het verdwijnen precies was gebeurd, hoe ze was gestorven. Het is de vraag die niemand heeft durven stellen. Zelfs zij niet.

Kyra staart naar het zwarte plastic waarmee het zicht op de plaats delict haar wordt ontnomen, maar ze ziet alleen het gezicht van haar zus. De open blik. Het wankele vertrouwen in zichzelf en haar omgeving. Ze was op de boot bij Dave, ene Jerry Hasting kwam in beeld en de wereld kantelde. Dave stierf. Kreeg een ongeluk, of werd geslagen, overboord gegooid. Sarina bleef achter met Hasting. Waarschijnlijk. Op Norderney wist ze zich te verstoppen in het toilet van het restaurant in de haven. Ze kraste haar naam tussen de andere namen op de deur. Plakte er een sticker van de hockeyclub overheen. Om te zorgen dat Jerry niet zag wat ze gedaan had? Of om te zorgen dat Kyra haar boodschap zou vinden, wat gelukt was, want die sticker was voor Kyra als een zwaailicht geweest. Wat deed een Amsterdamse hockeyclub in vredesnaam op een plee op een Duits Waddeneiland?

En toen? Vlak nadat ze ook de naam van haar belager in de deur had gekrast had hij haar ontdekt. Wedden? Hij bonkte ongeduldig op de deur. *Meekomen. Nu!*

'Ken je de familie?'

Ze schrikt zo erg dat ze een stap achteruit zet.

'Wat?'

'Ken je de familie Narcing?' vraagt de man weer. Hij is jong, achter in de twintig misschien, en heeft een hip baardje, leuke ogen en een vrolijke, brutale blik. 'Joris,' zegt hij. 'Joris Verstraten.'

Hij flirt met haar. Ze merkt het door de manier waarop hij naar haar lacht. Net iets te vrijpostig.

'Ik ken ze amper,' antwoordt Kyra, nog steeds niet helemaal bijgekomen van de ruwe verstoring van haar gedachten. 'Ze wonen hier pas.'

'En wie ben jij?' vraagt de jongeman. Weer glimlacht hij. Op een ontwapenende manier wel, eerlijk gezegd. Hij straalt iets fris en vrolijks uit. Iets luchthartigs. Iets wat ze zelf wel zou kunnen gebruiken op dit moment.

'Ik bedoel,' vervolgt hij. 'Waarom sta je hier te mijmeren?'

'Kyra,' zegt ze. 'Kyra Slagter.' Ze wijst een beetje halfslachtig naar de andere kant van de dijk. 'Ik woon verderop. Ik vroeg me gewoon af... hoe het hier ging. Het is... nou ja, een vreemd idee dat er zo dicht bij huis zo'n vondst is gedaan.'

Ze haalt haar schouders op en lacht voorzichtig.

'Er zijn meer slachtoffers gevonden,' zegt hij. 'Gisteren hadden ze het over twee schedels, maar nu gaan de geruchten dat het er veel meer zijn.'

Dus Bas had gelijk. Wat betekent dat? Zou Sarina...?

'Hoeveel dan?' vraagt ze.

'Sommigen zeggen acht, anderen hebben het over vijftien.'

Acht? Vijftien?

'We wachten op de woordvoerder,' zegt de jongen. 'Hier houdt iedereen stijf zijn kaken op elkaar.'

'Hoe kom je dan aan die geruchten?' Kyra is amper te verstaan. Ze kucht.

'Zo gaat dat,' zegt hij. 'Er zijn altijd mensen die iets bedenken om te kunnen kijken. Vervolgens weet je nooit of je kunt geloven wat ze zeggen.'

Dus het is een kerkhof. Wie weet wie daar allemaal liggen. Shit...

'Ik begrijp dat voordat de Narcings hiernaartoe verhuisden de weduwe Demsterwold hier woonde,' vervolgt de jongen. 'Kwam je er over de vloer?'

'Wie ben je eigenlijk?' vraagt Kyra. Ze kijkt hem opnieuw aan. Indringend, hoopt ze. Hij lijkt een beetje onzeker te worden van haar vraag.

'Dat zei ik toch,' antwoordt hij net te snel. 'Joris Verstraten.'

'Wat doe je hier?'

'Dat kan ik ook aan jou vragen.'

'Maar ik vraag het nu aan jou.'

Er valt een korte stilte.

'Ik ben journalist,' zegt hij dan, op een toon alsof hij weet dat ze nu hard gaat wegrennen.

'Aha.' Kyra weet niet goed wat ze moet zeggen.

'Ben jij niet de zus van dat meisje dat verdwenen is?' vraagt hij ineens.

Kyra deinst naar achteren, alsof hij haar pijn zou kunnen doen.

'En ben ik jouw naam niet tegengekomen in de berichten over Marc Gaullier?' vervolgt hij. 'En over de vermissing van Jesse, dat jongetje dat vorig jaar...'

'Zou kunnen,' zegt ze snel en ze begint weg te lopen. Waarom weet hij dat allemaal? Straks schrijft hij nog iets over Sarina, legt hij de link tussen haar en de schedels in de tuin.

'Hier is mijn kaartje.' De jongen steekt haar een kartonnetje toe en automatisch pakt ze het aan. 'Misschien schiet je nog iets te binnen dat interessant is voor mij. Of misschien wil je iets meer over Demsterwold weten. Dan kan ik...'

'Ik moet gaan,' zegt ze terwijl ze snel naar boven loopt, terug naar de dijk, opnieuw langs de busjes van de pers, langs de andere journalisten die haar nu allemaal aanstaren alsof ze een zak met geld is, iemand die uitgeknepen moet worden zodat het kostbare goedje vrijkomt dat zij kunnen verkopen.

– 17 –

Vorig jaar december

De man op de tekening kijkt met een mengeling van kilheid, spot en iets van arrogantie naar de toeschouwer. Natuurlijk is het maar een schets, gebaseerd op verklaringen van mensen die lang voordat de schets werd gemaakt met hem te maken hadden, maar voor het eerst staart Kyra in de ogen van een echte verdachte in de zaak van haar zus.

'Met deze schets zijn we teruggegaan naar Texel, Ameland, Norderney en de zuidkust van Zweden en Noorwegen.' Grigor neemt de laatste slok water uit zijn glas.

'Maar niks,' zegt Kyra.

'Helemaal niks,' beaamt hij. 'Ik heb de schets verspreid onder havenautoriteiten en verschillende firma's die ik ken in de branche, maar de zeilwereld is als los zand. Aan de ene kant kent iedereen elkaar, aan de andere kant zijn er zoveel avonturiers en mensen die losse klussen doen, dat een man best onvindbaar kan blijven.'

'Dus de kans is groot dat hij nog rondloopt,' zegt Kyra. 'En gewoon nog doet wat hij deed. Jonge mensen vermoorden.'

'Die kans is inderdaad heel groot,' zegt Grigor.

Er valt een beladen stilte waarin iedereen probeert te bedenken of het mogelijk is, en wat dat betekent.

'Tenzij hij de verkeerde tegen het lijf is gelopen,' vervolgt hij. 'En een deel van mij wil dat dit gebeurd is. Maar een ander deel wil dat ik hem zelf de straf kan geven die hij verdient.'

Weer valt er een stilte.

'Ik heb aardig wat speurwerk verricht en laten verrichten naar Hasting, maar het liep allemaal op niets uit,' zegt Grigor.

'Dus gingen jullie terug naar de plek waarop het enige echte spoor eindigde,' vult Kyra aan.

Grigor knikt. 'Terug naar de Noordzee.'

'Texel,' zegt Kyra. 'Ameland, Norderney.'

'Daar zijn we het spoor bijster geraakt, totdat Dave aanspoelt in Denemarken. Op Fanø.'

'Nooit een getuige gevonden?' vraagt Kyra's vader terwijl hij zijn hand opsteekt en naar de serveerster gebaart zodat hij nog iets te drinken kan bestellen.

Grigor schudt zijn hoofd. 'We hebben geflyerd, posters opgehangen, geadverteerd in kranten en er is aandacht geweest op televisie, maar er heeft zich niemand gemeld met informatie, en inmiddels is het al te lang geleden. Wie zou zich nog iets kunnen herinneren?'

'Dat lijkt me ook iets te veel gevraagd.' Kyra's moeder klinkt doodmoe.

'Graag iets sterkers,' zegt Grigor tegen de serveerster, die bij hun tafeltje staat. 'Doe maar een cognac.'

'Geen wodka?' vraagt Jarno. 'U klinkt eh... Russisch of zo.'

'Nooit wodka,' antwoordt Grigor. 'Nooit meer.'

'U hebt vast de stromingen op de Noordzee laten onderzoeken,' zegt Kyra. 'Is er een vermoeden waar Dave in het water is geraakt?'

'De Noordzee is een interessant gebied,' zegt Grigor achteroverleunend. 'Vanuit het zuiden stroomt water uit de Atlantische Oceaan de zee binnen, door het Kanaal, en dan verder langs Nederland en Noord-Duitsland. Er is ook een stroming van de Atlantische Oceaan die vanuit het noorden, langs Schotland en Groot-Brittannië naar het Kanaal loopt en dan aansluit bij de stroom vanuit het zuiden. Vervolgens stroomt het water via de kust van Noorwegen weer terug de oceaan in. Precies in de hoek tussen de Duitse Wadden en Denemarken komen verschillende stromen elkaar tegen en ontstaat een immense kolking, een enorme rotonde die tegen de klok in stroomt.'

Kyra probeert zich de kaart van het gebied voor de geest te halen en in gedachten ziet ze de zeestromen voor zich.

'Dus,' zegt ze nadenkend, 'als je boven Nederland of ten noorden van Duitsland in zee belandt moet je haast wel in Denemarken aanspoelen.'

'Precies,' zegt Grigor. Met een flauwe glimlach kijkt hij toe hoe de serveerster zijn cognac voor hem neerzet. 'Maar ook als je wat verder uit de kust van Duitsland of Denemarken te water raakt kan het door de ronddraaiende stroming in de bocht gebeuren dat je eerst verder de zee op drijft om vervolgens terug te komen, ongeveer bij Fanø.'

'Hij kan dus voor Norderney overboord zijn geraakt,' zegt Kyra. 'Tussen Ameland en Norderney, maar ook later, toen het schip...' ze denkt even na en vervolgt dan: 'noordwaarts ging langs Denemarken. Dat kan niet anders. De boot moet vrij dicht langs de kust van Denemarken noordwaarts zijn gevaren en Dave moet ergens gedurende die reis overboord zijn gezet.'

Grigor neemt een slok van zijn cognac en sluit zijn ogen als hij de drank door zijn mond laat gaan.

'Theoretisch,' zegt hij, 'zou een lichaam zelfs vanuit Schotland zuidwaarts kunnen stromen, dan langs Nederland en Duitsland richting Fanø, maar niet binnen twee weken. Bovendien zou het ook niet zo lang geconserveerd blijven.'

Weer neemt hij een slok, waarbij hij opnieuw zijn ogen sluit en de drank door zijn mond laat gaan.

'Het is vijf jaar geleden,' vertelt hij, 'dat ik een borrel heb genomen.'

– 18 –

Het eerste stel was totaal ongeschikt gebleken. Trouwens, een meisje alleen geeft veel minder heisa, dus eigenlijk had hij beter meteen kunnen besluiten om het anders aan te pakken. Het is niet lust die met hem aan de haal gaat, maar ongeduld. Hij wil spelen. Nu meteen.

Het komt hem toe dat hij meer plezier beleeft aan dit laatste stuk, zijn slotakkoord, en dat het bloed sneller dan anders door zijn aderen stroomt, zijn ademhaling dieper is en voller van zuurstof en dat de climax de finale van een vuurwerkshow zal zijn. Schitterend, explosief, overweldigend.

Voor deze middag heeft hij het Vondelpark uitgekozen. Er zijn meer studentes dan elders, meer toeristen, en het beste is dat hier veel vriendinnengroepjes zijn. Meiden onder elkaar zijn minder waakzaam, staan meer open voor contact. Kansen genoeg.

Hij is in het gras bij de fontein gaan zitten en bekijkt het lekkers. Straks wachten hem nog mooiere dingen, groter, completer. Hierna zal hij aan zijn meesterwerk beginnen.

Hij ritst zijn rugzak open en pakt een blikje Smirnoff-mix. Het geluid van het opentrekken van het lipje, de voorzichtige sis, de klak op het moment dat het metaal losschiet, brengt hem even terug naar zijn jeugd, toen hij gejatte blikjes bier leegdronk in zijn schuilplaats. In die tijd moest hij binnen blijven, huiswerk maken, iets lezen, televisiekijken, maar het lukte vaak om even weg te glippen en eigenlijk dacht hij dat zijn ouders allang blij waren dat hij niet in de weg liep. Als hij maar deed wat hij moest doen, zijn plichten vervulde, dan was het goed.

Zonder dat hij er erg in heeft gehad heeft hij het blikje leeggedronken en hij pakt een nieuwe. Hij giet een grote slok in zijn mond, voelt de bruisende, zoete en tegelijk zure vloeistof op zijn tong prikken en slikt door. De alcohol begint zijn werk te doen. Op zijn linkerelleboog leunend bestudeert hij de meisjes. Het zijn er genoeg, maar hij ziet zo snel niets wat echt bijzonder is.

Na een halfuurtje springt hij op, grist zijn rugzak mee en beent het grasveld over, op zoek naar een plek met een betere oogst. In het zuidelijkste puntje van het park gaat hij op een bankje zitten. Het zou gemakkelijker moeten zijn, ze zouden gewoon onder handbereik moeten zijn, gehoorzaam en gewillig. Hij kan een leven bieden met geld, luxe, stabiliteit – misschien zelfs met kinderen. Alles wat vrouwen willen, maar het lijkt verdomme wel alsof ze er allemaal hun neus voor ophalen. Voor hem. Hij zou...

Rustig aan.

Hij neemt de laatste slok uit het laatste blikje, gooit het in de prullenbak naast hem en staat op. Even moet hij de rugleuning van het bankje vastpakken en dan is ze daar ineens. Vlak voor hem. Een meter of tien van hem vandaan, bij het andere bankje. Ze is precies goed.

Ze leunt voorover en rekt haar benen. Een hardloopster. Lang blond haar in een staart, slank, maar gespierd. En ze is alleen. Prima. Ja, haar moet hij hebben. Dood op het eerste gezicht. Inpakken en een lintje erom.

Hij zet zijn zonnebril op, duwt zijn pet stevig op zijn hoofd en sjort zijn rugzak om. Wanneer ze het park uit rent snelt hij achter haar aan. Als het een toerist is die in een van de hotels in de buurt logeert, zal hij snel moeten toeslaan, maar als ze een woonhuis binnengaat dan heeft hij wat meer tijd.

Het meisje steekt de drukke weg ten zuiden van het park over en loopt een van de meer armoedige straatjes in. Vlak bij de kade vist ze haar sleutel uit haar hardloopbroek en opent een vaalblauwe deur. Als ze binnen is loopt hij naar de naambordjes bij de bel.

K. van Diemen. S. Vawrinka. T.S.H. Hillen.

Hij gokt op de middelste. Hoopt op de middelste. Een buitenlandse student in een vreemde stad, dat zijn de besten. Tegen de tijd dat ze gemist worden is elk spoor – voor zover dat er al is – koud.

Met hernieuwde energie steekt hij de straat over en een stukje verderop, achter een hoge auto, naast een boom, begint hij met posten.

– 19 –

Maud parkeert haar auto tussen een paar zinken tonnen vol bloeiende planten op de oprit van de met klimop overwoekerde bungalow en loopt over het pad naar de achterkant van de woning. De voordeur gebruikt Jan Anne al jaren niet meer.

Aan weerszijden van het smalle pad staan planken, stapels bakstenen en tegels, houten kratjes, alles voorzien van een groene waas van mos of wat er ook op oud bouwmateriaal groeit.

Verstoord kijkt Maud naar haar telefoon als die voor de zoveelste keer die ochtend bromt. Alweer een onbekend nummer. De eerste paar keer nam ze op, maar ze werd er gek van steeds aan de pers te moeten uitleggen dat zij niets te vertellen had en dat ze de woordvoerder moesten bellen. Ze zet nu ook de trilstand van haar telefoon uit en laat het ding opgelucht in haar jaszak glijden.

'Jan Anne?' roept ze. Ze ziet de oud-rechercheur niet. Daarvoor is de tuin te vol, zijn de stapels bouwmateriaal te hoog. Meestal is hij buiten te vinden. Altijd aan het werk, net als vroeger, alleen is de aard van het werk honderdtachtig graden omgeslagen. Jaren was hij actief voor de 'afdeling stiekem' zoals ze die noemden. *Threat assessment*, het bepalen welke persoon binnen een bepaalde groep zich het snelst beweegt over het beruchte *path to violence*, hij vertelde er na zijn pensionering over in een eenmalige masterclass die Maud had bijgewoond. Ze hadden elkaar al eerder gesproken in het kader van een aantal gruwelijke misdaden en na de masterclass was ze regelmatig bij hem op bezoek gegaan.

Achter in de wijd uitlopende tuin komt ze terecht in een landschap waar ze erg van houdt. Het lijkt een beetje op een hobbit-dorp. Er staan verschillende bouwsels van hout en aarden muren. Door de grote hoeveelheid in de muren verwerkte stukken steen, knikkers, glinsterende of juist ernstig verroeste stukjes staal, lijkt het geheel op een groot mozaïek. Op het dak van het hoofdgebouw staan een aantal ijzeren windmolentjes: kinderfietswielen, met schoepen aan de spaken. Naast de voordeur – of eigenlijk is het meer een poort die toegang geeft tot de binnenkant – staan een aantal dunne ijzeren sprieten, taps toelopend als helmgras, wiegend in de wind. Ze stapt naar binnen en ziet hem in zijn schommelstoel zitten, een soort berenvel als een deken over hem heen getrokken. Hij snurkt.

Maud trekt haar jas uit en gooit die over een stoel. Ze steekt het gasfornuis aan en vult de ketel met water. Van het aanrecht – of wat daarvoor doorgaat – vist ze twee vuile mokken en ze spoelt ze schoon. Dan gaat ze op jacht naar theebuiltjes.

'Linksonder,' bromt een lage stem. 'In dat Douwe Egberts-blik.'

Ze vist twee zakjes earl grey uit het blikje en draait zich om.

'Hoe is het met je?' vraagt ze glimlachend.

Jan Anne gooit het berenvel van zich af, rolt het op en legt het op een krat in de hoek van de kamer.

'Fit en dynamisch als altijd,' grinnikt hij en hij stapt op haar af. Hij is lang, zijn grijze, bijna witte krullen zijn doorschijnend en zijn gezicht is gerimpeld. Lange lijnen lopen langs zijn wangen omlaag. Onder zijn ogen hangt zijn tere vel in wallen naar beneden, wat hem een melancholieke uitstraling geeft. Als hij haar omhelst voelt ze hoe broos zijn lichaam geworden is, hoe de levenslust hem overeind houdt, sterk genoeg maakt om aan zijn droomhuis te kunnen werken.

'Laten we buiten gaan zitten,' zegt Jan Anne en hij gaat haar – met trage passen, licht voorovergebogen – voor naar een hoekje van de tuin, waar aan de oever van de sloot een in de lengte doormidden gezaagde ijzeren boot staat die als tuinbank dienstdoet. De andere helft ligt een eindje verderop half in het water. De resten van een kampvuur liggen op de bodem van dat deel van de boot.

Ze gaan zitten en drinken hun thee. Van hier kijk je over de weilanden die helemaal doorlopen tot aan het Ilperveld, wat op zijn beurt weer helemaal doorloopt tot aan het Noordhollands Kanaal. De ochtendzon verwarmt haar gezicht en Maud zucht tevreden.

'Je moet ook niet zo hard werken,' zegt Jan Anne.

'Hmm.'

'En ik ga zeker niet doen wat je komt vragen.'

'Hmm.'

De thee smaakt hier op de een of andere manier beter dan thuis. Maud glimlacht omdat het leven goed is. Voor deze seconde, deze minuut, dit kwartiertje. In het gras aan de andere kant van de brede sloot slenteren een paar koeien door de drassige weilanden.

'In de tuin van Demsterwold, bij het huis aan de Nieuwendammerdijk, hebben we tien hoofden gevonden,' zegt ze.

Jan Anne zwijgt lange tijd.

'Hij heeft nooit echt in dat huis gewoond,' zegt hij. 'Zij woonde daar. Hij had een appartement in Den Haag, waar hij zijn gang kon gaan.'

'Hmm. Toch liggen ze daar. En op een heel bijzondere manier.'

'Hoe bedoel je dat?'

Maud glimlacht. Binnen een paar seconden antwoord. Er zit vooruitgang in.

'Ga maar kijken,' zegt ze en ze neemt een laatste slok thee. 'Buitenkansje.'

Ze zoent hem op zijn wang en staat op.

'Goed,' zegt Maud even later, als ze op het bureau met het team bij elkaar zit. Het is zaterdagmiddag en de meesten hebben hun plannen voor het weekend in de ijskast gezet om aan de zaak te kunnen werken. Op het moment dat zij bij Jan Anne op bezoek was heeft Tijssen een persbericht uitgebracht en verklaard dat in de tuin van de familie Narcing – de naam Demsterwold werd zorgvuldig gemeden – in totaal tien hoofden zijn gevonden. Schedels die daar al enige tijd liggen. Een groot team is op het onderzoek gezet. Daar moet de burger het dan maar weer mee doen. En maakt u zich vooral geen zorgen.

Sinds het persbericht is uitgebracht is het aantal telefoontjes voor haar en haar mensen alleen maar toegenomen. Iedereen moppert erover, maar ze kan er weinig aan doen en dus loopt iedereen nu met een geluidloze smartphone.

'Wat hebben we, Niels?' vraagt ze. Ze zet de flatscreen die in de ruimte hangt aan, zapt naar een van de nieuwszenders en zet het geluid uit.

Niels Bingsten geeft een samenvatting van wat er op het terrein is aangetroffen. In totaal tien hoofden, enkele daarvan met resten touw bij de hals, vermoedelijk een ervan van een kind in de leeftijd van tien à twaalf jaar. De schedels liggen er al lange tijd.

'Verder helemaal geen menselijke resten?' vraagt Thomas Kuipers.

'Nog niet een vingerkootje,' beaamt Niels.

Maud wijst naar een van de muren waar een plattegrond van het perceel hangt. Met rode stippen is de vindplaats van de hoofden aangegeven.

'Het gearceerde gedeelte, dat deel van de voortuin dat nog niet is uitgegraven, wordt vandaag nog onderzocht. De zijkant, tussen het huis en de buurhuisjes, richting de haven, wordt morgen gedaan.'

'We zitten dus met tien vermiste lichamen,' zegt Myrna, de jongste van het team. 'Onthoofd.'

'Misschien moeten we de haven laten dreggen,' zegt Jolanda. 'Of het IJ. Dat lijkt me de meest logische plek om snel een lichaam te verbergen als je het hoofd net in je tuin in Noord hebt begraven.'

'Ervan uitgaande dat de moorden plaatsvonden in of rond de villa,' zegt Maud. 'Maar dat weten we niet.'

'Dat is zo helder als wat,' bromt Niels. Bijna verheft hij zijn stem. 'Kom op, Maud, je kent de geschiedenis, wie anders...'

'Niels,' valt Maud hem in de rede. 'Ik weet wat je wilt zeggen, maar we blijven vandaag gewoon bij de feiten, niets anders dan feiten.'

Er valt een stilte waarin je de irritatie van Niels bijna kunt horen. Hij knijpt in het plastic bekertje waaruit hij zijn koffie heeft gedronken en trekt een vies gezicht.

De deur gaat open en Yvon van de balie komt een stapel kranten en printjes brengen. Maud pakt ze aan.

'We zijn ons hoop ik allemaal bewust van de gevoeligheid van deze zaak,' zegt ze terwijl ze demonstratief een waaier van kranten op de vergadertafel neerlegt. 'Zowel de familie Narcing als de familie Demsterwold staat meer dan andere mensen in de belangstelling van de media. We kennen allemaal de verdachtmakingen betreffende Demsterwold. Die spelen al jaren. We weten ook allemaal dat daar nooit iets van bewezen is. De media' – ze wijst naar de kranten – 'staan bol van de verhalen nu er bekend is geworden wat er is gevonden.'

Alsof iemand wil bewijzen dat ze gelijk heeft, verspringt het beeld op de televisie. Er is een ingelaste uitzending op RTL. Maud zet het geluid aan. De nieuwslezer vertelt op neutrale toon, maar met gekleurde woorden, het nieuws over de vondst bij de villa. Het huis, verscholen achter een muur van zwart plastic, is te zien. En natuurlijk beelden die gemaakt zijn vanuit een helikopter. Ze grijnst omdat het de cameraman niet gelukt is iets te schieten waarop iets interessants te zien is. Een of andere deskundige schuift aan om te vertellen dat de botresten hoogstwaarschijnlijk vele tientallen jaren oud zijn. Niemand vraagt waar de man dat op baseert. Wel volgt een vloedgolf aan speculaties over wie de slachtoffers kunnen zijn en wat de mogelijke toedracht is. Als het nieuws herhaald wordt zet Maud het geluid weer uit.

'Alsof het minder erg is als die misdaden van lang geleden zijn,' schampert Myrna.

Niet vergeten om een fles chablis te kopen, denkt Maud. Er waren immers al geruchten voordat de persconferentie werd gegeven. Trouwens, ze heeft gewoon een borrel nodig. Ineens verlangt ze er hevig naar om thuis te zijn, bij Edwin en bij Roos.

'Als straks bekend wordt dat er ook een kind bij is,' zegt Jolanda, 'dan wordt het nog veel erger, de media.'

'Precies,' zegt Maud.

'Terecht,' bromt Niels.

'Daarom is het belangrijk dat wij geen olie op het vuur gooien.' Maud doet haar best om streng en overtuigend te klinken. Juist nu mag het niet uit de hand lopen. 'We mogen ons niet laten verleiden door te gemakkelijke conclusies. Laten we niet alleen in de meest voor de hand liggende richting zoeken, de richting waar de publieke opinie ons naartoe zal willen drijven, maar laten we ons gewoon focussen op de feiten. We moeten ons niets aantrekken van de pers, maar ook niet van sturing van hogerhand. Gewoon onze eigen koers varen en dan op zo'n manier dat niemand ons op een foutje kan betrappen.'

Maud laat een stilte vallen.

'Erik onderhoudt samen met de woordvoerder de contacten met de pers. Geen van ons laat een woord los over het onderzoek en in de tussentijd gaan wij door met de door ons gekozen lijn.'

Weer laat ze een stilte vallen en ze probeert aan de gezichtsuitdrukkingen af te lezen hoe iedereen erin staat. Niels kijkt nog steeds bloedchagrijnig, maar de overige teamleden lijken vastberaden om onverstoorbaar aan de zaak te werken.

'Jolanda,' vervolgt Maud. 'Ik wil graag de familie Demsterwold in kaart gebracht. Broers, zussen, kinderen, neven, nichten, alles wat van belang kan zijn. Geld, bezittingen misschien, alles wat opvalt. Kijk of nog een ander van die lui een opvallende geschiedenis heeft. Vincent Demsterwold woont trouwens in Londen en zijn zus Carla in Zweden. Neem contact met ze op. Er is ook een executeur-testamentair of een bewindvoerder of iets dergelijks. Die willen we graag spreken.'

Jolanda maakt een paar aantekeningen en knikt ernstig.

'Thomas, zou jij informatie over de familie Narcing kunnen verzamelen? Ik wil weten wie ze zijn, waar ze vandaan komen, wat hun geschiedenis is. Myrna, aan jou de vraag om het NFI achter de broek te zitten voor wat betreft de analyses van de slachtoffers, de schedels: geslacht, leeftijd bij overlijden, hoelang ze daar gelegen hebben, DNA en dergelijke. John, in de tussentijd wil ik een lijst hebben van alle in Nederland als vermist opgegeven en niet teruggevonden personen. Laten we zeggen vermissingen vanaf twintig jaar geleden. Namen, leeftijden, woonplaats, locatie van verdwijnen, eventuele bijzondere omstandigheden. John, Myrna: zodra dat kan wil ik natuurlijk onderzocht hebben of een van de vermisten soms gevonden is in de tuin van Narcing.'

'Van Demsterwold,' gromt Niels.

'Komt voor de bakker,' zegt John jolig. Zolang Maud de rechercheur – de oudste van het stel – kent, verbaast ze zich over zijn nonchalante houding, die helemaal niet overeenstemt met de serieuze manier waarop hij zijn werk uitvoert. 'Of moet ik zeggen slager?'

Maud zucht.

'Alles helder?' vraagt ze. 'Vergeten we iets?'

'Buurtonderzoek,' zegt Niels. 'Het oproepen van mensen die in het verleden aangifte tegen Demsterwold hebben gedaan. Onder anderen.'

'Erik wil nog niet dat we de hele wijk op stelten zetten,' antwoordt Maud. 'Hij wil eerst meer zicht op de zaak.'

Ze slaat haar map dicht ten teken dat het overleg is afgerond. Als ze de kamer uit lopen negeert Niels haar en verdwijnt meteen naar de toiletten.

– 20 –

Londen

Ze wilde dat Mabel er was, maar het is onmogelijk en bovendien onverstandig dat zij bij therapeutische sessies is. Steeds vaker zal ze in haar eentje het gevecht met de demonen in haar geest moeten aangaan.

'Ik wil graag dat je aan een situatie denkt waarin je je bedreigd voelde,' zegt de nieuwe therapeut. Dokter Stevens ziet er jong uit en toch is hij een zeer ervaren neuropsycholoog, gespecialiseerd in traumaverwerking. Hij is net begonnen bij de kliniek en lijkt gretig om resultaat te halen. 'Vertel me wat er aan de hand was, waarom je je angstig voelde.'

Haar gedachten razen. Als een stel windhonden rennen ze achter de haas aan, maar ze krijgen hem niet te pakken. Nooit. Angst – ze kan niet eens bij het gevoel in de buurt komen zonder misselijk te worden en flauw te vallen. Of misschien wil ze juist wel flauwvallen. Dan hoeft ze er namelijk niet mee om te gaan.

'Jane?'

'Sarah,' zegt ze. 'Noem me alsjeblieft Sarah.'

'Het spijt me,' zegt de therapeut terwijl hij in het dossier kijkt. 'Hier staat Jane.'

Omdat ze niet weet wat ze tegen hem moet zeggen, glimlacht ze. Hij is best knap.

'Laten we het opnieuw proberen, Sarah. Een herinnering. Er is al eerder over je jeugd gesproken, zie ik. Die beelden zijn goed teruggekomen. Ik wil nu stap voor stap verdergaan. Daarom wil ik dat je probeert om een angstige herinnering op te roepen en dan beginnen we meteen met de behandeling daarvan. We halen je angst weg door met piepjes te werken. EMDR heet het.'

'Ik weet wat het is.'

'Werkelijk?' De therapeut klinkt oprecht verbaasd. 'Dan hoef ik je verder niet uit te leggen hoe het werkt. Probeer een gedachte op te roepen aan een situatie die je als angstig hebt ervaren.'

EMDR, *goed idee. Rechts-linksstimulatie van de hersenhelften door lichtjes, of geluidjes, of aanrakingen, kan ook. Het maakt emoties los en ervaringen die diep in het brein verborgen zitten, en doordat de beide hersenhelften gedurende het herbeleven gestimuleerd worden, nemen de pijn en de angst af en komen er rustigere gevoelens voor in de plaats, waardoor het trauma verholpen zou moeten zijn. Goed idee.*

'Sarah? Ben je zover? Heb je een situatie?'

'Sorry, ik dacht na over de methode. Goed idee.'

'Kun je een situatie voor de geest halen?'

'Ik...' Ze weet niet wat ze moet zeggen.

De therapeut denkt even na. 'Laten we proberen bij het moment van je ontvoering te komen,' zegt hij. Hij verschuift wat op zijn stoel. 'Je hebt alles doorgenomen tot aan het moment van je geheugenverlies. Je had vakantie, staat hier. Waar was je?'

Ze probeert los te laten, de angst voor de man die zich in haar geheugen verstopt los te laten.

Het strand. Ze is klein. Papa en mama houden ieder een hand vast en ze vliegt hoog door de lucht. De hond. Een kuil in het zand. De golven. Zand. Ze is ouder. Volwassen. Ze loopt in haar eentje langs de vloedlijn en het is vroeg op de dag.

'Ik ben op het strand,' zegt ze.

'Is het warm?'

'Het is nog vroeg, en nog fris.'

'Hoe voel je je daar?'

'Fijn. Ik heb vakantie. Ik ben vrij. Het is... Ik heb alle tijd. Ik voel me goed.'

'Zijn er geluiden? Ruikt het ergens naar?'

Sarah glimlacht.

'Naar de zee,' zegt ze met een zucht. 'Het zilte water. Je ruikt het natte zand. Er ligt wat schuim in de branding. Ik hoor de golfslag. Ik hou van dat geluid.'

Even is het stil.

'Ben je alleen?' vraagt dokter Stevens.

Ja, ze is alleen. Nog. Ze loopt hard over het strand en ze is alleen. De badgasten zullen straks komen, als de zon iets hoger staat. Een stukje terug liep ze langs een strandtent, waar de jongens de ligbedden al aan het neerzetten waren. Maar hier is ze alleen. Daar verschijnt hij, in de verte, de man met de hond. Een hond zoals zij vroeger had. Een donkere... Ze begint te hijgen. De man op het strand komt dichterbij, hij is lang, breed, gespierd. Van een afstand lijkt hij wel een militair, van dichtbij heeft hij meer weg van een avonturier, een natuurfotograaf of zo. Een knappe... Geen lucht. Ze moet weg. Wil opstaan en wegrennen. Geen lucht. Ze gaat omvallen. Iemand moet... Ze stikt... Met grote ogen kijkt ze naar haar therapeut, maar die blijft onbeweeglijk zitten.

– 21 –

'Ik heb het altijd een vreemde man gevonden.' Nine schudt misprijzend haar hoofd. 'Hij had iets onechts, waardoor ik me altijd afvroeg wat er werkelijk in hem omging.'

De drie zusters zitten aan de keukentafel in het oude winkelpand, een paar huizen verderop aan de dijk. Soms heeft Kyra het gevoel dat de oude dames nooit slapen, nooit naar het toilet gaan of even de deur uit gaan om boodschappen te doen, maar eeuwig en altijd hier aan de keukentafel zitten, de een met een breiwerk, de ander met een spinnenwiel, de derde met een krant.

'Tien hoofden!' zegt Kyra. 'Tien, dat is bizar.'

'Hij was enorm vaak weg,' zegt Ella. Ze legt haar hand op die van haar zuster. 'Ina woonde hier eigenlijk alleen. Ik zag hem zelden.'

'Als hij de dader is,' zegt Kyra, nog steeds naar *De Telegraaf* starend, 'wanneer heeft hij die mensen dan begraven?' Ze kijkt op. 'Als hij er nooit was?'

'Het huis heeft ook lange tijd leeggestaan,' bemoeit Mina zich er nu ook mee. 'Toen de kinderen nog klein waren woonde de familie in het buitenland. Zuid-Afrika geloof ik. Later ook nog ergens anders maar ik weet niet meer waar.'

'Londen,' zegt Kyra. 'Dat staat hier.'

'Ah, ja, dat was het,' beaamt Mina. 'Toen Carla dertien werd zijn ze naar Nederland gekomen want Ina wilde graag een gewone, stabiele jeugd voor de kinderen, met een gewone middelbareschooltijd. Ze gingen allebei naar het Barlaeus.'

'Die school heeft Vincent niet afgemaakt,' zegt Ella. 'Carla wel, maar Vincent niet.'

'Uiteindelijk is hij naar die school in Engeland gegaan,' zegt Mina.

'Niet echt een gewone middelbareschooltijd,' zegt Kyra. 'In je eentje naar een ander land moeten.'

Ze kan er nog steeds niet over uit dat er tien hoofden bij de buren gevonden zijn. Het lijkt wel alsof het huis steeds dichter bij het hare staat. En of Sarina daar nou wel of niet tussen kan liggen wordt steeds onduidelijker. In elk geval is er geen verband tussen Sarina en Demsterwold. Lijkt het. Ze moet onderzoek doen naar die Demsterwolds. Alleen dan kan ze ontdekken of er misschien toch een of andere link is.

'Dus Carla maakte het Barlaeus af,' vat Kyra samen. 'Vincent ging naar kostschool in Engeland.'

'En hij is nooit meer teruggekomen,' zegt Mina. 'Wel voor een paar dagen, een weekje, of twee weken, maar hij heeft hier nooit meer gewoond. Hij is daar gaan studeren en later goed terechtgekomen. Heeft een eigen bedrijf, geloof ik.'

'En Carla?'

'Carla heeft diergeneeskunde gestudeerd. Dat vonden haar ouders helemaal niks. Ver beneden haar stand. Ze wilden liever dat ze gewoon arts zou worden, maar ze hield voet bij stuk.'

'Het was altijd een verdrietig meisje,' zegt Nine. 'Stil en witjes. Was vaak ziek.'

'Vertel eens iets over de moeder,' zegt Kyra. 'Over Ruud Demsterwold kan ik van alles vinden, maar over Ina bijna niks.'

'Dat geloof ik,' zegt Mina lachend.

'Ina is een trotse vrouw,' zegt Ella. 'Ze liet zich niet graag in de kaarten kijken. Als je iets over haar man vroeg antwoordde ze altijd in algemeenheden. Dat het goed ging. Dat hij snel weer naar huis zou komen.'

'Als ik iets meer zou willen weten over haar, waar zou ik dan terecht kunnen?' vraagt Kyra. 'Over de man kan ik genoeg lezen.'

'Geloof niet alles wat je leest,' zegt Ella.

'Aan de andere kant: misschien kun je wel geloven wat je niet leest,' voegt Nine toe.

'Wat bedoel je?'

'Ik bedoel dat je kritisch moet zijn en niet alles moet geloven, maar dat er ook vast meer is, wat niet gezegd wordt.'

Een beetje in de war loopt Kyra even later met de hond over de dijk. Deze keer maakt ze een rondje Vliegenbos en tot haar spijt komt ze Bas niet tegen. Ze moet hem echt te pakken krijgen. Ze moet die tuin met eigen ogen zien. Ze belt Maud nog een keer om te vragen of ze al iets weet over het DNA-onderzoek en over een eventuele overeenkomst met Sarina, maar ze krijgt Mauds voicemail.

Goed, het Barlaeus dus. Misschien moet ze daar beginnen. Als die kinderen daar allebei op school hebben gezeten dan moeten er docenten zijn die een indruk van de familie hadden. In haar hoofd loopt ze na wie ze kent die op het Barlaeus zit. De dochter van Maud Mertens, die zit toch op een school in Zuid? Misschien kent die wel iemand.

*

Weer niet thuis gegeten. Maud legt haar telefoon neer. Ze heeft Edwin een berichtje gestuurd of hij dan zondag iets leuks wil doen. Morgen gaat ze beslist wat eerder weg van het werk.

'Uitslapen,' had hij geantwoord en nu weet ze even niet meer wat ze moet zeggen.

Het is een uur of acht en nog steeds doet Niels Bingsten zijn best om haar te mijden. Ze probeert zijn blik te vangen als hij terugkomt van de koffiemachine, maar hij negeert haar.

'Niels,' zegt ze. 'Ik wil nog even langs de Nieuwendammerdijk. Ga je mee?'

Er valt een stilte. Natuurlijk gaat hij mee. Hij gaat altijd mee. Dit soort dingen doen ze altijd met zijn tweeën, ook al kun je met die wisselende diensten tegenwoordig bijna niet meer spreken van vaste partners met wie je werkt.

'Kom op,' zegt ze en ze gaat met haar jas aan naast hem staan. 'Doe niet zo flauw.'

Met een klap zet hij zijn koffiemok neer. 'Goed, ik kom al,' zegt hij niet bepaald vriendelijk.

In de auto zwijgt hij een tijdje.

'Ina Demsterwold had een stichting,' zegt Niels uiteindelijk. 'De stichting wordt tegenwoordig beheerd door die bewindvoerder. Jolanda heeft hem gebeld. We hebben maandagmiddag een afspraak.'

Maud parkeert haar auto op het bruggetje naar de villa. Het is laat aan het worden en er zijn minder rechercheurs aan de slag. Er is zelfs minder pers, maar misschien lijkt dat maar zo omdat ze in busjes zitten die over de dijk verspreid staan. Zodra Maud en Niels naar de villa lopen, rennen er een paar naar hen toe.

'Sorry,' zegt Niels resoluut. Hij houdt allebei zijn handen omhoog alsof hij zich overgeeft en ze lopen door.

'Wat gaat er nu gebeuren?' roept iemand.

'Wie zijn de slachtoffers?' roept een ander.

'Sorry,' zegt Maud nu ook zo hard en stellig mogelijk. Snel glippen ze door de poort. Maud wordt in het gedrang hardhandig tegen het hek geduwd, maar als Niels wat scheldwoorden rondstrooit en de bewaking erbij komt taaien de journalisten uiteindelijk af.

Sandy Koel is nog steeds aan het werk.

'Alle schedels zijn inmiddels weg,' zegt ze. 'Ze worden voor zover mogelijk onderzocht op gebitskenmerken, DNA. We hebben ze uitgebreid bestudeerd en wat ik hier heb zijn replica's van menselijke schedels, 3D-prints van de schedels die we hebben aangetroffen.'

Maud staart naar de tuin en de villa. Boven de hele voortuin hangen een paar strakgespannen zonnedoeken. Het modderige veld daaronder is nog groter geworden, maar zo te zien zijn er geen andere hoofden gevonden. Er staan tien korte paaltjes, met op elk een licht gekanteld houten plateautje met daarop een spierwitte schedel. Uit de oogkassen van elke schedel lopen lange rode draden en al die draden komen samen op één punt. Bedachtzaam loopt Maud naar het keukenraam, waar de draden zijn vastgemaakt. Ze gaat met haar rug naar het raam staan en staart naar de waaier van draden en de schedels. Perfect, Jan Anne heeft inzichtelijk gemaakt wat zij ook al gezien had.

'We hebben de hoofden exact zo neergelegd als we ze gevonden hebben,' zegt Sandy opgewekt. 'Ik heb er samen met je vriend een hele studie van gemaakt.'

Jan Anne steekt zijn hand op en Maud glimlacht naar hem.

'Mooi decor hebben we hier,' zegt hij als hij voorzichtig uit zijn stoel omhoogkomt en langzaam op hen af komt lopen.

'Je ziet het,' zegt Sandy. 'Als ieder persoon geleefd had en daar zou liggen, in die hoek, en met zijn hoofd in die stand, dan zou ieder van hen naar hetzelfde raam kijken. Het raam wat nu de keuken is.'

Maud knikt. Precies.

– 22 –

Vorig jaar december

'Je kent de geschiedenis van de stad goed,' zegt Grigor tegen Kyra als ze door de Jordaan lopen.

'Ik ben een feitofiel,' zegt Kyra. 'Ik weet niet hoe het komt, maar ik wil altijd van alles weten, hoe het werkt, waarom het zo is, hoe het is ontstaan. Ik kan dagen achter mijn beeldscherm zitten op zoek naar informatie of op de bank rondhangen met boeken over waar ik iets van wil weten. Ik heb schriftjes vol met aantekeningen. Het is echt belachelijk.'

'Dat heet gedrevenheid.'

'Mijn moeder zegt dat ik een overdreven hang naar controle heb. Dat ik mijn omgeving wil sturen. Ze zegt dat het komt door het verdwijnen van Sarina.'

'Op een dag zul je merken dat alles wat je al die tijd geleerd hebt bij elkaar komt, ook al weet je nu nog niet hoe of waarom. En dan zul je ook begrijpen dat het niets met Sarina te maken heeft, of misschien juist alles, maar dat dat er niet toe doet. Het gaat om de toekomst, niet om het verleden.'

'Ik vind het heel bijzonder om u te ontmoeten,' zegt Kyra. 'We hebben vier jaar lang totaal geen zicht gehad op wat er met Sarina gebeurd kon zijn. Tot we uiteindelijk die kaarten ontvingen.'

'Ik heb de kopieën gezien, ze zitten in mijn dossier. Een bizar verhaal, van die postbezorger.'

'Zulke dingen gebeuren. Daar heb ik inmiddels ook een hele file van, van bizarre gebeurtenissen die iedereen ongeloofwaardig zou vinden als je ze in een verhaal zou verwerken. Facebook staat er vol mee.'

Ze lopen langs de Rozengracht en steken de brug over in de richting van de Westerkerk.

‘Ik weet niet hoe lang de rij voor het Anne Frank Huis is,’ zegt Kyra. ‘Soms is het echt verschrikkelijk.’

‘Als de rij te lang is dan kom ik morgenochtend terug,’ zegt Grigor. ‘Dan zorg ik dat ik de eerste ben.’

Als ze voorbij de Westerkerk lopen zien ze dat voor de deur bij het Anne Frank Huis een bescheiden hoeveelheid mensen staat en ze sluiten aan in de rij.

Een halfuur later stappen ze het museum binnen. Kyra is er eerder geweest, met school en een keer met haar oma. Toch bekijkt en leest ze alles aandachtig. Grigor is het hele bezoek ernstig en zwijgzaam. Voor elk detail neemt hij de tijd en de foto’s van de familie Frank en de andere onderduikers bestudeert hij uitgebreid. Ten slotte koopt hij een prachtige uitgave van Anne Franks dagboek en na twee uur staan ze weer op de Prinsengracht.

‘Dit vind ik een uitgelezen moment voor een koffie,’ zegt Grigor. Hij lacht naar Kyra, maar ze ziet dat hij aangedaan is door het bezoek aan het museum.

‘Kom,’ zegt ze. ‘We drinken wat op het terras van café Van Zuylen en dan breng ik je terug naar je hotel.’

‘Dave was onze jongste,’ zegt Grigor als ze bij Van Zuylen aankomen. ‘Ons cadeautje. We hadden niet gedacht weer een gezin te zullen zijn.’

Kyra ziet een tafeltje vrijkomen en loopt er snel op af. Ze bestelt een zwarte koffie voor Grigor en neemt zelf een cappuccino.

‘Weer een gezin te zullen zijn,’ citeert ze hem. Ze wil hem niet vragen om het uit te leggen, alleen laten weten dat ze begrijpt dat er een verhaal is.

Hebben we niet allemaal een verhaal? Ze kijkt om zich heen, naar de lachende en drinkende mensen op het terras. Heeft niet iedereen die hier zit een of andere tragedie meegemaakt? Of vergist ze zich? Gebeuren er minder rampen dan je zou denken, of krijgen minder mensen ermee te maken omdat er een soort hogere concentratie van rampen bij bepaalde pechvogels is?

Grigor neemt een slok van zijn koffie en sluit zijn ogen.

‘Ik zal het je vertellen, Kyra. Op een dag. Maar niet nu.’

‘Op Sarina,’ antwoordt Kyra als ze haar koffiemok optilt. ‘En op Dave.’

Ze denkt aan de foto van de lachende jonge mensen. Aan de foto van de lachende Anne Frank. Wat is dat toch met foto’s van mensen die iets afschuwelijks gaan meemaken? Ze lachen altijd.

– 23 –

Hij heeft zijn keuze gemaakt. Eindelijk versnelling, een hartslag. Het is alsof hij na een lange, oersaaie winterslaap weer tot leven komt. Uitgehongerd en klaar – meer dan ooit – om zijn slag te slaan.

Hij drukt op de bel en een schel geluid galmt door het huis. Niet veel later vliegt de deur open en ziet hij een steile trap ergens boven hem in het donker eindigen. Naast de trapleuning hangt het koord waarmee ze de deur heeft opengetrokken. Het is een rommeltje in de gang. De vloer is onbekleed en smerig. Op de trap ligt een stapel post, zo te zien al een tijdje.

'S. Vawrinka?' roept hij in het schemerige trapgat.

'Ja?'

Ze blijft boven aan de trap staan.

'Ik heb een pakketje voor u. Er moet voor getekend worden.'

Niemand kan de belofte van een onverwacht pakketje weerstaan. Hij doet zijn best om serieus te kijken, ook al ziet niemand hem. Het is belangrijk dat hij in zijn rol blijft.

'Ik kom.'

Haar accent is zwaar. Als hij de tijd had dan leerde hij het haar af. Dan zou ze binnen no time netjes praten. Nederlands. Engels. Jammer voor haar, maar die kans gaat ze niet krijgen. Deze dient een ander doel.

Boven aan de trap klinkt gestommel, dan verschijnen eerst haar blote voeten, vervolgens de net te korte spijkerbroek. Een tel later staat het meisje voor hem. Ze is kleiner dan hij. Haar blauwe ogen zijn groot en ze kijkt hem met een lieve blik aan. Met een vriendelijke lach houdt hij de zorgvuldig ingepakte doos omhoog.

'S. Vawrinka?' vraagt hij nogmaals. Ze knikt.

'Wat is het?' Ze kijkt hem stomverbaasd aan. Blijkbaar bestelt ze nooit iets wat bezorgd moet worden.

'Geen idee,' zegt hij beslist maar vriendelijk. 'Dat weten wij natuurlijk nooit.'

'Maar van wie dan?' dringt ze aan.

'Ik bezorg alleen,' zegt hij. Hij zet de doos even neer, pakt een pen uit zijn PostNL-jasje en houdt een papier onder haar neus. 'Hier tekenen graag.'

Even lijkt ze te twijfelen, maar dan zet ze haar handtekening en neemt het pakket aan.

'Veel plezier ermee,' zegt hij goedgemutst.

'Dank,' antwoordt ze. Ze staat met de doos in haar handen alsof ze de lotto heeft gewonnen.

– 24 –

'Laten we beginnen met de lijst van vermissingen.' Maud kijkt Myrna en John vragend aan en die laatste staat op om de overzichten rond te delen. Ze is trots op haar team: daar zitten ze weer met zijn allen op een zonnige zondagochtend, allemaal even gemotiveerd.

'Je hebt gevraagd naar alle vermisten van de afgelopen twintig jaar,' zegt John tegen Maud. 'Myrna?'

Myrna overhandigt een stapel papieren aan Maud.

'Daar zijn ze,' zegt ze. 'Maar de lijst is niet erg zuiver.'

'Ik weet het,' zegt Maud. Als iemand terecht is wordt dat lang niet altijd doorgegeven en de politie heeft geen mankracht om achter al die vermisten aan te gaan. Snel schat ze in dat in die periode meer dan duizend, bijna tweeduizend vermisten zijn opgegeven waarvan ze weten dat die nog kwijt zijn. En dan te bedenken dat er in de krant al namen genoemd worden van verdwenen jonge vrouwen en kinderen. Waar baseren ze dat toch op en waarom denkt er niemand aan de gevoelens van de familie van die vermisten?

'Is er van al deze vermisten DNA-materiaal beschikbaar?' vraagt Maud, met de lijst wapperend.

'Niet van allemaal,' zegt Myrna. 'Maar van de meesten is een behoorlijk dossier aanwezig.'

'En het NFI?' vraagt Maud.

'Ik heb ze gebeld,' zegt John. 'Het is nogal een klus, DNA van tien hoofden halen en omdat er geen sprintprocedure van is gemaakt...'

'Waarom is dat niet gebeurd?' Ze klinkt scherper dan ze wil, maar haar team negeert de uitval.

'De jaarcapaciteit daarvan is maar vijftig,' stamelt John. 'Dus dan is met dit onderzoek twintig procent van de eh... voorraad op.'

'Ik heb het er wel met de onderzoeksleider over gehad,' zegt Maud.

'Het is niet acuut genoeg,' antwoordt John. 'Deze zaak voldoet niet aan de criteria, dat weet jij ook.'

Hij heeft gelijk, normaal gesproken wordt de snelle procedure alleen gebruikt bij ontvoeringen, gijzelingen of iets dergelijks – zaken waar tijdsdruk op zit, die nog goed kunnen aflopen als er heel snel onderzoek wordt gedaan.

'Wanneer rapporteren ze dan?' Normaal geeft ze zich niet zo snel gewonnen, maar Maud weet dat het haar aan sterke argumenten ontbreekt om de zaak te bespoedigen.

'Dat laten ze weten na het eerste onderzoek van het materiaal,' antwoordt Myrna. 'Nadat ze vastgesteld hebben waarmee ze moeten werken.'

Maud schudt haar hoofd. 'Weten we al of het vrouwen of mannen zijn?'

'Nee,' zegt John. 'Ik had Vilena aan de lijn en die zei dat ze geen bevoegdheid heeft om het onderzoek voorrang te geven boven de andere onderzoeken die al lopen. Ze zitten nu nog met die laatste afrekening. Wapens, auto's, lichamen – er staat daar enorme druk op de ketel. Vooral als moeders voor de ogen van hun kinderen worden neergeschoten. Zeg er eens wat van dat ze dat snel willen oplossen. Onze moorden zijn niet recent gepleegd, zei Vilena. Dus kan het wachten.'

'Als die hoofden nou eens van recenter datum zijn?' bitst Maud. 'Of als we tien families snel kunnen vertellen dat hun dierbare gevonden is? Is het niet belangrijk om die mensen zo snel mogelijk zekerheid te geven?'

'Je hoeft mij niet te overtuigen hoor, Maud.' John kijkt haar chagrijnig aan.

'Dus hoelang gaat het duren voordat ze alles onderzocht hebben?' vraagt ze met een zucht.

'Een week of vier, vijf,' zegt Myrna zacht.

'Vijf weken?' valt nu ook Niels uit. 'Hoe moeten wij ons werk doen zonder die gegevens?'

'Ik ga erachteraan,' zegt Maud. 'Dit accepteer ik niet. Ze kunnen daar in Den Haag wel doen alsof het maar gewoon een of andere stokoude zaak is die er niet meer toe doet, maar we hebben het hier verdomme over tien doden.'

John knikt instemmend, de rest van het team zit er wat stilletjes bij. De hele dag al worden ze allemaal achtervolgd door de pers met vragen over de zaak.

GROOTSTE MOORDZAAK OOIT, kopte *De Telegraaf*. Het ene na het andere actualiteitenprogramma besteedt aandacht aan het huis, de zaak en vooral aan Demsterwold. Het is vermoeiend, vooral als je nog niets te vertellen hebt.

Jolanda gaat bij de weergave van het huis en de tuin aan de muur staan.

'Het onderzoeksteam vermoedt dat deze stipjes de oudste vier zijn,' licht Jolanda toe. 'Deze aan de westkant is het kinderhoofd. De vijf andere liggen in een halve cirkel achter de vier eerdere hoofden, precies in een parallelle cirkel, om en om achter de vier.' Ze wijst aan wat ze bedoelt. 'De latere hoofden liggen dus niet recht achter de andere, maar er als het ware steeds schuin achter. Die lijnen die je getekend ziet, is de richting waarin de persoon gekeken zou hebben als die nog had geleefd.'

'Ze liggen inderdaad precies zo dat ieder hoofd uitkeek op het keukenraam,' zegt John verbijsterd. 'Om en om, eerste rang, tweede rang. Niet te geloven.'

'Klopt,' zegt Jolanda, die een foto van de schedels en de rode zichtlijnen ophangt. 'Maar wat ook opvalt is dit: de hoofden van de volwassenen liggen allemaal precies op de goede plaats, alleen het kinderhoofd ligt apart en maakt het geheel asymmetrisch.'

'Het klopt dus niet,' vat Maud samen, terwijl ze opstaat en haar vinger op de tekening legt. 'Het is niet af. Er mist een hoofd.'

– 25 –

Al sinds hij jong is brandt het verlangen in hem, als een paar gloeiende kolen onder in zijn buik. Hij kan zich niet herinneren wanneer het begon. Het is er gewoon. Soms laait het vuur op in zijn slaap en droomt hij over hoe hij repen vlees lossnijdt, hoe het bloed stroomt, over angstkreten en laatste zuchten, hij scheldt en tiert en de ontlading is immens. Het is een noodzaak, geen keuze. Vaak wordt hij wakker omdat hij klaarkomt.

Het vuur dooft dan – maar nooit helemaal. Het allergrootste genot is als hij het bewust weer aanwakkert. Een voorzichtige vlam, om zich heen tastend, zoekend naar de beste optie, likkend, proevend. Dan ineens laait het weer op. De steek schiet door zijn lichaam, als een flipperkastbal stuiterend van rib tot rib, van de onderkant van zijn schedel tot zijn bekken.

Hij voelt, dus hij leeft.

Sorry, ik heb mijn pols gekneusd, ik dacht dat ik dit wel alleen kon, maar kun je me alsjeblieft even helpen dit bankje in de bus te zetten?

Hij kent de zin in alle talen want als blijkt dat ze Nederlands zijn dan laat hij ze meestal gaan. Nederlands geeft te veel heisa. Een toerist is veel handiger. Een illegaal is nog beter. Of een buitenlandse student.

Please, can you help me...

Het is zo doorzichtig dat je denkt dat niemand er meer in trapt. Het is de truc van Ted Bundy, het wordt gebruikt in *The Silence of the Lambs*, maar niemand kent die klassiekers nog tegenwoordig. Het is verbazingwekkend hoe goedgelovig en aardig jonge vrouwen zijn, dat ze je altijd wel willen helpen, hun tijd zomaar even aan je geven – en daarna hun leven. Suzanna Vawrinka is een heel aardig meisje. Behulpzaam. Beleefd. Goedlachs. Een beetje onzeker, want ze glimlachte alsof ze zich steeds verontschuldigde. Sorry dat ik er ben. Sorry dat ik hier loop. Sorry dat ik je even help.

Bedankt.

Eenmaal achter in het busje, in het nauw gedreven achter de tweezitsbank, die ze onder aan de armleuning optilde, stribbelde ze even tegen toen hij haar beetpakte om haar te verdoven, maar het klusje was zo geklaard en nu ligt ze daar, willoos. Dat krijg je ervan als je uitnodigingen van vreemde mannen aanneemt.

Als de buit binnen is dan is het de kunst om ervan af te blijven.

Een tijdje.

Normaal gesproken kost die tantaluskwelling hem enorm veel kracht, maar gelukkig heeft hij tegenwoordig tussendoor ander werk dat zijn volledige concentratie vraagt, en bovendien een boel tijd. Hij houdt ervan om zichzelf uit te dagen en tot nog toe is hij zeer ingenomen met hoe alles loopt.

Hij heeft de bus tot vlak voor de garage gereden. De achterkant staat bijna tegen de overheaddeur aan. Met de afstandsbediening laat hij de rolluiken geruisloos omhoogdraaien en zodra ze voldoende geopend zijn rijdt hij nog een stukje achteruit, stapt uit en glipt onder het ijzer door om de achterbak van zijn auto te openen. Een fractie van een seconde kijkt hij om zich heen. Niemand te zien, zoals hij al verwachtte. Dan tilt hij snel het meisje uit de bus, legt haar in de achterbak van de daar geparkeerde auto en sluit meteen de klep. Vervolgens sleept hij het bankje naar de rand van de bus en tilt het op. Hij zet het donkerbruine geval op zijn zijkant achter in de garage en dan sluit hij de roldeur zodat hij de bus weg kan brengen.

Twintig minuten later is hij terug en hij opent de kofferbak om te controleren of ze nog buiten westen is. Ja, helemaal. Mooi.

Tantalus. Zijn mond is vochtig van overvloedig speeksel. Hoe dichter hij het doel van zijn spel benadert, hoe harder het bloed door zijn aderen golft. Het perfecte scenario. Zijn ultieme fantasie. Opengesperde ogen. Haar besef dat er geen ontsnappen mogelijk is. Hij zwelt op. Wordt langer, groter, indrukwekkender. Ontzag, dat is het. Ontzagwekkend is hij, en zo hoort het ook. *Hou daar maar beter rekening mee als je me tegenkomt.*

– 26 –

Haar ouders zijn zomaar eens allebei een avond thuis en ze besluiten samen een film te kijken. *Inception.*

‘Kijk je mee?’ vraagt haar moeder.

‘Nee, heb ik al gezien,’ antwoordt Kyra koel. Ze praten niet over de vondst bij de villa. Ook al staat het in alle kranten, ook al is het het belangrijkste onderwerp in alle nieuwsuitzendingen en talkshows, hier in huis rept niemand er meer met een woord over. Bizar.

Kyra draait zich om, pakt een La Chouffe uit de koelkast en loopt naar haar kamer. Ze heeft Maud Mertens nog een keer gebeld, maar de rechercheur heeft niet teruggebeld. Ze gaat aan haar bureau zitten, pakt haar kladblok en bekijkt haar aantekeningen.

Demsterwold. Geboren in 1932, startte in ’52 met de studie rechten in Leiden, werd lid van Minerva, het Leidsch Studenten Corps. Werkte eerst bij een gemeente in Noord-Holland en werd uiteindelijk ambassadesecretaris bij de permanente vertegenwoordiging van Nederland bij de Europese Unie in Brussel. Kyra kijkt naar wat ze nou precies heeft opgeschreven. Vast weer zo’n goedbetaalde baan waarvan niemand weet wat het is. Na die dienstbetrekking werd Ruud Demsterwold ambassadeur, eerst in Zuid-Afrika en later in Londen, waarna hij minister van Buitenlandse Zaken werd. Na de val van het toenmalige kabinet kreeg hij nog een paar hoge posten hier en daar. Hij overleed in 2013, op eenentachtigjarige leeftijd.

Raar, denkt ze. Niets van gemerkt dat de buurman van verderop overleden is.

Goed, een fraaie ambtelijke loopbaan dus, maar ook een fraai lijstje aan verdenkingen. Ze begint te lezen op een van de sites die blijkbaar erg anti-Demsterwold is. Ze leest over seksfeesten met jonge meisjes en het verhaal dat de man in de periode dat hij ambassadeur was jonge jongens voor zich liet regelen om de avond mee door te brengen. Een biseksuele pedofiel, toe maar. Door zijn ambtelijke status in het buitenland onschendbaar. Handig.

Op een van de sites vindt Kyra een link naar wetenswaardigheden over pedofilie in Nederland. De weerstand tegen seks met kinderen bestaat nog niet zo lang, leest ze. In 1975 zegt een bekend politicus: 'Zolang volwassenen en kinderen vrijwillig seks hebben met elkaar, lijkt het me geen probleem.'

Kyra klikt van link naar link en leest met stijgende verbazing wat de artikelen beweren.

In 1985 stelt Korthals Altes in een wetsvoorstel voor om seks met jongeren vanaf twaalf jaar te legaliseren. Weer tien jaar later, in 1995, schrijft de PvdA een rapport over seks tussen volwassenen en kinderen. Een rapport dat nu ineens helemaal nergens meer gevonden kan worden.

Een van de auteurs, Cees Straver, zou in 1996 op de vraag of een leraar vrijelijk seksuele contacten zou kunnen onderhouden met zijn twaalfjarige leerling hebben geantwoord: 'Jazeker.'

Kyra zoekt een tijdje naar het geluidsfragment, dat kennelijk op de radio is geweest, maar kan het niet vinden. Dit moet toch allemaal grotendeels waar zijn. Dit is te controleren. Uitspraken van politici op openbare zenders, wetsvoorstellen, officiële rapporten. Jezus, 1995, toen werd ze geboren, dat is pas twintig jaar geleden en toen liepen er dus allerlei belangrijke lui rond die seks met kinderen normaal vonden en probeerden te legaliseren. En niet veel later werd er een minister aangesteld waarvan een flink aantal mensen beweerde dat hij een actieve pedofiel was.

Jesse – nog ziet ze die angstige ogen toen ze elkaar ontmoetten na zijn ontvoering – was met een groep andere geroofde kinderen op weg naar Saoedi-Arabië, het land waar duizenden en duizenden vrouwen en kinderen als slaaf werken, huishoudelijke hulpjes die hun paspoort moeten inleveren op het moment dat ze een voet over de drempel zetten en bij wie vaak seksuele diensten worden afgedwongen. Daar doen ze het zo. Niet zo lang geleden probeerden wij het hier gewoon via wetgeving.

Ineens bedenkt ze iets belangrijks en ze gaat achterover in haar stoel hangen. Sarina was geen kind meer. Ze was negentien. Ze behoorde dus niet tot de groep die Demsterwolds interesse had. Dat maakt het toch echt onwaarschijnlijk dat zij in die tuin ligt. Zie je wel.

Ze slaat de blaadjes met aantekeningen om en legt het aantekenblok met een klap voor zich op haar bureau. Ze schrijft groot het cijfer 3 op een lege bladzijde en omcirkelt dat. *Dader*, schrijft ze ernaast. Eronder schrijft ze de namen van de bewoners: *Demsterwold, Narcing*. Ze denkt even na en schrijft op: *Familie? Vriend/bekende? Vijand? Vreemde/willekeurig? Tuinman? Aannemer? Buurtbewoner?*

Ze scheurt het vel papier van het blok en omcirkelt het getal 2 op het volgende blad. *Locatie*, zet ze ernaast. Er zijn zoveel seriemoordenaars die hun slachtoffers in en om hun huis begroeven. John Wayne Gacy begroef een flink aantal van zijn drieëndertig slachtoffers in de kruipruimte van zijn huis.

Gemak? schrijft ze op. Maar waar zijn dan de lichamen? Als het puur gemakzucht was, of de wens niet gezien te worden terwijl je met een lijk sjouwt, waarom dan alleen de hoofden?

Misschien zijn het trofeeën. Veel moordenaars bewaren een aandenken aan hun daad. Om terug te kunnen gaan naar dat ultieme moment, of om het gevoel te blijven hebben dat ze superieur zijn. Maar waarom zou je een trofee onder de grond verstoppen? *Trofee?* schrijft ze aarzelend op.

Even zit ze bewegingloos, dan zet ze een groot vraagteken op het papier en scheurt het blaadje los. Ze staat op, prikt de papieren op de muur van Sarina, helemaal aan de zijkant, naast de foto van de villa en de plattegrond van het perceel, die ze daar al eerder heeft opgehangen.

Op het volgende blad zet ze een omcirkelde 1 en ernaast schrijft ze *Slachtoffers*.

Wie? schrijft ze eronder. *Waar vermist? Omstandigheden? Doodsoorzaak? Hoofd?* Even zit ze naar het verder lege vel te staren en dan kijkt ze op naar de muur van Sarina, naar de foto's, de landkaarten, de gegevens, de lijnen die ze getrokken heeft. Ze staat op, prikt het vel met het cijfer 1 op de muur en gaat weer zitten.

Vermisten Amsterdam/Nederland, schrijft ze op een nieuw vel, scheurt het af en prikt het onder de papieren met de cijfers op de muur. De slachtoffers in de tuin van de villa moeten ooit vermist zijn geraakt in Nederland, waarschijnlijk zelfs in Amsterdam. Het is heel onwaarschijnlijk dat de dader zijn slachtoffers door heel Nederland vervoerde, of zelfs uit het buitenland haalde om hen dan in Amsterdam te vermoorden en begraven. Als ze willen weten wie de doden in de tuin zijn, zouden ze een lijst met alle in of rond Amsterdam vermiste personen moeten maken.

Opnieuw staart ze naar de muur, naar de gegevens van Sarina, naar de kaart van de Noordzee, en dan buigt ze zich over een volgend papier en schrijft *Vermisten Noordzee.* Kyra staat op en hangt het vel met de woorden *Vermisten Noordzee* precies tussen de gegevens over Sarina en de vier blaadjes met de vragen over de doden in de tuin aan de dijk. Heeft er eigenlijk ooit iemand goed onderzocht hoeveel mensen er vermist zijn geraakt in de kuststreken rond de Noordzee? Is er eigenlijk wel goed genoeg onderzocht of er ongeïdentificeerde doden zijn in datzelfde gebied? Straks ligt haar zus gewoon ergens begraven omdat ze om de een of andere idiote reden gewoon niet geïdentificeerd is. Ze gaat aan haar Mac zitten en opent een nieuw document. *Onderzoeksopzet,* typt ze.

– 27 –

'Er staat alleen een agent voor de omheining,' fluistert Bas Narcing. Hij heeft haar bij de poort opgehaald. Natuurlijk mag de familie gewoon bezoek hebben. 'En een paar op het terrein van de haven en een op de dijk. Mijn moeder heeft geëist dat er 's nachts niemand is en dat de tuin alleen bij de oprit wordt bewaakt. Ze wil geen politieagenten direct rondom haar huis.'

De jongen opent de serredeur en wijst naar rechts. Kyra loopt de donkere tuin in. Aan de zijkant van het huis staan bomen en struiken en ze ziet amper iets.

'Vindt ze het niet griezelig?' vraagt Kyra zo zacht mogelijk.

'Man, ze wil alweer verhuizen,' antwoordt Bas. 'Mijn vader is nooit zo stellig, maar dit keer heeft hij gezegd dat ze de pot op kan en dat hij hier gewoon blijft wonen.'

Kyra doet haar best om zo stil mogelijk langs het huis te lopen.

'Niet dat hij ooit thuis is,' vult Bas nog aan.

'Mag je nooit mee?' vraagt Kyra. 'Survivallen lijkt me echt zo'n vader-zoon-ding.'

'Productiekosten. Verzekeringen,' zegt Bas. 'Planning. Ik kan nooit mee. Geen ruimte voor.'

Kyra gromt zacht om aan te geven dat ze dat teleurstellend vindt.

'Kijk je wel eens naar het programma?' fluistert Bas.

Kyra knikt. Overdreven voorzichtig sluipt ze met de buurjongen tussen het huis en de omgespitte tuin door.

'Is het je wel eens opgevallen,' vervolgt Bas zachtjes, 'dat mijn vader alleen maar observaties maakt die over hemzelf gaan?'

Kyra staat stil en kijkt hem verbaasd aan.

'David Attenborough bijvoorbeeld vertelt over het land, de streek, het klimaat en het dier dat in beeld is. Mijn vader vertelt over zichzelf. Hoe warm hij het heeft. Dat hij het tof vindt om ergens te zijn. Wat een geluk hij heeft dat het ging regenen omdat hij nu drinkwater heeft.'

'Ik ga nog eens een aflevering bekijken,' zegt Kyra zacht. 'Ik zal erop letten.'

Op dat moment lopen ze de hoek van het huis om en Kyra staart naar de door de maan verlichte opgraving. Mijn god.

Ze zet een paar passen verder de tuin in. Bas blijft op de hoek staan.

Geen wonder dat Maud Mertens niet heeft teruggebeld. Shit.

'Ik zei toch,' zegt Bas. 'Bizar.'

Met ingehouden adem loopt Kyra nog een stukje vooruit. Aan de rand van de opgraving blijft ze staan.

'Kijk,' zegt ze na een tijdje. Ze fluistert nog steeds. Ze bekijkt de draden die naar het keukenraam lopen. 'Alle blikken zijn gericht op dat raam.' Ze schudt haar hoofd en kijkt naar Bas, die naast haar is komen staan. 'Was dat altijd al de keuken?' vraagt ze.

Bas schudt zijn hoofd. 'De salon,' zegt hij. 'Een soort opkamertje van die oude mevrouw. Schijnt dat ze daar altijd zat.'

'Dus alle hoofden kijken omhoog naar Ina Demsterwold,' stelt Kyra vast. 'En dit gaat niet zozeer over meneer als wel over mevrouw.' Ze doet nog een paar passen en blijft onder een grote boom staan. 'Iemand heeft dit heel zorgvuldig voorbereid,' zegt ze zacht. 'Uitgetekend. Markeringen achtergelaten in het gras. Of anders al die hoofden tegelijk begraven. Maar dat lijkt me sterk. Dan heeft hij ze ook allemaal tegelijk gedood. Of...'

Ze denkt even na en Bas staat zwijgend naast haar.

'Planmatigheid,' zegt ze. 'Woede. Koelbloedigheid.'

In de stilte die ze laat vallen klinkt plotseling een donkere stem.

'Intelligentie. Doorzettingsvermogen. Als hij zich een doel stelt, dan haalt hij het ook.'

Kyra hapt naar adem. Ze kijkt zo snel naast zich dat haar nek er pijn van doet. Bas schiet naar achteren en valt bijna in de kuil met de schedels. In het donker ziet ze een bruine beer. Een pratende beer op een stoel. Het beest staat op en even overweegt Kyra om het op een rennen te zetten, maar dan bedenkt ze zich en stapt naar voren. De beer blijkt een hoofd met grijze krullen en vriendelijke ogen te hebben. De man is vrij lang en draagt donkere outdoorkleding.

'Een intelligent persoon,' stamelt Kyra. 'Goed opgeleid, maar werkt onder zijn niveau. Misschien woont hij nog bij zijn ouders, of hij wordt er financieel door ondersteund. Ik bedoel...' En ze kijkt weer naar de schedels. 'Hij is in zekere zin onvolwassen, emotioneel dan.'

Even staan ze zwijgend te kijken naar het vreemde tafereel.

'Dit zijn trofeeën,' zegt Kyra terwijl ze een beetje onduidelijk naar de schedels wijst. 'En het is heel on-Nederlands.'

'Er gebeurt veel meer dan de mensen weten,' zegt de man. Hij legt het berenvel op de stoel en glimlacht moeizaam. 'Ook in Nederland.'

'Godskolere,' zegt Bas. 'Ik schrok me helemaal kapot. Wie bent u?'

'Ik ben hier al de hele dag,' zegt de man. 'Heb je me niet gezien? Jij bent de hele dag thuis geweest. Ik heb je een paar maal uit het raam zien kijken.'

Zijn stem is vriendelijk en zijn uitstraling heeft iets goedmoedigs. Bas schudt zijn hoofd en blijft op een veilige afstand staan, maar Kyra stapt naar voren en steekt haar hand uit.

'Kyra,' zegt ze.

'Slagter,' vult de man aan. 'Maud heeft wel eens iets over je verteld.' Hij kijkt haar onderzoekend aan. 'En over je zuster.'

'Ik maak me zorgen,' zegt Kyra. 'Als ik dit zo zie...'

Tien hoofden in de tuin van de villa. Vrouwen? Maar in elk geval tien. Tien, in godsnaam. Hier is iets heel vreemds aan de hand.

'Dit zijn niet de echte schedels,' zegt ze ineens. 'Zijn het replica's?'

'Jan Anne Gerritsen,' zegt de berenman. Ze merkt dat ook hij fluistert. 'De hoofden zijn al naar het NFI.'

'Wanneer worden de resultaten van het DNA-onderzoek verwacht?' Kyra merkt zelf dat haar stem bedrukt klinkt. Het lijkt of er een knik in haar stembanden zit.

Jan Anne Gerritsen haalt zijn schouders op.

'Zijn het allemaal vrouwen?' probeert ze dan en weer reageert hij amper.

'Als het een seriemoordenaar is,' vervolgt ze. 'Nee, ik bedoel: het is een seriemoordenaar en die moorden zijn vaak binnen één geslacht. Niet dan een vrouw en dan weer eens een man. Het lijken me schedels van volwassenen. Zijn deze exact nagemaakt?'

Nu knikt hij. '3D-prints van scans,' zegt hij.

'Ik durf te wedden dat het allemaal vrouwen zijn,' zegt Kyra.

Toen Sarina zestien werd had ze voor haar verjaardag een kaftan gekregen van een vriendin van mama. Wit katoen, doorschijnend, met borduursels in zachte kleuren en kwastjes aan de mouwen. Ze droeg hem thuis, op haar kamer, met alleen een onderbroek eronder. Hoe magerder ze werd, hoe meer ze op een geestverschijning ging lijken. Is dit dan wat er van haar overgebleven is? Van het sportieve meisje dat veranderde in een spook met een wit gewaad? Een schedel in een modderveld, vlak bij huis?

'Maar ik durf er niet om te wedden dat jouw zuster hierbij ligt.' De stem van de oude man klinkt op een vreemde manier geruststellend. 'Helemaal niet zelfs.'

– 28 –

Zondag rond het middaguur was Maud nog even teruggegaan naar de villa. Jan Anne Gerritsen zat op een tuinstoel in de schaduw van een grote boom, aan de rand van de afgraving met de schedels. Het leek of hij sliep.

'Vanmiddag gaan we een stuk varen,' zei Maud. 'Dus ik ga je zo meteen meenemen. Je zit hier alweer lang genoeg na te denken.'

Hij had gegrijnsd maar niets gezegd en ze wist dat dit was omdat zijn gedachten nog niet af waren. Het idee moest verder rijpen.

Sandy kwam hun kant op lopen.

'Ontzettend bedankt.' Ze schudde met twee handen zijn hand en keek hem vriendelijk aan. Dat effect heeft hij op mensen. Altijd gehad. Hij is iedereens liefste opa, ook al toen hij vijftig was. Maar zoals het een opa betaamt is hij ook star, koppig en als hij iets wil uitvogelen heeft hij een engelengeduld.

'Het staat in alle kranten, op alle sites, het nieuws is de hele tijd op tv,' zei Maud met een zuinig lachje, terwijl ze hem de auto in hielp en achter het stuur plaatsnam. 'De speculaties zijn weer niet van de lucht.'

'Zo hoort dat,' bracht Jan Anne tegen haar in.

'Het allereerste verhaal was dat de Narcings naar een horrorhuis waren verhuisd. Leedvermaak. VERBORGEN GEBREKEN stond er boven het artikel.'

Zijn lach was zo oorverdovend dat ze ervan schrok.

'Tja...' grinnikte ze. Ook al was het niet grappig, zijn lach was te aanstekelijk. Ze gnuifde mee. 'Sorry,' zei ze. 'Ik wil niet...' Maar ze kon haar lachen niet inhouden. Hoofdschuddend reed ze weg.

Maud gaapt en loopt naar de koffiemachine. Zelfs na een ontspannende zondagmiddag is ze tegenwoordig nog moe. Is dat de leeftijd? Of is ze ziek, zou ze eens naar de huisarts moeten gaan? Maar met welke klacht dan? Iedereen is tegenwoordig moe. Niels ziet er ook uit alsof hij ieder moment kan omvallen. Hij is altijd lang en mager geweest, maar de kringen onder zijn ogen zijn de laatste dagen veel donkerder geworden. Misschien heeft het te maken met het werk. De oneindige stroom menselijk geweld en daaropvolgend leed. Het zit blijkbaar in ons. Tien hoofden in een tuin in Noord. Duizenden vermisten in een database. Grote groepen landgenoten die een dam opwerpen om de instroom van vluchtelingen tegen te houden. Misdadigers die mensen van huis en haard verjagen vanwege religie of afkomst, en macht natuurlijk. Vluchtelingen die elkaar mishandelen en beschimpen. Wordt het allemaal erger als je de mensen tegen de stroom in volgt? Zijn ze allemaal slechter van karakter, hebben ze criminelere waarden en normen, zijn ze minder ontwikkeld? Of zijn wij allemaal zo en allemaal in staat tot dergelijk gedrag? Waarschijnlijk wel. Kijk wat de Duitsers deden in de Tweede Wereldoorlog. Wat de Russen deden in de tijd van Stalin. Wat de Nederlanders en de Britten deden tijdens de slavenhandel. En de Afrikanen zelf, trouwens, die hun eigen mensen eenvoudigweg verkochten. Misschien is iedereen zo, of in elk geval het merendeel van iedereen.

Ze kijkt naar Niels en ziet hem met een verbeten trek om zijn mond naar zijn beeldscherm staren en hard op zijn toetsenbord tikken. Hij is vastbesloten gerechtigheid te verkrijgen, niet voor zichzelf, maar voor anderen.

Maud zet haar handen onder haar kin en begint met het lezen van alle rapporten en verslagen die met de Hoofdzaak, zoals de zaak officieus is gedoopt, te maken hebben. Over een halfuurtje zit ze met haar team bij elkaar voor het maandagochtendoverleg.

Tot nog toe is er verder niets meer in de voortuin gevonden. Dus wat betekent die open plek in het ontwerp van de moordenaar?

De schedels liggen op exact honderdzesentwintig centimeter van elkaar, staat in het verslag. *In twee perfecte bogen, ook weer op honderdzesentwintig centimeter afstand van elkaar.*

Maud leunt achterover in haar stoel. Wat zou dat betekenen, die precieze afstand? Waarom geen honderdvijfentwintig, of gewoon rond de honderd? Trouwens, iemand die zoiets bedenkt en maakt, laat niet zomaar een plek leeg in het geheel. Ze maakt een aantekening en buigt zich over de rest van de verslagen.

Het onderzoeksteam is nog met Tijssen in overleg of ook de achtertuin afgegraven moet worden. De familie Narcing weet van niets. Edward is zondagmiddag halsoverkop uit Alaska teruggekomen. Hij bemoeit zich niet met de situatie en laat zijn vrouw en de advocaat het werk doen. Misschien hoopt hij dat alleen al zijn aanwezigheid wat gewicht in de schaal legt. Evengoed zal er verder gezocht gaan worden. BN'er of niet.

Jolanda heeft de familie Demsterwold in kaart gebracht. Vader overleden, moeder in de tachtig, zoon, dochter – wat familie her en der verspreid over Nederland, maar niet veel want Ruud Demsterwold was blijkbaar enig kind en de twee oudere zussen van Ina zijn overleden.

Thomas heeft een overzicht gemaakt van alle mensen die de afgelopen jaren in en om het huis hebben gewerkt, waarbij hij de aannemer die de laatste maanden voor de Narcings aan de slag is geweest nog niet heeft meegenomen. De Demsterwolds hadden een schilder voor de buitenboel, die jaarlijks een kant van het huis kwam doen. Verder een huishoudster, een kokkin, en het laatste jaar ook een inwonend verpleger. Er was een hovenier geweest die wekelijks in de tuin had gewerkt en er was een klusjesman die allerlei klein onderhoud deed: lampen vervangen, een plintje vastzetten, een nieuwe kraan ergens op zetten, dat soort dingen. Maud telt zes mensen die ze heel graag wil spreken, naast de bewindvoerder en de kinderen.

'Niels,' roept ze. 'Heb je de gegevens van die zoon en dochter nou al van Jolanda gekregen? Heb je ze al gebeld?'

'Demsterwold?' antwoordt hij ijzig. 'Daar mocht ik toch niet achteraan?'

'Ik bel ze zelf wel,' zegt ze kribbig als ze de namen en telefoonnummers in een verslag ziet staan.

Carla Demsterwold neemt niet op. Ze probeert het nog een keer, maar zonder resultaat. Misschien klopt het nummer niet. Ze bestudeert het rapport over de vrouw wat beter en leest dat de dochter zeker tien jaar niet meer in Nederland is geweest. Tien jaar. Dus dan is ze ook niet naar de begrafenis van haar vader gekomen.

Vincent Demsterwold neemt wel op. Twee korte tonen klinken kort achter elkaar als de telefoon overgaat, zo'n typisch buitenlandgeluidje. Snel legt ze uit waarvoor ze belt.

'Ik heb het allemaal gevolgd in de media,' antwoordt hij rustig. Hij klinkt sympathieker dan ze had verwacht. Geen spoortje van een Engels accent trouwens.

'We willen u graag wat vragen stellen,' zegt Maud. 'En uw zus ook.'

'Ik zou volgende week naar Nederland komen, want dan is mijn moeder jarig,' zegt Vincent Demsterwold. 'Ik kan een paar dagen eerder komen.'

'Dat zou heel prettig zijn.'

Maud kijkt op haar horloge. Nog vijf minuten, dan begint het teamoverleg.

'U heeft mijn moeder ontmoet, begrijp ik?' vraagt Vincent Demsterwold.

'We zijn heel kort bij haar geweest. We wilden haar niet overstuur maken,' zegt ze snel.

Vincent Demsterwold lacht, zijn stem klinkt vol en warm.

'Het is bijna onmogelijk om een gesprek met mijn moeder te hebben zonder dat ze overstuur raakt,' zegt hij. 'Alles is in de war bij haar. Haar geheugen, de emoties.'

'Tragisch,' zegt Maud. 'Maar heel fijn dat u hiernaartoe wilt komen. Kunt u laten weten wanneer u in staat bent om op het bureau langs te komen?'

'Ik spreek liever ergens anders met u af.' Nu klinkt hij zakelijk. 'Er is vast wel een plek te bedenken waar ik wat minder in het oog loop. In tegenstelling tot mijn vader ben ik geen bekende Nederlander en dat wil ik graag zo houden.'

'Geen probleem,' zegt Maud. Ze wisselen mailadressen uit en Maud vraagt daarbij ook om het mailadres van zijn zus Carla.

‘Ik zal een voorstel voor een datum en een plek naar u mailen,’ zegt Vincent.

Maud staat op en recht haar rug. Haar lijf is stram en lijkt tegenwoordig te protesteren bij elke beweging die ze maakt. Ze probeert het verval te negeren en loopt naar Myrna.

‘De buren van de Demsterwolds,’ vraagt ze aan de jonge politievrouw. ‘Wie zijn dat en wat weten we van ze? Ik wil in het overleg graag bespreken hoe we het buurtonderzoek gaan aanpakken.’

‘We hebben wel iets, ja,’ antwoordt Myrna, die naar haar beeldscherm blijft staren. ‘Ik print het zo uit.’

‘Oké, fijn.’ Maud draait zich om en kijkt naar haar team. Niels zit stuurs in zijn papieren te bladeren, de anderen lijken versmolten met hun computer. Het is aan haar om het overzicht te bewaren, de energie van die versnipperde mensen te centreren richting een oplossing. En de koffie te verzorgen, zoals het een zorgzame leidinggevende betaamt. Snel loopt ze naar de pantry en begint een thermoskan met koffie te vullen.

*

Kyra zit op haar bureaustoel tegenover Sarina’s muur. Misschien ligt haar zus in de graftuin van de villa, maar ze kan net zo goed gewoon ergens zijn aangespoeld, net als Dave. Jaarlijks raken tientallen mensen vermist op de Noordzee. Stel dat ze al die tijd op de verkeerde plek hebben gezocht. Uit het verhaal van Grigor Kowzinsky blijkt dat ze de hele Noordzeekust van Texel tot halverwege Noorwegen zouden moeten onderzoeken. De stromingen op de Noordzee zijn zo sterk dat vorig jaar het lichaam van een Franse duiker drie weken na zijn vermissing aanspoelde bij De Koog. Stel dat Sarina ver weg is aangespoeld en dat zij al heel lang ergens ligt, begraven, zonder naam, zonder dat zij het weten. Natuurlijk zou ze normaal gesproken gewoon geïdentificeerd zijn, maar stel dat iemand een fout heeft gemaakt? Hoeveel mensen zijn wel niet vermist? Die zijn allemaal ergens, en niemand weet waar.

Aangespoelde lichamen Noordzee toetst Kyra in op Google. Er moet toch iets van een database zijn waarin dit soort gegevens verzameld worden? Een Europese lijst van verloren zielen of zo? Misschien moet ze op de site van Interpol zoeken.

Ze vindt een bericht van het NFI. Familie van mensen die op zee vermist zijn geraakt worden opgeroepen om DNA af te staan en dat wordt gebruikt om een vergelijking te maken met zeeslachtoffers die in Nederland aanspoelen. Zelf hebben ze jaren geleden ook materiaal afgestaan, in de veronderstelling dat als Sarina ooit buiten hun blikveld gevonden wordt er toch een link naar hen kan worden gelegd. Ze leest het artikel nog een keer, klikt door naar een ander artikel over hetzelfde onderwerp, maar nergens wordt vermeld hoe het zit met lichamen die buiten Nederland worden gevonden. Alsof de zee zich aan landsgrenzen houdt.

*

De bewindvoerder van de stichting van Ina Demsterwold geeft Maud een slappe hand en hij gaat hun voor door het statige pand aan de Koningsweg. Het is een kleine, wat gezette man met een ronde kale plek boven op zijn hoofd. Zijn ogen liggen verzonken onder diepe plooien en worden verkleind door de bril die hij draagt. De parketvloer met visgraatmotief kraakt als ze naar het bureau van de man lopen, waar hij Maud en Niels in twee versleten leren stoelen laat plaatsnemen. De hoge ramen achter hem zijn overduidelijk al een paar maanden niet gewassen en het kantoor ruikt naar boeken die al tientallen jaren niet afgestoft zijn. Heel even heeft Maud de neiging om op te staan en de smerige ramen open te gooien zodat de muffe lucht uit de kamer gedreven kan worden.

'Wat kan ik voor u doen?' vraagt de bewindvoerder met een lijzige stem en op een toon die duidelijk maakt dat hij helemaal geen zin heeft in het gesprek. Hij frommelt wat aan zijn stropdas en doet een poging om vriendelijk te lachen.

Maud legt uit dat ze graag inzicht willen hebben in de familie Demsterwold. 'Mevrouw Demsterwold kunnen we geen vragen stellen,' zegt Maud. 'We begrijpen dat ze een stichting in het leven heeft geroepen. Kunt u daar iets over vertellen?'

'Ina is geïnteresseerd in verhalen,' zegt de man die de Clever in de lange naam 'Clever en Vandijck en nog wat en nog wat' van het kantoor moet zijn. 'De stichting organiseert en financiert het documenteren van mythes, sagen, legendes en andere volksverhalen. In 1990 zijn we in Nederland gestart en inmiddels is het onderzoek uitgebreid tot in de ons omringende landen, zoals Groot-Brittannië en Scandinavië.'

Hij draait het verhaal af alsof hij dat elke dag een paar keer doet.

'Ina financierde de zaak. Alle andere zaken, van financiën tot organisatie en het aansturen van stagiaires en onderzoekers, liet ze aan de directrice van de stichting over.

'En dat is...?' vraagt Niels.

'Tineke Veenstra,' antwoordt de heer Clever.

'De vrouw van de burgemeester?' vraagt Maud verbaasd.

'Inderdaad. Dat doet ze al vanaf het begin.'

'In 1990,' zegt Niels. 'Is dat niet de periode dat Veenstra secretaris-generaal op Justitie was?'

'Dat kan kloppen,' zegt Clever. 'Dat heb ik zo niet paraat.'

'Hoe zit het met de financiën van de familie Demsterwold?' vraagt Niels. 'Zijn daar bijzonderheden over te vermelden?'

'Is mijn cliënte verdachte in de zaak?' vraagt Clever fijntjes.

'Op dit moment proberen we gewoon de algehele situatie in kaart te brengen,' antwoordt Maud. 'In dat kader kijken we ook naar Ina Demsterwold, omdat zij in het huis woonde op het moment dat de hoofden in de tuin begraven zijn.'

'Dat je op een locatie woont waar iemand anders een misdrijf pleegt maakt je nog geen medeplichtige, natuurlijk,' zegt Clever terwijl hij zijn ellebogen op het bureau plaatst en zijn vingertoppen tegen elkaar legt. Hij ziet eruit alsof hij zo uren onbeweeglijk kan zitten, omdat hij gewend is voor elk minuutje een gepeperde factuur te sturen.

'Vanzelfsprekend,' zegt Maud.

'Maar valt er nou iets te vertellen of niet?' snauwt Niels. 'Wat verdient Tineke Veenstra in die functie als directeur?'

‘Ik kan verder geen enkele uitspraak doen,’ zegt Clever. ‘Tenzij u Ina ergens van verdenkt. Dan kunt u via de officiële kanalen een verzoek doen om bepaalde informatie tot u te nemen. Anders niet.’

De man haalt zijn vingertoppen van elkaar, klapt zacht in zijn handen en staat op om Maud en Niels voor te gaan naar de deur.

‘Een verzoek,’ zegt Maud net voordat ze naar buiten lopen. ‘Heeft de familie Demsterwold nog meer huizen? Ina, maar ook de kinderen, Vincent of Carla?’

Clever zwijgt en kijkt haar onbewogen aan.

‘Ik kan de zaak natuurlijk ook gewoon bij het kadaster laten uitzoeken,’ zegt Maud. ‘Maar als u een overzicht heeft... En ook van andere bezittingen.’

Clever knikt. ‘Dat kan ik wel verzorgen,’ zegt hij. ‘Ik zal een van onze stagiaires vragen een lijst naar u te mailen.’

‘Wat was jij lief voor die klootzak,’ zegt Niels als ze weer naar de auto lopen.

‘Voorzichtig,’ zegt Maud. ‘Niet lief.’

‘De vrouw van de SG,’ sneert Niels. ‘De man die Demsterwold jarenlang de hand boven het hoofd heeft gehouden. Wedden dat die al vijfentwintig jaar een heel leuk salaris verdient in die stichting? Vijfentwintig keer vijftigduizend, dat is een en een kwart miljoen!’

‘Niels...’

‘Die lui zijn allemaal hetzelfde. Ze staan boven de wet. Ze verdienen meer dan wij. Wonen mooier. Betalen minder belasting.’

‘Hoe kom je daar nou bij?’

‘Het is gewoon zo. Het is een groot complot.’ Ineens blijft hij stilstaan. ‘Heb je Netflix?’

‘Ja,’ zegt ze aarzelend. ‘Hoezo?’

‘*Zeitgeist*,’ zegt Niels. ‘Kijk die documentaire maar eens. Die Demsterwold en Veenstra en dat soort lui zijn de Rockefellers en Bushes van Nederland. Het zijn de mensen die ons in slaven veranderen. Die de wereld leegzuigen, ongeacht wat de gevolgen zijn.’

‘Niels.’ Maud klinkt streng. ‘Rustig aan.’

Hij zwijgt en ze stappen in de auto.

'Het is mooi weer,' zegt Maud. 'Ga vandaag eens vroeg naar huis. Neem morgen een dag vrij. Probeer wat te ontspannen.'

Ze rijden naar het bureau in een stilte die voor beiden ongekend zwaar op de maag ligt.

'Waar ben je mee bezig?' vraagt Niels als Maud de auto parkeert. 'Probeer je mij van de zaak te halen?'

Ze stappen uit en over het dak van de auto werpt Niels Maud een vuile blik toe voordat hij zich omdraait en wegloopt. Ze zucht, pakt haar telefoon en belt Vilena van het NFI. Niet aanwezig. Ze laat een boodschap achter en zucht weer. Soms gaan de dingen zo langzaam, zo anders dan ze zou willen. Mismoedig kijkt ze naar de teller van haar mailbox die langzaam oploopt.

Myrna heeft haar een link gestuurd naar een bericht over haar in een van de landelijke kranten. *Rechercheur Mertens en oud-politieman Gerritsen vermaken zich op de plaats delict* staat er onder een foto van haar en Jan Anne, terwijl ze schaterend wegrijden bij de villa.

Dan ziet ze een mail binnenkomen van Kyra Slagter die, zoals ze schrijft, een idee heeft. Het meisje heeft al een paar keer gebeld, maar ze heeft geen tijd of energie gehad om terug te bellen. Wil natuurlijk weten of er al schedels geïdentificeerd zijn. Neem het haar eens kwalijk.

*

'Dave Kowzinsky is aangespoeld op een eiland bij Denemarken,' zegt Kyra tegen Maud. De rechercheur heeft meteen op haar mail gereageerd.

'Vijf minuten,' had ze met een nors gezicht gezegd. 'Ik heb hier nu geen tijd voor.'

Ze zitten in een kamer op het bureau aan de Rode Kruisstraat en ze merkt dat Maud de hele tijd met haar been zit te wiebelen. Het onderzoek gaat niet zo snel als ze zou willen, zei ze net. Het DNA-onderzoek is nog niet afgerond, dus ze kan ook nog niet zeggen of Sarina wel of niet bij de slachtoffers zit.

'Maar weten we echt zeker dat Sarina niet ergens is aangespoeld?' vervolgt Kyra. 'In Scandinavië of misschien in Engeland, België of Frankrijk? We hebben natuurlijk overal gezocht, maar toch vooral in Nederland.'

Maud houdt op met wiebelen en kijkt haar vragend aan. 'Er is een internationaal opsporingsbericht uitgegaan,' zegt ze. 'Ze staat in de databases... er is contact geweest met onze buurlanden, dus als er ergens een... iemand aanspoelt dan wordt dat doorgegeven.'

'Zeker?'

'Nou ja... zo zijn de protocollen.'

'Ik zou graag zelf onderzoek doen naar lichamen die aangespoeld zijn en nog niet geïdentificeerd,' zegt Kyra. Ze ziet Maud ademhalen om met een ongetwijfeld steekhoudend tegenargument te komen, maar ze praat snel door. 'Ik snap dat jullie daar geen tijd voor hebben. Maar voor mij is het belangrijk. Ik heb er wel tijd voor en ik kan het als stage gebruiken in mijn opleiding.'

Ze ziet Maud twijfelen.

'Je zou die vraag bij Bureau Vermiste Personen Noordzee moeten neerleggen,' antwoordt Maud. Even zwijgt ze en dan vervolgt ze: 'Kyra, ik denk echt niet dat je je zus op deze manier zult vinden.'

Kyra speelt met het lege plastic bekertje waaruit ze haar koffie heeft gedronken. Op de bodem liggen nog een paar druppels en ze laat het donkere vocht van links naar rechts vloeien.

'Ik weet het,' zegt ze zacht. Dan kijkt ze de politievrouw aan. 'Maar ik moet toch iets? Het kan toch niet gewoon uitdoven? Ik kan toch niet tegen Sarina zeggen: "Sorry, ik ben er maar mee opgehouden. Ik had belangrijker dingen aan mijn hoofd"?'

– 29 –

Londen

Sarah zit met haar ogen dicht in de zachte fauteuil, haar handen op de leuningen, het grijze vilt tegen haar rug en nek. Ze trekt haar schouders iets op om zich nog veiliger te voelen.

Ze heeft met haar psychiater, dokter Archbold, afgesproken om nog een keer EMDR *te proberen. Als dat niet werkt, stappen ze over op een andere methode die dokter Stevens vaak gebruikt, iets met het stimuleren van de hersenen met magneten.*

Ze haalt diep adem en probeert rustig te blijven. Haar instinct zegt dat ze weg moet rennen. Er dreigt gevaar, ze is niet veilig, ze moet rennen. Maar waarnaartoe? En waarom?

Ze telt. Tot tien. Dan tot twintig.

Tweeduizenddriehonderddertig meter kan een kippenei onder water vallen voordat de schaal breekt. Sinds ze dat in een blaadje heeft gelezen stelt ze zich voor dat het zinken een seconde per meter duurt. Als er een ei op het dek van de Titanic had gelegen, en het was van het schip gerold, zo de Atlantische Oceaan in, dan had het dus ruim een halfuur geduurd voordat het onder de druk van het ijskoude water bezweken was. Een halfuur. Als een ei zulke krachten een halfuur lang volhoudt zonder dat er barsten ontstaan, dan moet zij dit ene gesprek toch wel kunnen doorstaan zonder dat ze breekt.

'Sarah,' zegt dokter Stevens met zijn warme stem. 'Luister je naar me?'

'Sorry,' zegt ze glimlachend. Ze opent haar ogen. 'Ik dacht eraan hoe sterk een kippenei is.'

'Een kippenei,' herhaalt de dokter. Het is bijzonder hoe goed therapeuten kunnen herhalen wat je zegt. Misschien is daar een speciaal tentamen voor. Herhaaltechnieken één: de basis, herhaaltechnieken

twee: gevorderden. Misschien kun je er zelfs op afstuderen.

'Zeg het maar,' zegt Sarah als dokter Stevens haar aan blijft staren. 'Ik ben er klaar voor.'

Ze kan het, herinneringen ophalen. Zonder haar hele ademhaling te ontregelen. Zonder weg te rennen.

'We gaan terug naar het strand,' zegt dokter Stevens en bijna onmiddellijk is ze er weer.

Het is vroeg in de ochtend. Ze rent over het zand. Ze draait zich om, rent een klein stukje achteruit en kijkt naar de rechte lijn voetstappen die ze achterlaat. Twee weken vrij voordat ze gaat beginnen in haar eerste echte baan als psycholoog.

'Hoe voel je je?' vraagt dokter Stevens. 'Waar ben je en hoe voel je je?'

'Ik loop hard,' antwoordt Sarah. 'Langs het water. Ik vind het fijn om de golven te horen, de meeuwen. Ik vind het prettig als het strand nog verlaten is en ik de enige ben.'

Ze hoort de branding ruisen, het zachte bonken van haar schoenen op het harde zand. Vooruit, verder, harder. Ze probeert zichzelf te verbeteren.

'Ik heb een baan gevonden,' vervolgt ze. 'Ik weet niet meer wat voor baan het precies was. Heel stom.'

'Blijf bij wat je wel weet en hoe je je voelt. Blij. Opgetogen.'

Opgetogen, dat is het goede woord. Een toekomst die iets goeds belooft. Het leven waar ze zo hard voor gevochten had. In een flits ziet ze haar moeder, haar broer, het afgetrapte appartement in de banlieue waar ze woonden nadat ze uit Brest hadden moeten vertrekken. Pak je spullen, morgen vertrekken we, ik heb een beter huis voor ons gevonden. *Beter. De eerste keer had ze het geloofd. Tot ze met haar twee plastic tassen aangekomen was bij de flat op zestien hoog, met buren die je beter niet aan kon kijken, tenzij je problemen wilde.*

'Het is een mooie dag,' zegt ze, niet omdat ze terug is op het strand, maar omdat ze daar wil zijn, bij de herinnering wil blijven. Het moet gebeuren. Ze moet door het zere punt heen, hoe eng dat ook is. 'Ik heb vakantie. Twee weken. Ik ben er trots op dat ik in mijn eentje in een hotel verblijf. Ik zit in Saint-Briac-sur-Mer, waar ik met mijn ouders

op vakantie ging toen alles nog goed was. Voor de ziekte van papa. Voordat mama...'

Ze dronk. Dat was het. Haar vader is dood. Haar moeder kan geen werk vinden. Het huis dat verkocht moet worden. Schulden. Haar broer die in de problemen raakte. Zo was het gegaan en zij was de omgeving met die dodelijke zuurgraad ontvlucht.

'Ga terug naar dat moment op het strand,' grijpt dokter Stevens in. 'Je bent aan het hardlopen.'

'Er loopt een man op het strand, hij is knap. Hij heeft precies zo'n hond als ik vroeger ook had. Een bruine labrador. Hij vraagt me waar je een fiets kunt huren en ik zeg dat ik het niet weet, maar dat hij het bij het maison du tourisme *kan vragen.'*

Het gaat goed. Ze komt verder in haar herinneringen dan ze ooit was.

'Hoe ziet hij eruit?' vraagt dokter Stevens.

'Hij is lang. Een stuk langer dan ik. Hij heeft mooie ogen en een leuke lach.'

Zijn uiterlijk was een dekmantel. Aan de buitenkant zag je helemaal niets van het monster dat in hem huisde. Het monster dat ze een paar dagen later had leren kennen.

'De volgende dag kwam ik hem weer tegen,' fluistert ze. 'Hij liep langs het terras waar ik zat te eten en hij vroeg of hij bij me mocht komen zitten.'

In een flits ziet ze hem, maar bijna meteen is hij weer weg. Ze wordt overspoeld door verdriet.

'Ik vroeg naar zijn hond,' zegt ze. 'Die had hij niet bij zich.'

De hond, die helemaal niet van hem bleek te zijn. Die hij een week later zonder een seconde te aarzelen overboord had gegooid, midden op zee.

– 30 –

Het liefst ging hij meteen door naar de finale, maar hij rekt het nu al een tijdje. Suzanna voldoet goed met dat blonde hoofd, dat gespierde, geknevelde lijf – de hulpeloosheid straalt ervan af en daardoor groeit zijn macht. Hij sluit zijn ogen en verliest zich kort in zijn fantasie. Hij voelt de spanning in zijn lichaam opbouwen, voelt de energie in plagende stroomstoten naar zijn pik schieten.

Niet doen. Niet nu.

Onder protest verlaat de tinteling zijn lijf.

Later.

Briljant staaltje zelfbeheersing.

Hij is klaar met zijn werk en in plaats van naar huis rijdt hij naar Haarlem omdat hij ineens de zee wilde zien, maar nu hij in de buurt komt heeft hij helemaal geen zin meer. Badgasten, hij heeft er een pesthekel aan. Windschermen. Opblaasballen. Boterhammen met zand. Het is zo stupide.

Omdat hij niets anders kan bedenken om de tijd mee te doden neemt hij toch maar de afslag richting Parnassia aan Zee, de strandtent waar ze bij de mannenpisbakken een geheime doorkijk hebben naar de spiegels bij de vrouwentoiletten. Sta je daar met je leuter in je hand, staat er aan de andere kant van het glas zo'n moppie haar uitgelopen mascara weg te vegen en haar tieten opnieuw in haar bh te schikken. Hij grijnst en korte tijd later parkeert hij op het grote terrein onder aan de duinen.

Als hij uitstapt wordt hij begroet door een pluizig hondje dat meteen tegen hem op springt.

'Rot op,' roept hij naar het hondje, en dan naar de eigenaren: 'Hou dat beest bij je.'

Het jonge stelletje dat bij de hond hoort kijkt hem verbouwereerd aan. Hij zet zijn zonnebril op en loopt omhoog naar het restaurant, waar hij een beschut plekje op het terras zoekt en een biertje bestelt.

Nog steeds weet hij niet precies wat hij zal doen als hij klaar is. Hij is dan wel gekomen om het af te ronden, maar het laatste hoofdstuk zal hij moeten herschrijven.

Kill your darlings.

Dat doet hij. Maar nu moet hij zelfs het laatste, heiligste onderdeel, de darling aller darlings, veranderen. Irritant. Heel irritant. Bijna vloekt hij als de serveerster een glinsterend biertje voor hem neerzet.

Als zijn glas halfleeg is zakt zijn ergernis weg. Feitelijk heeft hij zijn zaakjes goed voor elkaar. Geld. Locatie. Plan. Compagnon. En nu ook de laatste vrouw van fase één.

Goed, heel goed geregeld. Niemand ziet het. Niemand hoort het. Niemand houdt me tegen.

De zee is kalm en de rustgevende tinten beige, blauw en grijs lijken te benadrukken dat het leven dat hij bij elkaar heeft gedroomd – een proces van jaren en jaren – eindelijk gerealiseerd gaat worden.

'Ik ga nu door,' had hij een maand of twee geleden gezegd. Ze waren lukraak naar een plaats gereden, hadden in een willekeurige kroeg wat gegeten. 'Als ik met deze laatste klaar ben, ga ik meteen door met Kyra.'

'Mijn deel is bijna klaar,' was het antwoord. 'Nog even en dan kom ik ook.'

De verbondenheid met een gelijke ziel was nieuw geweest voor hem. Het maakte hem belangrijk, maar het belangrijkste was dat hij leerde. Voor het eerst in zijn leven leerde hij van een ander dingen die ertoe deden, waar hij iets aan had. Zijn nieuwe vriend had veel meer ervaring dan hij, had veel meer tijd gehad om te oefenen. Terwijl hij werd beziggehouden door zijn ouders en door school, allemaal verplichtingen waar hij nooit zin in had gehad, had zijn maat de ruimte gekregen om ervaring op te doen en ineens had hij de gelegenheid om al die ervaring zomaar mee te pakken.

Hij drinkt zijn glas leeg en staart naar het stelletje met de hond dat in de verte gearmd over het strand loopt. Het vrouwtje had iets vrijpostigs. Iemand zou haar een lesje moeten leren. Hij steekt zijn lege bierglas in de lucht ten teken dat hij er nog eentje wil hebben en bedenkt dat hij hier net zo goed maar meteen wat kan eten. Suzanna gaat nergens heen. Hij heeft alle tijd van de wereld. Kibbeling met saus en friet, lekker.

– 31 –

'Je kunt de paper niet meer terugtrekken, Kyra.' Joost is onverbiddelijk. 'Wiersinga heeft gelijk. Je hebt hem ingeleverd, en een goed cijfer gehaald – een zeven komma vier als ik het goed heb.'

Kyra staart haar mentor aan. Het is een jonge vent, getrimde baard en snor, kortgeknipt donkerblond haar. Hij draagt een T-shirt met korte mouwen die strak om zijn gespierde armen zitten en een spijkerbroek met versleten knieën.

'Zeven komma zes,' verbetert Kyra hem.

'Dat bedoel ik,' verzucht hij. 'De docent heeft het ingevoerd in het systeem en daarmee is het definitief. Je kunt niet zomaar een proefwerk overdoen omdat je achteraf de stof beter begrijpt.'

'Dat is het niet,' zegt Kyra serieus. 'Die villa is gewoon een veel beter onderwerp en ik wil op mijn cv echt honderd keer liever dat onderwerp hebben staan dan wat ik nu heb.'

'Je haalt je propedeuse zo toch ook, ik zie echt het nut niet.'

'De invloed van vochtigheidsgraad op gipsafdrukken,' citeert Kyra meesmuilend de titel van haar paper. 'Ik snap gewoon niet waarom ik het ooit een goed onderwerp vond.'

'Het is van groot belang. Het is perfect gekozen. Heel terecht stel je dat materiaalkeuze en tempo van verdamping van vocht uit de gekozen middelen de gipsafdruk kunnen beïnvloeden. Ook leuk is dat je het onderwerp van scans en 3D-prints van hardere en minder gevoelige materialen aanhaalt.'

'Dus het kan niet?' vraagt Kyra.

'Nee.'

'En de stage?'

'De stage is pas in het derde jaar.'

'Dus ik mag mijn eigen onderzoek wel doen, maar buiten school om.'

'Als jij een docent zo gek krijgt om met je mee te kijken en je te helpen: *be my guest*, maar verwacht niet dat we het in het programma inbouwen of er punten aan toekennen.' Hij kijkt haar vergenoegd aan. 'Zet het maar op je cv,' zou ik zeggen.'

Kyra knikt en staat op. 'Bedankt,' zegt ze. 'Ik zal het er met Wiersinga over hebben.' Ze laat een korte stilte vallen en zegt dan nadrukkelijk: 'Ook al telt het niet mee voor studiepunten.' Ze groet en loopt weg.

'Trouwens,' zegt Joost als ze bij de deur is. 'Gefeliciteerd.'

'Waarmee?'

'Met het halen van je propedeuse.'

*

'Niels.' Maud staat naast het bureau van de collega die sinds een paar dagen met een gezicht als dat van een doodgraver rondloopt. Hij doet zijn best zijn emoties te verbergen, maar er zijn genoeg momenten waarop de woede aan de oppervlakte komt.

'Wat?' bromt hij.

'Laten we een broodje halen bij Van Willes.'

'Geen honger.'

'Opnieuw,' zegt ze, irritant langzaam pratend, wenkbrauwen opgetrokken. 'We gaan een broodje halen bij Van Willes. Kom op.'

Hij moet niet denken dat hij als een of andere puber de sfeer in het team kan verzieken, alleen maar omdat de onderwerpen niet in de volgorde en het tempo van zijn voorkeur onderzocht worden. Het belang is groter dan het eergevoel van haar collega.

Niels kijkt op van zijn werk en staart haar aan. Hij gooit zijn papieren neer en staat op. Zwijgend grist hij zijn jas van de bureaustoel en beent het kantoor uit.

'Waar wacht je nou op?' roept hij achterom.

Het is bijna onmogelijk om hem bij te houden en het lukt haar al helemaal niet om te zeggen wat ze wil zeggen. Bij de bakker bestelt ze een broodje gezond en ze rekent haar pistolet en die van Niels af.

'Je weet hoe ik over de zaak-Demsterwold denk,' zegt ze als ze de bakkerij uit stappen. Niels doet net alsof hij haar niet hoort en haalt zijn broodje uit het papier. Langzaam loopt hij naar het zebrapad.

'Er is te veel rook,' zegt Maud. 'Ergens moet een vuurtje zijn. Dat weet iedereen, al jaren.'

Niels vist een stuk ei van zijn brood en stopt het in zijn mond. Verschillende keren is geprobeerd om Demsterwold aan te klagen. Een Britse jongen heeft verklaard door hem te zijn misbruikt in de tijd dat de man ambassadeur in Londen was. De aanklacht kwam in het nieuws, maar door Demsterwolds status van onschendbaarheid was het onmogelijk er een zaak van te maken. Een andere jongeman, een Nederlander die een verklaring had afgelegd over verkrachting toen de man weer in Nederland werkzaam was, is uiteindelijk zelf veroordeeld wegens smaad. Een journalist die bij de benoeming van Demsterwold tot minister had gezegd dat die toch minstens van onbesproken gedrag moest zijn, werd aangevallen met het argument dat op die manier iedereen wel kapotgemaakt kon worden met willekeurige verdenkingen en dat dan nooit meer een minister aangesteld kon worden.

'Ik wil gewoon absoluut geen nadruk op hem in het onderzoek,' zegt Maud. 'Het mag niets, maar dan ook niets van een of andere politieke of persoonlijke wraakactie weg hebben.'

'Die schedels lagen in zíjn tuin!' Niels schrikt van zijn eigen reactie en kijkt om zich heen of iemand zijn uitval heeft gehoord.

'Lichamen, of delen daarvan, in de tuin van een man die al jaren verdacht wordt van ernstig misbruik van kinderen,' zegt Niels, rustiger nu. 'Van betrokkenheid bij de dood van een jong meisje,' vervolgt hij. 'En de verdwijning van een jonge jongen. Die nemen we niet op de korrel?'

'Hij is nooit genoemd in verband met moord op volwassen slachtoffers, en die liggen nu in de tuin.'

'Er ligt een kinderschedel!'

'De man wordt genoemd in zaken waarin het gaat om ongezonde interesse in kinderen. Jonge kinderen zonder rijpingskenmerken, zoals dat heet. Hij zou een echte pedofiel zijn en vallen op kinderen jonger dan een jaar of twaalf. Hoe verklaar je dan die volwassenen?

En hij was daar nooit. De buren bevestigen dat. Het is goed mogelijk dat hij er helemaal niets mee te maken heeft. Het lijkt me... te makkelijk. Ik weet het niet. En vergeet niet dat van alle verdenkingen helemaal nooit iets is hard gemaakt.'

'Het is gewoon een vuilak,' zegt Niels. 'En hij moet...' Ineens zwijgt hij.

Maud schudt haar hoofd. 'Hangen, wil je zeggen. Net als Marc Gaullier, aan de oever van het IJ? Heeft hij ook straf verdiend?'

Ze zijn bijna bij het bureau en Niels kijkt niet minder grimmig.

'Het is gewoon een voorkeursbehandeling,' zegt hij. 'Als je iemand zonder vooroordeel wilt, zonder tunnelvisie, dan moet je mij van de zaak halen, Maud. Ik weet wie hier de verdachte hoort te zijn en ik ga hem erbij lappen. Zo simpel is dat. Misschien heeft hij hulp gehad en is er een handlanger, maar ik weet honderd procent zeker dat Demsterwold die slachtoffers in de tuin op zijn geweten heeft. Dat ga ik bewijzen en dat ga ik niet stiekem doen. Ik doe mijn werk zoals ik dat altijd doe en ik stel de vragen die ik altijd stel. Als je dat niet wilt dan flikker je mij er maar uit.'

Zonder om te kijken beent hij weg, terug naar het bureau.

*

Kyra zit in de kantine in het gebouw van de Hogeschool van Amsterdam. Achterlijke opleiding. Dus om administratieve redenen mag ze geen betere paper inleveren. Papierwerk is belangrijker dan inhoud. En het onderzoek kan ook niet als project, want dat moet ze kiezen uit een lijst die de school heeft opgesteld. Stage lopen mag nog niet. Daarvoor moet ze eerst jaar twee doorworstelen. Nog een paar dagen en dan begint de vakantie. Misschien is ze gewoon chagrijnig. Misschien moet ze gewoon op vakantie gaan. Naar het buitenland. Wegwezen hier. Maar met wie? Haar vriendinnen hebben geen geld en zijzelf eigenlijk ook niet.

Maud heeft verteld dat ieder land gegevens bijhoudt van vermissingen en gevonden lichamen. Bureau Vermiste Personen Noordzee is speciaal opgericht om vermissingen op zee te onderzoeken en werkt samen met gelijksoortige bureaus van buurlanden, dus daar kan ze beginnen met haar onderzoek. Er is ook een internationale database van Interpol, maar al die gegevens zijn niet gekoppeld, dus als er in Nederland een lichaam opduikt dan is het niet automatisch zo dat er in Frankrijk een belletje gaat rinkelen omdat de omschrijving van de gevonden persoon overeenkomt met een van hun vermisten.

'Waarom wordt dat niet beter geregeld?' vroeg Kyra.

'Daar is geen tijd voor,' had Maud gezegd. 'Na een tijd is een zaak gesloten en dan is het klaar.'

'Niet voor de nabestaanden,' had Kyra geantwoord.

Om gegevens te krijgen over een in het buitenland vermiste persoon, of andersom: over een in het buitenland gevonden persoon, moet je een rechtshulpverzoek doen, had Maud gezegd. Rechtshulpverzoek. Kyra zoekt het op via Google. Het verzoek van een land aan een ander land voor hulp bij een juridische procedure. Wow. Dus ze moet iemand zover krijgen om een hele massa rechtshulpverzoeken te doen. En dan zijn het geen rechtshulpverzoeken op naam, want die heeft ze nou juist niet. Ze is nog niet eens begonnen en ze is de weg al kwijt. Bureau Vermiste Personen Noordzee zal wel weten wat ze moet doen.

Met een klap sluit ze haar laptop en dan bedenkt ze dat ze Roos Mertens nog wilde vragen of zij toevallig op het Barlaeus zit of iemand kent die daar naar school gaat. Ze pakt haar telefoon en opent Facebook. Er zijn twee vrouwen die Roos Mertens heten. Een die iets met grondwerk te maken heeft en een die een profielfoto van Lisbeth Salander heeft en – ze scrolt naar beneden – graag fotograaf wil worden. Ze grijnst, stuurt Roos een vriendschapsverzoek en begint alvast te bedenken hoe ze haar vraag zal formuleren. Lisbeth Salander... Weer grinnikte ze.

– 32 –

Maud staat op en ijsbeert door de kleine kamer waar ze met Thomas Kuipers zit. Niels is vroeg naar huis gegaan.

'Zal ik koffie halen?' vraagt Thomas.

'Ik kan het woord koffie niet meer horen,' antwoordt Maud. 'Haal maar een kan water.'

Ze buigt zich over haar aantekeningen. Dodelijk vermoeiend, die gesprekken met mensen die liever niets willen vertellen, telkens herhalen dat ze niets weten, ook helemaal niets zouden kunnen weten en zich dan toch nog achter een soort niet-bestaande geheimhoudingsplicht verstoppen.

'Stefan Helder zei dat het eigenlijk onverantwoord was geweest dat Ina Demsterwold zo lang alleen had gewoond. Ook toen hij haar fulltime verpleegde was het al moeilijk.' Maud schenkt meteen nadat Thomas de kan heeft neergezet een glas water in.

'Op basis van wat hij vertelde,' vervolgt ze, 'denk ik dat we gerust kunnen zeggen dat Ina Demsterwold het in elk geval de laatste twee jaren niet gemerkt zou hebben als Circus Renz in haar tuin stond, laat staan een eenling die daar in de nacht een hoofd begraaft.'

'Maar de jaren daarvoor dan?' vraagt Thomas.

'De tuin is zo ruim, het huis zo groot,' antwoordt Maud. 'Ik denk dat het best mogelijk is dat iemand daar iets begraven heeft zonder dat zij dat merkte. Vooral als je dat een beetje slim doet en het gras zo heel mogelijk laat.'

'Iemand van de buren moet het gezien hebben.'

'Ze zijn al bezig met het buurtonderzoek,' zegt Maud. 'Jolanda en John gaan vandaag en morgen alle omwonenden af die iets interessants te vertellen hebben.'

'Niels zei dat je geen buurtonderzoek mocht doen.' Thomas kijkt haar nors aan. Niels is nog steeds pissig door de terughoudendheid richting Demsterwold in het onderzoek en kennelijk heeft hij daar met Thomas over gesproken.

'Ik doe dit onderzoek net zo grondig als ieder ander onderzoek.' Maud drinkt het glas water leeg. 'Als daar buurtonderzoek voor nodig is dan doen we dat.' Ze haalt haar schouders op. 'Misschien niet zo snel als Niels dat nodig vindt, maar we doen het wel. Ik verwacht het verslag morgenavond. Wie hebben we nu?'

'De tuinman, Fred van Leeuwen.'

*

'Iemand nog wijn?' vraagt haar vader. Hij schenkt zichzelf bij en wacht op antwoord. Haar moeder schudt haar hoofd en Kyra maakt een afwerend gebaar.

Het is verbijsterend om te zien hoe normaal haar vader zich gedraagt. Hoe doe je dat, vraagt ze zich af. Het ene moment bij je minnares zitten, je als een verliefde tiener gedragen, romantische dingen zeggen, neuken tot je niet meer kunt – en dan naar huis, *zal ik wat boodschappen meenemen*, gezellig aan tafel zitten met je vrouw en dochter, nog een glaasje drinken met je echtgenote om daarna naast haar onder de dekens te kruipen.

'Jij nog wat salade?' vraagt hij terwijl hij de kom omhooghoudt.

'Nee,' zegt Kyra. 'Dank je.'

'Ik wel.' Haar moeder heeft meer eetlust. In januari, na het gesprek met Grigor Kowzinsky, leek ze even terug te vallen in de staat van somberheid van na Sarina's verdwijning, maar nu, na een paar maanden, lijkt ze zich weer beter te voelen, is ze weer vrolijk.

De klootzak. Hoe haalt haar vader het in zijn hoofd om juist nu met een ander aan te pappen? Had dat dan verdomme een paar jaar eerder gedaan, toen mama nog als een zielig hoopje op de bank lag.

Of zou dat juist nog zuurder zijn geweest? Of heeft hij misschien al een paar jaar iets met die vrouw? Omdat ze als een stel verliefde geitenkoppen op straat stonden heeft ze zomaar aangenomen dat het vers is. Misschien is dat helemaal niet zo. Misschien staat er al schimmel op. Ze hoopt het.

'Heerlijk,' verzucht haar moeder. 'Lekker, die feta met kruiden. Weet je nog, Hanno, Griekenland... Die kleine restaurantjes, altijd buiten eten, vriendelijke mensen. Laten we deze zomer naar Griekenland gaan.'

Ze kijkt hem stralend aan en hij reageert niet. De laatste jaren wilde haar moeder niet weg. Ja, een paar dagen naar een hotelletje. Haar vader dwong haar tot een week wandelen in Oostenrijk, een weekje wintersport in Avoriaz, een paar dagen Londen.

'Wanneer zou je dan willen gaan?' vraagt haar vader, zichtbaar in de war. 'Ik heb die conferentie in Cannes. En dan met de opening begin oktober...'

Hij wil niet.

Klootzak.

'Ik ga nog even wat doen voor school,' zegt Kyra en ze staat op.

'Ruim je bord even op.' Haar vader kijkt haar niet aan terwijl hij het zegt. Hij is erg geïnteresseerd in de salade op zijn bord.

Hij zit een uitvlucht te bedenken.

Ze wil hier niets mee te maken hebben. Ze probeert het van zich af te zetten, maar ze vindt het steeds moeilijker, omdat ze ineens in iedere zin die hij zegt een leugen denkt te horen.

*

'Ik heb jaren voor de familie Demsterwold gewerkt,' zegt Fred van Leeuwen. Het is een nerveuze man van in de dertig. Hij draagt een baard en snor die bij een meer modebewuste man misschien hip zouden staan, maar bij hem eerder voor een verwaarloosde dan een verzorgde indruk zorgen. Zijn geblokte overhemd en gevlekte spijkerbroek maken het beeld van een wat verdwaasde houthakker compleet.

'Elke twee weken kwam ik langs voor het onderhoud,' zegt hij. Hij werkte al vanaf zijn veertiende voor de familie, eerst als hulpje van zijn vader en later, toen zijn vader de zaak aan hem had overgedaan, als zelfstandige. 'Als er grotere dingen te doen waren had ik meestal overleg met Harrie Bolhoven.'

Thomas kijkt hem vragend aan.

'De aannemer,' antwoordt de man. 'Die regelde al het onderhoud.'

'Had u de sleutel van het huis?' vraagt Maud.

'Van het tuinhek, de garage en van het huis,' zegt Van Leeuwen trots, de blik van Maud zorgvuldig vermijdend. Hij heeft noch haar noch Thomas langer dan een seconde achtereen aangekeken. 'Ik werkte er al zo lang.'

Maud vraagt wat hij de laatste jaren zoal aan onderhoud heeft gedaan en de man vertelt enthousiast over de bomen, de knotwilgen, de heesters en de potten met bloemen.

'Hoe vaak maaide u het gras?' vraagt Thomas.

'Elke keer als ik er was,' zegt hij terwijl hij een slok water neemt. 'En eigenlijk was dat te weinig want in de zomer moet het elke week.'

'Is u nooit iets opgevallen?' Maud tikt met haar pen op de blocnote.

'Wat dan?' De tuinman veegt wat zweet onder de rand van zijn dikke bril vandaan en kijkt haar even argeloos aan.

'Het moet u toch opgevallen zijn dat iemand iets onder het gras had begraven,' zegt Thomas schamper. 'En niet één keer, maar een keer of tien.'

'Ik heb er niets van gemerkt,' antwoordt de man met zachte stem. 'Helemaal niks.'

'Bent u zo'n slechte tuinman,' vraagt Thomas terwijl hij achterover gaat hangen in zijn stoel en een slok water neemt. 'Of neemt u ons in de maling?'

Thomas stelt de juiste vragen en hij is op precies de goede momenten sceptisch en dan weer geïnteresseerd. Het verhoor loopt goed en toch mist ze Niels. Bloedirritant dat hij er zo de smoor over in heeft.

'Ik doe precies wat ik moet doen,' zegt de man. Hij fronst zijn wenkbrauwen en er lijkt een zweem van woede over zijn gezicht te trekken. 'Ik heb nog nooit een klacht gehad. Niet een.'

'Is u iets anders opgevallen?' vraagt Maud. 'Wat dan ook, waarvan u nu, achteraf, denkt dat het er iets mee te maken kan hebben?'

'Nee. Helemaal niks.'

'Ooit het gevoel gehad dat er iemand in de schuur was geweest die daar niet hoorde? Of in de garage?' Thomas leunt voorover, alsof hij de man meer krediet geeft, meer geïnteresseerd is. 'Was u trouwens niet kwaad toen de familie Narcing een andere tuinman in dienst nam?'

'Wat denkt u nou,' valt de tuinman uit. 'Dat ik niet heb nagedacht de laatste dagen? Sinds ik het in de krant las heb ik er aan één stuk door over zitten piekeren.'

'Maar...' vult Maud aan als hij stopt met praten.

'Ik weet er niks van. Dat heb ik meteen gezegd toen uw collega me belde of ik langs wilde komen. Ik weet er niks van. Niks.'

*

Misschien moet ze hem gewoon confronteren met wat ze gezien heeft.

Pap, wie was die vrouw die jij zoende en meenam naar dat hotel?

Dat soort gesprekken heb je niet met je vader. Maar wat moet ze dan doen? Niets? Moet ze het gewoon negeren en net doen alsof ze gek is, net als hij?

Kyra zit aan haar bureau. Kwaad gooit ze haar pen door de kamer. Ze mag geen nieuwe paper inleveren, de stage bij Vermiste Personen mag niet meetellen voor school – of ze moet er een jaar mee wachten –, er zit nul komma nul beweging in de zaak van Sarina en nou maakt haar vader er ook al een puinhoop van.

Ze rolt haar bureaustoel naar achteren en kijkt naar haar zus. Het onderzoek van Grigor Kowzinsky is na de vondst van Dave vastgelopen in de haven van Råkvåg, ergens aan de kust van midden-Noorwegen, waar de boot gevonden werd. Het kan niet anders of de moordenaar van haar zus en haar vriend heeft op zijn tocht naar het noorden een aantal havens aangedaan. Grigor heeft overal navraag gedaan, maar hij heeft alleen gevraagd naar Dave en het schip, niet naar Sarina of de combinatie van boot, jongens en meisje. Misschien is er toch iemand die zich haar zus herinnert. Je weet nooit. Dus welke havens liggen er allemaal tussen de haven van het idyllische Norderney en de haven net ten noorden van Trondheim?

Kyra staat op, rolt haar stoel terug naar haar bureau en ploft weer neer. Ze opent de site visitnorway.com. 'Jachthavens voor gasten' klikt ze aan op de legenda van de zeer gedetailleerde kaart die op haar beeldscherm verschijnt en meteen komen er tientallen kleine blauwe ankers tevoorschijn. Alleen al in dat kleine stukje Noorwegen zijn het er drieëntachtig, telt ze. Rechtsboven in haar beeldscherm ziet ze dat Roos Mertens haar vriendschapsverzoek heeft geaccepteerd. Mooi. Ze klikt op 'Messenger' en begint een berichtje aan haar te schrijven.

*

Thomas is de verslagen van de verhoren gaan uitwerken en Maud is in de verhoorkamer blijven zitten. Zolang ze niet weten wie de slachtoffers zijn kan ze geen grote stappen zetten. Daarnaast heeft ze sporen nodig, iets wat een verdachte koppelt aan de slachtoffers en aan de locatie. Tot nog toe heeft ze alleen maar een paar namen die een link hebben met de plek. En een naam alleen is niet genoeg. Wat is het verhaal, het motief? Wat is er gebeurd?

'Het zijn allemaal vrouwen,' hoort ze de stem van Jan Anne achter zich. 'De eerste vier liggen er tussen de vijftien en twintig jaar. De laatste vijf zijn beduidend jonger.'

Maud draait zich om. Hoe komt hij in vredesnaam aan die informatie?

'Goedemiddag,' zegt ze. Jan Anne komt binnen en sluit de deur achter zich. Hij gaat aan tafel zitten en leunt achterover.

'Vraag me niets,' zegt hij.

'Maar het NFI is nog helemaal niet zover,' zegt ze. 'Het onderzoek is nog niet gedaan.'

'Wie zegt dat mijn onderzoek via het NFI loopt?'

'Ik snap het niet,' verzucht Maud. 'Maar weet je dit zeker?'

'Honderd procent,' zegt Jan Anne.

‘Er zijn bijna tweeduizend mensen van wie we zeker weten dat ze nog steeds vermist zijn,’ zegt ze. ‘Als ik even kijk naar het percentage vrouwen dan gaat het om ongeveer acht- of negenhonderd vrouwen. Is er iets bekend over leeftijd?’

‘Het vermoeden is dat deze vrouwen allemaal volwassen waren, maar jong. Waarschijnlijk maximaal dertig jaar.’

‘Identificatie?’ vraagt Maud aan Jan Anne. Misschien zit ze heel moeilijk te doen met die lijsten en zijn er straks gewoon DNA-matches.

‘Dat onderzoek moet het NFI doen,’ zegt hij.

Maud pakt haar telefoon en belt Myrna. ‘Kun je uit de overzichten met vermiste personen de vrouwen tussen achttien en dertig jaar filteren?’

Ze luistert.

‘Ja,’ zegt ze. ‘Graag. Zo snel mogelijk. En liefst met foto’s.’

Jan Anne staat op. ‘Seriemoordenaars zijn over het algemeen relatief jong,’ zegt hij. ‘Sommigen beginnen al in hun tienerjaren. De meesten zijn in de twintig als ze gepakt worden, soms zijn het dertigers, als ze hun werkwijze hebben weten te perfectioneren en dus niet eerder tegen de lamp lopen. Vaak richten ze zich op vrouwen van ongeveer hun eigen leeftijd. Ik ben bezig met een profiel van deze specifieke dader.’

‘Tot nog toe heb ik alleen Ruud Demsterwold en Fred van Leeuwen, die tuinman, op mijn lijstje staan. Demsterwold was al oud toen dit speelde. Dan blijft alleen Van Leeuwen over. En eventueel de aannemer, Bolhoven, maar ook die is wat ouder en die heb ik nog niet gesproken.’

‘Ik zou Rob Franssen eens bellen als ik jou was,’ zegt Jan Anne en hij loopt naar de deur. ‘Die is ook met een interessant project bezig.’

Rob Franssen zit toch in Brabant, bij Georganiseerde Misdaad? wil ze vragen, maar voordat ze kan antwoorden is hij weer weg.

– 33 –

Januari dit jaar

Om een uur of zeven 's avonds gaat de bel. Haar ouders zijn niet thuis en ze verwacht niemand. Kyra aarzelt even, maar loopt dan toch naar beneden om open te doen. Voor de deur staat een bezorger van PostNL. Ze schrikt een beetje omdat hij er leuk uitziet. Dit is niet de man die normaal gesproken de pakjes bezorgt, maar een blonde vent van een jaar of dertig.

'Kyra Slagter?' vraagt hij. Ze knikt en hij glimlacht naar haar. Help. Wat doe je als een leuke jongen naar je glimlacht? Ze lacht terug.

'Wat is het?' vraagt ze, en meteen weet ze dat dit een heel domme vraag is. Natuurlijk weet hij dat niet. Hij is de bezorger, niet de afzender.

'Geen idee,' zegt hij met een flirtend lachje. 'Je moet ervoor tekenen.'

Ze pakt de doos aan en zet hem in de gang.

'Hier,' zegt de jongen en hij steekt een A4'tje op een klembord naar haar toe. 'Als je hier even tekent.' Hij wijst naar het vakje waar ze moet tekenen en overhandigt haar de pen. Kyra houdt het bord iets langer vast dan nodig is en ze kijkt de jongen aan. Er is iets met hem. Iets wonderlijks.

Ineens oogt hij gehaast. Dat zijn ze hier altijd, want iedereen die stopt met de auto houdt al het verkeer op. Op de smalle dijk is er geen mogelijkheid om langs iemand te rijden. Ze ziet zijn busje trouwens nergens.

Snel zet ze een krabbel in het vakje en ze geeft hem de pen en het klembord terug.

'Bedankt,' zegt hij.

'Nee, jij bedankt,' antwoordt ze. Wat is er toch met hem? Hij straalt iets onnatuurlijks uit, iets... robotachtigs? Ineens ziet ze het. De jongen heeft een blauw en een bruin oog. Ze voelt zich schuldig dat ze zo naar hem heeft gestaard. Dat zal hij wel de hele tijd hebben.

'Bedankt,' roept ze nog een keer, alsof ze haar gedrag daarmee goed kan maken.

– 34 –

De eerste twee slachtoffers zijn geïdentificeerd en de uitkomst is meteen verontrustend. Maud parkeert haar auto langs de kade van het IJ en loopt de hoek om van het oude fabrieksgebouw. Ze heeft afgesproken in het ruim opgezette restaurant Stork.

Helena van Dijk was een studente, geboren in Maastricht, die vier jaar geleden vermist is geraakt, gewoon in Amsterdam, gewoon op een doordeweekse dag, na het volgen van een college. Janneke Raads was een secretaresse uit Haarlem die net aan een sabbatical was begonnen toen ze drie jaar geleden verdween tijdens een wandelvakantie langs de Nederlandse kust. Omdat ze alleen op stap was duurde het een paar dagen voordat iemand doorhad dat ze verdwenen was. Beide vrouwen waren begin twintig en ze verdwenen allebei in de maand juni, zij het in een ander jaar.

Ze blijft staan, vist haar telefoon uit haar jaszak en belt Thomas.

'Rob Franssen,' zegt ze. 'Kun jij er op subtiele manier achter komen waar hij mee bezig is?'

'Ik niet,' antwoordt Thomas. 'Maar ik kan het aan Yvon vragen.'

Yvon. Die weet inderdaad veel, maar zij weet zoveel omdat ze zoveel praat.

'Praat je vaak met haar?' vraagt Maud.

'Dat niet.'

'Valt het dan niet op?'

'Ik kan het Myrna vragen,' stelt Thomas voor.

Myrna, het jonkie van de afdeling. Niemand lijkt haar serieus te nemen en juist daardoor krijgt ze verschrikkelijk veel voor elkaar.

'Goed idee,' zegt ze.

'En anders kan ik Soufian vragen,' zegt Thomas nog. 'Dat is ook een handige prater.'

Soufian had ze graag in haar team gehad, maar hij had uiteindelijk voor een plek gekozen bij Zeden.

'Als het maar niet opvalt dat wij vissen naar wat Rob aan het doen is,' zegt ze.

'Zorg ik voor.'

Ze hoort aan zijn stem dat hij wil vragen wat er aan de hand is, maar hij doet het niet.

'Laat hem het direct doen,' zegt Maud. 'Ik wil die informatie zo snel mogelijk hebben.'

Ze trekt de grote deur van het restaurant open en als ze de hal binnenstapt heeft ze het gevoel dat ze iets vergeten is. Heeft ze iets laten liggen? Is ze iets vergeten door te nemen voordat ze dit gesprek in gaat?

Dan vloekt ze binnensmonds omdat ze zich realiseert dat het Niels is. Ze is niet gewend om dit soort dingen zonder hem te doen, om niet even met hem te kunnen overleggen over hun bevindingen. Wat zou hij te zeggen hebben over de identificaties?

Niels heeft zich ziek gemeld en ze weet zeker dat dit is omdat hij het niet met haar eens is, want Niels is nooit ziek. Toch is het ook niets voor hem om een probleem op deze manier uit de weg te gaan. Ze zal bij hem langsgaan. Ze moet hem duidelijk maken wat ze van plan is, aan hem vragen of hij dan ten minste die weg samen met haar kan bewandelen, zonder die te verstoren. De bestemming is toch dezelfde.

Ze loopt het hoge, ruime restaurant binnen en ziet meteen dat er maar één man alleen aan een tafeltje zit. Vincent Demsterwold is een doorsnee dertiger, type zakenman. Zijn haren zijn kortgeknipt, blond en hij draagt een vaag baardje, zoals dat tegenwoordig hip is. Zijn ogen zijn felblauw en hoewel hij een mooie mond heeft is hij toch niet opvallend knap, misschien door de kleine neus en de wat dikke wenkbrauwen. Zijn overhemd draagt hij met opgerolde mouwen en je ziet duidelijk dat hij een getraind lichaam heeft. Geen tatoeages zo te zien, geen oorbelletje of iets anders rebels. Zou hij echt zo braaf zijn?

Als ze bij zijn tafeltje aankomt gaat hij staan en steekt met een joviale lach zijn hand uit.

'Ik had er geen idee van dat Noord tegenwoordig zulke moderne restaurants heeft,' zegt hij opgetogen.

'Dit zit er al een jaar of vijf, denk ik. Bij de opening was het vrij uniek hier, maar tegenwoordig vind je in Noord veel meer van dit soort gelegenheden.'

Ze gaan zitten en Maud bestelt een cappuccino, net als Vincent Demsterwold.

'Ik kom nog maar zelden in Amsterdam,' zegt hij. 'In feite ben ik bijna nooit in Nederland.'

'Bezoekt u uw moeder niet?'

'Eens per jaar, rond haar verjaardag. Verder hebben we de gewoonte dat zij naar Londen komt met kerst, en soms met Pinksteren.'

'Heeft u geen vrienden in Nederland, zijn er geen familiefeestjes of zo?'

'Ik woon al zo lang in Groot-Brittannië. Het is vreemd hoe de band met je vaderland verdroogt. Hij verdwijnt nooit helemaal natuurlijk, maar als ik eerlijk ben heb ik hier gewoon erg weinig wat me bindt. Toen ik jong was woonden we in het buitenland. Later kwamen we hier wonen, tijdens mijn middelbareschoolperiode. Dat was niet mijn gelukkigste tijd. Ik ben een paar keer van school veranderd en ik heb aan de puberteit geen vrienden overgehouden. Wel van de kostschool in Groot-Brittannië. Mijn leven is nu daar. Mijn vrouw en kinderen, mijn werk. Alles.'

Ze praten een tijdje over wat er precies in de tuin is gevonden en Vincent hoort het hoofdschuddend aan.

'Hoelang geleden bent u verhuisd?' vraagt Maud.

'Bijna twintig jaar. Ik verliet Nederland toen ik zeventien was.'

'Is dat niet wat laat om naar een kostschool te gaan?'

'Het was een speciale school. Met speciale programma's. Je kon op elke leeftijd instromen, tot je twintigste.' Hij trekt de koffie die de serveerster neerzet naar zich toe en roert door het dikke melkschuim. 'Afhankelijk van de doelstellingen natuurlijk. Er waren zelfs jongens die maar voor een jaar kwamen.'

'Heeft u enig idee wie de hoofden in de tuin begraven kan hebben?' vraagt Maud ineens. Ze probeert hem te verrassen, maar hij lijkt er niet van onder de indruk te zijn.

'Het is onbegrijpelijk dat iemand dit ongezien heeft kunnen doen,' zegt hij en hij laat zijn ergernis duidelijk merken. 'Heeft geen van de buren iets gezien?'

'Niemand.'

'Mijn moeder is al jaren in de war. Het verbaast me niet dat zij niets heeft gemerkt. Ze kwam sowieso al haast nooit buiten. Maar Fred van Leeuwen dan? Die tuinman kost elk jaar een fortuin. Die moet toch iets gemerkt hebben?'

'Hij zegt van niet.'

'Ik ken de verhalen die over mijn vader rondgaan.' Vincents stem is zacht. 'Mijn moeder heeft altijd geprobeerd die geruchten zoveel mogelijk bij ons weg te houden, maar toen ik volwassen werd hoorde ik toch waar hij van verdacht werd. Het was pijnlijk. Ik schaamde me dood en mijn zus nog erger.'

'Waarom zouden de hoofden in jullie tuin begraven zijn?'

'Ik zie echt niet in wat het met ons te maken heeft. Hoe oud zijn de hoofden? Zou het iets uit de Tweede Wereldoorlog kunnen zijn? Of nog ouder misschien?'

'Ik wil graag weten wanneer u precies in Nederland geweest bent de afgelopen jaren.'

'Dat weet ik niet meer.'

'U zei net dat u hier maar zelden bent,' stelt Maud. 'Dus het lijkt me niet moeilijk om het uit te zoeken.'

'Ik zal het mijn vrouw vragen, die houdt de gezinsagenda bij. Ik reis veel voor mijn werk en zij vindt het prettig te weten wanneer ik weg ben en wanneer thuis. Meestal ben ik hier rond deze tijd, mijn moeder is overmorgen jarig. Daar wil ik iets bijzonders van maken.'

'Heeft u enig idee wie dit gedaan kan hebben? Zijn er mensen die een rekening te vereffenen hadden met uw familie?'

'Mijn vader had zoveel vijanden.'

'En een boel belangrijke vrienden.' Maud staart hem aan. Ze probeert niet met haar ogen te knipperen. Ze kan niet van zijn gezicht lezen wat hij voelt of denkt.

'Wilt u nog een cappuccino?' vraagt hij met een lachje.

'Nee, dank u,' zegt Maud zo vriendelijk mogelijk. Het bestaat niet dat hij geen enkel idee heeft over wat er gebeurd is. 'Ik zou graag een officiële verklaring van u opnemen. Op het bureau. Wanneer bent u daarvoor beschikbaar?'

Vincent kijkt haar onbewogen aan en zwijgt. Hij zit ongetwijfeld te bedenken welke advocaat hij zal inschakelen om hier onderuit te komen.

'Ik ben de komende dagen hier,' zegt hij. 'Ik heb afspraken met de notaris, de accountant. Er moeten een aantal zaken geregeld worden.' Hij kijkt op zijn telefoon. 'Ik zou morgenmiddag kunnen. Of anders zaterdagochtend.'

Maud knikt. 'Ik laat het u weten,' zegt ze terwijl ze opstaat. 'Fijn dat u bereid bent mee te werken.' Ze loopt weg, maar draait zich na een paar stappen om.

'Kunt u in de tussentijd een lijst opstellen,' zegt ze, 'met mensen van wie u denkt dat ze een conflict met uw vader hadden.'

– 35 –

De gedachte aan het meisje probeert hij te negeren. De lol is eraf. Met grote passen ijsbeert hij door de woonkamer, alle mogelijkheden overwegend. Hij kan haar helemaal laten verdwijnen. Elke haar, elke vingerkoot, en ook het hoofd gewoon op laten lossen. *Dust to dust.* Blubber tot blubber. Hij heeft het vaker gedaan en het is zo gemakkelijk als wat.

Maar dat klopt niet.

Dat is niet het ritueel.

Ik haat je. Ik pis op je. Je bent niks, een hersenloos vellenvod. Daar zit je met je grote bek, je arrogantie, en je verbeeldt je dat je alles kunt bepalen.

Ze zit hem nog steeds dwars. Ze verstoort zijn ritueel expres met deze laatste. Alsof ze hem doorheeft. Nog steeds in zijn kont naait. Verbaasd kijkt hij naar zijn vingers, die plakkerig zijn doordat hij de banaan die hij in zijn hand houdt fijngeknepen heeft. Hij moet iets met het meisje. Iets anders. Maar wat?

Hij wast zijn handen, pakt een biertje en gaat voor de grote glazen pui staan. De tuin ziet er keurig uit. Zoals altijd heeft hij laten weten dat hij zou komen en er staat geen grassprietje tussen de schoongespoten tegels, de heesters staan er mooi en groen en bloeiend bij. Zo hoort het. Zo moet het. Zo hoort het ook met haar.

De angst. De blik in haar ogen.

Haar ogen zijn groot en sperren zich open. Ze wil hem binnenlaten.

Kom. Kom. Alsjeblieft.

Zeg het. Zeg het dan, vuile hoer, zeg het nog een keer. Duidelijk, zonder snotteren, zoals ik je geïnstrueerd heb.

Alsjeblieft.

Alsjeblieft, wat. Alsjeblieft, wie?

Alsjeblieft, meneer.

Goed zo.

Alsjeblieft. Meneer. Alsjeblieft.

Zijn hoofd in zijn nek, zijn armen gespreid. Zijn pik naar voren als een machtig wapen. Hij laat zijn eikel tegen haar kale vulva rusten. Ze probeert weg te draaien, maar het is onmogelijk. Het leer houdt haar knieën uiteen, opzij. Haar enkels zijn vastgesnoerd aan haar dijbenen. Onder haar borsten loopt een band die haar op haar plaats houdt, zwevend boven de grond, vastgesnoerd aan de brede paal midden in de lege ruimte. Ze hijgt.

Hij legt het mes tegen haar wang en duwt zijn heupen naar voren. Ze is klein. Strak.

Alsjeblieft. Ze huilt. *Laat me gaan. Alsjeblieft, ik zal...*

Nijdig haalt hij het mes naar beneden. Het bloed gutst meteen omlaag.

Alsjeblieft, mijn meneer, meneer, zegt ze snel, maar hij hoort haar amper. Hij stoot. Harder en harder.

Het schitterende rood op de blanke zijde. Het blanke marmer.

Alsjeblieft. Mijn meneer. Aaaaaii...

Hij kijkt naar de opengesperde mond. 'Aaaaaa...' doet hij haar na. Zijn tong zoekt de hare. Dan trekt hij zich weer terug en kijkt en stoot en kijkt. Zie je wel dat hij dit kan? Dat hij kan krijgen wat hij hebben wil? Het zachte, natte rood, het glinsterende vocht, de trillende tong. In zijn hersenen vindt een explosie plaats alsof een miljard verbindingen tegelijk worden aangelegd en hij alles begrijpt in een helderwit moment. Zijn hand flitst langs haar keel, het zilver en het spuitend rood, en hij doucht, laaft zich, voedt zich, voelt de warmte over zijn borstkas vloeien, naar beneden, naar zijn ballen waar hij groeit en groeit en de rest van hem samentrekt tot hij alleen nog daar is, in het moment net voor de oerknal, en hij knijpt zijn ogen dicht, duwt zich met zijn hele lengte in haar, en duwt en duwt en hij hoort haar gorgelen en piepen en alles is warm en nat en rood, nu hij weer leeft en bepaalt en het is warm, en hij is het, hij voelt, hij doet het, hij doet het gewoon... Dan is hij klaar, draait zich om en loopt weg.

Hij ziet zijn weerspiegeling in de ruit. Zijn haar zit vreemd. Een kort moment probeert hij zijn weerbarstige kapsel in bedwang te krijgen. Nog even blijft hij voor het raam staan, maar dan begint hij weer heen en weer te lopen. Wat moet hij met haar doen nu het ritueel niet voltooid kan worden?

– 36 –

Londen

'Veel plezier!'

Sarah staat in de deuropening en zwaait Mabel en Phil uit. Een avondje theater zal hun goeddoen. De laatste maanden, sinds ze bij hen woont, zijn ze elke avond thuis geweest en eerlijk gezegd is ze deze lieve mensen, die ze in gedachten stiekem – ze zou het nooit hardop durven zeggen – haar ouders noemt, daar dankbaar voor. Toch heeft ze zelf de kaartjes voor de voorstelling van die avond gekocht. Ze mag niet veel langer meer een last zijn.

Als Mabel en Phil door het tuinhek lopen en nog een keer hun hand naar haar opsteken, doet ze snel de zware voordeur dicht en draait het slot om. Dan, overvallen door een gevoel van paniek, draait ze de extra sloten boven en onder aan de deur ook dicht, draait aan de deurknop en rukt eraan om te controleren of hij echt dicht zit. Ja. Ze stapt naar achteren. Dan weer naar voren en voelt nog een keer. Ja. Dicht. Echt dicht.

Ze draait zich om en loopt de keuken in. Alle ramen zijn gesloten. Ook de schuifdeur van de aangebouwde serre, die ze twee keer controleert, zit op slot. Ze voelt zich ongemakkelijk omdat iedereen zo naar binnen zou kunnen kijken door de grote glazen deur, maar de tuin is leeg. Mabels witte rozen staan in bloei en de blauweregen die in de hoek naast de serre staat is uitgelopen. Lange lichtgroene sprieten met fijne blaadjes versieren het raamwerk dat Phil daar heeft geplaatst.

Snel rent ze de trap op om de slaapkamerramen te controleren. Mabel slaapt altijd met het raam open. Zegt dat ze zonder frisse lucht niet kan slapen, maar Sarah ligt juist geregeld wakker van het idee dat ergens in huis nog een raam openstaat.

Alles zit dicht. Bij Mabel en Phil op de kamer, in haar eigen kamer, in de hobbykamer, in de badkamer. Godzijdank. Nog een keer loopt ze naar de kamer van Mabel, voelt nog een keer aan het raam en dwingt zichzelf dan om terug naar beneden te gaan.

Ze haalt een glas cola en gaat in de woonkamer zitten om televisie te kijken. Pas als het donker is geworden staat ze op. Ze wil nog wat fris gaan halen maar het glas van de schuifdeuren in de keuken is zo zwart dat ze schrikt. Iemand kan in de tuin staan zonder dat zij dat doorheeft. Hij kan haar begluren, een aanval voorbereiden, zonder dat ze er iets tegen kan doen. Ze hapt naar adem als ze iets ziet bewegen en bedenkt dan dat het haar eigen spiegelbeeld is dat vaag in de ruit weerschijnt. Duizelig loopt ze weg, terug naar de woonkamer.

'Red!' roept ze. Waar zit die kat toch? Het zou zo fijn zijn als die rode pluizenbol bij haar kwam zitten. 'Red?'

Misschien straks. Misschien later. Misschien ligt hij op haar bed, ze heeft niet goed rondgekeken in haar kamer, beseft ze nu, zo gefocust was ze op de ramen. Zie je wel, ze zou naar boven moeten gaan, nog een keer controleren of alles dicht is, want daarnet was ze dus niet alert genoeg. En als ze het niet doet, als daardoor toch iemand inbreekt, haar toch kwaad kan doen, dan zal ze zichzelf vervloeken omdat ze toch niet nog een keer is gaan kijken.

Nee. Beheers je.

Ze ploft op de bank en pakt de afstandsbediening van de televisie. Ineens ziet ze een kier in het gordijn achter de tv. Die heeft ze daarnet niet strak genoeg dichtgetrokken. Daar is iets. Daar ziet ze echt iets. Ze zet het geluid van de televisie uit, maar van buiten komt geen geluid. Het is doodstil in huis. Op tv ziet ze twee nieuwspresentatoren praten over een verkeersongeluk waarbij zo te zien doden zijn gevallen. Er tikt iets tegen het raam. Ze zou moeten controleren of het raam wel goed dicht zit. Of de anti-inbraakpinnen goed in de houders zitten, maar ze kan niet bewegen. Als ze naar het raam toe loopt, dan duwt hij dat misschien open, pakt hij haar. Maar als ze hier blijft zitten, kan hij haar blijven begluren, zijn aanval voorbereiden. Ze staart naar het donkere gat tussen de gordijnen, niet in staat om weg te kijken.

Dit is het einde, ze weet het ineens zeker. Hij heeft al die tijd gewacht tot Mabel en Phil haar een keer alleen zouden laten. Wat is ze stom geweest. Zo ontzettend stom, om hen weg te sturen, om alleen thuis te blijven. Voor de tweede keer werkt ze mee aan haar eigen ondergang. Hoe stom kun je zijn?

De dichtgetimmerde ramen. De afgesloten deuren. Het eeuwige halfduister binnen. Haar bloedende handen omdat ze blijft proberen om te ontsnappen. Het gejammer en gehuil van de anderen. Bloed. Openkrullend vlees. Pijn. Overal pijn. Ze hoort hem op de gang en hoopt, bidt, smeekt dat hij haar deur zal overslaan, maar dan hoort ze het knarsende ijzer van het slot.

Sarah weet niet meer hoelang ze al als bevroren op de bank zit, maar ineens merkt ze dat ze in iets nats zit. Heeft ze...? Ze springt op. Een grote donkere plek op het kussen. Haar broek plakt aan haar billen.

Ze rent naar boven om zichzelf en haar kleding te wassen, wringt als een dolle haar broek uit en gooit de spullen in de droger. Ze schiet in een joggingbroek en pakt een paar handdoeken. Misschien kan ze de kat de schuld geven. Nee, zoiets zou Red nooit doen. Ten einde raad rent ze naar de keuken en haalt een emmer water met zeep. Vervolgens gaat ze aan de slag, wassen, deppen, wassen, deppen, zich de hele tijd afvragend wat ze in hemelsnaam tegen Mabel moet zeggen. Niemand mag weten hoe bang ze nog is.

– 37 –

'Een interessante zaak.' Jan Anne buigt voorover en pakt de fles witte wijn uit de wijnkoeler die naast zijn voeten staat. Hij schenkt Maud en zichzelf een glas in. 'Deksels interessant.'

Maud zit in de halve boot die de oude man omgetoverd heeft tot bank en zou willen dat haar oude leermeester ook aan zoiets banaals als tuinkussens had gedacht.

'Wanneer ben je ook alweer jarig?' vraagt ze. 'Is dat niet binnenkort?'

Hij grijnst. 'Volgende maand, en denk maar niet dat ik er iets aan doe.'

'In het patroon is een open plek,' zegt Maud. 'De slachtoffers zijn jongvolwassen vrouwen. We weten nu van twee wie het zijn.'

'Helena van Dijk,' zegt Jan Anne. 'Vier jaar geleden vermist op 7 juni, en Janneke Raads, drie jaar geleden verdwenen op 9 juni.'

'Dus...'

'Nu vraag je je af,' zegt Jan Anne, 'of er meer jonge vrouwen als vermist zijn opgegeven in juni.'

'Van de zeshonderddertig vrouwen die de laatste twintig jaar zijn verdwenen zijn er vierenzestig als vermist opgegeven in de periode tussen 1 en 15 juni.'

Jan Anne gromt zacht.

'Meer dan je zou verwachten inderdaad,' geeft Maud toe.

'Maar wat kun je met deze wetenschap?' Jan Anne stelt een retorische vraag. Ze kunnen moeilijk alle jonge vrouwen in Nederland gaan beschermen. En een waarschuwing laten uitgaan zorgt voor paniek. Toch bestaat de kans dat er deze maand weer een jonge vrouw zal verdwijnen.

'Wist je dat koeien vrienden hebben?' vraagt Jan Anne. 'Ze lopen in groepjes op, eten en spelen samen. Als je ze uit elkaar haalt hebben ze daar last van, stress.'

'Ze lijken zo... dom.'

'Een melkkoe moet elk jaar een kalf krijgen, of in elk geval drachtig worden, anders blijft de productie niet op gang. Een koe geeft niet zomaar vanzelf melk, natuurlijk.' Jan Anne brengt het glas wijn naar zijn mond en nadat hij een slok heeft genomen vervolgt hij: 'Het kalf – als het al geboren mag worden, een korte zwangerschap is ook goed – mag na de geboorte maar een paar uur bij moeder blijven. Meestal roepen ze dagenlang naar elkaar als ze gescheiden zijn.'

'En dat allemaal voor de melk in onze koelkast,' stelt Maud.

'Daarom drink ik liever wijn.' Jan Anne neemt nog een slok.

Waarom vertelt hij niets over het onderzoek van Rob Franssen, vraagt ze zich af. Wil hij dat ze daar zelf achter komt? De vraag waar haar collega mee bezig is brandt op haar lippen, maar ze houdt zich in.

'Er zit een ontwikkeling in de handelingen van de dader,' zegt Jan Anne als zijn glas halfleeg is. 'Aan de eerste vier hoofden is te zien dat de slachtoffers mishandeld zijn. De latere hoofden hebben die sporen niet.'

'En het kind?'

'Geen sporen van geweld, althans, geen zichtbare op het hoofd.'

'Ik heb er natuurlijk ook over nagedacht, maar ik kan er geen verhaal in ontdekken,' zegt Maud. 'Waarom die vier op de eerste lijn? Met touw, en waarom die tweede boog eromheen, de meesten zonder touw en dan met dat kind als eerste in de rij?'

'De eerste vier zijn gedood door iemand met een immense woede,' zegt Jan Anne. 'Al deze hoofden vertonen breuken, inkepingen. Sporen van zowel slagen als messteken. Het touw duidt op verwurging, hoewel we dat nu niet meer kunnen vaststellen. Wat er precies gebeurd is kan ik niet zeggen, het enige wat ik zeker weet is dat er op de hoofden van deze personen een overmatige dosis geweld is toegepast. Hoogstwaarschijnlijk ook op de lichamen.'

'En waarom zijn de lichamen daar niet? Waarom alleen de hoofden?'

'Misschien was het meer werk om de lichamen daar te begraven. Zou hij meer risico op ontdekking lopen. Om een hoofd te begraven hoef je alleen maar een klein stuk gras uit te steken. Een paar dagen later zie je er niets meer van.'

Maud probeert zich voor te stellen hoe dat in zijn werk gaat. 'Op het hoofd van het kind zijn geen sporen van geweld gevonden. Het is helemaal gaaf. Geen krasje, geen barstje, geen touw.'

'De schedels van de volwassenen die naast het kind lagen, dus op de tweede rij, zijn ook allemaal gaaf, en hebben ook geen touw, op één na.'

Maud kijkt Jan Anne vragend aan, maar hij staart voor zich uit, naar de koeien in het weiland.

'Alleen de eerste in de rij,' vervolgt hij. 'Daar lag een klein stuk touw onder en die heeft een paar inkepingen over de slaap en de bovenkant van de kaak.'

'Snijwonden.'

'Ja.'

'Dus de woede is bekoeld.'

Nu kijkt hij haar aan. 'Dat denk ik inderdaad. Geen slagen meer, of klappen of wat het ook is waar hij ze eerder mee toetakelde.'

'Maar hij gebruikte wel een mes.'

'Genoeg om het slachtoffer angst aan te jagen. Pijn te doen. Het kan zijn – maar dat is nu niet meer vast te stellen – dat hij tijdens, maar vooral ook na die eerste moorden in woede is ontstoken. Geweld voordat de dood intreedt heeft vaak te maken met het kicken op pijn en angst.'

'De dader wil eer van zijn werk hebben,' zegt Maud. 'Een beloning.'

'Precies. Hij wil een reactie op wat hij doet. Maar geweld toegepast na de dood heeft vaak met fetish te maken, met fantasieën.'

'De dader heeft een ritueel ontwikkeld.'

'De woede is kennelijk omgeslagen in genot en in planmatigheid.'

'Kunnen het ook twee daders zijn?' vraagt Maud.

'Zelfs drie,' zegt Jan Anne bedachtzaam.

'Een woedende moordenaar,' zegt Maud. 'Een rituele moordenaar en een die het voorzien heeft op kinderen. Bedoel je dat?'

'Zou kunnen. De werkwijze is verschillend, de slachtoffers zijn verschillend.'

Maud neemt de laatste slok van haar wijn en staat op.

'Ik kan niet voorkomen dat er een nieuw slachtoffer valt,' zegt Maud. 'Maar ik heb wel haast.'

'Ik ben nog niet klaar met denken,' zegt Jan Anne. 'Het is een deksels interessante zaak.'

*

Haar vader heeft spaghetti aglio e olio gemaakt en een grote schaal gegrilde groenten. Voorzichtig schenkt hij wat van de peperdure olijfolie die hij van een congres uit Italië heeft meegenomen over de courgettes, tomaten en uien en hij zet een bord met een stuk pecorino en een rasp neer.

'Heerlijk,' zegt haar moeder terwijl ze een klein beetje pasta opschept en twee flinke scheppen groente. 'Ik ben blij dat je weer wat vaker thuis bent.'

'De verbouwing is zo goed als afgerond,' antwoordt haar vader. 'Wanneer komen jullie nou eens kijken naar het eindresultaat?'

Al een paar jaar is haar vader bezig met het opzetten van zijn Universal Health Center. Wat begon als zijn baby, is nu uitgegroeid tot een flinke puber met een waterhoofd. Kyra had de vergaderingen vaak genoeg genotuleerd om precies te weten hoe erg het project uit de hand gelopen was.

'Wanneer is de opening nou ook alweer?' vraagt ze.

'Als je nou weer kwam notuleren,' zegt haar vader, 'dan kende je alle details.'

Ze schudt haar hoofd.

'Vóór de opening wil ik graag nog een weekendje met je weg, Hanno,' zegt haar moeder.

Hij kijkt haar nadenkend aan. 'We zijn in april nog naar Schiermonnikoog geweest.'

'Na oktober heb je het heel druk en ik weet nu al dat je dan voorlopig niet weg kunt. Je kunt ook al niet naar Griekenland.'

‘Wat dacht je van twee dagen Domburg,’ stelt hij voor. ‘Daar zijn we lang niet geweest.’

Hoe kan hij zo normaal doen? Hoe kan hij gezellig met haar moeder in een hotelletje zitten als hij weet dat hij... Op wat voor momenten zou hij sms’jes sturen naar zijn vriendin? Op het toilet? Even snel, zodat haar moeder het niet zou merken? Zou hij appen dat hij haar mist, zeggen dat hij niet onder de verplichtingen van zijn gezin uit kon komen. Is dat wat ze zijn? Verplichtingen?

‘Neem een hotel in de stad,’ zegt Kyra zonder daar lang over na te denken. ‘Hang eens de toerist uit in Amsterdam. Wanneer zijn jullie voor het laatst samen naar de Bijenkorf geweest, of in de Jordaan gaan eten? Ik hoor dat het Victoria Hotel heel goed is. Je weet wel, tegenover het Centraal Station.’

Ze tilt haar vork vol met spaghettislierten op en kijkt haar vader strak aan.

*

Maud stopt bij de bloemenstal naast het BovenIJ ziekenhuis en koopt een bos vrolijk gele bloemen. Ze is net op tijd want de man is al bezig alle emmers naar binnen te brengen. Ze groet hem en loopt terug naar haar auto. Nu langsgaan bij Niels? Of morgen?

Even zit ze besluiteloos met haar handen op het stuur van de auto naar de bloemen op de bijrijdersstoel te staren. Dan start ze de auto en rijdt naar de IJ-boulevard, waar Niels sinds een halfjaar in een moderne flat met uitzicht op het water woont. Zijn vrouw en hij zijn het jaar met een proefscheiding begonnen, heeft hij haar een paar maanden geleden verteld. Omdat ze allebei even rust nodig hadden.

Een flinke portie rust, wie kan dat niet gebruiken? Maar zelf zou ze liever de rust willen om eindelijk eens gewoon thuis te zijn. Om te kunnen genieten van haar gezin. Misschien aankomend weekend.

Ze belt aan en staat naast de intercom te wachten, in de tussentijd haar gedachten formulerend. Eigenlijk weet ze helemaal niet wat ze precies wil zeggen. Als hij nou maar begreep dat dit onderzoek voorzichtig, stap voor stap, met de grootst mogelijke zorgvuldigheid en de nodige schijnbewegingen uitgevoerd moet worden.

Op de persconferentie van eerder die week waren die woorden gebruikt: zorgvuldig, de tijd nemen, stap voor stap. Eerst is het belangrijk uit te vinden wie de slachtoffers precies zijn, werd er gezegd. Justitie benadrukte keer op keer dat het goed mogelijk is dat de schedels heel erg oud zijn. Telkens spraken ze over schedels en niet over hoofden, vermoedelijk omdat het zo leek alsof de vondst meer historisch interessant was dan dat het iets met recente misdaden te maken had. Nu duidelijk is geworden dat er in elk geval resten van twee relatief recente vermisten zijn gevonden, had ze wel verwacht dat iemand van het Openbaar Ministerie contact met haar zou opnemen. Normaal gesproken laat Barbara Ruigbot geen mogelijkheid onbenut om haar invloed te laten gelden. Ook haar baas Erik Tijssen houdt zich verdacht stil.

Net als ze weg wil lopen gaat haar telefoon en ze neemt op. Het is Thomas.

'Rob Franssen,' zegt hij, 'doet met zijn team onderzoek naar een stel diplomaten die in het huis van Demsterwold hebben gewoond in de periode dat hij met zijn gezin in Zuid-Afrika en Londen woonde. Het is verhuurd geweest.'

'Wacht even,' zegt Maud. Het is het enige wat ze kan bedenken. Er is een hele nieuwe dimensie in het onderzoek en zij weet er niets van?

'Ik weet het,' zegt Thomas. 'Het is geheim. Iets met de afdeling Stiekem.'

'Maar hoe weet Yvon dit dan?'

'Het komt niet van Yvon.'

'Maar je weet dit zeker?' vraagt ze ten slotte. Hoe moet ze in godsnaam haar werk doen als iedereen geheimen heeft en bovendien zijn eigen gang gaat? Niels. Jan Anne. En dus ook die lul van een Franssen.

'Heel zeker,' antwoordt Thomas.

'Wat weten we van ze?'

Ze is te moe voor beleefdheidsvormen.

'Diplomaten.' Ook Thomas klinkt mat. 'Hebben vier jaar in het huis gewoond, nadat het een paar jaar had leeggestaan toen de Demsterwolds in Londen zaten.'

'Waar zijn ze nu?'

'In Oostenrijk. Thuis. Meneer en mevrouw zijn dik in de zeventig. De kinderen zijn inmiddels veertigers.'

'Ooit enige verdenking dat ze niet pluis waren?'

'Ik heb niets kunnen vinden.'

Maud zucht. 'Wat moet Franssen er dan verdomme mee? Wat hebben zij te maken met haar zaak?'

'Ik denk dat we het moeten laten zitten,' zegt Thomas. 'Het is waarschijnlijk bedoeld als afleidingsmanoeuvre. Ze komen met een mooie verdachtmaking. Dan komt er een relletje met Engeland, tussen die ministeries, en dan heeft iedereen weer even iets om over te schrijven. Loopt altijd met een sisser af, zoiets.'

'Ik denk dat die afleidingsmanoeuvre deze keer niet gaat helpen.'

'Dat zou zomaar kunnen.'

'Ik ga naar huis,' zegt Maud en ze hangt op.

Niels heeft niet opengedaan. Nogmaals drukt ze op de bel, maar als er weer geen enkele reactie is geeft ze het op en gaat naar huis.

– 38 –

Januari dit jaar

Kyra staat met de doos die ze net van PostNL heeft gekregen in haar handen. Lot wacht op haar. Zit misschien wel bij de deur, moet haar energie kwijt. Toch moet ze maar even wachten. Ze gaat straks wel even met de buurhond naar buiten. Snel loopt Kyra naar boven, zet de doos op haar bureau en zoekt een schaar om de tape door te snijden.

Als ze de doos openmaakt ziet ze nog een doos, van stevig zwart karton, ongeveer dertig bij veertig centimeter groot. Ze pakt hem op en opent hem. In een wolk van vloeipapier ligt een dikke map van zwart leer.

Natuurlijk. Het dossier van Grigor over Dave. Hoe stom kun je zijn? Hij had beloofd het op te sturen, maar ze is blijkbaar zo opgeslokt door school, feestjes en weet ik veel wat, dat ze er even niet meer op rekende.

Ze staat met de map in haar handen en durft hem bijna niet open te slaan. Dit is een prachtig, maar gruwelijk geschenk. Het gevoel van opwinding slaat om in een koppige verbetenheid als ze snel door de map bladert en de foto's van Daves aangespoelde lichaam voorbij ziet komen. Ze kijkt naar de foto van haar zus, lachend – gelukkig misschien wel.

Ik geef niet op. Wat er ook gebeurt, hoelang het ook duurt, ik zal die klootzak vinden.

Veel documenten heeft ze al eerder gezien. De gegevens en foto's van de boot. De route die Den Schuymer waarschijnlijk heeft afgelegd. Papieren van de havens die hij heeft aangedaan. Informatie over hoe hij zou varen en wanneer hij zich in Zuid-Frankrijk zou melden.

Foto's van Dave. Knappe jongen, stelt ze weer vast. Kort donker haar, vrolijke ogen en warme blik. De foto's van Sarina op de boot. De mailwisseling van Dave met zijn ouders. Korte berichtjes, liefdevolle woorden. De gegevens van het uitzendbureau voor schippers. De aanbeveling van Jerry Hasting. De schets. De informatie die ze naar havens rond het gebied waar Dave gevonden is hebben gestuurd. De lijst met havens en andere bureaus in de zeilwereld die ze hebben benaderd. De autopsierapporten van Dave. Een van de Denen en een van de Amerikanen. Ze twijfelt. Natuurlijk wil ze het graag lezen, maar het voelt als een inbreuk op de privacy van de jongen. Zou zij willen dat iemand dit over haar las? Nee. Hoewel... Als ze vermoord was en als het verslag de oplossing van het raadsel en de vangst van de dader dichterbij brachten...

Ze haalt de verslagen uit de map en gaat ermee op de bank zitten. Kort bladert ze door de papieren. Het is maar goed dat de toon van een dergelijk verslag zo zakelijk is, anders was het onverteerbaar.

Terug naar de eerste pagina.

Datum, vindplaats, omschrijving van de omstandigheden. Namen van de politiemensen die erbij zijn gehaald. Tijdstip van aankomst in het mortuarium. Datum en tijdstip van de sectie. Naam van de arts en andere aanwezigen.

'Het lichaam van een man, vermoedelijk twintig tot vijfentwintig jaar.' Een opsomming van de kenmerken die ter identificatie kunnen dienen, begeleid door foto's. Een moedervlek in zijn hals. Een litteken op zijn onderarm.

Gebitsgegevens. Wijze van afname van het DNA. Verwondingen.

De Deense arts schrijft uitgebreid over de mate waarin het lichaam is aangevreten door vissen en garnalen. 'Sporen van dierlijke consumptie rond de mond en de anus,' staat er. Dan gaat de arts over op het opsommen van de andere verwondingen. Blauwe plekken. Twee gebroken ribben. Striemen op de onderarmen. Ontvelde polsen en enkels.

Ineens vraagt ze zich af of ze haar zus wel moet willen vinden.

– 39 –

Hij beseft ineens dat hij weer een gat in zijn geheugen heeft. Hoelang golfde de razernij door zijn lijf? Hoelang heeft hij dit keer in zijn waanzin geleefd? De roes is prettig, maar hij haat het als hij geen controle meer heeft.

Hij kijkt om zich heen. Pakt zijn telefoon en ziet dat het donderdag is. Valt mee. Deze keer heeft het niet zo lang geduurd. Ineens herinnert hij zich de afgelopen dagen. Hij is ontzettend nuttig bezig geweest. Heeft heel veel gedaan. Allemaal voorbereidende zaken en dan nu deze apotheose. Schitterend werk. Hij kan tevreden zijn.

Hij trekt de gordijnen open en laat naast het zonlicht ook de buitenlucht weer binnenkomen. Op tafel staan borden met aangekoekte resten ketchup. Er liggen twee leeg geknepen pakken vanillevla en er staat een halfvol pak melk. De kussens van de bank liggen op de grond. De grijze deken die hij met kerst van zijn tante heeft gekregen ligt over de armleuning. Bierblikjes. Dat gebeurt niet vaak. Meestal doet hij het zonder bier, maar deze keer was er kennelijk iets bijzonders aan de hand.

Natuurlijk.

Zijn hartslag versnelt. Met een ruk schuift hij de pui verder open. Het is hier niet te harden zo warm.

Het is niet af.

Zijn vingers trillen als hij ze langs zijn voorhoofd laat gaan en het zweet onder controle probeert te krijgen.

Het is niet af.

Ze zullen hem ontdekken. Ze hebben alles gevonden, álles. De woede over de ontdekking is steeds groter geworden. Omdat de kranten niet schrijven wat hij gedacht had dat ze zouden schrijven. Omdat zijn patroon verstoord is, net te vroeg, net te rigoureus, net op zo'n manier dat hij geen enkel risico kan nemen. Hij moet zich aan het protocol houden, anders gaat het helemaal mis.

Het moet af.

Niet aan denken, niet nu, eerst dit... Eerst de kamer onder controle.

Controle. Controle. Het is niet af.

Als hij nou eerst gewoon een vuilniszak pakt. Al die vuiligheid weggooien. Dit en dit en dat ook. Weg. Weg. Weg ermee. De pakken vla, de melk, de borden, zelfs de deken, alles gooit hij in de vuilniszak en hij loopt naar buiten om die ellende meteen in de kliko te gooien.

'Môgge, buurman.'

De idioot van verderop aan de weg staat bij de oprit met die klotetekkel van hem. Hij zwaait alsof er niets aan de hand is en probeert zich uit de voeten te maken.

'Alles in orde?' roept die kerel. Uit zijn ooghoek ziet hij dat kutbeest tegen zijn postbus aan pissen.

Hij had verdomme niet zo naar buiten moeten gaan. Snel draait hij zich om en hij hoopt dat de achterkant van zijn joggingbroek niet net zo smerig is als de voorkant.

'Buikgriep!' roept hij snel.

Binnen een uur heeft hij alles schoongepoetst. Zie je wel, het komt allemaal goed. Hij heeft het onder controle.

Controle.

Beheerst laat hij de stofzuigermond langs de randen van de kamer gaan. Hij zet de schuif om zodat de borstels naar binnen klappen en hij zuigt het kleed dat onder de salontafel ligt schoon.

Controle.

Kijk, alles is netjes en fris en precies zoals het hoort. Nergens een spatje of een vlekje, alles staat recht en zoals hij het bedacht heeft.

Nu mag hij douchen.

Hij gooit zijn kleding in de was, zet de temperatuur zo hoog mogelijk, stelt de machine in op extra water en een extra spoelbeurt en dan loopt hij naakt naar beneden.

Zonder controle ben ik verloren, komt alles naar buiten.

Hij herinnert zich de nieuwe plantenbak naast de schuur. Hoe hij haar lichaamsdelen op het worteldoek duwde, zwetend en mopperend omdat het niet in één keer lukte. Dit keer wilde hij siergrassen planten. Een hoge soort, die mooi zou afsteken tegen de zwart gebeitste planken.

Hij glimlacht tevreden als hij de deur van de douchecabine opentrekt.

Controle.

Dan vloekt hij als hij ziet dat haar hoofd nog naast de shampoo op de plank staat.

Hij moet iets anders bedenken.

– 40 –

'Dit is Kyra.' Roos Mertens wuift met haar hand in de richting van Kyra. 'Ze studeert aan de HvA en ze schrijft een paper over een villa aan de Nieuwendammerdijk en de bewoners.'

'Meneer Boef.' De man steekt zijn hand uit. De conciërge is een kleine man, die ondanks zijn leeftijd – Roos zei dat hij in december met pensioen gaat – gitzwart haar heeft. Hij kijkt haar met een ondeugende blik aan.

'Wat kan ik voor je doen?' vraagt meneer Boef terwijl hij op wat knopjes van de koffieautomaat in de hal drukt.

'Ik zoek informatie over Carla en Vincent Demsterwold,' zegt Kyra.

Zwijgend haalt de conciërge een plastic bekertje uit de automaat en geeft dat aan Roos.

'En die paper gaat niet over de vondsten die bij het huis zijn gedaan?' vraagt de man op quasinonchalante toon.

'Het zou natuurlijk gek zijn als ik daar niets over vermeld,' geeft Kyra toe.

'Doe je journalistiek?' vraagt Boef.

'Forensische recherche,' antwoordt ze.

'Hmm.'

Kyra kan uit zijn brom niet opmaken of de opleiding die ze noemt in de smaak valt of juist niet, dus ze wacht af.

'Carla was een stil meisje,' begint de man te vertellen. Hij geeft Kyra een bekertje zwarte koffie en vult er voor zichzelf ook een. 'Ze haalde hoge cijfers, maar eerlijk gezegd was ze nogal saai. Kleurloos. Ik kan me eigenlijk niet echt iets bijzonders herinneren. Geen incidenten of zo.'

Ze gaan iets aan de kant staan zodat de koffieautomaat vrij is.

'Dat was wel anders met Vincent,' zegt de man. 'Dat was de klassieke lastpak. Altijd te laat. Spijbelen. Boeken kwijt. Meisjes pesten. Moest zich continu melden bij de rector, of anders bij mij als hij weer eens voor straf een taak had gekregen.'

'Heeft u ooit met hem gepraat over waarom hij zo deed?' vraagt Kyra.

'Het was moeilijk om contact met hem te krijgen,' vertelt de conciërge. 'Hij wuifde alles weg, nam niets serieus.'

'Is hij van school gestuurd of is hij zelf weggegaan?'

'Er is een ernstig gesprek met zijn moeder gevoerd. Die hield hem daarna thuis. Ik hoorde dat hij daarna naar het Luzac is gegaan en verder ben ik hem uit het oog verloren.'

'Heeft u nooit de indruk gehad dat er meer achter zat?'

'Wat bedoel je?' vraagt Boef.

'Had hij problemen met vriendjes? Werd hij gepest? Of waren er problemen thuis bijvoorbeeld?'

'Hij had een vriend, Fred. Rare gozer. Kende hij nog van zijn vorige school en ik ben vergeten welke dat was. In elk geval' – hij neemt een slok van zijn koffie – 'hing die jongen hier vaak rond. Ik heb hem een paar keer weg moeten sturen.'

'Die zat hier dus niet op school?' vraagt Roos.

Boef schudt zijn hoofd. 'Een vriendin van mij werkt op het Luzac,' zegt hij. 'Zij heeft veel tijd in Vincent gestoken, geprobeerd hem op het goede pad te houden, maar het is haar niet gelukt. In Engeland schijnt het allemaal goed te zijn gekomen. Diploma gehaald. Studie. Werk. Het was gewoon een fase, zoals wel meer jongens zo'n fase hebben rond de puberteit.'

'En Carla?'

'Zoals ik al zei: nooit problemen mee gehad. Haalde goede cijfers en verdween na het eindexamen uit zicht. Ik weet niet eens wat ze is gaan studeren.'

'Diergeneeskunde,' mengt Roos zich in het gesprek. 'Ze woont nu in Zweden, in haar eentje op een kleine boerderij.'

Boef kijkt haar verbaasd aan en Kyra vraagt zich af hoe ze dat weet. Waarschijnlijk van haar moeder.

‘Zo zie je maar weer hoe het kan lopen,’ zegt hij. ‘Had ik nooit achter haar gezocht. Ze was misschien stilletjes, maar wel heel sociaal. Hield van mensen om zich heen. Ze had toen een vriendje met wie ze heel hecht was, een klasgenootje. Ik heb altijd gedacht dat die twee voor altijd samen zouden blijven. Willem heette hij. Willem de Jong.’

Wim. Haar Wim? Of eigenlijk: voormalig haar Wim? Ineens beseft ze dat ze al bijna een jaar niet aan hem heeft gedacht. En dan te bedenken dat er dagen waren dat hij haar hele hersencapaciteit leek te vullen. Liep ze op school de hele tijd te kijken of ze hem misschien ergens zag. Bizar.

‘Willem,’ zegt Kyra. Ze schraapt haar keel. ‘Kan het dat hij docent is geworden?’

‘Geschiedenis, geloof ik,’ zegt Boef. ‘Of wiskunde. Ik weet het niet meer. Heeft hier ook wel eens gesolliciteerd.’

‘Wiskunde,’ antwoordt Kyra. ‘Hij werkt op het Damstede in Noord.’

– 41 –

'We hebben een probleem.'

Dat kun je wel zeggen, ja. Telefoneren is tegen alle regels in.

'Waarom bel je me?' vraagt hij.

'Jij moet ons probleem oplossen.'

'Waarom?'

'Omdat ze geloofwaardig wordt.'

'Ik vind dat wel meevallen. En als je haast hebt, handel het dan zelf af.'

Hij hoort hem zuchten. Begin geen discussie over taakverdeling, daar kan hij niet tegen. Maar zelf is hij het zat dat hij altijd alle kutklusjes moet uitvoeren. Trouwens, in feite is het zijn probleem dus los het zelf maar op.

'Ik heb haar een tijdje in de gaten gehouden,' zegt zijn maat. 'Jij wilde het graag doen, dus dan moet je het ook afronden. Ik heb een klusje in het buitenland.'

Godverdomme. Ook dat is helemaal niet de afspraak.

'Jij zou het fort bewaken.'

'Ik kwam iets leuks tegen.'

Natuurlijk. Dan vergeet je alles. Ook je afspraken.

'Wanneer?' vraagt hij. Hij was er al mee bezig, maar hij dacht meer tijd te hebben.

'Doe het zo snel mogelijk.'

Welja, geef hem ook nog opdrachten erbij.

'Ik heb hier nog *unfinished business*,' stelt hij. 'Een paar dagen nog.'

'Kan dat niet wachten?'

Het hoofd ligt op de bar, in een ondiepe schaal, op een bedje van witte kiezelstenen. Nee, het kan niet wachten. Hij kan haar niet zomaar ergens begraven. Het is ondenkbaar dat ze bij de anderen blijft, dat voelt oneerlijk en bovendien heeft ze het niet verdiend, zo bijzonder was ze nou ook weer niet.

'Wanneer vertrek je?' vraagt hij. Zeg niet morgen, want dan maak ik je af.

'Morgen.'

Hij houdt zijn adem in en knijpt zijn lippen samen. Hufter. Hij haat het als hij opgejaagd wordt.

'Ik heb een nieuw adres voor je.' De arrogante lul. 'De situatie is stabiel, maar het wordt te helder.'

Hij hangt op.

Shit. Hij had het over een paar dagen willen doen, op de terugweg want dan rijdt hij er toch langs. Nu moet hij een keer extra heen en weer en dat gereis is hij echt spuugzat. Bovendien moet hij het voorbereiden. Zijn werkwijze is heel anders dan die van zijn maat. Die doet vaak maar wat.

Hij balt zijn vuist en slaat hard op het marmeren aanrechtblad, naast de schaal met het hoofd. 'Tyfustrut!' roept hij en hij pakt de schaal met het hoofd, loopt naar de garage en start de auto.

Met de kap omlaag – zonnebril en hoed op – rijdt hij over de Nieuwendammerdijk. Hoe dichter hij in de buurt komt van zijn speeltuin, hoe sneller zijn hartslag weer door zijn lijf hamert, bijna tot het ondraaglijk is. Als een klok die aftikt naar een onafwendbaar nulpunt. Een startsein.

Lift-off.

Tik tak.

Alweer tantalus. Hij is hier. Met haar. Maar hij kan niet doen wat hij moet doen. Alles zit tegen.

Tik tak.

Fuck iedereen. Vooral jou. Sterf.

Hij rijdt door, de muziek lekker hard. Een brede grijns trekt langzaam over zijn gezicht. Briljant. Dat de woede ineens uit een andere richting waait heeft hem op een ander pad gezet. Top. Zoals hij van zichzelf kan verwachten.

Een halfuur later parkeert hij in de buurt van de garagebox, pakt een set van de nummerborden die hij een tijd geleden al gejat heeft en sluit de roldeur weer af. Dan rijdt hij verder, tot hij ergens op een rustig weggetje in het bos snel de nummerborden verwisselt. Hij staat op, veegt zijn handen af aan zijn broek en begint onbedaarlijk te lachen. Om hem heen is het donker en hij moet denken aan de tijd dat hij 's nachts op pad ging om zijn vuurwerk te verstoppen. Kanonslagen, strijkers – alles wat knalde bewaarde hij in zijn geheime hut, bij het water, op ruime afstand van thuis. Kikkers opblazen was een verslaving geworden. Hij gooide de beesten zo hoog mogelijk, tot ergens boven hem de knal ledematen en groen-rode smurrie door de lucht smeet. Uren kon hij daarmee bezig zijn. Zoeken, vangen, opblazen. Het enige minpuntje eraan was dat hij het niet zelf had bedacht. Hij had het idee van een vriendje dat om iedereen bang te maken vertelde dat zijn neefje dit deed.

De ene na de andere ingeving krijgt hij vandaag en hij checkt of hij alles bij zich heeft, grijnst en stapt weer in. Afrekenen. Schoon schip maken. Briljant.

Hij rijdt door, dooft op tijd zijn lichten en zet de auto langs de weg, op een plek waar die niet opgemerkt zal worden. Hij sluipt tussen de bomen en de struiken door, tot hij bij een omheind meertje komt. Even kijkt hij naar de weerspiegeling van de maan in het water.

Een zachte bries laat het wateroppervlak bewegen en glinsteren, vergenoegd, zoals water hoort te zijn. Onnavolgbaar en verbonden met al het water in de lucht en al het water in de oceanen, angstwekkend bovendien, omdat je weet dat als de vloed komt, de maan goed staat, de wind aanzwelt, de aardplaten schuiven, het water van de zee met gemak verandert in een kolkende massa die je zonder een seconde te aarzelen verzwelgt.

Zoals de aarde zijn meisjes opeet. Vernietigt. En voor die tijd doen de liefjes wat ze moeten doen, spelen ze mee in zijn toneelstuk, allemaal in dezelfde rol, jarenlang, zodat hij in staat is zijn kwelgeesten uit te lachen en op hun beurt, op zijn eigen manier, te vernietigen.

– 42 –

Om zeven uur belt, zoals elke dag, haar moeder en zoals elke dag hebben ze een gesprekje over het ontbijt.

'Doe jij die hoofden?' vraagt haar moeder ineens. Heel soms onthoudt ze iets van wat ze op het nieuws heeft gezien en brengt dat met haar dochter in verband.

'Ja. Het is een hele puzzel.'

'Dan moet je alle stukjes vinden,' zegt haar moeder en ze hangt op.

Alle stukjes.

Snel eet ze een broodje met Edwin en Roos, die aan de keukentafel zitten terwijl zij rondloopt en haar tas en sleutels bij elkaar zoekt.

'Het spijt me, mam,' zegt Roos ineens. 'Ik zette dat bericht op Instagram zonder erbij na te denken en je had gelijk toen je zei dat het dom was. Ook al stond er niets bijzonders in, het spijt me echt.'

Maud blijft midden in de kamer staan. Het is niets voor Roos om zomaar haar excuses aan te bieden. Snel kijkt ze naar Edwin, maar die kijkt net zo verbaasd als zij zich voelt.

'Ik sprak Kyra Slagter,' legt Roos uit. 'Ze vertelde dat ik een doodzonde heb begaan en het spijt me als je door mij in problemen bent gekomen.'

'Dank je,' antwoordt ze. 'Het viel gelukkig wel mee.'

'Als iedere willekeurige voorbijganger dat bericht had geplaatst was er niets aan de hand geweest,' zegt Roos. 'Alleen omdat jij mijn moeder bent gaan ze ineens moeilijk doen.'

'Als ik je moeder niet was geweest dan had je daar niet gestaan. Had je ook die foto niet kunnen maken.'

Roos knikt een beetje nors met haar hoofd. Ze heeft dan wel haar excuus aangeboden, maar ze kan het toch niet laten om erbij te mokken. 'In elk geval zal ik erop letten.'

Maud zet haar koffiemok in de vaatwasser, geeft haar dochter een zoen op haar hoofd en loopt naar de deur.

'Ik ga,' zegt ze. 'Tot vanavond.'

Net op het moment dat ze de straat uit rijdt gaat haar telefoon. Ze neemt op en het is Thomas.

'Ina Demsterwold is overleden,' zegt hij.

'Hè?'

'Vannacht. Ze vermoeden dat het een hartstilstand is geweest.'

'Als je dood bent is er altijd een hartstilstand,' zegt Maud. 'Wat is de doodsoorzaak?'

Er valt een stilte. Bizar dat de oude dame juist nu overlijdt.

'Is Niels nog steeds ziek?' vraagt ze.

'Geen idee. Denk het wel.'

'Ik bel hem wel,' zegt Maud. 'En ik rij eerst naar het verzorgingshuis voor ik naar het bureau kom.'

Niels neemt niet op. Te snel rijdt ze naar zijn huis, drukt nog eens twee keer op de deurbel, spreekt alweer een voicemailbericht in en ineens slaat haar boosheid om in ongerustheid. Waar hangt hij uit?

*

Kyra kijkt op de klok die in het leslokaal hangt. Pas kwart over tien. Laatste lesdag. Straks gaat ze naar het Damstede, haar oude middelbare school, om Willem aan de tand te voelen over Carla en Vincent Demsterwold. In de tussentijd praat de docent over de *chain of custody and evidence.*

'Een goede registratie zorgt voor het bewijs van de integriteit van het sporenmateriaal,' beargumenteert de docent en ze begint vervolgens de drie doelen op te sommen en de onderwerpen die worden beschreven in het lesboek. Het is zo logisch als wat, maar het boeit haar niet. Papieren, handtekeningen, registratie. Blegh. Hoe moet ze ooit een goede rechercheur worden als deze kant van het werk haar totaal niet boeit?

Vorig jaar peuterde ze een sticker van een deur in een kroeg in Norderney omdat ze er heilig van overtuigd was dat Sarina die daarop geplakt had. Net zoals ze er toen van overtuigd was dat de politie niet zou komen voor dit feit. Het klopte allebei. Maar omdat ze zelf de sticker had losgemaakt en dat spoor zelf in een plastic zakje had gedaan en mee naar Nederland had genomen was het als bewijs natuurlijk waardeloos.

Toch was het feit dat later een haar van Sarina achter op de sticker was gevonden voor Kyra bewijs genoeg. Haar zus was daar geweest en ze had de naam Jerry Hasting onder de sticker gekrast, bij haar eigen initialen. Een duidelijkere aanwijzing had ze niet nodig, maar uiteindelijk was niemand een steek verder gekomen met die naam. Het enige wat de zoektocht naar Jerry tot nog toe had opgeleverd was de schets die Grigor had laten maken.

'Het belangrijkste is,' sluit de docent de les af, 'dat je alles vastlegt. Alles. Denk eraan dat je later nooit meer terug kunt als je vergeten bent een handeling op te schrijven. Een wijze les om deze collegereeks mee af te sluiten.'

Kyra slaat haar boeken dicht en propt alles in haar tas.

'Koffie?' vraagt Antoine.

'Beter wel,' zegt ze. 'Ik val in slaap. Gelukkig nog maar één college en dan is het klaar voor dit jaar.'

'Van Sophie moest ik nog zeggen dat ze je verbiedt om die nieuwe paper te gaan schrijven.'

Ze staan op en lopen in de richting van de coffeecorner.

'Maak je geen zorgen,' zegt Kyra. 'Het mag niet van school.'

'Mag niet?'

Ze gaan in de rij staan en Kyra bekijkt alle koeken op de balie. Cake? Cookie? Of toch maar een broodje?

'Dus ik doe wel wat onderzoek,' zegt ze. 'Maar voor mezelf. En ik ga kijken of ik een afspraak kan regelen bij Bureau Vermiste Personen Noordzee.'

'Waarvoor?'

'Kijken welke ongeïdentificeerde personen er rond de Noordzee zijn gevonden en kijken of ik die kan koppelen aan vermissingen.'

'Het is vast heel nuttig,' zegt Antoine. 'Maar het gaat niets opleveren voor wat betreft Sarina. Dat besef je wel, hè?'

'Ik kan geen enkele andere kant meer op in het onderzoek. Er zijn geen sporen die naar Jerry Hasting leiden, niks.'

'Dus je hebt het toch weer opgepakt?'

Kyra haalt haar schouders op. Antoine kan wel vinden dat ze op moet houden met het zoeken naar Sarina, maar wat weet hij ervan? Ze durft niet te zeggen dat ze eigenlijk naar Zweden en Noorwegen wil rijden om daar nog wat navraag te doen.

'Wat is er eigenlijk met die schets van die Hasting gedaan?' vraagt hij tot haar verbazing.

'Grigor is eerst langs al die havens gegaan met foto's van Dave en van het schip. Later heeft-ie datzelfde gedaan met de schets van Jerry Hasting.'

'Dus niemand heeft ooit gevraagd naar de combinatie schip en Dave en Sarina en Jerry,' zegt Antoine. 'Is er wel eens buiten de havens naar gevraagd, dus in kroegen of restaurants?'

'Er is veel aandacht in de media geweest. Het stond in de landelijke krant en in allerlei lokale sufferdjes. Heeft allemaal niets opgeleverd.'

'Misschien moet je dat toch nog een keer proberen.' Antoine bestelt twee cappuccino. 'Grote,' voegt Kyra toe.

Een tijdje geleden had Antoine nog commentaar op haar eeuwigdurende zoektocht, en nu gaat hij daar ineens zelf plannen voor maken.

'Als je nou eens een nieuwe campagne zou starten?' zegt Antoine. 'Je maakt een poster van alle gegevens en die verspreid je en je gaat navraag doen. In kroegen en restaurants en supermarkten langs de kust, en dat in combinatie met aandacht in de media en misschien die poster in alle havens.'

'Je vond dat ik ermee moest ophouden,' zegt Kyra. 'Dat ik Sarina moest loslaten.'

Antoine geeft haar de beker koffie en haalt zijn schouders op.

'Het is deze zomer vijf jaar geleden.' Kyra neemt een slok van de koffie en brandt haar mond.

'Mooie aanleiding voor een soort laatste poging,' stelt Antoine. 'Wie weet. We kunnen met zijn drieën gaan. Ik en Sophie en jij. Als je de auto van je moeder mag lenen, dan kan het. We hebben toch bijna vakantie.'

*

'De kamer van mevrouw Demsterwold is hier op de begane grond,' zegt de directrice van het verzorgingshuis. Ze loopt voor Maud uit, door een gang waarop vier deuren uitkomen.

'Hier is het.'

'Als ik het goed begrijp,' zegt Maud, 'zijn er geen rechercheurs geweest? Helemaal niemand van de politie?'

'Onder hoogbejaarde mensen is de dood niet ongewoon,' zegt de directrice koel. 'Onze arts heeft haar lichaam bekeken en niets bijzonders geconstateerd. Autopsie vindt alleen plaats op uitdrukkelijk verzoek van de familie en dat is niet aan de orde.'

Maud knikt.

'Ze was de laatste tijd erg onrustig,' vervolgt de directrice. 'Misschien heeft dit allemaal veel meer invloed op haar gehad dan we dachten.'

De kamer van Ina Demsterwold is ruim, ongeveer zes bij vijf meter, en heeft een zithoek, een eettafel en een bed dat bij het raam staat. Aan de wanden hangen een paar moderne schilderijen, eenvoudige reproducties zo te zien. Er staat een kast met foto's van familieleden en een paar boeken. Verder is de kamer kaal.

Maud loopt naar het eenpersoonsbed. Het is opgemaakt met een kleurrijke dekbedhoes met donkerpaarse bloemen, alsof Ina Demsterwold ieder moment terug kan komen om een dutje te doen in een schoon en fris bed.

'Lag ze hier?' vraagt Maud.

'Alsof ze sliep. Op haar rug, in haar nachtkleding, heel gewoon eigenlijk.'

Maud kijkt door het grote raam naar buiten. Rond een licht glooiend grasveld staan bomen en heesters, en verschillende bloemperken staan in bloei. Door het open raam hoort ze de vogels op het bosachtige perceel kwetteren.

'Mooi uitzicht,' zegt ze.

'De tuinkamers zijn erg gewild. Vooral die op de begane grond want dat scheelt traplopen en uitvogelen hoe de lift ook alweer werkt.'

'Is er op de avond voor haar overlijden nog iets bijzonders gebeurd?' vraagt Maud. 'Of in de dagen daarvoor? Of in de nacht zelf?'

'Niet dat ik weet. Weet u,' – de directrice klinkt vermoeid – 'voor ons is dit normaal. Er overlijden hier zo vaak mensen. Onze bewoners zijn allemaal oud. De meesten mankeren iets.'

'*Business as usual*,' zegt Maud. 'En dit raam, stond het al open toen u haar vond?'

'Mevrouw Demsterwold wilde per se frisse lucht.' De vrouw loopt op het raam af en wijst naar een speciale beugel. 'Daarom hebben we een beveiliging op het raam laten zetten, zodat mevrouw het raam niet gemakkelijk van binnenuit kon openmaken.' Ze doet voor hoe je een klein ijzeren staafje moet omklappen en vervolgens een sluiting moet losdraaien om het raam verder te kunnen openen. 'We willen natuurlijk niet dat onze bewoners kwijtraken.'

'Maar een helder denkend mens,' redeneert Maud hardop, 'kan dit van buitenaf wel doen.'

De directrice kijkt haar met opgetrokken wenkbrauwen aan.

'Ik neem aan van wel,' zegt ze aarzelend. 'Maar...' Ineens kijkt ze erg benauwd. 'Waarom zou iemand Ina iets willen aandoen? En wie dan?'

Maud haalt haar schouders op.

'Ik weet het niet,' zegt ze. 'Waarschijnlijk ben ik te achterdochtig. Is hier nog schoongemaakt nadat mevrouw is gevonden?'

'Zodra een bewoner is overleden doen we de hele kamer,' zegt de vrouw. 'De nabestaanden komen hier dan om de spullen uit te zoeken. Wij bieden ze daarvoor graag een schone omgeving aan.'

'Is Vincent Demsterwold al geweest?'

'Die is terug naar Londen, als ik het goed heb. Hij was hier pas nog.'

'Zou ik even buiten mogen kijken?' vraagt Maud. Misschien zijn er toch sporen te zien.

De directrice kijkt haar nors aan. Ze knikt. 'Als u mij wilt volgen.'

'Voor elk raam hebben we bloemrijke heesters laten planten,' zegt de directrice als ze bij de kamer van Ina Demsterwold zijn aangekomen. 'Daar zijn de bewoners dol op. Bij Ina staan er...'

Maud kijkt naar de grond onder de struiken.

'Hibiscus, roze bloeiend,' zegt de directrice nadenkend.

Maud buigt zich voorover en probeert de aarde te bestuderen zonder een stap naar voren te doen. Ze pakt de kleine zaklantaarn die ze altijd in haar jaszak draagt en belicht de grond rond de struiken. Zwart. Recent omgewoeld. Vlak voor de gevel van het huis, naast het raam, staat een enkele voetstap.

'Hoe vaak komt de tuinman hier?' vraagt ze terwijl ze op haar knieën gaat zitten. Het zoeklicht laat ze rond de voet van de struiken gaan, in steeds wijdere cirkels.

'Gut, ik heb geen idee,' zegt de vrouw. 'Regelmatig natuurlijk. We hebben graag dat alles netjes is. Ik...'

Maud aarzelt, steekt haar hand uit en schept voorzichtig wat aarde weg tussen de twee struiken aan weerszijden van het geopende raam. Het gaat verdomd gemakkelijk. Graven kun je het niet noemen, het is meer vegen wat ze doet. Heel voorzichtig, met beleid, tot ze voelt dat de vingers van haar rechterhand verstrikt raken in iets wat aanvoelt als visdraad. Ze duwt de aarde opzij en bekijkt haar vondst in het licht van de zaklantaarn. In de rulle grond liggen blonde haren. Voorzichtig steekt ze haar vinger in de aarde, dieper en dieper – eigenlijk kan ze niet geloven wat ze ontdekt denkt te hebben –, tot ze al snel een harde bol voelt en ze vliegensvlug haar hand terugtrekt.

Mijn god.

Ze krabbelt overeind, veegt haar handen af aan haar jas en vist haar mobiele telefoon uit haar zak. Shit, ze dacht dat er misschien ingebroken was, maar dit... Zonder acht te slaan op de nerveuze vrouw achter haar belt ze met haar team en maakt melding van haar vondst.

'Ik blijf op afstand,' belooft Maud. 'Ik zorg dat er niemand bij komt. Hoelang?'

Ze wacht tot haar collega contact heeft gehad met de dienstdoende rechercheurs en hangt op als ze weet wat ze moet weten.

'Over een halfuur zijn mijn collega's hier,' zegt ze tegen de directrice. 'De tuin moet afgesloten worden. En ook de kamer van mevrouw Demsterwold. Ik ben bang dat dit een plaats delict is.'

Het hoofd ligt in dezelfde houding als de schedels op de Nieuwendammerdijk, licht achterover gekanteld, de blik – als ze die had – gericht op het raam van Ina Demsterwold.

De jonge vrouw is blond, maar Maud kan onmogelijk nog zien of ze ooit knap is geweest. Het gezicht is gehavend, gevlekt en zit onder de donkere vegen. De eerdere slachtoffers waren mooie meisjes, dus deze jonge vrouw heeft vast wel dezelfde kenmerken. Er is geen strop, wat overeenkomt met de laatste slachtoffers op de andere locatie.

'We zijn hier nog wel even bezig, Maud.' Sandy Koel loopt op haar af. Met een hand trekt ze haar haren onder haar witte overal vandaan en ze bindt die vast met een elastiek. 'Maar het lijkt me dat we het hier over dezelfde dader hebben.'

Net als vorige week staat ze in een idyllische tuin, bij een prachtig huis, maar net als vorige week ligt er een lijk begraven. Met zicht op Ina Demsterwold. Alweer. Het patroon wordt steeds duidelijker. De vraag is alleen wie er zo'n vreselijke hekel aan de oude dame had. En waarom. In feite kan ze wel een paar redenen bedenken. Als Niels er nou was, dan konden ze samen...

'Het is echt te gek dat we nu zulk vers materiaal hebben,' onderbreekt Sandy haar gedachtestroom. 'Ik verheug me nu al op de uitkomsten.'

'Dan ga ik maar,' zegt Maud. 'Stuur me even een berichtje als jullie hier klaar zijn.'

Sandy knikt en gaat weer aan het werk. Maud gaat op een afstandje staan en kijkt nog even naar de collega's in de witte pakken die de tuin onderzoeken. Door de ruit ziet ze ook de onderzoekers in de kamer van Ina. Sandy heeft gelijk, dit moet iets opleveren.

– 43 –

Voor het eerst in zijn leven – voor zover hij zich dat kon herinneren – had hij gehuild. Hij had zich rotter dan ooit gevoeld. Met Suzanna's hoofd op schoot – lieve Suzanna, mooie Suzanna, precies het goede meisje, de laatste en de beste – had hij op de bank gezeten en hij probeerde te voelen dat dit het laatste stuk van de puzzel was. Jaren mee bezig geweest. Zoveel stukken op hun plek gelegd. Toch was er geen opluchting, geen genoegdoening – het enige wat hij voelde was een diep medelijden met zichzelf omdat het nu klaar was.

Dat was voordat hij had bedacht wat hij met haar hoofd zou doen. Hij herinnerde zich weer hoe hij de rest in stukken had gezaagd en in de nieuwe plantenbak had gelegd. Nog een heel gedoe, omdat die smaller bleek dan de andere. Die smerige leverancier had de verkeerde geleverd en daar stond hij dan, met ledematen die maar met moeite samen met de romp in de bak pasten.

Hij liep een paar keer heen en weer om de armen en benen nog een keer extra doormidden te zagen. Uiteindelijk lag haar mooie witte lijf in negen stukken op het zwarte worteldoek. Daarna verdeelde hij de kalk en de biologische aarde erover, schepte er wat organische mest door en maakte twee grote kuilen vrij voor de heesters.

Toen het klaar was stapte hij achteruit om het eindresultaat te bewonderen. Hij zweette als een gek en vloekte toen hij zag dat er toch nog een paar vingers boven de aarde uitstaken. Moest hij verdomme de heesters er weer uit halen, de onderarm tussen de benen proppen en de planten weer terugplaatsen. Uitermate vervelend, dat geklooi, omdat deze plantenbak uitgerekend bij de hoek van de garage stond, op een plek die je vanaf de weg net nog kon zien.

Terwijl hij aan het werk was keek hij af en toe of er misschien weer een of andere stoet fietsers aankwam, maar hij had geluk.

‘Waarom zet je ze niet gewoon in de volle grond?’ hoorde hij ineens achter zich en hij draaide zich verbijsterd om. What the fuck?

‘Dat is toch veel makkelijker dan in al die bakken?’

Een flink stuk achter hem, aan de andere kant van de sloot, stond ineens een of andere boer. Blauwe overal, hoge rubberlaarzen, pet op, sjekkie in zijn mondhoek. Hij leunde op de steel van een hark. Zelden zo’n stereotiepe boer gezien, dacht hij terwijl hij fantaseerde dat hij de man wurgde.

‘Hoelang sta je daar al?’ vroeg hij.

‘Lang genoeg om te zien dat je moeilijk doet.’

Hij stond de boer zwijgend aan te kijken en probeerde in te schatten of hij er nu een probleem bij had.

‘Wat doe je daar?’ vroeg hij. ‘Ik zie nooit iemand in dat weiland.’

‘Nummer 9624 is ziek,’ zei de boer en hij wees naar een koe die verderop in de wei lag. ‘Even zien wat er aan de hand is.’

‘Succes ermee,’ had hij geantwoord en hij was blijven staan tot de boer zijn pet even vastpakte om hem te groeten. Met half dichtgeknepen ogen had hij net zo lang staan kijken tot de man zijn koe had opgezocht en aan de andere kant van het weiland weer terug was gelopen.

Thuis was hij op de bank gaan zitten. Suzanna stond op een schaal in de kamer en ineens moest hij haar vasthouden. Hij had haar in zijn armen genomen. Gezoend. Het was goddelijk om zo’n intieme band met iemand te hebben. De tranen waren langs het puntje van zijn neus gestroomd.

Leer nou eens luisteren. Doe wat je moet doen. Dan heb je nog enig nut. En hou je mond. Hou toch eindelijk eens je mond. Wacht, ik heb daar iets voor.

Hij had zijn kaken op elkaar geklemd en de woede door zijn lijf voelen trekken. Het is klaar. Het is klaar. Het moet klaar zijn. Nu moest hij haar loslaten. Hij had haar lang genoeg bij zich gehouden. Ze rook ook niet meer zo fris.

Hij had zijn neus opgehaald. Uitgebreid gegaapt. Dus het was over. Af. Klaar.

– 44 –

Londen

Het is niet zo dat ze de wereld vergeten was, maar ze wist niet meer dat er zoveel mensen tegelijk door de stad krioelden. Over het pleintje lopen mensen met boodschappentassen, moeders met kinderen, jongens met rugzakken op en koptelefoons, oude mensen, traag en een beetje wankel. Twee jongetjes met longboards rollen behendig tussen de voetgangers door. Aan de overkant van het plein joggen twee meisjes over straat. Naast de prullenbak staat een man, in zijn eentje, gewoon te staan.

Een proefweek, zeiden ze. Een week zonder therapie. De vakantie van haar therapeut viel precies samen met het eindigen van de groepstherapieën. Een mooie aanleiding om een meer zelfstandig leven op te pakken, had het behandelteam gezegd.

Tot nog toe is ze bijna dagelijks naar de kliniek gegaan. Groepstherapie, creatieve therapie, gesprekken met de psychiater, de psycholoog, dokter Stevens met zijn apparaten. Op haar vrije dagen bleef ze thuis. Naar de kliniek ging ze met een taxi, of Mabel of Phil bracht haar. Nu is het ineens de bedoeling dat ze de deur uit gaat, zelfstandig, en andere dingen gaat doen.

Het herstel is geleidelijk verlopen. Zo geleidelijk dat ze het zelf eigenlijk amper heeft gemerkt, maar toen er werd gesproken over woonruimte vinden, boodschappen doen, beginnen met vrijwilligerswerk en ergens een baan zoeken, kreeg ze het ineens benauwd. Niet dat ze daarvan iets laat merken, ze kijkt wel uit. Het is echt tijd dat Mabel en Phil hun gewone leven weer kunnen oppakken. Ze moet weg. Niemand meer in de weg zitten, niemand meer op kosten jagen. Ze schaamt zich dood dat ze zo'n beroep doet op barmhartigheid.

Sarah staat met een kartonnen beker met cappuccino voor de deur van Costa Coffee. Het is een mooie dag. Veel te mooi voor slechte dingen.

Ze neemt een slok van haar koffie en besluit langs de etalages te gaan lopen. De drukte op het plein is onveranderlijk. Lopen, rennen, skaten – de activiteiten zijn dezelfde, alleen de mensen zijn telkens anders. Behalve de twee jongetjes en de man bij de prullenbak. Ineens voelt ze zich heel onbehaaglijk en ze stapt een kledingwinkel binnen. De verkoopster komt op haar af.

'Geen etenswaren binnen,' zegt ze.

Zich verontschuldigend stapt ze weer naar buiten. Hij staat er nog. Staart hij nou naar haar? Ze durft niet te kijken en draait zich van hem weg. Onzin natuurlijk. Dat soort mensen heb je overal. En al helemaal in een grote stad. Wereldstad. Ze moet blij zijn dat ze in Londen mag wonen. Ze neemt nog een slok van haar cappuccino en dwingt zich naar de etalages in de winkelstraat te kijken. Winkelen. Een T-shirt kopen, of een broek. Dat ze zich bepaalde dingen niet meer kan herinneren is tot daar aan toe, maar een kledingstuk kopen moet toch wel lukken.

Als ze haar koffie op heeft, gaat ze een paar winkels in en omdat ze geen keuze kan maken uit de overweldigende hoeveelheid kleding die ze daar ziet koopt ze gewoon maar een T-shirt dat er leuk uitziet. Missie geslaagd. Nu mag ze naar huis.

Met bonzend hart daalt ze met een roltrap die eindeloos lang lijkt af naar het metrostation. Ze houdt er niet van om ondergronds te zijn. Het benauwt haar. Ze klemt de plastic tas tegen zich aan en gaat op het perron staan. Rustig blijven ademen. Straks komt de trein. Gewoon instappen. Drie haltes, en dan mag je weer naar boven. Daar ben je vlak bij huis.

Ze staart in het donkere gat van de tunnel en rilt bij de gedachte dat ze daar straks in zal verdwijnen. Het liefst zou ze weer naar boven gaan, naar de frisse lucht, naar buiten. Ze draait zich om, kijkt naar de uitgang en haar hart slaat over omdat die ene vent ineens achter haar staat. De man van de prullenbak.

'O god.' Het is meer een vreemde piep dan een kreet om hulp. Haar stem is verdwenen. Hij kijkt haar aan en meteen lijkt het alsof iemand

het licht uitdoet. De wereld wordt schemerig en ze is zo draaierig dat ze opzijstrompelt en op een bankje neervalt. Iemand scheldt haar uit. Ze krijgt geen lucht, kan niet ademen, iets blokkeert haar keel... ze...

'Kan ik u helpen?' Een jonge man met een Indiaas accent buigt zich naar haar toe. Hij kijkt haar bezorgd aan en gaat naast haar zitten. 'Hier.' Hij steekt haar een flesje water toe. 'Heb ik net gekocht,' zegt hij. 'Het is nog nieuw. Neem een slok.'

Ze knikt en gehoorzaamt. Langzaam wordt ze iets rustiger.

'Dank u wel,' zegt ze. 'Heel vriendelijk. Ik voelde me ineens niet lekker. Ik... ik houd er niet van om ondergronds te zijn.'

De man glimlacht naar haar. Zijn gezicht heeft iets uitgesproken zachtaardigs. Ineens herinnert ze zich waarom ze zo bang werd en ze kijkt panisch om zich heen. Hij is weg. Ze ziet hem nergens meer. Wat deed hij daar? Waarom stond hij achter haar te wachten op de metro?

– 45 –

‘Dit laatste slachtoffer is circa drie dagen geleden overleden.’ Maud staat voor haar team en somt de bijzonderheden van haar vondst op. ‘Het signalement van de vrouw komt niet overeen met actuele vermissingen. Dus het kan zijn dat nog niemand heeft gemerkt dat ze verdwenen is.’

De stilte die valt is zwaar.

‘Hij kon haar gewoon niet kwijt,’ zegt John. ‘Ze had in dat open plekkie moeten komen, in de tuin, maar dat ging niet met ons allemaal in de buurt. Toen is-ie naar haar nieuwe huis gegaan.’

‘Dat is aannemelijk,’ geeft Maud toe.

‘Zijn er specifieke kenmerken?’ vraagt Myrna. ‘Een litteken? Of is gebitsidentificatie mogelijk?’

‘Het gebit was intact. Een paar vullingen, verder niets bijzonders, maar we hebben eerst een melding van vermissing nodig. Haar materiaal moet wel ergens mee vergeleken kunnen worden.’

‘Logisch,’ zegt Myrna. ‘Sorry.’

‘Er wordt gewerkt aan een *artist impression*. Ze ziet er te slecht uit om haar foto te kunnen tonen aan het publiek.’

Maud laat een foto zien en de gezichten van haar teamleden vertrekken van afschuw. Het hoofd is gewassen voordat de foto werd gemaakt en zo goed mogelijk opgelapt, maar je ziet duidelijk de messneden in de grijskleurige huid en de vlekken en krassen en scheuren op plaatsen waar ze blijkbaar geslagen is. De hals is met een scherp mes afgesneden, zij het een beetje scheef.

‘Zodra die beeltenis klaar is gaat het persbericht uit,’ zegt Maud.

‘Van de andere slachtoffers’ – ze wijst naar een plattegrond van de tuin waar de vindplaats van de hoofden op is aangegeven en waar naast sommige kruisjes een kleine foto hangt – ‘zijn inmiddels zes namen bekend.' Ze schuift een meter op en gaat naast een bord staan waar dezelfde foto's hangen, maar dan groter.

'We hadden dus al Helena van Dijk en Janneke Raads, maar nu hebben we ook Monique Mees, Irene van Helden en Louiza Krüger, respectievelijk twintig, eenentwintig en zesentwintig jaar oud. De laatste is een Oostenrijkse die hier aan de Amsterdam Business School een opleiding volgde. De andere twee werkten. Monique in een supermarkt en Irene in de openbare bibliotheek.'

Iedereen staart naar de foto's.

'Ik zie geen overeenkomsten in achtergrond,' zegt Thomas. 'Maar duidelijk wel in uiterlijk.'

'Klopt,' zegt Maud. 'Allemaal blond. De meesten met lang haar. Allemaal waren ze tussen de een meter zestig en een meter vijfenzeventig. Opvallend is dat Monique Mees en Irene van Helden allebei al in 1997 vermist zijn geraakt. Dat zijn ook de schedels die daar vermoedelijk al het langst liggen. Louiza verdween trouwens in 2010.'

'Allemaal mooie meiden,' zegt John.

'En de zesde?' vraagt Myrna. 'Je zei toch dat er zes waren geïdentificeerd? Wie is de laatste?'

Maud haalt een foto uit een map en hangt die op het bord. Het team slaakt een gemeenschappelijke zucht. Een jongen van een jaar of twaalf, steil donker haar, donkere ogen en een beetje angstige blik, kijkt in de camera.

'Menno Schatbos,' zegt Maud.

John fluit tussen zijn tanden door.

'Verdwenen in Brussel in 1996,' licht Maud toe. 'Een geruchtmakende zaak. Het verhaal gaat dat hij is gesignaleerd in Rotterdam en Amsterdam in het kinderprostitutiecircuit, maar ook al zijn er verschillende getuigenverklaringen over opgenomen – daar is verder nooit iets van bewezen.'

'Een ander gerucht is,' vult Thomas aan, 'dat hij is omgekomen tijdens een seksfeest op een boot, even buiten Amsterdam. Ook dat zijn alleen maar geruchten. Zijn lichaam is nooit gevonden.'

'Dat is toch wel een duidelijke link naar Demsterwold,' zegt John.

'Die wordt toch ook in dat groepje geplaatst? Heeft Niels toch zijn zin.'

'Demsterwold ligt bij ons al onder de loep,' zegt Maud. 'Maar we zullen nu nog wat sterker inzoomen, ja.'

'Het is niet meer goed vast te stellen waaraan de slachtoffers zijn overleden,' valt Jolanda in. 'Over de verwondingen merkt het NFI op dat de oudste hoofden er het slechtst aan toe zijn. Er zijn sporen van geweld zichtbaar, botbreukjes, inkepingen, sporen van messteken.'

'Ik hoef jullie niet te vertellen dat afnemende mate van geweld atypisch is,' zegt Maud. 'Meestal is het andersom. Het is net een drugsverslaving: de fantasie moet met steeds heviger middelen worden gevoed.'

'Dit is dus iemand die langzamerhand minder kwaad wordt,' vult Jolanda aan.

Maud ziet dat John zijn hoofd schudt. Hij heeft graag dat iedereen zich aan de regels houdt, ook moordenaars.

'We hebben in elk geval een paar jaartallen,' zegt Maud. '1996, 1997 en 2010, 11 en 12. John en Jolanda, kunnen jullie die jaren bekijken en dan met name de maand juni. Krantenberichten, Amsterdams nieuws... Kijk of er iets is wat opvalt.'

De twee knikken ernstig.

'Myrna, kun jij je verdiepen in de slachtoffers? Ik wil graag een profiel. Als het kan morgen.'

De jonge rechercheur maakt een aantekening. 'Natuurlijk,' zegt ze.

'Wat doen we met de zaak-Schatbos?' vraagt Thomas.

'Ik wil eigenlijk eerst even het verdere onderzoek van het NFI afwachten,' antwoordt Maud. 'Kijken of daar iets uit komt waar we iets mee kunnen. Misschien kan jij' – ze kijkt Thomas aan – 'intussen wel het dossier van Schatbos opvragen. Hij staat in de stukken van HIK, dat "handel in kinderen"-team dat in de jaren negentig onderzoek deed, en er schijnt bij de AIVD ook informatie over hem te zijn.'

Maud schenkt een bekertje water in en neemt een slok. Ook de andere teamleden pakken iets te drinken.

'Ina Demsterwolds dood kwam voor het verzorgingshuis niet als een verrassing,' vervolgt Maud, terwijl ze naar de foto van de oude vrouw wijst. Ze kijkt met een norse blik in de lens, haar mond een beetje open alsof ze ieder moment tegen de fotograaf kan zeggen dat hij moet oprotten.

'Toch bijzonder dat het net nu gebeurt,' zegt Thomas.

Maud knikt. Een aantal mensen brommen instemmend.

'Ik heb om een autopsie gevraagd,' zegt Maud. 'Maar ik weet niet zeker of dat gaat gebeuren. De arts van het tehuis had al een verklaring getekend en aan het lichaam was niets te zien. Geen verwondingen, geen sporen van een gevecht, of sporen van braak in de kamer.'

'Ik geloof nooit dat ze het lichaam in beslag gaan nemen,' zegt John. 'Voor je het weet zit dat mens in een potje.'

Hij heeft gelijk. De oude dame ligt al opgebaard in het mortuarium, de crematie is al meteen voor maandagochtend gepland. Vincent Demsterwold geeft geen toestemming voor een obductie en het is maar de vraag of het OM zal doordrukken. Of eigenlijk is het geen vraag.

'Iemand wil mijn moeder kennelijk ergens bij betrekken,' had Vincent gezegd toen ze hem aan de telefoon had. 'Maar ze was oud. Ze was niet gezond. Ze is gewoon gestorven van ouderdom. Het idee dat ze helemaal opengesneden zou worden voor zo'n onderzoek stuit me enorm tegen de borst. Ze heeft in haar hele leven niet één operatie gehad!'

'Er is een afdruk van een schoen in de tuin bij het verzorgingshuis gevonden,' zegt Jolanda. 'Dat spoor is veiliggesteld en ze vergelijken dat nu eerst met de schoenen van de onderhoudsmensen die bij het tehuis werken.'

'We hebben inmiddels iedereen die ten tijde van de Demsterwolds in of rond de villa op de Nieuwendammerdijk werkte gesproken,' vervolgt Maud. Ze staat naast het bord met de verzamelde informatie en begint de gegevens op te sommen.

'De verpleger heeft ongeveer een jaar bij mevrouw in huis gewoond,' zegt Maud. 'Voor die tijd kwam hij ongeveer twee, drie keer in de week bij haar. We hebben de referenties gecheckt en die zien er goed uit. Geen financiële problemen, nooit in aanraking geweest met justitie, nooit een conflict met de familie gehad.'

'Erft hij iets, nu ze overleden is?' vraagt John.

'Volgens Clever niet,' zegt Thomas.

'Hij staat niet op mijn lijstje verdachten,' zegt Maud. 'Hetzelfde geldt voor de schilder, een brandweerman die in zijn vrije tijd een aantal huizen op de dijk in onderhoud heeft.' Ze legt haar vinger bij de foto van de huishoudster.

'Claudia Jansen,' zegt ze. 'Werkte bijna dertig jaar voor de familie Demsterwold. Ik heb haar kort gesproken, maar ze liet niet veel los.'

Maud wijst naar de laatste foto's in het rijtje. 'Fred van Leeuwen was jarenlang de tuinman. En Harrie Bolhoven is jarenlang de aannemer geweest, eindverantwoordelijk voor het gehele onderhoud aan het huis, binnen en buiten.'

'Die tuinman was erg nerveus tijdens ons gesprek,' vult Thomas aan. 'Hij riep al dat hij niets wist voordat we een vraag stelden.'

'Ik ken hem,' zegt John terwijl hij naar de foto staart. 'Hij ligt met zijn boot bij mij in de haven in Durgerdam. Rare kwibus. Erg op zichzelf.'

'Wat voor boot is dat?' vraagt Maud.

'Zeiljacht,' zegt John. 'Groot ding. Hij werkt altijd aan die boot. Schuren, lakken, poetsen. Zit zowat dag en nacht in de haven.'

'Dure hobby,' zegt Thomas.

'Ja,' mijmert John. 'Ik heb me altijd afgevraagd wat hij voor werk doet om het allemaal te kunnen betalen.'

'Thomas,' zegt Maud. 'Neem jij die Van Leeuwen verder onder de loep? Ook financieel?'

Hij knikt.

'Dan even over die Bolhoven,' vervolgt Maud. 'De aannemer die een jaar of dertig alle werkzaamheden aan het huis en de tuin coördineerde. Eerst zijn vader, toen hij. Net als bij de tuinman trouwens, daar ging het bedrijf ook over van vader op zoon. Bolhoven hebben we nog niet gesproken want hij is op vakantie. Hij vliegt dit weekend terug en ook hem spreken we maandag, dus die is nog niet van mijn lijstje af. Dat was het voorlopig.'

'Wie is er op dit moment verdachte?' vraagt John.

Maud haalt haar schouders op. 'Officieel nog niemand. Ik kan alleen nog maar mensen uitsluiten op grond van vermoedens of logica. Maar laten we zeggen dat ik nog niet heb weggestreept: Fred van Leeuwen, Harrie Bolhoven en Ruud Demsterwold. Die laatste voor de oude moorden.'

'Ga je uit van twee daders?' vraagt Myrna.

Maud houdt haar hoofd scheef. 'Ik wil het niet uitsluiten,' zegt ze. 'Iemand al iets van Niels gehoord?' vraagt ze afsluitend.

'Niks,' zegt Thomas.

Terwijl iedereen zijn spullen pakt, blijft Maud zitten, starend naar de muur met alle gegevens. Dan pakt ze haar telefoon en belt Vincent Demsterwold, maar ze krijgt zijn voicemail. Op de vraag wie zijn vaders vijanden waren had hij nog steeds geen antwoord gegeven. Hij zal hoe dan ook naar Nederland moeten komen nu zijn moeder overleden is. En Carla ook. Tot nog toe heeft die op geen enkele poging tot contact gereageerd, maar nu zal ze ervoor zorgen dat ze Carla te pakken krijgt omdat het wel duidelijk is waar de hele zaak om draait. Terwijl alle ogen gericht zijn op Ruud, draait het allemaal om zijn vrouw.

Nadat ze heeft opgehangen belt ze Niels nog een keer, maar hij neemt nog steeds niet op.

– 46 –

Wim heeft haar meegenomen naar een klein kroegje in de buurt van school, waar ze vorig jaar ook wel eens wat gedronken hebben. Toen zat er nog een soort spanning in hun ontmoetingen die ze nu niet meer begrijpt. Ze kan zich niet voorstellen dat ze ooit gezoend hebben. Misschien was het ook alleen maar leuk omdat het zo erg verboden was.

'Ze zat bij mij in de klas,' zegt Wim. 'We kregen iets op het schoolfeest. Ze was heel grappig, scherp, maar met veel zelfspot. Alleen veranderde ze zodra ze thuis was. Dan werd ze zwijgzaam en nors en deed ze ineens alsof ik totaal onbelangrijk voor haar was.'

Hij neemt een slok van zijn cola.

'Daarom waren we meestal bij mij. Of bij vrienden. Of we gingen naar de bioscoop of zo.'

'Dus je kwam niet graag bij haar thuis?'

'Niemand kwam graag bij haar thuis. Er heerste daar altijd een stemming alsof er net iemand was overleden.'

Kyra trekt haar wenkbrauwen op.

'Figuurlijk dan,' zegt Wim op zijn schoolmeesterstoon. 'Niet letterlijk.'

'Hoe was Ina Demsterwold?'

'Die liet zich eigenlijk nooit zien. Toch beheerste ze dat hele huis. We moesten altijd stil zijn. Ze kon niet tegen herrie. Ik heb haar maar een keer of drie gezien, maar ik was toch altijd een soort van bang voor haar.'

'Heeft Carla ooit iets verteld over haar ouders?'

'Weinig. Ze wilde zo snel mogelijk uit huis. Daarom studeerde ze hard, haalde goede cijfers. Het idee om te doubleren was voor haar een regelrechte nachtmerrie.'

'Was er verder iets opvallends?'

Wim schuift met zijn glas over de tafel. 'Ik heb het nooit goed begrepen,' zegt hij zacht. 'Eerst dacht ik dat het gewoon een kwestie van klasse was. Die man had een hoge baan. Ze gingen om met hoge bestuurders, met mensen die ik alleen van televisie kende en hoge functionarissen uit het buitenland. Ze waren bekakt, eerlijk gezegd. Carla ook een beetje, maar zij leek zich daar juist los van te willen maken.'

'Nooit iets geks gemerkt aan die vader?' vraagt Kyra.

'Ik vermoed dat jij je huiswerk hebt gedaan?' vraagt Wim en Kyra schiet in de lach.

'Ja, meneer,' zegt ze. Dan wordt ze weer ernstig. 'Ik heb veel gelezen over wat er allemaal over hem wordt gezegd.'

'Ik heb die man maar een paar keer ontmoet,' zegt Wim. 'Terwijl Carla en ik bijna drie jaar samen waren. Hij was er nooit en als hij er was dan had hij al amper interesse voor zijn kinderen, laat staan voor mij. Hij groette me beleefd, maakte een flauwekulpraatje over school en ging dan verder met het lezen van de krant. Heel raar allemaal. Afstandelijk. Kil. Toen ik hoorde waarvan hij allemaal werd verdacht, ben ik me altijd blijven afvragen of er niet toch iets van waar was.'

'Maar nooit iets gemerkt?'

'Echt, ik heb nooit iets verdachts gezien of gehoord.'

'En Vincent?' vraagt Kyra.

Wim rolt met zijn ogen. 'Klojo,' typeert hij hem. 'Ongelooflijk irritant rotjoch. Ze schelen maar een jaar, hij is veertien maanden jonger, en met hem was altijd iets aan de hand.'

Hij zwijgt even.

'Maar als ik terugkijk begrijp ik dat het allemaal een grote schreeuw om aandacht was. Hallo papa, hier ben ik! Zoiets.'

'Heb je nog wel eens contact met een van hen?'

'Helemaal niet,' zegt hij. 'Ik heb Carla niet meer gezien nadat ze naar Utrecht vertrok. Waarom wil je dit allemaal weten, Kyra?' vraagt Wim. 'Wat is dat voor paper? Het studiejaar is toch afgelopen?'

Kyra haalt haar schouders op.

'Ik heb een paper ingeleverd over gipsen voetafdrukken,' zegt ze. 'Die wilde ik terugtrekken en in plaats daarvan iets over de villa, de familie en die moorden inleveren. Maar het mag niet.'

'Waarom dan toch doorgaan?'

'Wat zou jij doen als je zus vermist is en er ineens tien schedels in de tuin van een buurman blijken te liggen?'

Wim slaat het laatste restje cola achterover. 'Misschien moet je eens navraag doen naar de vakanties van het gezin Demsterwold. Daar was iets geks mee. De eerste keer tijdens onze relatie dat Carla met haar ouders en broer weg was kwam ze volkomen overstuur terug. Eerst wilde ze me niet zien. Daarna wilde ze niet praten, alleen maar samen zijn. Ze heeft me nooit verteld wat er aan de hand was. Ook later niet. Elke keer als ze weg waren geweest, had ze zo'n moeilijke periode.'

Net als Sarina, na die logeerpartij bij die vriendin van haar moeder, na het feestje waar ze samen waren geweest. Sarina had haar teruggebracht naar het huis van de tante en was onderweg lastiggevallen. Lastiggevallen, zo noemde ze het, maar dat woord sloeg natuurlijk nergens op.

*

Op de IJ-boulevard is het drukker dan ze had verwacht. Maud loopt tussen joggers, hondenuitlaters en rustig wandelende ouderen door. Verderop ziet ze een bootcampklasje oefeningen doen op een grasveld.

Het is inmiddels zes uur, twee uur later dan de bedoeling was omdat het teamoverleg zoals altijd uitliep. Ze zijn aan de deur geweest en weer deed Niels niet open. Thomas wil het appartement nu openbreken, maar ze twijfelt.

'Tien minuten,' zegt ze tegen haar collega's aan de andere kant van de lijn.

'We hadden vier uur gezegd, Maud.' Thomas is het er duidelijk niet mee eens. Eigenlijk had hij zelfs die ochtend al in actie willen komen, zei hij net tegen haar.

'Niels.' Nogmaals spreekt Maud de voicemail van haar collega in. 'Ik stuur straks ook een sms, maar als je niet reageert dan gaan we over tien minuten je voordeur forceren. Laat iets van je horen. We maken ons zorgen. Tien minuten.'

Maud houdt de telefoon in haar hand en begint langs het water te lopen. Het is bijna niet te geloven dat dit gebied zo lang een slaperig industrieel karakter had. Slaperig, of moet ze zeggen: verlaten? Jaren geleden, wanneer ze bij haar tante langsging en de pont nam naar de overkant van het IJ, kwam je aan op een naargeestig pleintje. Het pand waar nu het bloeiende café De Pont in gehuisvest is, stond toen nog gewoon leeg. Niemand lette op het dichtgespijkerde gebouwtje. Nu is het de poort naar noord, met twee goedgevulde terrassen, en heeft het inmiddels concurrentie gekregen van de Tolhuistuin en het restaurant van het EYE, het filmmuseum dat als een soort spierwitte schelp aan het IJ ligt.

Aangekomen bij het water dat het bedrijventerrein van de woonwijk scheidt, draait Maud zich om en begint terug te lopen. Ze kijkt op haar telefoon. Nog vier minuten en nog geen bericht van Niels. Voor de zekerheid stuurt ze hem nog een appje: *vier minuten and counting...*

Langzaam loopt Maud terug naar het appartementencomplex waar Niels woont. Waarom het is misgegaan tussen Niels en zijn vrouw weet ze niet. Hij wilde er niet veel over vertellen, behalve dan dat het al veel langer rommelde.

'Ik ben niet zo goed in het tonen van mijn emoties,' had hij gezegd. 'Of in het maken van contact, echt contact. Ik heb het niet geleerd. Mijn ouders toonden nooit genegenheid naar elkaar. In onze familie is het niet gebruikelijk om veel met elkaar om te gaan. Ik spreek mijn broers zelden. Emma heeft het daar moeilijk mee. Ze wil meer positiviteit, meer... Ik weet het niet...'

'Meer liefde?' had Maud geopperd en Niels had iets onduidelijks gebromd en daarmee was het onderwerp afgedaan.

Haar telefoon laat een geluid horen en ze leest een bericht van Niels.

Alles goed. Ik bel je straks. Laat mijn huis met rust.

Heldere taal. De vuilak. Dus hij heeft haar berichten wel gekregen, maar ervoor gekozen haar te negeren. Prettig.

Het is je geraden, dat je snel belt, schrijft ze terug. Ze belt Thomas om te zeggen dat alles goed is met Niels en dan stopt ze haar telefoon weer in haar jaszak en loopt naar haar auto.

*

Kyra is naar de stad gefietst en ze zit met Antoine in de kleine bruine kroeg die langzamerhand hun stamkroeg aan het worden is.

'Ik heb een route uitgestippeld,' zegt Kyra terwijl ze de kaart van Scandinavië openvouwt. 'Maar ik weet nog niet of ik wel ga.'

'Heb je al aan je moeder gevraagd of we de auto kunnen lenen?' vraagt Antoine.

'Ze vindt het goed, maar ze zei dat ik maar naar Kreta moest gaan of zo, naar de zon, naar andere jongeren.'

'Oké,' zegt Antoine en hij pakt zijn telefoon. 'Sophie had er wel zin in dus ik zeg even dat het kan.'

'Ik weet nog niet of ik wel ga.'

Antoine kijkt verbaasd op.

'Scandinavië is reteduur,' zegt Kyra. 'En ik vind het heel leuk om met jullie te gaan, maar ik wil ook geen vijfde wiel aan de wagen zijn. Misschien ga ik alleen. Ik weet niet of...'

'Hé!' onderbreekt Antoine haar. 'Hé, Tom!'

Kyra draait zich om en ziet Tom achter haar staan. Hij kijkt verrast op en zwaait. Kyra voelt het bloed naar haar gezicht stijgen. Niet rood worden, denkt ze krampachtig. Alsjeblieft niet rood worden. Kansloos.

'Hey Antoine, Kyra,' zegt Tom. 'Aan het werk?' Hij knikt naar de papieren op tafel en snel pakt Kyra de blaadjes bij elkaar, vouwt de kaart op en stopt die in haar tas.

'We gaan een reis maken,' zegt Antoine. 'Kom zitten.'

'Oké.' Tom ploft op de stoel. 'Ik moet zo werken, maar ik heb nog wel even.'

'Ik moet zo ook weg,' zegt Antoine en hij kijkt op zijn horloge.

'Shit, is het al zo laat?' Hij staat op. 'Sorry, ik moet ook werken,' zegt hij en hij steekt zijn hand op. 'Ik zie je!'

Antoine heeft helemaal geen baantje, dus die zit weer een spelletje te spelen. Waarom zit hij haar toch de hele tijd aan die Tom te koppelen?

'Waar werk je?' vraagt Kyra nadat ze even zwijgend tegenover elkaar hebben gezeten. Ze moet toch iets zeggen.

'In de Hortus,' zegt Tom.

'De Hortus Botanicus?' vraagt Kyra. 'Wat een coole plek om te werken.'

Tom knikt. 'Ben je er wel eens geweest?'

'Nee,' geeft ze toe. 'Nog nooit.'

'Ga dan mee,' zegt hij. 'Het is prachtig.'

'Maar jij moet werken.'

Het is wel een originele eerste date. Waarom zou ze niet meegaan?

'Maakt niet uit,' zegt hij. 'Ik hoef maar een uurtje. Gewoon wat afval opruimen en wat kleine klusjes doen.'

'Ik kan je helpen, als dat mag.'

Hij grijnst. 'Goed idee.'

*

'Ik zit in Londen,' zegt Niels. Zoals hij had beloofd is zijn belletje snel na zijn berichtje gekomen. Maud zit op een bankje aan het IJ.

'Londen?' zegt ze. 'Je was toch ziek? Wat moet je daar nou?'

'Maak er maar vakantiedagen van,' zegt hij.

Maud denkt even na en Niels vult de stilte niet. Hij kent het klappen van de zweep. De meeste mensen geven vrijwillig interessante informatie als je een stilte laat duren.

'Maar je bent daar niet voor de musea, of begrijp ik dat verkeerd?' vraagt Maud.

'Ik moest wat navragen,' zegt hij.

'Ga je me vertellen wat dat is?'

'Als ik terug ben.'

'En wanneer is dat?'

'Morgen. Ik rijd vannacht terug.'

'Dus dan zie ik je morgenochtend, laten we zeggen om halfelf? café De Pont?'

'Is goed.'

Ze staat op en loopt terug naar haar auto. Vrijdagavond. Net als een week geleden heeft ze een vrij weekend voor de boeg. Alleen was het toen prachtig weer en vandaag is het minder zomers omdat er een koele westenwind staat. Naar huis. Een glas wijn drinken met Edwin. Ontspannen. Wanneer zal ze tegen Roos zeggen dat ze kaartjes voor De Kleine Komedie heeft gekocht voor hun tweetjes? Moet ze het als grote verrassing presenteren en de kaartjes inpakken of zal haar dochter dat overdreven vinden en kan ze beter min of meer terloops zeggen dat ze die avond maar vrij moet houden?

– 47 –

Voordat hij weggaat heeft hij nog een laatste klusje in Amsterdam. Daarna is het hier voorgoed klaar. Naast het huis zijn vier parkeerplaatsen en hij staat verborgen tussen de hoge laurierstruiken, haast onzichtbaar in zijn groene legerkleding. Er zijn al heel wat mensen voorbijgelopen zonder hem op te merken.

Hij is slimmer dan de hele Nieuwendammerdijk bij elkaar.

Hij sluit zijn ogen en probeert zich voor te stellen hoe het huis is ingericht. De woonkamer en de grote keuken beneden. De ouderslaapkamer, beneden in het souterrain, sinds de jongen uit huis is. Haar kamers, boven, op één hoog. Eerder sliep Sarina ook daarboven.

Sarina. Mooie meid.

De ouders zijn niet thuis, dat heeft hij gecontroleerd. Je kunt gemakkelijk in de tuin komen en hij heeft gezien dat ze niet beneden zijn, en ook niet op de verdieping op dijkniveau, nergens brandt licht, ook boven niet.

Hij wacht en luistert en voelt en dan besluit hij dat het tijd is. Hij duwt zich opnieuw door de struiken en loopt snel door de tuin. Het raam van de wasruimte staat zoals zo vaak op een kier en hij wipt de ijzeren hendel omhoog, zet het raam open en klimt naar binnen.

In de gang luistert hij voor de zekerheid of hij geen stem hoort, of muziek ergens of een ander teken dat er toch iemand thuis is, dan loopt hij met twee treden tegelijk de trap op, en nog een, tot hij bij haar slaapkamer aangekomen is.

Verbijsterd blijft hij staan.

Een hele muur met Sarina. Een kaart van de Noordzee. Een foto van het schip, van Sarina en die jongen. De plattegrond van Texel. En een schets die verdomd goed lijkt. Godver.

Wat is ze aan het doen?
Wat denkt ze wel niet?
'Kyra? Ik ben thuis!'
Shit, de moeder. Balen.
Hij pakt de kleine stick uit zijn broekzak, buigt zich voorover, zoekt een vrije usb-ingang op de Mac en steekt de piepkleine keylogger erin. Gelukkig zitten de usb-ingangen aan de achterkant, dus het zal vast even duren voordat Kyra in de gaten heeft dat er iets in haar Mac zit wat ze niet kent. Hij heeft zijn eigen software verstopt in een onzichtbare map en in de wel zichtbare map staat een lijst van duizenden gestolen e-books zodat ze zal denken dat haar moeder de usb misschien in haar pc heeft laten zitten.
'Kyra?'
Even blijft hij stilstaan en dan loopt hij voorzichtig naar de trap. De vrouw is terug naar de keuken gelopen, zo te horen pakt ze haar boodschappen uit. Hij hoort de keukenkastjes klapperen en de koelkast dichtgegooid worden.
Hij loopt naar beneden.
When I wake up in the morning love, and the sunlight hurts my eyes. Ze zingt. Hij zet de twee stappen door de hal naar de trap naar beneden. Bill Withers. *Then I look at you, and the world's alright with me.*
Het gezang komt dichterbij en hij snelt de trap af, de wasruimte in. Hij glipt door het raam naar buiten, duwt het dicht en loopt met grote passen naar de rand van de tuin. Hij hoort de moeder van Kyra nog steeds zingen.
Missie geslaagd. Maar bijna betrapt.
En wat heeft hij gezien op die kamer? Hoeveel weet ze eigenlijk? Misschien moet hij zijn plannen aanpassen. De boel versnellen. Aan de andere kant heeft hij een hekel aan improviseren. Dat gaat zelden goed. Hij is zover gekomen door eindeloos plannen en voorbereiden. Steeds koeler is hij geworden, en dat heeft verdomd veel voordelen.

– 48 –

Londen

Het appartement is klein, maar ligt in een nette buurt, op de eerste verdieping van een gebouw met vier lagen. Mabel kon er niet over uit dat ze zo snel zo'n leuk appartement had gevonden, en zo dicht bij hun huis. Ze huppelde door het appartement alsof ze zelf voor het eerst op kamers ging of zo. Ze had ervoor gezorgd dat Mabel niets merkte van haar angst.

Onder haar woont een dame van een jaar of zeventig, een vriendelijke vrouw met een enorme bril. Boven haar woont een jonge dokter en daarboven twee studentes, die bijna nooit thuis zijn omdat ze een bijbaan als stewardess hebben.

Sarah zit op de bank die ze online heeft besteld, een comfortabele tweezitter van donkerrood fluweel, en ze staart naar buiten, naar het groen voor de deur. Ze staat op, opent de deur van het Franse balkon en glimlacht tevreden als ze het ruisen van de bladeren hoort. Vanavond eet ze bij Mabel en Phil. Phil belde met goed nieuws: haar paspoort is klaar, haar bankpasje is opgestuurd. Ze is weer een echt mens, iemand die bestaat, zelf dingen heeft. Nu moet ze verder. Heel graag wil ze werken, maar wat kan ze doen? Om te beginnen boodschappen voor de onderbuurvrouw. Misschien vrijwilligerswerk in het buurtcentrum. De hond uitlaten voor iemand die dat even niet kan. Morgen zal ze aan haar therapeut vragen hoe ze aan een baantje kan komen, want de sessies zijn weer begonnen. Het team was heel tevreden over hoe ze de proefweek was doorgekomen. Om te oefenen met zelfstandig zijn gaat ze nu regelmatig een dag naar haar eigen huis, maar ze slaapt er nog niet.

Als ze een talencursus doet, als ze echt goed wordt in de Engelse taal, kan ze dan geen therapeut worden, gewoon zoals de bedoeling was? Zou hetgeen ze heeft meegemaakt uiteindelijk geen voordeel zijn? Is ze straks geen meester in de behandeling van PTSS, net als dokter Stevens? Misschien kan hij haar opleiden. Ze moet in staat zijn om anderen te leren omgaan met angsten. Te leren om immuun te worden voor je eigen ellende.

Ze moet een paar boodschappen doen. Ze stelt het al uren uit omdat het inhoudt dat ze naar buiten moet, de straat op, de winkels in, en dat boezemt haar nog angst in.

Kom op. Ze sluit de balkondeur en pakt haar tas. Het is mooi weer, dus ze slaat alleen een vestje om en gaat naar buiten. Aan de overkant van de straat staat een man en meteen klopt haar hart in haar keel. Een vent in donkere kleding, met een zonnebril en de capuchon van zijn vest over zijn hoofd getrokken.

Wat doet ze? Terug naar binnen? Of toch bloemen halen voor Mabel? Het lijkt alsof hij naar haar staart, maar ze stelt zich natuurlijk aan. Ze kijkt achterom en ziet de oude buurvrouw voor haar raam staan. Ze zwaaien naar elkaar en dan loopt Sarah in de richting van de man, glimlacht naar hem en loopt hem voorbij. Bijna heeft ze het gevoel te moeten overgeven, haar hart bonst in haar oren en ze is totaal buiten adem, maar ze loopt door. Hij komt niet achter haar aan. Zie je wel. Niks aan de hand.

– 49 –

'Kon je niet even laten weten waar je was?' Maud klinkt bozer dan ze wil en ze hoort zelfs dat het net is alsof ze tegen Roos praat. Het is zaterdagochtend en al druk in en om café De Pont.

'Iedereen maakte zich enorm zorgen,' vervolgt ze rustiger.

'Ik wilde geen commentaar,' zegt Niels ijzig. Hij ziet er slechter uit dan voordat hij vertrok. 'Geen gezeur en geen bevelen dat ik moest ophouden met wat ik aan het doen was.'

'En dat was?'

'Vertel me eerst eens hoe het met het onderzoek staat,' zegt Niels. 'Is er al nieuws? Identiteiten bijvoorbeeld?'

'Inmiddels zijn er zes geïdentificeerd. Vijf daarvan zijn jonge, blanke vrouwen. Studenten of werkend. Geen randfiguren, daklozen of junks of zo. Twee zijn in 1997 verdwenen, de rest is redelijk recent.'

Ze vertelt hem de details. Ook het nieuws over de dood van Ina Demsterwold en het hoofd in de tuin bij haar kamer. Als ze vertelt dat haar lichaam niet onderzocht zal worden vloekt hij.

'Dat die ouwe tang dood is boeit me niet,' zegt hij en hij trekt een vies gezicht. 'En dat de dader op de een of andere manier die hoofden aan haar offert of zo, vind ik alleen maar bizar. Maar dat hij die jonge meiden daarvoor gebruikt, daar kan ik woest over worden.'

'Het wordt nog erger,' zegt Maud.

'Het kind?'

Maud knikt.

'Zeg niet dat het is wie ik denk dat het is.'

Weer knikt ze. Niels sluit zijn ogen en ademt diep in.

'Verdomme,' zegt hij. 'Menno Schatbos.'

Even zitten ze zwijgend tegenover elkaar.

Zóveel blauwe plekken had ze nou ook weer niet, hoort ze in gedachten. Volwassenen die jonge kinderen iets aandoen. Je kunt je er niet eens een voorstelling van maken, maar toch gebeurt het – op ongelooflijk veel plaatsen op de wereld, met ongelooflijk veel kinderen.

'Rob Franssen,' zegt Maud, 'is zonder dat wij dat weten een onderzoek aan het doen naar een buitenlandse diplomatenfamilie die het huis van Demsterwold een paar jaar heeft gehuurd. Dat was in de periode voordat zij er kwamen wonen.'

'Zou dat even goed uitkomen,' zegt Niels schamper. 'Als het lukt om het die lui in de schoenen te schuiven. Politiek gevoelig, diplomatieke onschendbaarheid. Zie jij maar eens voor elkaar te krijgen dat je zo'n man kunt verhoren.'

'Ik beschouw dat onderzoek als gerommel in de marge,' zegt Maud. 'De dader is jaarlijks actief geweest. Is een van die diplomaten dan elk jaar teruggekomen om iets in die tuin te begraven?'

'Heel onwaarschijnlijk,' zegt Niels. 'En de familie Narcing? Wordt die nog als verdacht beschouwd?'

Maud schudt haar hoofd en probeert de aandacht van een serveerster te trekken, maar slaagt daar niet in.

'Mooi.' Niels klinkt bitter. 'Dus nu kan ik die getuigenverklaringen die jaren geleden naar het land der fabeltjes zijn verwezen in deze zaak opnemen.'

Maud kijkt Niels zonder met haar ogen te knipperen aan.

'Dat lijkt me wel,' zegt ze. 'Roep ze op.'

'De collega's uit Rotterdam zijn toen al die dagjournaals over Schatbos heel toevallig kwijtgeraakt,' zegt Niels grimmig. Dan grijnst hij. 'En er was nooit een directe aanleiding om al die mensen opnieuw te ondervragen. Maar nu wel.'

'Eindelijk,' zegt Maud.

Niels kijkt haar verbijsterd aan, dan begint hij te lachen, zichtbaar opgelucht.

Eindelijk kijkt er een serveerster hun kant op en Maud bestelt twee koffie. Even zitten ze zwijgend te kijken naar de pont die aanlegt en weer vertrekt, en de stromen mensen die van en naar het centrum gaan. Allebei kijken ze naar de hoge lantaarnpaal die aan de kade van het IJ staat en als ze weer naar elkaar kijken weten ze allebei dat ze hebben zitten nadenken over de zaak van Marc Gaullier, de kunstdocent die een jaar geleden dood werd gevonden, opgehangen aan die paal, op de plek waar eeuwen geleden het galgenveld van Amsterdam lag en in de zeventiende eeuw het lichaam van de jonge Elsje Christiaens werd tentoongesteld.

'De hele zaak wordt in de media breed uitgemeten,' zegt Maud. 'Het is zo groot geworden dat er geen doofpot is waar dit nog in past.' Ze grijnst. 'Vertel over Londen, alsjeblieft.'

Niels neemt de laatste slok van zijn koffie.

'Het is zeker nog te vroeg voor bier?' zegt hij met een trieste lach. 'Want je kunt wel wat sterkers gebruiken als je hoort wat ik te vertellen heb.'

*

'Dit is de *Encephalartos woodii*,' zegt Tom. 'Ziet eruit als een gewoon kamerplantje, hè?'

Kyra staat naast Tom in de palmenkas. Het is er licht en warm en zoals ze al verwacht had is de Hortus prachtig. Gisterenavond waren ze zo laat klaar met de klusjes dat er geen tijd meer was om haar rond te leiden, dus is ze vanochtend opnieuw naar de Hortus gekomen.

'Beetje groot voor in mijn kamer.' Kyra grijnst en probeert zich de plant voor te stellen in huis. Hij staat op een verhoging in een grote houten ton, de stam is misschien een meter of anderhalf hoog, maar de palmtoppen zijn zeker een paar meter breed.

'In 1895 groef ene John Medley Wood de plant ergens op een berghelling in Zuid-Afrika uit en uiteindelijk kwam hij hier terecht. Het is een mannetje en het is de laatste op aarde.'

'Dan zal hij wel veel plezier hebben met de vrouwtjes,' grapt Kyra.

'Jammer genoeg is het de enige van zijn soort die ooit gevonden is,' zegt Tom. Hij staart naar de plant in de ton. Hij staat apart van de anderen. Het bord aan zijn voeten is als een grafzerk. HIER LIGT WOODII, HIJ WAS UNIEK.

‘Zou een plant zich alleen kunnen voelen?’ zegt Kyra. ‘Zou hij weten dat hij de laatste is?’

O god, wat zegt ze nu weer? Ze bijt op haar lip en durft niet opzij te kijken.

‘Ik zeg hem altijd gedag,’ zegt Tom. Hij grijnst en haalt zijn schouders op. ‘Als mannen onder elkaar zal ik maar zeggen. Soms vertel ik hem een mop.’

Kyra lacht.

‘Nee, echt,’ zegt Tom quasiverontwaardigd. ‘Ik durf hem geen bier te schenken, maar een goede mop op zijn tijd kan geen kwaad, toch?’

‘Heb je nog meer van die eenzame mannen hier?’ vraagt Kyra.

‘Ik heb er eentje in de aanbieding die tweeduizend jaar kan worden en groeit in een streek waar het helemaal nooit regent. Kom.’ Hij gaat haar voor naar de Drieklimatenkas en wijst naar een vreemde plant met slechts twee bladeren, die dan wel weer vrij lang zijn.

‘Deze plant is net als Woodii miljoenen jaren geleden ontstaan,’ zegt Tom. ‘Hij heeft maar twee bladeren en die groeien zijn hele leven door terwijl de punten weer afsterven.’

‘En maar zijn best doen,’ zegt Kyra. ‘En niks groter worden.’

‘Afhankelijk van de omstandigheden kunnen die bladeren anders behoorlijk lang worden.’

‘Stel je voor’ – Kyra knijpt haar ogen een beetje dicht – ‘dat die bladeren tweeduizend jaar door groeien, zonder aan de top iets te verliezen, hoe lang zouden ze dan wel niet zijn?’

‘Te groot voor de Hortus,’ zegt Tom opgewekt. ‘Misschien zouden ze tot aan Artis reiken.’

Hij gaat iets dichter bij haar staan dan nodig is en Kyra voelt haar hartslag sneller worden.

‘Moet er vandaag ook nog gewerkt worden?’ vraagt ze. ‘Laat zien waar ik je mee kan helpen.’

Het uur dat volgt zijn ze in de weer met het wegbrengen van plantaardig afval naar de vuilcontainers en het rapen van blaadjes in de kassen, die vervolgens ook weer naar de vuilcontainers moeten worden gebracht.

'Klaar,' zegt Tom ten slotte. 'Nu heb je iets te drinken verdiend. Hier op het terras van de oranjerie?'

Ze zon schijnt en de parasols zijn uitgeklapt. De tafeltjes zijn bijna allemaal bezet, maar aan de zijkant is er nog eentje vrij. Tom haalt twee bier en komt bij haar zitten.

'Ik heb je nog niet eens verteld van mijn vriendin,' zegt hij. 'Ze heet Victoria Amazonica en ze houdt van de schemering.'

*

'Ik hou het toch maar bij een verse jus,' zegt Maud en ze steekt haar hand op om nog een rondje te bestellen. 'Iets eten?' vraagt ze aan Niels, maar hij schudt zijn hoofd. Ze heeft wel vaker meegemaakt dat Niels zich totaal verliest in een zaak en daarbij niet alleen zichzelf, maar ook zijn eetlust kwijtraakt. Voor de zekerheid bestelt ze een stuk appeltaart met slagroom, wie weet eet hij met haar mee en hij ziet eruit alsof hij wel iets kan gebruiken.

'In de loop van 2012,' vervolgt Niels, 'werd in Groot-Brittannië een onderzoek gestart naar geruchten rondom Elm Guest House in Zuidwest-Londen. Het vermoeden was dat in de jaren zeventig en tachtig op dat adres een bordeel voor pedofielen was ingericht en dat daar allerlei invloedrijke personen kwamen.' Niels zwijgt even als de jus en de taart worden gebracht en gaat dan verder. Hij pakt een kopie van een advertentie uit die tijd en wijst ernaar. 'Bed & breakfast: *food, bar, sauna, solarium & video facilities available* en let op wat er onderaan staat: *10% discount to Spartacus Club Members*.'

'Spartacus Club?' vraagt Maud. Ze kan het gelonk van het stuk taart niet weerstaan en neemt een hap. Neem ook wat, gebaart ze naar Niels, maar hij gaat onverstoorbaar door met zijn verhaal.

'Spartacus International was uitgever van de *Gay Guide*,' legt Niels uit. 'Een soort reisgids voor homoseksuelen met locaties waar zij onder elkaar konden zijn. Deze gidsen stonden vol tips op welk strand of in welk hotel je jonge – hele jonge – jongens kon vinden voor seks. De vermelding "korting voor Spartacus Club-leden" zou geheimtaal zijn voor de aanwezigheid van jonge prostitués.'

Maud weet nog steeds niet precies waar Niels naartoe gaat met zijn verhaal. Ze neemt nog een hap van de taart. De stukjes appel zijn zacht en zuur en het deeg is rul en zoet. De geklopte room brengt de smaken bij elkaar.

'Elm Guest House wordt in één adem genoemd met een chic appartementencomplex in Westminster, Dolphin Square. Op beide locaties zouden feestjes gegeven worden waar weeskinderen uit kindertehuizen uit het hele land eerst volgestopt werden met alcohol en drugs en vervolgens werden misbruikt. Zakenmensen, politici, politiemensen, rechters en ook popsterren, zegt men. Er is een lijst gevonden waarop bijvoorbeeld ook de naam Cliff Richard staat, en iemand van de toenmalige staf van Buckingham Palace, maar of die lijst authentiek is, en of die mensen daar ook daadwerkelijk zijn geweest en mee hebben gedaan, is niet bewezen. De uitgever van de *Gay Guide* was een gevluchte Engelsman, John Stamford, die zijn bedrijf vanuit Amsterdam leidde.'

Maud neemt een slok van haar jus. Ze is moe, zo moe dat ze amper nog energie heeft om naar Niels te luisteren. Ze dwingt zichzelf om op te letten.

'Amsterdam was in de jaren negentig het walhalla voor Britse pedofielen. Het stikte hier toen van de Britten die in eigen land in de ban waren. Alan Williams leidde Boys Club 21 op de Spuistraat, en tegenover hem zat Gay Palace – allebei legale bordelen met mannelijke hoertjes. Beide eigenaren komen voor in onderzoeken van Scotland Yard en de Europese collega's naar een gigantisch Europees pedofielennetwerk dat vanuit Amsterdam werd gerund. De bordeelhouders lieten die jongens rouleren, ook bij bordelen in het buitenland. De gasten krijgen na een tijdje genoeg van steeds hetzelfde jochie.'

Maud legt haar vork met een hap appeltaart terug op het bordje. De rest moet Niels maar opeten.

'Deze mannen zijn ook genoemd in een onderzoek dat rond 1997 is gedaan naar het produceren van *snuff movies*. Een van de kinderen die daarbij vermoord zou zijn, is volgens de geruchten Menno Schatbos. En je weet dat ons kleine meisje ook genoemd is in dit onderzoek.'

Zóveel blauwe plekken had ze nou ook weer niet...

Maud is opgehouden met kauwen en staart Niels aan. Met moeite slikt ze de taart door. 'Het kinderbordeel in Rotterdam,' zegt ze. Niels knikt.

Geruchten. Allemaal geruchten. En onzichtbare muren. Mensen die niet willen dat je onderzoek doet. Het was de reden dat Niels Rotterdam achter zich had gelaten en naar Amsterdam was gekomen, in de hoop zich met andere zaken bezig te kunnen houden. Dat was natuurlijk onzin gebleken. Nederland was te klein. Europa was te klein. Dit leed was overal en bovendien te groot.

'De eerste geruchten over Demsterwold komen ergens in de jaren zeventig bovendrijven,' zegt Niels. 'In de jaren zestig was iedereen losgeslagen en viel het kennelijk niet op. De man zou clubs bezoeken waar pedofiele feestjes werden gehouden, jongens, meisjes, drank, drugs. Dezelfde soort geruchten, ook over hoge ambtenaren, gonzen rond diezelfde jaren door Groot-Brittannië. Een uitgebreid rapport hierover, opgesteld door Member of Parliament Geoffrey Dickens, dat in 1984 aan de Home Secretary werd overhandigd, raakte zomaar ineens zoek. Net als een hele berg andere dossiers over *child abuse*, bijvoorbeeld dat over Cyril Smith, een lid van The House of Lords. Bij de man die het rapport schreef werd tot tweemaal toe ingebroken, nadat hij in The House of Commons had gezegd dat hij zijn bevindingen en de namenlijst van de misbruikers openbaar zou maken.'

Maud schudt zacht haar hoofd en haalt diep adem. Het duizelt haar.

'Het is een heel ingewikkelde geschiedenis,' zegt Niels. 'Waarin Elm Guest House, Dolphin Square en een hele rits kindertehuizen centraal staan. Er zou bij invallen allerlei bewijsmateriaal gevonden zijn, maar niemand weet waar al die bewijzen zijn gebleven, dus alle verhalen van misbruik zijn nog steeds geruchten. Een team van de Londense recherche was maandenlang bezig de bewegingen rondom een van de locaties in kaart te brengen. Er werden camera's opgehangen en er werden filmopnamen gemaakt. Het team wilde niets aan het toeval overlaten en men wilde het bewijs waterdicht en overtuigend hebben om dit netwerk te kunnen oprollen.'

'Maar...' zegt Maud, die al aanvoelt wat er komen gaat. Het is niet voor niets dat dit soort zaken vaak geruchten blijven. De bovenwereld, en vooral de mensen op de bovenste verdiepingen, die in de penthouses van de maatschappij de sukkels onder zich uitlachen, hebben er heel wat voor over om dit soort verhalen in de kiem te smoren. Wat zou er gebeuren als op een dag bleek dat ministers, hoge ambtenaren, burgemeesters, rechters, diplomaten, industriëlen, CEO's van wereldbedrijven, premiers, misschien zelfs wel leden van koninklijke huizen illegaal gebruikmaakten van de seksuele diensten van te jonge jongetjes en meisjes? Als blijkt dat de hoogste gelederen van de maatschappij zich niet aan de wet houden, zou dan de massa ook ineens alle regels aan zijn laars lappen? Want als we allemaal tegelijk ophouden met de door onszelf opgelegde wetten te volgen, wie doet de massa overtreders dan iets?

'Maud?' Niels kijkt haar vragend aan. 'Ben je er nog?'

'Sorry,' zegt ze. 'Ik vroeg me iets af, maar ga alsjeblieft door.'

'Vlak na het moment dat ze in de clientèle een belangrijke politicus hadden ontdekt,' vervolgt Niels, 'kreeg het onderzoeksteam bezoek van een paar hoge piefen uit het politieapparaat. Hoger dan hoog waren die lui, zo hoog dat de rechercheurs ze niet eens kenden, en ze namen ter plekke al het bewijsmateriaal in beslag. Foto's, filmbeelden, camera's, aantekeningen – alles.'

'Laat me raden,' zegt Maud. 'Later bleek al dat materiaal verdwenen te zijn.'

'Precies. En wat er nog wel was, werd geheim verklaard, in het landsbelang, onder de *Official Secrets Act*.'

'Maar dit is allemaal al jaren geleden gebeurd,' zegt Maud. 'Waarom is het nu ineens belangrijk?'

'Twee dingen,' antwoordt Niels. 'Ten eerste is het onderzoek dit jaar heropend. De roep in de Britse samenleving werd te luid. Zeker door de zaak rond Jimmy Savile, die presentator van de BBC die jarenlang zijn gang heeft kunnen gaan. Wist je trouwens dat hij ook necrofiel was? Hij had zelfs de sleutel van het mortuarium van een ziekenhuis om na sluitingstijd zijn gang te kunnen gaan, dus dat met die kids in die caravan was maar een deel van de hele ellende.'

'Jezus... Nee, dat wist ik niet.'

'Iedereen met ook maar een greintje verstand begrijpt dat als zo iemand dit soort geintjes tientallen jaren ongestoord kan uithalen, er vast meer mensen zijn die dergelijke dingen doen. Niet zo lang geleden wilden ze hier seks met minderjarigen legaliseren, zelfs vanaf twaalf jaar, *mits vrijwillig...* En dan moet je de foto's van die Savile, Smith of Demsterwold er eens bij pakken,' briest Niels. 'Alsof een jong kind het vrijwillig met zo'n man zou willen doen.'

'Even terug naar het nu,' zegt Maud. Niels lijkt even de draad kwijt te zijn.

'Nu hebben we de kans om eindelijk Demsterwold onder een vergrootglas te leggen,' zegt Niels. 'En te bewijzen dat Demsterwold actief was in Nederland, maar ook een rol heeft gespeeld in dat Britse netwerk. Daar zijn zelfs getuigenverklaringen van.'

'Maar die zijn verworpen. De jongens die die verklaringen afgelegd hebben zijn succesvol aangeklaagd wegens smaad.'

'Klopt,' zegt Niels. 'Maar nu kan ik dus meer getuigen horen. Daar in Engeland, en hier in Nederland. Zeker nu Menno Schatbos in zijn tuin blijkt te liggen.'

Maud slikt. *Zóveel blauwe plekken had ze nou ook weer niet.* Ze hoort het die moeder nog zeggen. Verschillende keren was ze bij die mensen thuis geweest. In de bench in de hoek van de kamer lag een popje. Van de hond, dacht ze toen.

Even ziet ze beelden voor zich van een lange rij misbruikers en harteloze criminelen, geboeid, sjokkend, met van die ijzeren kogels aan hun voeten en Niels en zij die toekijken hoe ze een duister gebouw binnenlopen. In gedachten draait ze een enorm slot dicht.

'Een netwerk in Londen,' zegt Maud. Niels knikt. 'Met tentakels naar Amsterdam. Zijn er nog meer lijnen, die verder lopen, Europa in?'

'Ik weet waar je aan denkt,' zegt Niels. 'Daar denk ik namelijk ook aan. Ik heb verschillende mensen gesproken en ik sluit het niet uit.'

'Maar kun je het aantonen?'

'Nog niet, maar het zou zomaar de link naar die jonge vrouwen kunnen zijn.'

Maud kijkt naar de taart. Bijna op.

'Wil jij nog wat?' vraagt ze en ze staart naar het zoete gebak alsof het een koeienvlaai is. Ze moet er niet aan denken dat ze nog iets moet eten.

Hij schudt zijn hoofd.

'Geen trek,' zegt hij.

– 50 –

'Ik heb het nog een dagje aangezien,' zegt Ed. 'Maar ik kon er net niet bij. Jij moet het doen.'

'We hadden toch al afgesproken dat ik het zou doen?'

Voor hetzelfde geld was hij dus helemaal voor niets gekomen. Gek wordt hij van zijn maat, die zich nooit aan de afspraken houdt en meewaait met elke bevlieging die langskomt.

'Ik probeerde je de moeite te besparen, maar er deed zich maar één kans voor en daar kwam wat tussen. Diezelfde dag moest ik weg, dus je staat er alleen voor.'

Nou, vreselijk. Als hij het zelf doet laat hij tenminste geen sporen achter.

'Bedankt voor de moeite,' zegt hij. 'Maar ik red het wel.'

Hij stuurt door de straten die hem zo vertrouwd zijn. Hij heeft een hekel aan haastig werken, maar Ed had gelijk. Er moet wel snel iets aan gebeuren. Ze lopen gevaar. Hij was te druk geweest met andere dingen. Bovendien had hij niet gedacht dat het zo snel zou gaan.

'Ik laat het weten als ik kom,' zegt Ed en hij hangt op.

Waarschijnlijk staat hij op een dag gewoon onaangekondigd voor zijn neus. Zo gaat dat bij hem. Wat maakt het ook uit. Het is juist wel verfrissend, zo'n andere kijk op dingen. Het leven is al saai genoeg. Tot nog toe hebben ze veel lol gemaakt en is altijd alles goed gegaan. *Never change a winning team*. En hij is flexibel, een meester in wisselen van rol, van methode, techniek. Hij is een kameleon. Zoals een vrouw die het ene moment liefdevol haar kind de borst geeft, het andere moment als een vuile bitch de baas speelt op het werk en dezelfde avond in bed onderdanig haar kont in de lucht steekt voor haar man – zo wisselt hij met hetzelfde gemak van karakter. En iedereen gelooft hem. Heel vermakelijk.

In de avondwinkel haalt hij rijst en groente. Kip heeft hij nog wel in de vriezer liggen. Eenmaal thuis maakt hij bijna gedachteloos zijn eenvoudige maal, hij snijdt de kip in gelijke reepjes en hakt de prei in even brede ringen. Als zijn eten klaar is zet hij de televisie aan en gaat op de bank zitten eten, laptop bij de hand.

Hij controleert de bestellingen en nog één keer loopt hij alle aanvoerlijnen na omdat hij weet dat daar het meest kwetsbare gedeelte van de hele onderneming te vinden is. De eerste fase is al lang geleden afgehandeld. Volgende week dinsdag wordt de hele handel geleverd bij het derde punt, nadat het iets langer dan een halfjaar bij het tweede afleverpunt opgeslagen heeft gestaan. Een dag later gaat alles weer op transport, naar het vierde punt, de locatie waar hij alle leveringen van de afgelopen jaren heeft verzameld. Vandaar gaat het in kleine plukjes naar de eindbestemming. Dat doet hij zelf. Hij moet zorgen dat hij zo snel mogelijk weer noordwaarts kan gaan, zodat hij alles gereed kan maken voor de start. De echte start. Niet dat halfbakken gedoe van Ed.

Hij sluit zijn documenten af in de versleutelde map die ergens op een onvindbare plek diep in het internet verstopt is en hij logt in op de websites waarop hij handelt. Alles gaat goed. Zoals verwacht. Een kleine tegenvaller hier en daar, maar hij mag vandaag niet klagen. Snel stelt hij een paar waardes in, gebaseerd op het huiswerk dat hij die ochtend gemaakt heeft, zoals hij dat iedere ochtend doet, en dan leunt hij tevreden achterover.

Meer en meer mist hij iemand om zijn goede humeur mee te delen. Het zijn de dieptepunten waar hij wel raad mee weet, maar de hoogtepunten, die voelen eenvoudigweg niet meer hoog genoeg aan.

Morgen doet hij zijn voorbereidende werk. Hij moet haar naar de juiste plaats weten te lokken, op het juiste tijdstip, en dan voorlopig even opbergen. Vervolgens nog een allerlaatste ellendige keer heen en weer reizen – hij heeft er totaal geen zin in maar het moet echt – en dan komt hij hier terug om haar op te halen en dan kan hij naar het noorden. Voorgoed. Eindelijk.

– 51 –

Londen

Sarah wordt wakker omdat ze rechtop in bed zit. Ze zweet en hijgt.

Hij is er.

Ze knijpt hard in haar dekbed van woede en machteloosheid. Ze wil dat hij weggaat, maar hij moet blijven. Met trillende handen pakt ze haar mobiel en belt het nummer van Alan Smith.

'Ik zie hem,' zegt ze.

De rechercheur vraagt of hij bij haar in huis is. Ze doet haar ogen dicht en luistert of ze iets hoort. Hij was zo helder, zo duidelijk. Voor het eerst zag ze hem echt.

'Nee, ik bedoel dat ik hem kan zien. Ik weet hoe hij eruitziet. Ik kan een signalement geven.'

Het is halftien, ziet ze op haar wekker. Na een paar uur woelen is ze toch in slaap gevallen en nu is het allang tijd om op te staan.

'Dat is fantastisch,' antwoordt de rechercheur. 'Ik regel meteen een tekenaar. Vanmiddag, is dat goed?'

'Prima. Kan het bij de kliniek?'

'Het is handiger als u bij ons langskomt. Voor de apparatuur.'

'Dan doe ik dat.'

Ze spreken een tijd af en Sarah hangt op. Trillend gaat ze weer onder de dekens liggen. Ze heeft het koud.

– 52 –

Achter Grigor ziet Kyra een ruime kamer met grote glazen deuren die uitzicht bieden op veel groen. Naast hem zit een vrouw met kort blond haar en een melancholieke uitdrukking in haar ogen. Ze is een stuk jonger dan hij.

'Dit is Eliana,' zegt Grigor. 'Mijn vrouw. De moeder van Dave. Eliana, dit is Kyra.' Hij maakt een handgebaar zoals je dat zou doen als je mensen in levenden lijve aan elkaar voorstelt.

'Goedemiddag,' zegt Kyra. '*Nice to meet you. Eh...*'

Wat zeg je als je elkaar via Skype ontmoet, is daar een speciale uitdrukking voor?

'Hier is het nog ochtend,' zegt Eliana lachend. Ze houdt een gebloemd kopje met een gouden oor omhoog. 'Wij zitten nog aan de koffie.'

Sinds december heeft ze een paar keer geskypet met Grigor, maar dit is de eerste keer dat hij Eliana erbij heeft gehaald. Op de een of andere manier geeft de aanwezigheid van zijn vrouw het gesprek een soort officieel tintje.

Snel begint ze uit te leggen wat ze van plan is. Onderzoek doen naar aangespoelde jonge vrouwen rond de Noordzee en uitzoeken of er misschien ongeïdentificeerde lichamen zijn. Ze vertelt over Bureau Vermiste Personen Noordzee.

'Maar er is nog iets,' vervolgt ze en ze legt haar plan aan Grigor en Eliana voor. Gespannen kijkt ze naar hun gezichten. Op de een of andere manier is het belangrijk dat ze hun goedkeuring geven. 'Natuurlijk hebben jullie uitgebreid onderzoek gedaan bij de havens in Denemarken en het zuiden van Noorwegen, maar ik wil graag een poster maken met Sarina en Dave en het schip en Jerry. Alle informatie die we nu hebben.'

Er valt een stilte. Eliana staart in haar kopje en Grigor kijkt naar zijn vrouw en daarna naar een punt ergens naast het beeldscherm.

'Er zit een adressenlijst in jullie dossier,' dringt Kyra aan. 'Met plaatsen waar jullie al eerder zijn geweest. Ik kan een poster maken, een pdf, en die rondmailen. Maar ik wil ook zelf langs de kust gaan reizen en posters ophangen en hier en daar vragen stellen.'

Weer valt er een stilte. Zie je wel, ze vinden het een slecht idee. Overdreven. Een schot hagel terwijl er niet eens een prooi te zien is. Eigenlijk heeft ze ook helemaal geen zin om met Sophie en Antoine te gaan. Die gaan de hele tijd aan elkaar plakken en bovendien is het dan net alsof die twee op vakantie gaan en zij toevallig ook mee mag. Als ze al gaat, dan gaat ze alleen, besluit ze.

'Het zou kunnen werken,' zegt Eliana. Ze kijkt Kyra verdrietig aan. 'Waarom niet? Je weet nooit. Ergens is iemand die iets weet of iets gezien heeft.'

'Klopt,' zegt Grigor. 'Kunnen we bijdragen? Ik wil graag geld naar je overmaken voor het maken van de posters, en misschien voor autohuur of benzinegeld.'

'Dat hoeft niet,' zegt Kyra. 'Misschien een klein bedrag voor de posters, maar ik denk dat ik een baantje heb gevonden dus ik kan het zelf...'

Tom – haar hartslag schiet meteen omhoog als ze aan hem denkt – wil haar gaan voorstellen aan de baas van het café van de Hortus. Het zou een stuk schelen als ze een paar tientjes per week te verteren had.

'We gaan het hier verder niet over hebben.' Grigor heeft overduidelijk een hekel aan discussiëren. 'Je stuurt me een mail met je bankgegevens en ik maak geld naar je over.'

'Alleen voor de posters,' zegt Kyra. 'Ik leen de auto van mijn moeder, die reis hoeft niet zoveel te kosten.'

'Je moet slapen,' zegt Eliana. 'En in veilige hotels, niet in van die achterafdingen. En je moet eten. Misschien zijn er wel tolwegen.'

Dit gaat een kant op die ze niet had voorzien. Straks willen ze nog een chauffeur voor haar regelen die haar van Hilton naar Hilton brengt. Ze grijnst.

'Ik kan goed voor mezelf zorgen,' zegt ze en ze ziet aan de blik in de ogen van zowel Grigor als Eliana dat Dave precies die woorden tegen zijn ouders gebruikt moet hebben.

– 53 –

Het enige mooie aan crematies is het vuur, maar jammer genoeg zie je daar niets van. Zo'n hele plechtigheid is show. Niemand huilt, dat is eigenlijk nog het ergste. Of het meest grappige, het is maar hoe je het wilt zien.

Daar gaan we weer met het volgende stuk muziek, een beetje zielig, anders zijn we niet voldoende doordrongen van het feit dat het een trieste aangelegenheid is.

Triest, ha. Ook alweer gelul allemaal.

Zo'n plechtigheid, dat is pas triest. Halfuurtje de tijd krijg je, als je langer wilt moet je dat aanvragen. Halfuurtje gezwam over iemands superinteressante levensloop en kletskoek over al die goeie eigenschappen. Nooit eens iemand die zegt: 'Ze heeft haar hele leven geen flikker uitgevoerd behalve een beetje de was doen, koken en zeiken over huiswerk.'

Gelul allemaal. Hij heeft zich ook nog eens kapot moeten haasten om hier op tijd te kunnen zijn.

Hij kijkt naar de familie. Oude mensen. Hij heeft een hekel aan oud. Dat ingedroogde, betweterige, zogenaamd lieve. Ook allemaal nep. Hoezo staat oud gelijk aan lief? Verdien je een bepaalde meegaandheid omdat je kwetsbaar bent? Waarom? Ouderdom betekent alleen maar dat het je gelukt is om heel lang anderen tot last te zijn.

Er zijn maar weinig mensen. Die Bolhoven is er natuurlijk ook weer, het hele team is er, maar die verpleger heeft hij nog niet gezien.

Zie je, ook allemaal nep, dat gedweep met de familie is er alleen maar als er iets te halen valt. Op het moment dat duidelijk is dat de buit verdeeld is – of dat er misschien helemaal geen buit is – dan verdwijnen ze, de een na de ander.

Bij de kist staat een foto, op een soort schildersezel. Ook zo'n gewoonte die hij niet begrijpt. Vroeger kon je tenminste gewoon naar de kist staren. Nu ben je verplicht om de hele tijd naar zo'n lachend gezicht te kijken.

Ze stond altijd voor iedereen klaar, zeggen ze dan.

Ze heeft zoveel betekend, haar sporen achtergelaten.

Ja, inderdaad. In zijn ziel. Op zijn lichaam. Nog steeds komt de woede omhoog als hij eraan denkt. Nog steeds kan hij zich verliezen in fantasieën. Hij hoort de oude botten breken, hij ziet de vale ogen opensperren, de mond naar adem happen. Godskolere.

De enige reden dat hij het zo beschaafd heeft gehouden is dat zijn angst om gepakt te worden groter is dan zijn haat. Hij klemt zijn kaken strak op elkaar. Zo hard dat hij bijna met zijn tanden knarst.

De mensen vatten zijn woede op als verdriet, en dat is mooi meegenomen. Als het laatste muziekstuk wordt gespeeld gaat iedereen staan en hij heeft de neiging naar de kist toe te lopen en te spugen.

Lachwekkend.

Die kist is groter dan dat oude lijk. Die urn is straks vooral gevuld met de as van het hout, niet van dat mens. En maar janken bij het uitstrooien.

Show, allemaal show.

– 54 –

Maud en Niels zijn achter in het zaaltje blijven staan. Er is plaats voor ongeveer vijftig mensen, maar alleen de voorste twee banken zijn bezet. Juist door het kleine aantal aanwezigen voelen ze zich niet op hun plaats en het lijkt bescheidener om zo onzichtbaar mogelijk te blijven.

Een jongen van begin twintig in een groen pak dat hem overduidelijk te groot is, loopt heen en weer van de katheder naar de achterkant van de zaal, waar kennelijk een bedieningspaneel voor licht en geluid gemonteerd is. Zijn vrouwelijke collega, in een mantelpak dat hard toe is aan een bezoek aan de stomerij, staat bij het spreekgestoelte te wachten tot de installatie goed werkt. Af en toe klopt ze op de microfoon of blaast erop, net zo lang tot een oorverdovend lawaai de bezoekers van de crematie van Ina Demsterwold opschrikt. Nadat het volume lager is gezet heet ze de aanwezigen welkom en licht het programma toe.

Maud maakt een imaginaire aantekening: niet hier begraven worden – of in elk geval hopen dat een meer professioneel team de dienst begeleidt.

Er wordt muziek gedraaid. Vivaldi. Tijdens het gejaagde, bijna boze muziekstuk dat voor haar gevoel veel te lang duurt, heeft Maud de kans de aanwezigen goed in zich op te nemen. Ze herkent de huishoudster en de schilder. Fred van Leeuwen, de tuinman, is er ook en verder zijn er een aantal onbekende oudjes, misschien buren of vriendinnen van lang, lang geleden. De directrice van het verzorgingshuis zit op de uiterste plek van de tweede rij en een paar plekken van haar vandaan zitten drie bejaarde dames die veel op elkaar lijken, waarschijnlijk zussen. Helemaal apart van iedereen, vooraan en recht tegenover de kist, zit Vincent Demsterwold.

Als de winter van Vivaldi eindelijk afgelopen is, neemt tot Mauds verbazing niet Vincent, maar de bewindvoerder het woord. Hij spreekt over het feit dat hij de familie al bijna veertig jaar kent en hij dweept met Ina, haar stichting, haar teruggetrokken bestaan en hij schetst een beeld van een soort heilige, die in afzondering en verlichte staat door het leven ging.

Muziek. 'She', Charles Aznavour. *She may be the beauty or the beast, may be the famine or the feast, may turn each day into a heaven or a hell... She may not be what she may seem...*

Hierna zal Vincent toch wel het woord nemen. Trouwens, waar is Carla in vredesnaam? Ze kijkt om zich heen, maar ziet nergens een vrouw van achter in de dertig die een beetje op Vincent lijkt. Wonderlijk. Je gaat toch wel naar de begrafenis van je moeder?

Na de korte plechtigheid, als de kist is afgevoerd naar de catacomben van het crematorium, condoleren Maud en Niels Vincent.

'Je vrouw en kinderen zijn er niet,' stelt Maud vast.

Hij schudt zijn hoofd. 'Ze hadden *final exams* op school,' zegt hij. 'En we hebben drie maanden geleden al afscheid genomen. Mijn vrouw en ik hadden het gevoel dat het rap kon gaan met moeder. Ze werd zo snel slechter. Daarom zijn we speciaal een week met zijn allen overgekomen en we hebben moeder meegenomen op een tochtje langs plekken waar ze graag kwam. Het strand bij Bloemendaal, Hotel Duin en Kruidberg.'

Hij zwijgt en staart even voor zich uit.

'Het was een mooie tijd,' zegt hij. 'Afijn, over twee weken hebben we een herdenkingsdienst in Londen. Ze kende daar ook aardig wat mensen uit de periode dat we daar hebben gewoond. Ze kwam elk jaar rond Kerstmis bij ons, een week of twee, en dan haalden we de banden met de mensen van vroeger weer aan.'

'En je zus is er ook niet?' vraagt Maud.

'Ze kon onmogelijk weg,' zegt Vincent. 'Ze heeft geen verzorger voor de dieren.'

Maud knikt terwijl ze een kop koffie aanneemt van een jong meisje dat met een dienblad rondgaat. Vincent staat inmiddels met Fred van Leeuwen te praten. Een sportief uitziende, kleine man met een grote neus gaat bij hen staan.

Maud staat te kijken naar de rouwkaart die ze aan het eind van de dienst in haar handen kreeg geduwd. Een sombere foto van een sombere vrouw. Geboren in 1930.

'Jammer dat ze precies op haar verjaardag is overleden,' zegt de directrice van het verzorgingshuis ineens. Maud kijkt op en staart haar verbaasd aan.

'Ik zie het,' zegt ze. 'Niels.' Ze houdt de kaart omhoog. '12 juni 1930, 12 juni 2015.'

Niels haalt zijn schouders op.

'Zullen we? Ik leg het zo wel uit,' zegt Maud tegen Niels en hij knikt.

'Honderdzesentwintig,' zegt Maud. 'Twaalf juni, twaalf zes, honderdzesentwintig.'

Niels kijkt haar glazig aan. Hij werkt echt te hard.

'Twaalf zes,' herhaalt Maud. 'Als je dat in cijfers opschrijft staat er 126. De afstand tussen de hoofden is een verwijzing naar de verjaardag – en nu ook sterfdag – van Ina Demsterwold.'

Niels pakt de kaart uit haar handen.

'Maar waarom?' vraagt hij.

Net op dat moment hoort Maud de fotocamera van een van de toegestroomde journalisten klikken.

'Wegwezen,' zegt Maud en ze snelt met Niels naar de auto.

*

De laatste schoolweek is geruisloos voorbijgegaan. Beleefde je op het voortgezet onderwijs nog een sentimenteel momentje aan het einde van het schooljaar, op de HvA gaat het jaar als een nachtkaars uit. Nog één tentamen maandag en dan alleen de propedeuse-uitreiking nog, maar eigenlijk heeft ze weinig zin om met haar ouders en broer in een zaaltje op een papiertje te wachten. Dan gaat haar moeder weer overdreven vrolijk doen, net zoals bij de diploma-uitreiking vorig jaar. Eén keer in een mensenleven is wel genoeg. Laten ze dat ding maar opsturen als haar prestatie zo nodig op papier moet.

Kyra fietst naar huis. Ze vraagt zich af of haar ouders hebben gemerkt dat ze niet thuis heeft geslapen. Ze heeft wel een berichtje gestuurd, maar nog geen antwoord gekregen.

Tom is geweldig. Knap. Lief. Grappig.

'Ik denk dat ik maar een jaarabonnement neem,' had ze de laatste keer dat ze in de Hortus waren tegen hem gezegd.

'Of ik laat je telkens stiekem binnen,' was zijn antwoord. 'Daar zit een gat in het hek.'

Hij wees naar een struik aan de zijkant van het terrein en toen ze verbaasd zijn kant op stapte om te kijken, trok hij haar naar zich toe en zoende haar. Zijn lippen waren verbazingwekkend zacht. Zacht en nat en teder. Heel anders dan die van Wim. Iemand had de kachel aangezet en ze voelde haar hele lijf branden. Toen hij haar losliet deed het bijna pijn.

Dat klinkt dom, zeg, pijn bij het loslaten. Ze maakt steeds van die suffe opmerkingen, en nu heeft ze ook al domme gedachten over hem. Hij is knap, iets diep in haar binnenste kriebelt als ze aan hem denkt. En dat is ongeveer de hele dag.

Ze heeft niets gedronken, maar ze voelt zich tipsy. Ze is gek. Compleet idioot. In een onbewaakt moment heeft ze aan Tom voorgesteld om samen met de auto naar Noorwegen te rijden. Via Fanø in Denemarken en de zuidkust van Zweden langs de kust van Noorwegen, tot iets boven Trondheim, waar Den Schuymer gevonden is.

Meteen toen ze het gezegd had ging ze bijna dood van ellende. O my god. Natuurlijk wil hij dat niet. Wie wil er nou romantisch met haar op moordenaarjacht? Gek.

Maar toen had hij ja gezegd.

– 55 –

'Meneer Bolhoven,' zegt Maud als de gebruinde, sportief geklede en overduidelijk afgetrainde man tegenover haar gaat zitten. Ze herkent hem van de crematie eerder op de ochtend. Hij moet een jaar of vijfenveertig zijn. 'Wat fijn dat u even tijd voor ons heeft gemaakt.'

'Het is nogal een toestand,' zegt hij. Zijn ogen zijn donkerbruin en hij heeft het weinige haar op zijn kalende schedel heel kort geschoren. Zijn gezicht is breed en vierkant, en zijn neus is dik en een beetje paars. 'Ik wist niet wat ik hoorde. Alle kranten staan er vol van. Het is zelfs op tv.'

'Het is een vrij bizarre situatie,' geeft Maud toe. 'Daarom willen we ook met iedereen praten die de afgelopen jaren in of om de villa heeft gewerkt. U was vanochtend op de crematie, toch?'

Hij knikt. 'Ik dacht al dat ik u herkende,' zegt hij.

'Kunt u uitleggen wat uw functie was?' vraagt Maud. 'Wat u voor de familie Demsterwold deed?'

'Dat is makkelijk,' zegt Harrie Bolhoven opgeruimd. Door zijn Amsterdamse accent heeft hij iets joviaals. 'Ik deed alles, of althans, ik regelde alles. Van het vervangen van een gloeilamp tot aan het renoveren van het dak.'

'En de tuin?' vraagt Niels. Thomas deed het minstens zo goed, maar Maud is toch blij dat Niels weer bij het opnemen van een verklaring zit, gewoon omdat ze het gewend is.

'Die deed ik ook,' zegt Harrie. 'Samen met Fred van Leeuwen dan, hè. Ik heb overal mijn mannetjes voor natuurlijk. Loodgieter, elektricien, tuinman. Je moet niet alles zelf willen doen.'

Ze praten over hoeveel jaar de man voor de familie heeft gewerkt en over de werkzaamheden die hij in al die tijd heeft uitgevoerd.

'Toen ik begon was er achterstallig onderhoud,' zegt hij. 'Mijn vader, van wie ik het bedrijf overgenomen heb, werd al door de ouders van Ruud Demsterwold ingehuurd om de boel te onderhouden, maar toen die mensen wat ouder werden vonden ze het allemaal minder belangrijk worden. Daarna heeft Ruud het huis zelf overgenomen, maar hij verhuisde naar het buitenland en het stond een tijd leeg.'

'Er heeft toch een familie in gewoond, buitenlanders?'

'Engelsen ja, een jaar of vier, denk ik. In die tijd kwam ik hier niet zo vaak.'

'Kwam er niemand van uw bedrijf, of kwam u zelf niet zo vaak?'

'Er werd wel iets aan onderhoud gedaan,' zegt Harrie. 'Meer noodreparaties of het oplossen van een lekkage of zo. Geen normaal onderhoud, of preventief, zeg maar.'

'En later, toen Ruud Demsterwold hier kwam wonen?'

'Dat was rond 1990. Toen kwam er aardig wat aan het licht dat nog gedaan moest worden. Er moest cv in bijvoorbeeld, en de waterleidingen waren nog van lood. Dat soort dingen. Toen hebben we aardig verbouwd.'

Ze praten een tijd over de werkzaamheden die zijn uitgevoerd en de sfeer waarin dat ging. Ruud Demsterwold hield zich afzijdig, vertelt Harrie. Het was Ina die aangaf wat ze wilde, en hoe.

'Behoorlijk bazig typetje,' zegt Harrie. 'Het moest allemaal precies zoals zij het wilde. Wee je gebeente als je ergens een stopcontact vergat aan te leggen. Of als dat op de verkeerde hoogte zat of zo.'

Maud vraagt of hij iets meer over Ina kan vertellen, maar de man komt niet veel verder dan wat hij eerder al zei. Streng.

'Ze kon soms behoorlijk uit haar slof schieten,' zegt hij. 'Maar dat doen wel meer opdrachtgevers.'

'Heeft u ooit iets gemerkt wat kan wijzen op wat er aan de hand was?' vraagt Maud. 'Kennelijk is er ongeveer twintig jaar geleden iemand begonnen met het begraven van hoofden in de voortuin van het huis. Heeft u ooit iets gezien of gemerkt?'

Harrie schudt zijn hoofd. 'Helemaal niks,' zegt hij. 'Ik kan het niet geloven. Het is absurd. Wie kan zoiets gedaan hebben en waarom?'

Om zijn verklaring kracht bij te zetten houdt hij zijn handen voor zijn borstkas, alsof hij zich overgeeft.

'En hoe kun je dat ongemerkt doen?' vraagt Niels. 'Dat is toch eigenlijk niet mogelijk.'

Harrie legt zijn handen weer op tafel. 'Een hoofd is niet zo groot,' zegt hij, een beetje vooroverbuigend. 'Je kunt een stuk gras uitsteken, kuiltje graven, de aarde vang je op in een bak zodat je niet knoeit. Dan leg je het hoofd erin, wat aarde terug, goed aanstampen zodat het niet inzakt, en het gras weer terugleggen. Dat hek stond trouwens altijd open en 's nachts kun je daar bijna ongezien je werk doen met al die struiken en bomen.'

'Wat voor gezin was het?' vraagt Niels. 'Was er vaak onenigheid of ruzie?'

Harrie haalt zijn schouders op. 'Er waren wel eens dingen,' zegt hij. 'Zoals er bij ieder gezin wel eens dingen zijn. Ruud was heel weinig thuis. Ik heb hem amper gezien in al die jaren. Ina mopperde daar wel eens over, en voor Vincent was het ook moeilijk, maar Carla leek het wel prettig te vinden.'

'Hoe dat zo?' vraagt Niels.

Harrie kijkt peinzend voor zich uit.

'Ik weet het niet,' zegt hij bedachtzaam. 'Kijk, Ruud was een belangrijke man. Dat zag hij zelf ook zo. Meestal was hij in zijn appartement in Den Haag. Ik heb me wel eens afgevraagd waarom ze eigenlijk getrouwd waren. Echt hoor.' Hij lacht verontschuldigend, alsof hij een immens geheim verklapt. 'Ze waren bijna nooit samen, maar als ze dan samen waren ging hij ineens de baas spelen. Ik denk dat Carla daar ook moeite mee had, dat ze zijn autoriteit niet accepteerde, als het ware.'

'Wat merkte u van de spanningen?'

'Niet veel. Er waren geen slaande ruzies, als u dat bedoelt.' Harrie kijkt Maud aan alsof ze een opdringerige verslaggever van een roddelblad is. 'Af en toe vielen er van die ijzige stiltes. Of ik kon merken dat Ina het ergens niet mee eens was. Dat soort dingen. Ach, niets bijzonders.'

'En de kinderen?' vraagt Maud. 'Kunt u daar iets over vertellen?'

'Vincent was een lastpost,' zegt Harrie meteen. 'Al vanaf het moment dat ze er kwamen wonen. Dwars. Opstandig. Al aan het puberen toen hij tien was en het hield niet op, tot hij naar die school in Engeland vertrok.'

Hij vertelt dat de jongen opgepakt werd voor winkeldiefstal. 'Gekkigheid,' zegt hij. 'Hij had een bh en een slipje gejat bij de lingerieafdeling van de Bijenkorf.'

Maud ziet Niels een aantekening maken. 'Hoe oud was hij toen?' vraagt hij.

'Elf, twaalf, zoiets. Kwajongensstreken. Later kreeg hij problemen op de middelbare school.'

'Wat voor problemen?'

'Ik heb hem een paar keer opgehaald bij school, als er weer iets aan de hand was. Ina kwam niet graag buiten en anders moest Carla het steeds doen.'

Hij haalt zijn schouders op. '*Boys will be boys*.' De s'en laat hij lang klinken in zijn Amsterdamse Engels. Maud zucht. Met dat argument is al een heleboel serieuze rottigheid uitgehaald.

Niels schrijft weer iets op. 'Op welke scholen heeft hij allemaal gezeten?'

'Barlaeus, geloof ik. Twee of drie scholen en toen is hij naar Engeland gegaan.'

'Is hij ooit in contact gekomen met justitie? Is er ooit aangifte gedaan of iets dergelijks?'

Harrie schudt zijn hoofd. 'Niet dat ik weet. Dat waren van die momenten dat Ruud ineens naar Amsterdam kwam,' zegt hij. 'Om de jongen in toom te houden. Ik geloof dat hij zelfs een tijdje in Den Haag heeft gewoond bij zijn vader.' Hij lacht schamper. 'Maar dat ging niet lang goed.'

'O?' zegt Maud.

'Hij stak de boel in de fik,' zegt Harrie. 'Zette een pan op de salontafel en verbrandde een paar videobanden en een stapel papier. We zijn nog een tijd bezig geweest om de schade te herstellen. En omdat het opzet was kregen ze niets terug van de verzekering.'

'Was dat het moment dat hij naar Engeland werd gestuurd?' vraagt Maud.

'Nee, dat was later. Hij is toen eerst weer teruggegaan naar Amsterdam. Zou een school gaan doen die ervoor zorgt dat je versneld je diploma haalt. Heel streng en zo.'

'Luzac,' zegt Maud.

'Zou kunnen,' antwoordt Harrie.

'Wat was de aanleiding dat Vincent uiteindelijk naar Engeland werd gestuurd?' Niels zit klaar met zijn pen.

'Dat heb ik me altijd afgevraagd,' zegt Harrie. 'Ze hadden zoveel moeite voor die jongen gedaan. Niets was te gek. Gelukkig is het allemaal goed gekomen, wat ik ervan heb gehoord. Baan, gezinnetje. Maar als je wilt weten wat de aanleiding was om hem weg te sturen dan zouden jullie dat aan Carla moeten vragen.'

'Carla reageert niet op onze pogingen tot contact,' zegt Maud. Ze beseft dat ze geïrriteerd klinkt. Ze heeft Carla Demsterwold gemaild, gebeld, sms-berichten gestuurd en heeft zelfs via de politie in haar woonplaats in Noord-Zweden geprobeerd contact te leggen, maar de vrouw reageert nergens op.

'Dat verbaast me niet,' zegt Harrie. 'Ze is altijd stil en teruggetrokken geweest, verlegen. Schuw zelfs. Was briljant op school, vloog door het gymnasium heen. Daarna ging ze diergeneeskunde studeren in Utrecht en haalde ook alles met prachtige cijfers. De tegenpool van Vincent. Misschien moet je Fred van Leeuwen vragen contact te leggen. Die twee waren vroeger goede vrienden.'

Zo, dus de tuinman heeft toch niet alles verteld. Die moeten ze snel nog eens spreken.

'Waarom heeft zij besloten om in Zweden te gaan wonen?' Het lijkt er haast op dat Carla haar familie ontvlucht is, maar Maud wil Harrie geen woorden in de mond leggen. Hij lijkt zijn aanvankelijke terughoudendheid te hebben laten varen en door het gemak waarmee hij praat heeft ze niet het idee dat hij iets voor hen achterhoudt.

'Ook dat weet ik niet,' zegt Harrie, en hij wrijft over zijn prominente neus. 'Ze was natuurlijk allang uit huis toen ze emigreerde. Een jaar of dertig zal ze zijn geweest, misschien iets jonger. Ik heb me altijd voorgesteld dat ze een of andere stoere Zweed was tegengekomen, maar later hoorde ik dat ze helemaal alleen woont, op een kleine boerderij in een afgelegen streek.'

'Voor zover ik heb begrepen is ze niet meer terug geweest in Nederland,' zegt Maud. 'Zelfs niet voor de begrafenis van haar vader. En op de begrafenis van haar moeder was ze ook niet.'

'Ik heb geen idee of ze ruzie hebben gehad,' zegt Harrie. 'Maar het klopt dat ze al het contact met Nederland verbroken heeft. Je moet echt Fred even bellen.'

'Nog even iets drinken?' vraagt Maud aan Niels als de werkdag erop zit. Ze is godsgruwelijk blij dat hij weer aan het werk is. Hij zit diep over het dossier van Menno Schatbos gedoken.

'Kan geen kwaad,' antwoordt hij. 'Laten we een ijsje halen bij IJskoud de Beste.'

'Oei,' zegt Maud. 'Koekie caramel.'

Ze lopen naar de ijssalon aan de Meeuwenlaan, nemen allebei een bakje met twee bolletjes en slagroom en lopen het Florapark in. Het is mooi weer en op diverse plekken in het gras zitten groepjes jongeren of moeders met kleine kinderen.

'Ik heb verschillende Britse slachtoffers gevonden,' zegt Niels. 'Er staan interviews met een aantal slachtoffers op YouTube, stukjes van een documentaire van Channel4 over Kincora Boys' Home en dergelijke. En er zijn slachtoffers die eerder in Nederland een verklaring hebben afgelegd. Ik heb een lijst met mensen die ik wil gaan vragen of ze lichamelijke bijzonderheden kunnen opnoemen van de mensen die hen misbruikt hebben. Littekens, moedervlekken, dat soort dingen.'

'Is dat niet al eerder gedaan?' vraagt Maud. 'En had Demsterwold dan iets specifieks?'

'Dat is niet eerder gedaan,' antwoordt Niels. 'Demsterwold had een wijnvlek. Onder op zijn rug. Een grote donkerrode, wel twintig centimeter lang, op zijn zij, doorlopend naar zijn rug, min of meer in de vorm van een hart.'

'Dat lijkt me vrij herkenbaar,' zegt Maud.

Niels neemt een grote hap ijs en knikt tevreden. Toch is ze er zelf steeds meer van overtuigd dat Niels in de verkeerde richting zoekt. Ze moeten meer te weten komen over Ina, niet alleen maar over

Ruud Demsterwold. Als ze hun ijs op hebben lopen ze terug naar het bureau. Als Maud in haar auto is gestapt en wegrijdt ziet ze nog net dat Niels het bureau weer in loopt.

– 56 –

Londen

'Hij was blond,' zegt Sarah. 'Ik zie hem duidelijk. Voor het eerst zie ik hem echt.'

'En de compositietekening?' Mabel en Phil kijken haar bezorgd aan.

Ze schudt haar hoofd. 'Ik was er, maar de tekenaar was naar het verkeerde bureau gegaan en nu is de afspraak verzet. Ik krijg nog een belletje, maar de bedoeling is overmorgen.'

Nu ze hem eenmaal zo duidelijk heeft gezien, eerst in haar droom en daarna in haar herinnering, raakt ze zijn beeld niet meer kwijt.

'Ik wil die angst ombuigen naar onverschilligheid,' zegt Sarah. 'Hoewel die angst al veel minder is hoor, echt.' Ze wil niet meer bang zijn. Het past niet bij die frisse start waar ze zo naar verlangt. Ze moet eindelijk weer eens echt gaan leven. Die rotzak heeft haar genoeg tijd gekost.

'Of woede,' zegt Phil. 'Moet je niet eens flink boos worden?'

Sarah kijkt verbaasd op. Woede.

'Misschien hoort dat zo,' zegt ze nadenkend. Ze fronst. 'Het was een knappe man, weet je. Blond. Beetje scheve neus. Rommelige, gebleekte haren. Hij had iets ondeugends. Eerlijk gezegd leek hij wel een filmster. Vooral op die boot, zo stoer.'

Ze beschrijft hem gedetailleerd.

'Ik was er ongelooflijk trots op,' zegt ze, 'dat hij mij uitgekozen had. Zo'n knappe man, een man die iedereen kon kiezen, die koos mij. Bizar.'

Ze glimlacht. Ze is niet bang. Het was ook bijzonder. Die eerste dagen, eerste uren samen waren hemels.

'Maar je was toch wel boos op hem?' zegt Phil. 'Als hij je sloeg bijvoorbeeld?'

Mabel rolt met haar ogen en slaakt een zucht. Ineens ziet Sarah zijn van woede vertrokken gezicht als ze weer iets fout heeft gedaan. Zijn walging, zijn plezier van haar pijn. Ze mag zich niet mee laten slepen door negatieve emoties.

'Die eerste dag op de boot,' zegt ze, 'toen we nog in de haven lagen, was fantastisch.'

Ze verliest zich in herinneringen van haar tijd op de boot. Hij keek naar haar. Hoe ze eten kookte, de wc poetste, het gangboord schrobde. Hij keek naar haar als ze voor hem moest dansen, naakt in de koude zeelucht.

Sarah merkt dat ze de stoelleuningen vasthoudt alsof ze anders overboord zou slaan.

'Soms denk ik dat ik gewoon maar alles verzin,' fluistert ze. 'Dat het helemaal niet echt gebeurd is.'

Mabel slaat haar arm om haar heen. 'Waar ben je bang voor?'

Sarah lacht. Waar is ze niet bang voor?

'Voor hem,' zegt ze. 'Vooral voor hem.'

En voor het water. Het eindeloze water. Koud. Diep. Hoelang zou ik vallen, vroeg ze zich regelmatig af. Hoelang tot ik op de bodem lig? Een boot is de ideale gevangenis. Je hebt geen tralies nodig, geen gesloten deur. Alleen water.

– 57 –

De woning van Fred van Leeuwen is een kleine, maar keurige vrijgezellenflat. Het is nog vroeg in de ochtend, negen uur, en hij heeft geen koffie maar een glas water aan Maud en Niels aangeboden.

'Was u goed bekend met de familie Demsterwold?' vraagt Niels.

'Nee,' zegt de man en hij wacht af. Hij ziet er nerveus uit. Schuldig, maar op een manier alsof hij een vlek op de muur heeft gemaakt of iets dergelijks. Hij ziet er eerder uit als iemand die verwacht op zijn kop te zullen krijgen dan als iemand die in koelen bloede vrouwen onthoofdt, de hoofden begraaft en de lichamen laat verdwijnen.

'Hoe was uw relatie met Ina Demsterwold?' vraagt Maud. Ze ziet hem een fractie van een seconde ineenkrimpen.

'Mevrouw Demsterwold was altijd goed voor mij,' zegt hij.

'En?' vraagt Maud.

'En niks,' zegt Van Leeuwen. 'Gewoon goed, ze zorgde een beetje voor me.'

'In welk opzicht?'

'Soms stak ze me wat geld toe. Een vijfje of een tientje. Dat was fooi, omdat mijn pa zo hard werkte.'

'Ik heb gehoord dat ze vrij dominant kon zijn,' zegt Maud. 'En dat ze snel boos was.'

'Ze stelde eisen,' zegt Van Leeuwen. 'Ze hield van kwaliteit.'

'Wat vindt u van Vincent?' vraagt Niels.

'Wat vind ik van hem?' Fred van Leeuwen spuugt de woorden bijna uit. 'Hoezo, wat vind ik van hem?'

'Was het vroeger een aardige jongen? Hielp hij wel eens in de tuin bijvoorbeeld? Of maakte hij wel eens een praatje met u of met de huishoudster?'

Maud bestudeert de kamer en probeert aan de hand van de inrichting uit te vinden wat voor soort man Fred is. In de boekenkast ziet ze een rij rode ruggen van wat ze vermoedt dat Suske en Wiskes zijn.

'We zijn goede vrienden,' beantwoordt Fred de vraag van Niels. 'Dat vind ik van hem. Dat ik al heel lang een goede vriend van hem ben.'

Maud en Niels kijken elkaar even aan.

'Waarom heeft u daar niets over gezegd?' vraagt Maud.

'Wat moet ik zeggen dan? "Ik heb een vriendje"?'

'Wat deed u dan zoal,' vraagt Niels. 'Vroeger, toen jullie jong waren?'

'Rondhangen. Bij school, na school, in de stad. Gewoon, wat vrienden doen.'

'Hoe leerde u elkaar kennen?'

'Mijn vader nam me mee naar zijn werk. Een jaar of veertien was ik toen. Zo leerde ik Vincent en Carla kennen. Later kwam ik er vaak. Maaide ik het gras, snoeide ik wat.'

'En Carla? Bent u daar ook goede vrienden mee?'

Heel even trekt er een rode gloed over het gezicht van Van Leeuwen. 'Carla en ik,' zegt hij. Hij denkt even na. 'Ja, wij waren ook goede vrienden. Maar ik heb haar nu al heel lang niet meer gezien.'

'Ik begrijp dat u een boot heeft,' zegt Niels. 'Dure hobby. Betaalt het zo goed, hovenieren?'

'Erfenis,' zegt Van Leeuwen narrig. 'Mag dat soms niet? Allebei mijn ouders zijn dood, hoor.'

Niels haalt zijn schouders op.

'Ik heb begrepen dat Vincent nogal eens in de problemen kwam,' zegt Maud. 'Was u daarbij?'

'Zo erg was het niet hoor.'

'Waarom is Vincent naar Engeland gestuurd?'

Die vraag lijkt Van Leeuwen te overvallen.

'Dat vond ik heel erg,' zegt hij. 'Van de ene op de andere dag was hij vertrokken.'

'Wat was er gebeurd?' vraagt Maud.

'Carla heeft het me nooit willen vertellen,' zegt hij. 'En Vincent al helemaal niet. Ik heb hem toen een paar jaar niet gezien. En nu zien we elkaar ook maar weinig. Hij is zelden in Nederland.' Van Leeuwen neemt een slok water. 'Maar evengoed is hij een oude vriend van me,' zegt hij met hardere stem.

'En Carla?' probeert Maud. 'Weet u waarom ze naar Zweden is verhuisd?' Ze klinkt strenger dan ze bedoelde en meteen trekt er een schaduw over het gezicht van Fred.

'Nee.'

'Wat gebeurde er vlak voordat ze emigreerde?' Maud probeert op een andere manier tot hem door te dringen.

Hij kijkt haar vragend aan.

'Was ze vrolijk op het moment dat ze ging verhuizen?' verduidelijkt ze.

'Heel erg.' Hij veert weer iets op. 'Ze had er enorm veel zin in.'

'Vond u dat niet vreemd?' vraagt Niels. 'Een vrouw die in haar eentje naar een verlaten streek in Zweden verhuist?'

Niels gaat iets te snel. Telkens als ze een beetje ruimte heeft gecreëerd en Fred iets meer open heeft gekregen, gooit Niels de boel weer op slot met zijn confronterende vragen.

'Zou ik even van het toilet gebruik kunnen maken?' vraagt Maud.

'In de hal,' zegt Fred, nog steeds beledigd door de vraag van Niels. 'Tegenover de voordeur.'

Maud staat op en hoort Fred geërgerd aan Niels vragen waarom dat nou weer raar is, een vrouw die in haar eentje emigreert, en daar heeft hij een punt.

In de hal opent Maud de deur van de wc, doet het licht aan en loopt zonder een geluid te maken door naar de kamer aan het eind van de gang. Slaapkamer, ziet ze als ze de deur op een kier houdt. Netjes, het dekbed strak aangetrokken, de kledingkast gesloten, verder geen rommel op de grond of waar dan ook.

Heel voorzichtig sluit ze de deur van de slaapkamer en ze opent de enige andere deur die op de gang uitkomt. Een studeerkamer. Bureau. Boekenkast. Vitrines. Studieboeken en een heleboel ijzeren speelgoedtreinen en autootjes. Een verzamelaar. Tegen het raam staat een tafel met een treinbaan. Miniatuurboompjes en mensjes zijn op de houten plaat bevestigd. Helemaal aan de zijkant staat een kleine boerderij met een paar schapen en een koe.

'Het lijkt me nogal een stap als je alleen bent en in het nieuwe land niemand kent,' hoort ze Niels zeggen.

'Carla had haar beesten,' antwoordt Fred. Hij klinkt nog steeds geïrriteerd, alsof Niels de moeite niet waard is om mee te praten. 'Als je een mooi huis hebt,' zegt hij, 'in een prachtige streek, je hebt je schapen, een hond, twee katten, een koe en een moestuin, wat heb je dan nog meer nodig?'

'Is dat wat ze daar heeft?' zegt Niels.

'Wat?' Fred begrijpt hem zo te horen echt niet.

'Bent u soms bij Carla op bezoek geweest?' hoort ze Niels vragen.

Fred zwijgt, misschien voelt hij zich betrapt.

'Natuurlijk niet,' snauwt hij. 'Daar heb ik geen tijd voor, en geen geld.'

'Bent u überhaupt wel eens in Zweden geweest?' vraagt Niels.

Fred wacht net te lang met antwoorden. 'Nee,' zegt hij. 'Nooit.'

Haar telefoon gaat en van schrik vloekt ze. Snel stapt ze naar het toilet, trekt door en sluit de deur zo luidruchtig mogelijk. Het is Jolanda.

'Het crematorium belde,' zegt ze.

'Crematorium?'

'Ze hebben iets raars gevonden in de as van Ina Demsterwold.'

'Wat dan?'

'Een speelgoedautootje.'

Voorzichtig sluit Maud de deur van de hobbykamer, een laatste blik op de vitrinekast met de metalen speelgoedjes werpend.

'Ik liep net per ongeluk de verkeerde kamer in,' zegt Maud als ze terugkomt. 'En ik zag uw verzameling speelgoed.'

Fred kijkt haar boos aan. 'Dat zijn allemaal unieke stukken,' zegt hij. 'Ik zou het geen speelgoed willen noemen.'

'Ik vraag me af of u er soms een bent kwijtgeraakt?' zegt ze. 'Recent.'

Niels kijkt haar aan alsof ze gek geworden is en ook Fred van Leeuwen fronst zijn wenkbrauwen, niet van boosheid zo te zien, maar van verbazing.

'Nee,' zegt hij aarzelend. 'Niet dat ik weet.'

Hij staat op en gaat hun voor naar het kamertje. Hij opent de deur en bestudeert zijn kasten. Ineens hapt hij naar adem.

'Nummer honderd,' zegt hij ademloos. 'Lady Penelope's FAB is weg.'

Hij trekt een paar kasten open waar nog meer autootjes te zien zijn.

'Godverdomme,' vloekt hij en hij draait zich weer om naar de kast. 'Ze stond hier.'

Hij wijst naar een open plek.

'Een roze sportwagen, een Rolls.'

'Kostbaar?' vraagt Niels.

'Zeker duizend euro,' zegt Van Leeuwen. Hij lijkt een beetje in paniek.

'Kan ik aangifte doen?' vraagt hij met een bleek gezicht. 'Iemand moet ingebroken hebben.'

– 58 –

Ze zijn gewoon vertrokken. Een tas met kleding en een pinpasje, meer heb je niet nodig. Ja, en de auto van je moeder dan.

Tom kon alleen nu vrij krijgen omdat er eind volgende week een congres is in de Hortus. Sophie en Antoine waren een beetje beledigd, maar dat moest dan maar. Ze glimlacht naar Tom, die bij de waterlijn staat en achteromkijkt en naar haar lacht.

Ze is nog nooit met een vriendje op vakantie gegaan. Shit, ze heeft nog nooit een echt vriendje gehad. Ze kijkt weg omdat ze zich geen houding weet te geven als hij zo naar haar kijkt.

Ze sluit haar ogen en ademt de wind die van zee komt diep in. Erik Tijssen heeft laten weten dat ze een afspraak met de mensen van Bureau Vermiste Personen Noordzee kan maken. Ze willen haar graag uitleggen hoe ze te werk gaan. Ze is ongeveer op de plek gaan staan waar Dave is aangespoeld. Gewoon een strand, een immense zandvlakte, waar mensen recreëren.

In de verte ziet ze mensen met een soort skelters rondrijden die worden voortgetrokken door grote vliegers. Deze plek is bedoeld voor plezier. En bescherming. Het strand, de duinen – allemaal een buffer tussen de huizen en de dodelijke zee.

Tom komt naar haar toe lopen en slaat zijn arm om haar heen.

'Wel mooi hier,' zegt hij en ze knikt. Op de een of andere manier troost het haar dat Fanø mooi is. Alsof het erger is als je aanspoelt op een lelijke plaats.

Tom trekt haar naar zich toe en fluistert in haar oor.

'Zullen we zwemmen?'

Ze duwt hem van haar af. 'Gek! Volgens mij is het ijskoud.'

'Nou en? Dat zijn wij toch gewend.'

Ze kan niet ontsnappen aan zijn armen. Hij lacht en tilt haar op.

Draait om zijn as. Als ze samen zouden blijven, als ze ooit een paar bejaardjes zijn, dan kunnen ze aan hun kleinkinderen vertellen dat opa en oma elkaar leerden kennen in het Noordhollands Kanaal, in het ijskoude water, toen ze daar panisch op zoek waren naar een klein jongetje – dat helemaal niet in dat water lag.

'Ik vind één keer met jou in stervenskoud water zwemmen wel genoeg,' zegt ze en dan voelt ze zijn warme lippen, en meteen gloeit haar buik, tolt haar hoofd en ze weet dat ze op de allerbeste plek op de hele wereld is, zo dicht mogelijk bij hem.

Met moeite maken ze zich van elkaar los en ze zetten koers naar de parkeerplaats. Vliegeren is hier kennelijk een populaire bezigheid. Niet alleen rijden er skelters die voortgetrokken worden door grote vliegers, ook staan verspreid over de enorme zandvlakte tientallen mensen die met vliegers in alle soorten en maten in de weer zijn. Ze stoot Tom aan.

'Kijk.'

In de blauwe lucht hangt een man aan een vlieger. Of eigenlijk is hij zelf de vlieger, hij hangt in een soort skydivepak in de lucht, zijn armen gespreid. Aan zijn kont hangt een lange staart en een stukje boven hem hangt een wat kleinere vlieger, misschien om zijn koers stabieler te maken. Hij wordt voortgetrokken door een gemotoriseerde skelter.

'Stoere lui, die Denen,' zegt Tom.

Even vraagt Kyra zich af wie Dave eigenlijk heeft gevonden. Een van de vliegeraars? Dan stappen ze in de auto en zoeken een hotel in de buurt. Noorwegen is nog een heel eind rijden.

– 59 –

Hij heeft alles gecontroleerd. Het bewateringssysteem werkt automatisch, het meet de vochtigheid van de grond en past het schema vanzelf aan. Ook de belichting in het huis heeft hij ingesteld, zodat het er regelmatig uitziet alsof het bewoond is. Om de nodige variatie te garanderen heeft hij een nieuw systeem van Philips aangeschaft dat via zijn telefoon te bedienen is, waar hij ook is.

De geschiedenis van zijn handelingen op de computer is gewist. Zoals altijd heeft hij de harde schijven opnieuw geformatteerd zodat er geen spoor is achtergebleven van zijn activiteiten. Alles wat hij nodig heeft staat in een cloud en wat hij à la minute moet kunnen bekijken kan hij via zijn telefoon of tablet benaderen.

De kelder is leeg, schoon, van onder tot boven gepoetst met ontsmettingsmiddelen en om de chemische lucht te neutraliseren heeft hij lavendelolie gesprenkeld en luchtverfrissers geplaatst.

Nu staat hij in de hoek van de ruimte, naakt, als altijd, en hij sluit zijn ogen. Minutenlang verliest hij zichzelf in herinneringen en emoties die hij anders zelden heeft. Met tegenzin kleedt hij zich aan.

Hij stelt het alarmsysteem in, sluit de deur achter zich en rijdt de garage uit met het beeld van zijn nieuwe klus op zijn netvlies. Nog even langs Londen, haar ophalen, en dan meteen door. Heel binnenkort komt hij terug om zijn schatjes op te halen, en Kyra.

– 60 –

'De temperatuur in de verbrandingsoven loopt hoog op,' legt de werknemer van het crematorium uit. Het is een kleine, magere man met een spits gezicht en vriendelijke ogen. Hij oogt wat nerveus nu de recherche het bedrijf bezoekt, maar hij doet zijn best om rustig en helder uit te leggen hoe de zaak in elkaar zit.

'Toch verbrandt niet alles. Schroeven en handvatten van de kist blijven over, net als medicinaal ijzer, van een nieuwe heup bijvoorbeeld, of de pennen en schroeven van een herstelde breuk. Het ijzer van al dit soort implantaten halen we uit de as voordat die naar de nabestaanden gaat. Vroeger werd het weggegooid, maar tegenwoordig gaat het naar OrthoMetals, een bedrijf dat het materiaal recyclet.'

Nu hij op zijn eigen terrein beland is lijkt de nervositeit van de man iets af te nemen. Maud glimlacht naar hem in een poging hem nog meer op zijn gemak te stellen. Niels kijkt nieuwsgierig om zich heen.

'In elk geval vonden we in de as van mevrouw Demsterwold dit.' Hij pakt een zwart doosje, haalt het deksel ervan af en laat Maud en Niels de inhoud zien.

'Verdomd...' zegt Niels.

Op de bodem van het doosje ligt een geblakerd en verwrongen ijzeren speelgoedautootje.

'Natuurlijk zijn alle plastic onderdelen gesmolten,' zegt de man van het crematorium. 'De wieltjes en de ramen, maar verder is het redelijk intact. Degelijk materiaal, ik kan niet anders zeggen. Dit was niet zo'n goedkoop prul, maar een mooie auto van dik metaal.'

Maud pakt het doosje aan en bekijkt het autootje van dichtbij. Er is geen roze verf meer te zien, maar het lijkt inderdaad een laag en langwerpig model. De voorkant lijkt een beetje hoekig en op de neus lijkt een klein klontje te zitten. Ja, dit zou een Rolls-Royce kunnen zijn, de roze Penelope waar Van Leeuwen het over had. De tuinman was letterlijk misselijk geworden van de diefstal.

'Waar en wanneer is de kist gesloten?' vraagt Maud.

'Dat heb ik toevallig gedaan,' zegt de man. 'Ik werk ook bij de begrafenisondernemer. Cremeren doen we hier niet elke dag en ook niet de hele dag. Dus anders kom ik niet aan genoeg salaris.' Hij haalt verontschuldigend zijn schouders op. 'Mevrouw heeft niet opgebaard gelegen. Nadat ze is overleden hebben we mevrouw gewassen, aangekleed. Ze had zelf al kleding klaarliggen voor het geval dat en die heeft het verzorgingshuis aan ons meegegeven. We hebben haar klaargemaakt voor het afscheid nemen. De kist was nog niet uitgezocht en we kregen via de bewindvoerder te horen dat we een witte, glanzende kist moesten uitzoeken zonder tierlantijnen. Verder kon de kist gesloten worden omdat er geen gelegenheid zou zijn om afscheid te nemen. De familie zou overkomen voor de dienst. Dat was het.'

'Wie zijn er allemaal bij het lichaam geweest?' vraagt Niels.

'De begrafenisondernemer,' zegt het mannetje. 'Die heeft het opgehaald bij het verzorgingshuis. Daar was de arts van het tehuis en de directrice.' Hij wrijft nerveus aan zijn kin. 'Ja, en dan ben ik zelf bij het lichaam geweest natuurlijk.'

'Kunt u me vertellen hoe dat in zijn werk gaat?' vraagt Maud. 'U krijgt het lichaam binnen en dan? Hoe is het verpakt?'

'Het komt binnen in een standaardlijkkist van de begrafenisondernemer. Daar halen we het uit. Vervolgens verzorgen we het lichaam, de kleding wordt uitgetrokken en de overledene wordt helemaal gewassen. Meestal heeft de arts er al voor gezorgd dat de ogen gesloten zijn en vaak is er een handdoekrol geplaatst of een kinsteun zodat de mond goed dicht is en blijft. We kleden de overledene weer aan. Vaak doen we een incontinentiepapier in de slip zodat eventueel weglopende ontlasting of urine wordt opgevangen. Ten slotte zorgen we ervoor dat de dode er zo netjes mogelijk uitziet. Soms krijgen we een foto, zodat we kunnen zien hoe iemand zijn haar droeg, of make-up, dat soort dingen.'

'Dus mevrouw is helemaal naakt geweest, gewassen en daarna aangekleed,' vat Niels samen. 'En hoeveel tijd zit er tussen het afronden van deze verzorging en het sluiten van de kist?'

'Geen moment. Toen ze klaar was hebben we de kist meteen gesloten omdat er toch geen afscheid was.'

'En de kist, heeft u die gecontroleerd?'

'Het was een vrij eenvoudige kist. Omdat ze niet opgebaard werd is er voor een kist zonder binnenwerk gekozen.'

'Zonder stof, bedoelt u?' Niels kijkt de man verbaasd aan.

'Er kwam toch niemand kijken. Verder lag ze er netjes bij hoor.'

'Weet u zeker dat er niets in de kist lag, anders dan de overledene, op het moment dat u de kist sloot?'

'Als u bedoelt hoe het autootje in de as komt...' De man begint nu van been op been te wippen, overduidelijk in verlegenheid gebracht. 'Het lag niet in de kist. Het zat niet in haar kleding. Het was geen aandenken van iemand, dat in haar handen meegegeven werd of zo...' Hij lacht schaapachtig.

'Dus...' zegt Niels ongeduldig. 'Hoe komt het daar dan?'

'Het enige wat ik kan bedenken,' zegt de man, 'is dat het eh... bij haar ingebracht is voor of na het overlijden.' Hij lacht onzeker. 'Het zat in elk geval niet in haar mond of keel.'

Nu staart zowel Maud als Niels de man aan.

'Even voor mijn begrip,' zegt Maud. 'U bedoelt dat het of in de vagina of in de anus van mevrouw is gestopt?'

'Dat is de enige mogelijkheid,' zegt de man zenuwachtig grijnzend.

Maud steekt haar hand uit en neemt het doosje van hem aan.

'We zullen het laten onderzoeken,' zegt ze. 'Alhoewel ik denk dat we geen sporen meer zullen vinden.'

'Nee,' beaamt de man. Hij doet weer zijn best om zijn zenuwen weg te lachen en maakt een handgebaar in de richting van de deur. 'Heeft u zo genoeg?'

'Ik denk het wel,' zegt Maud aarzelend. 'En dit zou gebeurd moeten zijn in het verzorgingshuis, toch?'

'Hier is het in elk geval niet gebeurd,' antwoordt de man beledigd.

'En voor de zekerheid: we hebben mevrouw netjes gewassen en mij is aan de anus niets opgevallen, dus...'

'Bedankt,' zegt Maud snel. Ze ziet ineens de dode oude vrouw voor zich, en iemand die... Ze rilt. 'Ik snap wat u bedoelt. Bizar.'

'Zegt u dat,' beaamt de man. 'Zoiets heb ik in dertig jaar nog niet meegemaakt.'

– 61 –

Londen

Sarah zet nog een laatste keer kracht, maar de schroef laat zich echt niet verder aandraaien. Ze komt omhoog, stapt naar achteren en kijkt naar haar werk. Een extra slot, onder aan de deur. Ze heeft ergens gelezen dat de onderkant het makkelijkst meegeeft, juist omdat daar geen slot zit. De bovenkant van de deur is veel moeilijker in te slaan, vanwege de hoogte. Nu alleen de ketting nog. Ze heeft een stevige gekocht. Niet zo'n lullig ding dat je wel eens in films ziet, nee, de beste kwaliteit die ze kon vinden.

Als ze klaar is gaat ze meteen door met de volgende klus: vitrage ophangen. 'Dat is voor oude mensen,' had Mabel gezegd toen ze de gordijnstof aan het uitzoeken waren, maar ze is teruggegaan naar de winkel en heeft voor alle ramen een set besteld. Zo'n soort stof waar je wel door naar buiten kunt kijken, maar niet door naar binnen. Gordijnen open, vitrage dicht, niemand die je ziet en toch daglicht. Ze klimt op de stoel om het eerste paar op te hangen.

Net als ze weer naar beneden wil stappen ziet ze hem weer. De man aan de overkant. Snel stapt ze van de stoel af en ze lacht zenuwachtig.

Het is niets, spreekt ze zichzelf toe. Het is niemand. Hij is het toch niet, dat kun je duidelijk zien. Hij is kleiner dan die andere. Stel je niet aan. Je ziet overal spoken.

Het is een soort mantra dat ze de laatste weken heeft ontwikkeld, omdat ze overal gevaar ziet.

Spoken.

Ze begint te trillen bij de gedachte aan wat die spoken met haar zouden kunnen uithalen.

Niet doen.

Met een paar passen is ze bij de zijkamer, waar haar bed staat. Ze gaat liggen en trekt de dekens over zich heen.

Straks gaat het beter. Straks gaat het altijd beter. Het duurt steeds minder lang. Niet bang zijn.

Ze kan het.

Niet bang zijn.

– 62 –

'Een speelgoedautootje,' had ze tegen Niels gezegd toen ze het ding in een doosje deden voor transport naar het NFI. 'Wie spelen er met dat soort dingen? Kleine jongens.'

'Dus?' had hij gevraagd.

'Ik heb een idee en ik wil dat checken bij Carla Demsterwold,' zei ze.

Niels lachte. 'Dat ga je nooit voor elkaar krijgen, daar is geen budget voor.'

'Dat regel ik wel achteraf,' had ze gezegd. 'Ik vlieg morgenmiddag. Overmorgen ben ik weer terug. Let jij maar even op de winkel.'

Toen ze vanaf Stockholm naar het noordwesten van Zweden vloog zag Maud onder haar niets dan bos en nog eens bos. Soms een verzameling vlakjes waar mensen wonen. In Östersund stapte ze in de namiddag in haar huurauto en probeerde het adres in te voeren in de routeplanner, maar het apparaat kende de straat niet en daarom toetste ze de plaatsnaam van het dichtstbijzijnde dorp in.

De weg is lang en recht. De bomen staan ongenaakbaar en koel naast het asfalt. Ze rijdt en rijdt voor wat een eeuwigheid lijkt, langs plaatsen met namen als Revsund en Skylnäs. Het verkeer wordt minder, de huizen staan verder uit elkaar, de bomen lijken strenger en Maud heeft het gevoel dat ze een ongenode gast is in deze woeste natuur. De schaduwen van het woud strekken zich uit tot aan de andere kant van de weg en nu de avond zich aankondigt begint Maud te hopen dat ze de boerderij van Carla Demsterwold in elk geval voor het donker heeft gevonden. Half acht. Ze heeft nog even. Pas rond tienen wordt het hier donker.

Het landschap is hier glooiend, de bossen worden afgewisseld door grasland, meren en riviertjes, maar het is vooral leeg. Zo compleet verlaten. Ineens realiseert ze zich dat ze het gewend is om altijd mensen om zich heen te hebben. Zelfs als je in Nederland je best doet om een afgelegen plek te zoeken zoemt er een handvol vliegtuigen boven je hoofd, hoor je de snelweg in de verte ruisen en op het moment dat je diep ademhaalt om de rust in je op te nemen, als een medicijn, een weldadige douche, schrik je op van een paar fietsers die je bijna van de sokken rijden.

Een paar keer kijkt Maud op haar telefoon om te zien waar ze is en waar ze naartoe moet en net als het bereik van haar telefoon wegvalt rijdt ze op een klein gebouw af, dat aan de andere kant van een kleine heuvel ligt, omringd door een paar schuren. Voorzichtig hobbelt ze over de onverharde weg naar het hoofdgebouw, parkeert haar auto voor de deur en stapt uit. Meteen rent een hond hard blaffend op haar af. Maud blijft staan en wacht af, net zoals de hond, die op een afstandje blijft staan grommen en blaffen. Voor het huis staat een houten picknicktafel in het ongemaaide gras. Achter een omheining ziet ze een koe en een ezel staan en verderop loopt een kudde schapen op een heuvel.

De hond, een bruin, langharig vuilnisbakkenras, gaat zitten en kijkt haar nieuwsgierig aan. Dan gaat de deur open en een vrouw met kort blond haar stapt naar buiten. Ze blijft in de deuropening staan en staart haar van een afstand aan.

De hond beweegt niet, de vrouw beweegt niet.

'Hallo,' roept Maud. 'Ik... eh...'

Moet ze nu schreeuwen dat ze een rechercheur is die informatie zoekt? Carla Demsterwold staat bewegingloos voor haar huis. De hond blaft een enkele keer, een beetje binnensmonds, alsof hij niet zeker weet wat hij van haar moet denken.

'Hé,' zegt ze en ze buigt voorover, steekt haar hand uit zodat het beestje eraan kan ruiken, maar hij komt overeind en gromt.

'Hector!' roept Carla. 'Hier!'

Meteen rent de hond op zijn baas af en hij gaat naast haar zitten. Maud loopt voorzichtig naar het stel toe. Het huis is klein, robuust en ziet er goed onderhouden uit. De schuren, achter en dwars op het huis geplaatst, zijn daarentegen verweerd, aan de onderkant groen uitgeslagen en de verf aan de bovenkant is gebladderd. Er zijn geen plantenbakken, geen rustieke details of zorgvuldig geplaatste ijzeren emmers met bloemen op de hoek van een bankje. Alleen de functionele picknicktafel hint heel licht naar de gedachte aan een moment rust. Hier wordt gewerkt. Hier heeft niemand tijd voor frivoliteit.

'Goedemiddag,' zegt Maud. Ze schrikt van haar eigen geluid en vervolgt wat zachter: 'Mijn naam is Maud Mertens. Ik kom uit Amsterdam.'

Carla knikt. 'Oké,' zegt ze.

'Ik heb u gemaild en gebeld,' vervolgt Maud. 'Ik zou u graag wat vragen stellen.'

Carla Demsterwold slaat haar armen over elkaar en knijpt haar ogen een beetje samen.

'Ik onderhoud geen contact met Nederland,' zegt ze.

'Ik zou u niet lastigvallen als het niet nodig was,' zegt Maud. 'Ik ben rechercheur en ik ben hier in verband met een zaak.'

'Kom maar binnen,' zegt Carla nors. Nu Maud dicht bij haar staat ziet ze duidelijk de rimpels rond de mond van de vrouw. Boven haar neus zit een diepe frons en haar kapsel is pluizig en verwaaid. Ze draagt een spijkerbroek met gevlekte knieën, een dik T-shirt met lange mouwen en donkerbruine werkschoenen. Ze stapt opzij en houdt de deur open.

Rechts van haar ziet Maud de keuken en ze loopt naar binnen. Ook hier is alles functioneel. Geen tierlantijnen. Twee planken met pannen. Een paar keukenkastjes die er zo te zien al enkele tientallen jaren hangen.

Carla pakt twee mokken uit de spoelbak en wast ze af.

'Thee?' vraagt ze zonder om te kijken.

'Graag.'

Carla zet een oude fluitketel op en gaat aan tafel zitten. Maud neemt tegenover haar plaats.

'Volgt u het nieuws uit Nederland?' vraagt Maud. 'Of Amsterdam?'

Carla schudt haar hoofd.

'U moet uw broer toch onlangs gesproken hebben.'

Weer schudt ze van nee.

'Uw moeder is overleden,' zegt Maud. Even vraagt ze zich af of dat nieuws wel tot haar is doorgedrongen, maar ze meent aan de gezichtsuitdrukking van Carla af te lezen dat ze van het nieuws op de hoogte was.

'Ik kreeg bericht van Clever,' beaamt ze.

'Maar u bent niet naar Nederland gekomen?' vraagt Maud.

'Ik kan niet weg van hier,' zegt Carla. 'Nog geen dag.'

Ook niet om bij haar familie te zijn in verdrietige tijden. Zelfs niet om haar moeder te begraven.

'Bent u op de hoogte van de verbouwing van uw ouderlijk huis?' vervolgt Maud. 'En het graafwerk in de tuin?'

'Ik weet wat daar gevonden is.'

Maud zwijgt. Nu moet ze toch iets van een toelichting geven, zeggen hoe ze zich daarover voelt, of ze verbaasd is, boos of misselijk. In plaats daarvan staat Carla op en haalt de ketel van het vuur. Zwijgend trekt ze een kast open, pakt een metalen doos en zet die met een klap op het aanrecht. Ze vult de mokken met heet water, pakt een theezakje en houdt dat om en om in beide koppen.

Even heeft Maud het gevoel dat ze in een vacuüm is beland. De stilte in de ruimte is intens. Zo sterk dat ze bijna geen adem durft te halen. Het leven moet hier hard zijn. Je bed uit voordat de zon schijnt, alleen maar dieren om je heen, niemand om mee te praten, een eindeloze berg werk die nooit, maar dan ook nooit minder wordt. Hoe houdt Carla het hier al die jaren al vol? En waarom is ze hier ooit naartoe verhuisd?

Carla neemt de twee mokken thee mee naar de keukentafel, zet er een voor Maud neer en een bij de lege stoel, maar ze gaat niet zitten. Ze blijft bij de tafel staan, met een neutraal gezicht, de armen besluiteloos naast haar lichaam. Haar handen zijn groot en grof. Maud heeft het gevoel dat ze in een soort trance is beland.

'Mevrouw Demsterwold?' zegt Maud, maar de vrouw reageert niet. 'Carla?'

Verschrikt kijkt ze op, alsof ze vergeten is dat ze een bezoeker heeft. Zou ze misschien psychisch niet helemaal in orde zijn, of bepaalde mentale of sociale vaardigheden missen? Is dat de reden dat ze hier helemaal alleen op een boerderijtje in de wildernis woont?

'Jarenlang heb ik gefantaseerd,' zegt Carla ineens, 'dat ik iemand deelgenoot kon maken. Dat ik niet meer alleen zou zijn met mijn herinneringen.'

Daarna zwijgt ze weer. De hond, die buiten is gebleven, begint woest te blaffen. Kwaad, maar ook bang, er zit een hoog randje aan het geluid. Carla reageert onmiddellijk en stormt naar buiten. Maud rent achter haar aan.

Zonder te twijfelen vliegt Carla naar de kippenren die naast het huis staat. De hond springt woest blaffend rond, de haren recht overeind. Op een afstandje staat een lynx naar de kippen te kijken, die elkaar kakelend verdringen voor het hok. De indrukwekkende kat, zeker zo groot als de hond, is kennelijk niet onder de indruk van het geagiteerde geblaf. Of te hongerig om zich daar iets van aan te trekken.

Carla grist een dikke stok die tegen het kippenhok aan staat mee en loopt op de lynx af. Het beest staart haar onbewogen aan.

'Weg!' schreeuwt Carla. Ze zwaait met de stok. 'Vort! Weg! Weg jij!'

De lynx heeft dikke poten met indrukwekkende klauwen, is bijna een meter hoog en heeft door de tekening van zijn vacht bijna iets van een panter. De plukjes aan zijn oren, de witte vacht rond zijn ogen en de sik die in twee punten onder zijn kaak hangt geven hem iets frivools, maar als hij zijn oren naar achteren draait en een paar stappen opzijzet is Maud onder de indruk van de kracht en snelheid. Dit is een jager. Een jager met trek.

Nogmaals zwaait Carla met de stok en ze maakt een beweging naar de lynx toe, die zich uiteindelijk terugtrekt. Nu pas durft de hond een paar stappen vooruit te zetten en hij blaft nog wat, alsof hij wil benadrukken dat ook hij een partij is om rekening mee te houden.

Carla draait zich om om terug te lopen en ineens zet de hond aan, begint naar Maud toe te rennen, alweer woest blaffend. Maud draait zich om en ziet tussen het huis en het kippenhok nog een lynx staan. Groter nog dan de eerste, beter doorvoed. De kat kijkt haar met een ijskoude blik aan. Zonder aarzelen steekt Maud haar armen in de lucht, maait in het rond en rent schreeuwend op de lynx af. De hond rent met haar mee. Ook dit roofdier kiest voor veiligheid en meteen verdwijnt het tussen de bomen achter het huis.

'Dank je wel,' zegt Carla als Maud terugloopt. Ze kijkt om zich heen. 'Dit is de eerste keer dat ik twee lynxen samen zie. Het zijn solitaire beesten. Nu begrijp ik waarom er de laatste tijd zoveel kippen verdwijnen. Ze wisselen elkaar af.'

De vrouwen lopen terug naar de keuken.

'Je moest maar blijven logeren,' zegt Carla. 'Het lijkt me niet verstandig dat je in het donker terugrijdt. De wegen zijn niet verlicht hier en de tomtom kent niet alle wegen. Voor je het weet ben je verdwaald en je hebt hier lang niet overal bereik. Ik zal je de gastenkamer tonen. Daarna zal ik iets te eten maken.'

*

Kyra kijkt naar Tom, die een poster op het prikbord van de kroeg hangt.

Aan de andere kant van de weg ligt de zee. Een meter of honderd van de kust liggen een aantal zeilboten op het water te dobberen. Het is windstil en warm.

Natuurlijk heeft niemand Sarina gezien. Of Dave, of Jerry, of de boot. Maar toch wil ze nog even doorzetten, je weet nooit. Gek genoeg vinden de mensen die ze spreekt het niet zo raar dat ze na vijf jaar nog een keer een ultieme poging doen.

'Vorig jaar was er een jonge Noor vermist in Amsterdam,' zei een restauranthoudster eerder die dag. 'Ik heb de zoektocht gevolgd. De Nederlanders hebben veel moeite gedaan om die arme jongen te vinden.' De vrouw plakte de poster in de wachtruimte bij het afhaalluik. 'Daar zien de meeste mensen het,' had ze uitgelegd.

'Arme zielen,' besloot ze. 'Ik hoop echt dat je zus gevonden wordt.'

Dit is de vijfde dag van hun tocht langs de kust en langzamerhand begint Kyra het gevoel te krijgen dat hun actie totaal zinloos is. Maar dit is recherchewerk. Zoeken, spitten, graven, net zo lang tot je iets vindt. Soms moet je ook geluk hebben. Zo vaak wordt een zaak opgelost door toeval. Toen Randy Kraft werd aangehouden bij een verkeerscontrole ontdekten agenten tot hun verbijstering het lichaam van een gewurgde man in de bijrijdersstoel. In zijn auto vonden ze – verstopt onder een mat – zevenenveertig polaroids van naakte jonge mannen, sommigen dood, anderen in elk geval bewusteloos.

'Zullen we stoppen?' vraagt Kyra als Tom weer naast haar staat. Het is nog geen avond, maar ze barst van de honger en ze heeft trek in een biertje. 'Misschien hebben we morgen meer geluk.'

Nog maar een paar dagen, dan moeten ze dezelfde tocht weer maken, maar dan in omgekeerde richting.

'Met geluk heeft het weinig te maken,' zegt Tom. Hij bestelt twee bier bij de barman en komt terug. 'Wel met hard werken en onophoudelijk blijven vragen.'

Ze gaan aan een tafeltje bij het raam zitten. Het weer is goed, maar deze kroeg heeft geen terras.

'Toch mogen we ook wel eens mazzel hebben,' zegt Kyra peinzend. 'Iedereen doet al zo lang zijn best om haar te vinden. Alleen inzet is niet genoeg. Iemand moet toch iets weten. Al is het maar iets kleins.'

Ze kijkt uit het raam, naar de mensen die voorbijlopen. Een jonge vader met kinderwagen. Twee vrouwen met boodschappentassen. Een hipster met een rugzak.

'Alleen,' zegt ze, 'hoe vinden we die persoon?'

'Door vragen te stellen. Posters op te hangen. De zaak onder de aandacht te laten komen. Al is het voor de honderdste keer. Precies wat je nu doet. Als je al geluk nodig hebt,' zegt Tom, 'dan ben je hard bezig dat af te dwingen.'

Kyra neemt een grote slok bier.

'Ik moet echt pizza hebben,' zegt ze. 'Zat er niet een pizzeria aan het eind van de weg, bij de haven in de buurt?'

Tom knikt.

Kyra slaat het laatste restje bier achterover en staat op. 'Kom op!'

– 63 –

Hij komt die pas aangenomen jongedame tegen op de gang. Jong ding. Zo jong dat ze natuurlijk onmogelijk al enige toegevoegde waarde heeft in het werk dat ze wil gaan doen. Kom over een jaar of tien maar weer eens terug, had hij willen zeggen. Met wat levenservaring.

'Moet jij niet naar het overleg?' vraagt hij.

'Overleg?' Het meisje kijkt hem onzeker aan.

'Over de toekomst van de afdeling. Bezuinigingen en ontslagrondes.'

Ze kijkt hem benauwd aan.

'Hebben ze je daar niet voor uitgenodigd? Het is in gebouw C, de Zonnezaal.'

Gebouw C ligt aan de andere kant van het terrein en het hoost buiten. Daar staat ze met haar suède pumps en haar zijden blouse.

'Ik denk dat ze elk moment kunnen beginnen,' zegt hij. 'Als je opschiet...'

'Ja,' zegt ze stupide. En dan nog een keer: 'Ja.'

'Nou, rennen dan.' Hij wuift met zijn linkerhand. In zijn andere houdt hij een dossier. '*Chop chop.*'

Op haar hoge hakken rent ze door de gang.

Als het zo belangrijk is, waarom ben jij er dan niet bij, had ze moeten vragen. Maar daar denkt ze niet aan, want ze is zich rot geschrokken. Ze vreest voor haar baan, haar toekomst. Zo gemakkelijk is de menselijke geest te beduvelen. Idioot gewoon.

Met een verende pas loopt hij naar zijn kantoor. Alles is gemakkelijker nu hij zeker weet dat hij hier binnenkort weg is. Hij legt het dossier op zijn bureau en even overweegt hij om het gewoon mee te nemen, maar dat zullen ze natuurlijk meteen ontdekken en dat maakt hem kwetsbaar. Hij stopt het in zijn aktetas en pakt zijn jas van de haak. Tijd om naar huis te gaan. Tijd voor de leukste uren van de dag.

'Prettige avond, dokter Stevens.'

Dat lekkere ding bij de balie wenst hem elke keer gloedvol een goede avond. Hij had er gebruik van moeten maken, maar hij had steeds belangrijker zaken aan zijn hoofd en nu is het te laat. Jammer voor haar.

Als hij thuiskomt haalt hij Sarahs dossier door de kopieermachine en stopt de originele map weer terug in zijn tas. De kopietjes gooit hij in een van de verhuisdozen die klaarstaan om mee te nemen. De analyses interesseren hem niet, maar hij vraagt zich af of er iets in staat wat hem belast, of Ed.

Snel springt hij onder de douche en doet zijn haar. Een halfuur later kijkt hij tevreden in de spiegel. Zijn haar is een hele tint donkerder. En over een dag of wat, na een paar keer wassen, is die spoeling er weer uit.

Hij loopt naar de slaapkamer en kleedt zich om. Donkere spijkerbroek, donker shirt, donkere schoenen. Het is een grap die hij met Ed deelt. *Men in Black*. Het is ook wel handig. Vooral omdat hij vanavond laat ook nog op pad gaat.

Hij loopt de badkamer in en gaat voor de spiegel staan. Nu begint het moeilijke werk, maar hij heeft het inmiddels zo vaak gedaan dat hij er bekwaam in is geworden. Hij kan zo in Hollywood aan de slag.

Met een sponsje brengt hij een laag foundation aan op zijn gezicht, dan werkt hij de rimpels iets bij, brengt dan weer een dunne laag foundation aan. Net zo lang tot hij overtuigend een stuk ouder lijkt.

Hij buigt naar de spiegel toe en doet de kleurlenzen in. Hopla. Bruine ogen. Ook wel eens leuk. De laatste dagen heeft hij die dingen elke avond in gehad, de eerste uren had hij zoals altijd het gevoel dat er een korrel zand in allebei zijn ogen zat, maar inmiddels is hij er weer goed aan gewend.

Hij kijkt naar zichzelf en grijnst.

Nog nooit heeft hij zoveel plezier beleefd aan het voorbereidende werk. Misschien heeft hij het daarom ook wel te lang voor zich uit geschoven. Hij zou willen dat het nog langer zou duren. Tegelijkertijd, als hij aan het plezier wat komen gaat denkt, kan het hem allemaal niet snel genoeg gaan.

Hij loopt de deur uit, zonnebril en pet op, en een paar straten verderop stapt hij in een busje dat hij daar heeft geparkeerd. Hij heeft een goed onderhouden busje uitgezocht. Om haar niet achterdochtig te maken. Ook het bankje dat hij bij de kringloop heeft gehaald – vijftig euro maar, contant betaald – ziet er nog hartstikke nieuw uit. Boven alles moet hij vertrouwenwekkend zijn. Hij kijkt op de bestuurdersstoel en ziet de mitella liggen. Vertrouwenwekkend en zielig. Prima combinatie. Werkt altijd.

– 64 –

Carla had een eenvoudige maaltijd bereid van bonen, aardappelen en vlees. Ze was niet meer teruggekomen op haar opmerking dat ze eigenlijk iemand deelgenoot wilde maken van haar herinneringen en de maaltijd werd in stilte genuttigd.

'Hoelang woon je hier al?' vraagt Maud als ze haar bord leeg heeft.

'Zes jaar.'

'En al die tijd alleen?'

'Er zijn meer huizen hier.'

'Maar niet op loopafstand, toch? Spreek je de buren regelmatig?'

'We helpen elkaar met grote klussen. Als je een extra paar handen nodig hebt.'

'Nooit overwogen om een bed and breakfast te beginnen? Zodat je toch een beetje aanspraak hebt af en toe?'

Carla kijkt haar spottend aan. Boven de tafel hing een eenvoudig lampenkapje met een led. Op de tafel had Carla een plastic kleed gelegd. De vorken en de messen pasten niet bij elkaar en ineens deed het geheel wel heel studentikoos, bijna armoedig aan. Een fase in je leven die leuk is, maar waarin je liever niet wilt blijven hangen.

'Ik ben niet het type om met ontbijtspulletjes te gaan sjouwen,' zegt ze. 'Een kom havermout is voor mij genoeg. Brood bakken doe ik zelden. Fruit heb ik hier amper. Nee. Liever niet.'

Maud twijfelt, maar ze zegt het toch.

'Natuurlijk ben ik hier met een doel. Ik wil je graag vragen stellen over je ouders, over de vondst die in de tuin is gedaan. Over wat er gebeurd kan zijn.'

Carla kijkt haar onbewogen aan. Ze heeft lichtblauwe ogen, blonde haren die opgelicht zijn door het vele buiten werken en nu pas valt het Maud op dat haar gastvrouw mager is, haar huid is strak gespannen over haar gelaat, de rimpels streng rond haar mond en neus.

Ze knikt.

'Koffie?' vraagt ze en nu is het Mauds beurt om te knikken.

Carla vult een Italiaanse percolator met koffie en water en zet de ijzeren pot op een laag vuurtje.

'Ik had iets mee moeten nemen,' zegt Maud als Carla de koffie op tafel zet. 'Cognac of een calvados.'

Zonder iets te zeggen staat Carla op, pakt een fles zonder etiket uit de kast en twee kleine glazen.

'Aquavit,' zegt Carla. 'Van de buurman.'

Ze schenkt twee heldere, lichtbruine drankjes in de glazen. Maud pakt haar glas en houdt het op.

'Op de lynx,' zegt ze. 'Ik snap dat jij je kippen niet kwijt wilt, maar wat een prachtig beest.'

Carla schiet in de lach. Ze neemt een slok en zucht.

'Als je hier leeft,' zegt ze, 'dan vergeet je hoe mooi het is. Overleven, dat voert de boventoon.'

'Toen je hier de eerste keer kwam, wat dacht je toen?' vraagt Maud.

Carla denkt na. Neemt een slok koffie en nog een slok aquavit.

'Nu ik erover nadenk, was het vooral de verlatenheid die me aantrok. De leegte. Het feit dat hier geen mensen zijn.'

Ze drinkt haar glas leeg, vult het opnieuw en schenkt ook Maud bij.

'Je hebt in Utrecht gestudeerd, toch?' vraagt Maud als ze niets meer zegt.

'Diergeneeskunde,' antwoordt Carla. 'Prachtige studie.'

'Prachtige stad ook,' zegt Maud. 'Levendig. Heerlijke restaurants. Leuke kroegen. Veel cultuur.'

'Ben je wel eens in Stockholm geweest?' vraagt Carla.

Maud schudt haar hoofd. 'Alleen op het vliegveld,' zegt ze. 'Vandaag.'

'Hele fijne stad,' zegt Carla. 'Architectuur, historie, culinair.'

'Kom je er vaak?'

'Helaas niet.' Ze slaat haar aquavit achterover en grijpt haar koffiemok. Ze blaast over haar koffie en neemt een slok. 'Nee,' zegt ze. 'Veel te weinig.'

*

'Moet je hier niet ook een poster ophangen?' Tom sluit zijn bestek aan. Kyra heeft geen idee waar hij die pizza zo snel gelaten heeft. Zelf heeft ze nog bijna een halve op haar bord liggen.

'Misschien wel,' zegt ze. Ze neemt een slok van haar bier en trekt een pruilmond. 'Serieus. Soms word ik er zelfs moe van. Sarina dit en Sarina dat. Ik wou dat ze eens uit mijn hoofd ging. Op kamers of zo, weg, gewoon weg.'

Tom reageert niet en Kyra drinkt haar glas leeg.

'Natuurlijk gaan we haar niet vinden,' zegt ze. 'Ze is al zo lang weg. Er is al zo goed gezocht. We moeten gewoon accepteren dat ze er niet meer is. Dat we nooit zullen weten wat er is gebeurd. Dat ze dood is en nooit meer terugkomt. Dat. Dat moet ik accepteren.'

Ze neemt nog een hap pizza. 'Mag ik nog een bier?' vraagt ze met volle mond.

Tom lacht. 'Eentje nog?' vraagt hij.

Ze knikt. Ja, ze is aangeschoten. Maar eentje nog. Een biertje, een stuk pizza en dan terug naar het hotel. Godsamme, wat is die pizza lekker.

Als de ober komt om de verse biertjes te brengen geeft Kyra de lege glazen aan en veegt daarbij de stapel posters van tafel. Haar zus glijdt over de vloer. Lachend. Proostend. Alsof ze mee wil doen.

'Shit,' mompelt Kyra, en de ober, een oudere man met krullend haar rond een kale kruin, verontschuldigt zich en begint de papieren op te rapen. Ineens komt hij overeind, starend naar de poster.

'Ik heb haar gezien,' zegt hij verbaasd. 'Is zij vermist? Is ze familie van jou?'

'Mijn zus.'

Kyra's hartslag schiet omhoog. Het voelt alsof ze net een sprint heeft getrokken en ze lijkt wel buiten adem.

De man legt uit dat hij in de haven heeft gewerkt en een paar jaar geleden nog dagelijks heen en weer reed van de haven naar zijn huis in het dorp.

'Ze rende langs de weg,' zegt hij. Hij kijkt naar zijn voeten. 'Ze was eh... ze was, nou ja... naakt.'

'Naakt?' Kyra en Tom spreken het woord tegelijkertijd uit. Haar zus naakt? Als iemand het verafschuwde om naakt rond te lopen dan was het Sarina wel.

'Ze zag er slecht uit,' zegt de man zacht. 'Haar haren hingen los, ze was vuil. Haar vriend reed met de auto achter haar aan. Dat had ik eerst niet door. Ik stopte. Wilde haar meenemen naar het politiebureau. Ze huilde en was heel verward.'

De man gaat aan het tafeltje zitten, op de stoel naast Kyra. Wat zegt hij allemaal? Hij heeft haar zus gezien. Haar zus die naakt over de weg rende. Vervuild en verward. Ze slikt en knippert met haar ogen.

'Toen kwam haar vriend uit zijn auto en bemoeide zich ermee. Ik herkende hem van twee dagen eerder, toen ze in de haven waren. Daar herken ik je zus nu ook van. Die dag in de haven zag ze er meer uit zoals op de foto.'

Kyra kan niets bedenken om te zeggen.

'Die man zei dat je zus problemen had. Psychische problemen en dat ze was weggelopen. Hij was blij dat hij haar gevonden had. Naar huis, zei hij. Douchen. Aankleden.'

'Protesteerde ze niet?' vraagt Kyra. 'Ging ze zomaar mee?'

Ineens beseft ze hoe vreemd dit verhaal is. Sarina naakt op een kustweg in Noorwegen.

'Ze huilde,' zegt de man. 'Ze sprak in een andere taal. Ik begreep haar niet. Ze huilde en ze ging met hem mee. Het zag er... Het leek alsof hij de waarheid sprak. Zo zag het eruit, alsof ze in de war was.'

Hij zwijgt en kijkt haar met een bleek gezicht aan.

'Die avond vertelde ik het verhaal aan mijn vrouw en zij vond het niet kloppen. Waarom reed die jongen achter haar aan zonder iets te doen, vroeg ze. Dat was helemaal niet tot me doorgedrongen. Dat ik die auto had ingehaald en dat ze niet zo ver voor hem uit rende. Maar ik was verbaasd over het feit dat ze naakt was en er zo zielig uitzag. Ik geloofde hem. Hij zei dat hij haar al een paar keer had gered.'

Kyra merkt dat de tranen over haar wangen lopen. Sarina was ontsnapt. Niet één keer, maar een paar keer. Maar telkens had die klootzak haar weer te pakken gekregen.

– 65 –

Londen

Eens in de maand heeft ze een gesprek met dokter Archbold en ze twijfelt of ze iets moet vertellen over haar angsten. Ze is bang dat hij haar dosis medicijnen zal verhogen en dat wil ze niet. Die pillen moeten juist de deur uit. Ze wil weer echt leven, niet alles maar half voelen. Zelfs haar angsten niet.

'Hoe gaat het?' vraagt de psychiater. Ze mag hem graag, maar soms is hij wat gehaast.

'Goed,' zegt ze om hem te straffen. Domme vragen krijgen domme antwoorden.

'Sorry Sarah, ik ben een beetje moe. Wil je me vertellen hoe het de laatste weken is gegaan? Hoe is je huis?'

Ze vertelt over haar appartement. Ze zegt niets over de man die ze steeds aan de overkant van de straat meent te zien. Nu ze hier zo zit vraagt ze zich ook af of ze het wel goed heeft gezien. Natuurlijk beeldt ze het zich in. Het is gewoon een van die paranoïde wanen die haar al een jaar lang parten spelen. Ze is vastbesloten om daar vanaf te komen.

Als hij het nou was dan mocht ze bang zijn. Ze slikt en voelt haar hartslag oplopen. De angst is nooit helemaal weg, maar ze heeft goed gekeken en hij is het echt niet. Misschien moet ze een wapen kopen. Een groot mes. Of een loden pijp of zo.

'Ik ben blij om te horen dat het je goed lukt om alleen te zijn. Gaat de dagelijkse verzorging ook goed? Heb je geen moeite met routine en eet je goed?'

'Dat gaat allemaal prima. Zoals vroeger eigenlijk. Ik vind het leuk om voor mezelf te koken.'

Koken had ze ook voor hem gedaan. Ze moest wel. Ze weet nog steeds niet hoe hij heet. Misschien heeft hij het wel helemaal nooit gezegd. Ineens schiet haar een andere naam te binnen. Sarina Slagter. Natuurlijk. Saar. Lieve Saar. De tranen lopen over haar wangen. Dokter Archbold kijkt haar verbaasd aan. Hij pakt een tissue uit een doosje dat op zijn bureau staat.

'Wat is er nou ineens?' vraagt hij. 'Heb ik iets gezegd?'

Sarah schudt haar hoofd.

'Ik herinner me iets,' zegt ze. 'Iemand. Aan wie ik al een tijdje niet heb gedacht.'

Ze begint harder te huilen.

'Hoe kan ik nou helemaal niet meer aan Sarina hebben gedacht? Ik schaam me. Ik schaam me voor mijn hersenen die al die informatie over hem door hebben laten komen, maar niet over mijn beste vriendin. Want al die tijd had ik wel herinneringen aan haar, maar ik deed er niets mee. Alsof het niet tot me doordrong.'

'We hebben erg op hem gefocust, Sarah,' zegt de psychiater. 'Omdat daar jouw grootste angst zat. Er is nog veel meer waar we nog niet aan toegekomen zijn.'

'Ze had een zusje,' zegt Sarah met verstikte stem. 'Kyra. Ik heb beloofd om een boodschap aan haar door te geven. Kyra Slagter heet ze. Ik zal het opschrijven want het is een rare naam. Echt Nederlands, met zo'n g.'

Ze lacht waterig naar de arts.

'Kunt u me helpen om haar te vinden? Ik moet haar spreken.'

– 66 –

De volgende ochtend wordt Maud wakker met een zeldzaam uitgerust gevoel. Ze vist haar telefoon van het nachtkastje. Halfnegen al. Nog steeds geen bereik. Ze heeft haar moeder al een paar dagen niet gesproken. Voor ze wegging had haar moeder al twee dagen niet gebeld. Misschien is dit een nieuwe fase. Misschien kan een moeder-dochterrelatie zich toch nog ontwikkelen als je al oud bent. Ze slaat het dekbed van zich af en zet haar voeten op de houten vloer van de kleine slaapkamer. Als ze de gordijnen opentrekt ziet ze dat het buiten miezert. Koud is het niet, maar wel mistroostig.

Terwijl ze zich afvraagt of ze ergens zou kunnen douchen loopt ze in haar nachtgoed door het huis. Carla ziet ze nergens en ze besluit zich aan te kleden en koffie te zetten. In de keuken volgt ze de handelingen die ze Carla gisteren heeft zien doen. Koffie in de metalen houder. Water in het reservoir onderin. Ze verbaast zich erover dat de afwas van de dag ervoor gedaan en opgeruimd is. De fles aquavit, de glaasjes, de koffiepot, de borden, de pannen, alles.

Met twee verse koppen koffie loopt ze naar buiten en ze kijkt of ze Carla ergens ziet. Het erf is leeg, maar gelukkig is de regen gestopt. Maud zet de dampende mokken op de picknicktafel. Aarzelend loopt ze naar de kippenren. Ze opent het deksel van het aan de zijkant uitstekende legnest en vist de eieren die daar liggen eruit, verzamelt ze in haar trui en loopt terug naar de keuken, waar ze de eieren afspoelt en in een pannetje legt. Ze heeft ook een fles melk gevonden, dus straks kan ze scrambled eggs maken, op de manier zoals haar moeder het haar geleerd heeft: geklopt met een scheutje melk zodat het niet te droog wordt. Trucjes. Weinig ruimte voor trucjes in dit huis, in dit leven. Wat je hier smokkelt komt zonder genade terug op je eigen bord. Niemand die de sokken naast je bed een keer in de was gooit. Die een warm bord met eten voor je klaar heeft staan na een lange dag werken.

Aan de andere kant van het huis vindt ze de ruime moestuin, geheel omheind door een hoog hek met gaas, waarschijnlijk om de kippen en andere dieren buiten te houden. Ze stapt door de poort naar binnen en maakt een keuze. Sjalot. Aardappel. Radijs. Wortel. Een paar bladen snijbiet. Scrambled eggs met sjalot en gebakken aardappelblokjes en een frisse salade. Prima brunch.

Carla Demsterwold komt op haar over als een vrouw die van het leven houdt maar er tegelijk als de dood voor is. Waarom is ze hierheen gevlucht? Ver weg van vrienden en de cultuur, de bruisende hartslag van een stad, zelfs van een dorp. Toen ze daar gisterenavond over sprak had Maud absoluut het gevoel gehad dat er een toon van gemis in doorklonk.

Op de terugweg naar het huis loopt ze de schuur in om te zien of Carla daar is, maar het gebouw is donker, vol gereedschappen en verder verlaten. Ook bij het weiland met de koe is haar gastvrouw niet te zien, en bij de schapen al evenmin.

*

Ze kan niet stilzitten. Ze zou moeten omvallen van vermoeidheid omdat ze geen oog heeft dichtgedaan, maar Kyra kan niet stilzitten, haar hoofd ook niet op de pauze-stand zetten. Deze man heeft haar zus gezien. Herhaaldelijk heeft hij dat verklaard. Hij is er honderd procent zeker van, zegt hij. Voor een beloning hoeft hij het niet te doen, want die is helemaal niet uitgeloofd. Dit is echt, prent ze zichzelf steeds in. Dit is echt iemand die Sarina heeft gezien. En Jerry. Hij kan ons misschien meer vertellen. Iets wat ons dichter bij de waarheid brengt. Dichter bij de dader. En haar zus.

De rechercheur van de Noorse politie ontvangt hen vriendelijk. Hij schudt de man joviaal de hand. Ze kennen elkaar. Hier kent iedereen elkaar.

'Als u even zou willen wachten,' zegt de man wanneer ze hebben uitgelegd waarvoor ze komen. 'Dan neem ik eerst de verklaring van meneer Hansen op en dan kunnen we daarna uw verhaal ook doornemen.'

'Dat lijkt me goed,' zegt Kyra. Hij wil natuurlijk eerst van iemand die hij kent horen wat er aan de hand is en dus kunnen inschatten wat het waarheidsgehalte is van het verhaal. En of hij daar vervolgens iets mee moet doen.

Ze krijgen een bekertje thee in hun handen geduwd en worden uitgenodigd in de wachtkamer plaats te nemen. Tom gaat zitten en vist een Engelstalig tijdschrift over zeilen van de stapel. Kyra blijft staan. Ze zet de thee neer en belt Maud, die niet opneemt. Na het nog een keer geprobeerd te hebben, belt ze Niels Bingsten. Iemand daar moet dit weten.

'Geef me de naam van de rechercheur door,' zegt Niels 'En de naam van de plaats waar je bent, de naam van het bureau, dan kan ik erachteraan.'

'Ik stuur zo een sms,' zegt Kyra. Appen met Bingsten is haar een stap te ver. 'Maar het duurt misschien even. We zitten nu nog in de wachtkamer.'

'Bedankt.'

'Het is bizar...' zegt Kyra. 'We hebben geluk gehad.'

'Ik moet ophangen,' zegt Niels. 'Ik... Doet er niet toe. Kyra?'

'Ja?'

Het is even stil.

'Goed gedaan,' zegt Niels en hij hangt op.

*

'Ik kan niet praten over mijn jeugd,' zegt Carla. Zwijgend heeft ze aanschouwd wat Maud voor de lunch heeft gemaakt. Ondanks de twinkeling in haar ogen bij het zien van de volle schalen en de gedekte tafel, zegt ze niets over de luxe van de moeiteloze maaltijd.

'Ga zitten.' Maud wijst naar de stoel en beseft hoe vreemd het klinkt omdat zij de gast is en niet Carla.

Zwijgend scheppen ze op en beginnen te eten.

'Heerlijk,' verzucht Carla nu toch en ze schudt haar hoofd in een soort verwondering. 'Ik kan me niet herinneren dat iemand hier in mijn eigen huis voor me kookte.'

Even zwijgt ze.

'Misschien is dit zelfs de eerste keer,' zegt ze twijfelend en ze lacht verontschuldigend.

'Deze afzondering is te groot voor mij,' zegt Maud. Natuurlijk zijn de rust en de ruimte overweldigend. Mooi en tegelijk afschrikwekkend. 'Heb je hier televisie?'

Carla strooit wat extra zout over haar aardappels en schudt van nee.

'Internet?'

Ook al niet.

'Toch wel telefoon?'

'Natuurlijk.'

'Maar geen 4G of zo?'

Ze lacht.

'Dat werkt allemaal anders hier,' zegt ze. 'Maar ik mis het niet.'

De vraag is of Carla het contact met de bewoonde wereld, met mensen – wie dan ook – niet mist of dat ze het niet wil missen. Niet voor het eerst vraagt Maud zich af wat de jonge vrouw hierheen heeft gedreven.

Alsof ze Mauds gedachten raadt begint ze te vertellen over haar plannen om weg te gaan, de zoektocht naar een plek om voor altijd te blijven en haar eerste jaren hier.

'Nu kan ik mezelf goed redden,' besluit ze. 'Ik heb niemand nodig. Bijna niemand.'

'Hoe is het met de kippen?' vraagt Maud. 'Zijn ze er allemaal nog?'

'Misschien maak ik toch maar een echte ren,' antwoordt ze. 'Het is gemakkelijker om ze gewoon los te laten lopen. Dan scharrelen ze voor het grootste gedeelte hun eigen kostje bij elkaar. Maar als ze telkens opgegeten worden, dan moet ik ze misschien toch beschermen door ze op te sluiten. Ik weet het niet...' Ze tuurt door het raam naar buiten.

'Misschien een wat directe vraag,' zegt Maud. 'Maar nu je beide ouders overleden zijn moet je toch een erfenis hebben? Het huis op de Nieuwendammerdijk was een vermogen waard.'

Carla kijkt haar fronsend aan, blijkbaar begrijpt ze totaal niet waar ze heen wil.

'Je zou hier weg kunnen gaan,' vervolgt Maud. 'Je zou kunnen gaan reizen. Als je zo'n flink bedrag krijgt heb je ook niemand meer nodig. Ben je niet financieel onafhankelijk straks?'

Carla glimlacht meewarig.

'Ik zou het aan Clever moeten vragen,' zegt ze zacht. 'Of aan mijn broer. Dat zijn de mannen van de centen. Ik heb er geen idee van.'

'Toen je vader overleed heb je toch ook wel een bedrag geërfd?' vraagt Maud.

'Ik weet het niet.'

'Je hebt toch altijd je kindsdeel? Je weet toch wel of je iets geërfd hebt?'

'Ik heb de auto gekregen,' zegt ze. 'Die hebben ze naar Stockholm laten verschepen, maar ik heb hem meteen verkocht. Ik wilde dat ding van mijn vader niet. Vincent had er niets aan in Londen. Het stuur zat natuurlijk aan de verkeerde kant.'

'Waarom heb je hem niet in Nederland verkocht?'

'Vincent had hem al op de boot gezet.' Ze zucht geërgerd. 'Ik heb liever geen contact met hen allemaal. Het is te... Er is te veel...'

Ze zwijgt, prikt de laatste twee blokjes aardappel aan haar vork en legt haar bestek dan neer.

'Ik heb wel een huis in Nederland,' zegt Carla. 'Dat hadden mijn ouders al voor me gekocht, voor als ik mijn opleiding af had. Zodat ik in de buurt kon wonen. In Waterland staat het, even buiten Ransdorp. Ik kom er nooit. Vincent gebruikt het. Misschien moet ik het verkopen.'

'Of er gaan wonen,' zegt Maud. Ze bedenkt nu dat ze het huis op de lijst met bezittingen van de Demsterwolds heeft zien staan. 'Waterland is mooi. Ik heb laatst nog een tocht gemaakt door het Ilperveld. Je zou het een tijdje kunnen proberen. Je ouders zijn nu niet meer in de buurt.'

Carla glimlacht een beetje meewarig naar haar en knikt.

‘Kun je me iets vertellen over Vincent? Hij was bevriend met Fred van Leeuwen begrijp ik, en jij ook.’

‘Vincent was niet echt een heel leuke broer,’ zegt ze. ‘Hij had het moeilijk met zichzelf. Was constant in de weerstand. Ik vond al die ruzies vreselijk.’

‘En Fred?’

‘Fred is een heel bijzondere jongen,’ zegt Carla. ‘Daar zit veel meer in dan je op het eerste gezicht denkt. Hij adoreerde Vincent.’

‘Ik zou heel graag je verklaring opnemen,’ zegt Maud. ‘Over je ouders, over je jeugd en puberteit. Er zijn minimaal tien slachtoffers bij deze zaak betrokken. Vrouwen. Volwassen vrouwen.’

Nu kijkt Carla verrast op.

‘Volwassen vrouwen?’ vraagt ze.

‘Verbaast je dat?’

Ze denkt na, staat op en begint de tafel af te ruimen. Maud blijft zitten omdat ze bang is dat Carla anders weer over het onderwerp heen zal praten. Ze wil duidelijk maken dat ze op een antwoord zit te wachten.

‘Ik weet het niet,’ zegt Carla. Ze vult de koffiepot en als die op het vuur staat gaat ze weer zitten. ‘Eerlijk. Ik weet echt niet wie die slachtoffers in de tuin zijn. Ik heb nooit gemerkt dat er in die tuin, of ergens anders bij ons thuis, zoiets aan de hand was.’

Weer zitten ze een tijdje zwijgend tegenover elkaar.

‘Ik had geen goede band met mijn ouders,’ zegt de jonge vrouw uiteindelijk. ‘Mijn vader was... dominant. Een koude man. Maar ik heb ook geen band met mijn broer. Met niemand van de familie.’

‘Je bent niet voor niets weggegaan,’ zegt Maud.

Ze knikt.

‘Maar wat ik ook van ze vind, of wat er ook gebeurd is – ik kan me hier geen voorstelling bij maken. Niet van tien dode vrouwen. Niet bij ons thuis. Het is...’ Ze zoekt naar woorden. ‘Bizar,’ zegt ze uiteindelijk. ‘Te bizar.’

Ze staat op om de koffie in te schenken.

‘Ik heb je hulp nodig,’ zegt Maud. ‘Deze vrouwen moeten terug naar familie, samen met antwoorden op hun vragen. Bovendien heb ik je hulp nodig om deze moordenaar te pakken. Ik denk dat het iets met je jeugd te maken heeft.'

Carla fronst.

'Waarom denk je dat hij nog rondloopt?' vraagt ze.

'Het laatste slachtoffer is recent vermist geraakt,' zegt Maud. Ze ziet Carla schrikken. 'Er zijn moorden gepleegd en vrouwen – delen van vrouwen – begraven in de tijd dat je vader nog leefde,' vervolgt Maud. 'Maar ook nadat hij overleden was.'

*

Kyra zit op de bijrijdersstoel, met haar hoofd schuin tegen de steun rustend kijkt ze naar buiten. De weg volgt de kustlijn op een afstandje, soms rijden ze langs de zee, soms zijn het alleen de afslagen met de namen van kustplaatsjes en toeristische trekpleisters die duidelijk maken waar ze zijn. De zuidkust van Noorwegen is even grillig als mooi.

'Het is niet waar,' zei haar moeder toen ze belde met het nieuws over Sarina. Kyra wist niet of ze het figuurlijk bedoelde, of letterlijk.

'Het is echt waar, mama,' had ze herhaald. Niet één keer, maar een keer of tien. Het maakte niet uit, haar moeder weigerde te geloven wat ze had verteld. Misschien was het beeld van haar naakte dochter, vervuild en angstig over een kustweg rennend, te gruwelijk voor haar.

De recherche in Noorwegen heeft gevraagd of ze de foto's die ze heeft gebruikt voor de poster wil mailen. Ze willen meer onderzoek doen naar de kwestie. Dat het allemaal al vijf jaar geleden is maakt ze niet zoveel uit en het feit dat er iemand is die zich Sarina kan herinneren geeft moed, had de rechercheur gezegd.

'Je moet er niet aan denken dat deze man nog vrij rondloopt,' zei hij. Dat was zo. Of juist niet. Iemand moet eraan denken. De hele tijd. Ieder uur van de hele dag. Iemand moet hem in zijn nekvel grijpen. En het liefst de strot afbijten.

Hij had Sarina vernederd. Hij had haar naakt op de boot laten blijven, misschien omdat hij ervan uitging dat ze nooit zou weglopen als ze naakt was. Dan was haar drang om te overleven uiteindelijk toch groter geworden dan haar schaamte en was ze weggerend. Dan maar bloot. Of misschien had hij haar uitgekleed, in de slaapkamer op de boot. Had hij haar gebruikt, als een voorwerp, een ding – en was hij in slaap gevallen, zelfvoldaan en arrogant, waardoor Sarina ervandoor kon gaan, zonder ook maar een seconde te verliezen aan zoiets onbelangrijks als kleding.

Ze zou het waarschijnlijk nooit weten. Het enige duidelijke was dat die vent een vuile klootzak was. Ze balt haar handen tot vuisten en probeert niet te denken aan wat hij Sarina allemaal kan hebben aangedaan. De pijn die haar zus moet hebben gevoeld. De angst. De machteloosheid. Het is te erg. Ineens begrijpt ze haar moeder. Je kúnt er niet aan denken. Het is te erg.

De getuige had Dave niet gezien. Niet in de haven, niet in de auto bij de man die hij herkende van de schets, Jerry Hasting.

'Het klopt met onze theorie,' had Grigor gezegd toen ze hem aan de lijn had. 'Dave moet al eerder overboord zijn geraakt. Ergens tussen Norderney en Fanø. Het is onwaarschijnlijk dat zijn lichaam naar het zuiden is gedreven, dat is tegen de stroom in.'

Hij had gelijk, maar op de een of andere manier had ze gehoopt dat de man ook Dave had gezien. Alsof ze hem zo iets langer in leven kon houden, bij Sarina in de buurt.

'Jij nog een dropje?' vraagt ze aan Tom, die zich als in trance op de weg concentreert, en ze houdt een handje kokindjes voor hem op.

'Dank je.' Hij pakt ze aan en begint ze een voor een in zijn mond te gooien, fanatiek kauwend.

Kyra vist de verklaring van Hensen van het dashboard en begint weer te lezen. Heeft ze al honderd keer gedaan. Of meer. Of minder. Ze kan de tekst dromen en toch leest ze hem weer.

... een verwarde vrouw... bloedende wonden aan de voeten...

Ze laat de tekst met rust en kijkt weer naar buiten. En nu? Eigenlijk had ze verder door willen rijden. Nu ze toch een getuige gevonden hebben is er ineens de hoop – niet alleen van haar, maar ook van de Noorse politie – om er meer te vinden. Tom, de Noren en Niels Bingsten hadden haar ervan overtuigd dat ze op de politie van Noorwegen moet vertrouwen. Bingsten had haar bezworen dat ze onderzoek zouden doen – zo niet, dan zou hij dat persoonlijk afdwingen.

'Wat doe je?' vraagt ze aan Tom als hij een afslag neemt en bij een groot wit hotel, direct aan zee, stopt.

'We gaan eten,' zegt hij. 'Met een lekker wijntje. En we gaan hier overnachten.'

'Maar ik moet...'

'We zijn ook nog met zijn tweeën weg hoor. Morgen zijn we weer thuis. Kun je je volop op de zaak storten, net als de afgelopen week.'

Hij kijkt vertederd naar haar en ze schaamt zich dat ze zo bezeten is door de zoektocht.

'We gaan nog even doen alsof we gek zijn,' vervolgt hij. 'Hier in het... ' – hij kijkt naar buiten – 'Lillesand hotel.'

Tom stapt uit en Kyra volgt zijn voorbeeld. Het is een mooie zomerdag. De zon verwarmt haar en in de verte hoort ze meeuwen schreeuwen in de buurt van een vissersboot. De zon staat laag boven de zee.

'We vragen een tafeltje op het terras,' zegt Tom. 'Kom. Dan kunnen we net de zon zien ondergaan.'

Kyra ademt diep in. Ze wil naar huis. Maar wat gaat ze daar dan doen? Moet ze weer zo nodig een vel papier op haar Sarina-muur plakken? Dat gaat echt niet meteen het verschil maken. Ze kijkt naar Tom die door de klapdeuren naar de receptie loopt, draait zich nogmaals om naar de zee, voelt de zon op haar gezicht en geeft zich over.

*

Ze zijn de heuvel achter het huis op gelopen en Carla wijst naar de uitgestrekte bossen, afgewisseld met grasland, kale heuvels en meren.

'Daar verderop zijn watervallen,' zegt ze. 'Niks groots, maar wel mooi. Daar komen wel eens wandelaars. En niet zo ver die kant op zit je in Noorwegen, vlak bij de kust in feite. Je kunt zo ook terugvliegen, via Trondheim, een grote stad.' Ze lacht. 'Honderdtachtigduizend inwoners hoor. Tweehonderd kilometer maar. Het is hier minder afgelegen dan je denkt.'

'Het is hier prachtig.' Maud glimlacht. 'Alleen jammer van die muggen.'

'Dat is hopeloos, inderdaad.' Carla haalt haar schouders op. 'Je moet zo meteen gaan rijden. Anders ben je niet op tijd voor je vlucht.'

Ze lopen terug naar het huis, de hond gemoedelijk naast hen.

'Ik zal over je vraag nadenken,' zegt Carla als ze bij de huurauto van Maud staan. 'Ik heb er nog nooit over gepraat. Met niemand. Je moet me even de tijd geven om daarover na te denken.'

'Er is geen tijd,' zegt Maud. 'Sorry. Ik wil je niet... Ieder jaar heeft hij het hoofd van een jonge vrouw begraven in de tuin van jouw ouderlijk huis. De moordenaar heeft heel recent weer toegeslagen, maar hij heeft het hoofd ergens anders moeten begraven. Dit klinkt niet prettig, maar het hoofd was behoorlijk toegetakeld. Anders dan de hoofden van de laatste jaren. Ik ben bang dat het escaleert. Misschien dat hij al snel nieuwe slachtoffers maakt.'

'Maar jullie hebben het verstoord,' zegt Carla. 'De reeks is verbroken. Het zal toch wel ophouden nu het ritueel niet uitgevoerd kan worden?'

'Het laatste slachtoffer is gevonden bij het tehuis waar je moeder woonde,' zegt Maud. 'In de tuin.'

Carla kijkt haar met een grauw gezicht aan.

'In de tuin bij mijn moeder?' fluistert ze.

'Heb je enig idee waarom?'

'In godsnaam, nee,' zegt ze. 'Waarom bij mijn moeder? Ik snap dat niet.' Ze schudt haar hoofd. 'Ik snap dat helemaal niet.'

'Wie waren je vriendinnen toen je bij je moeder woonde?' vraagt Maud.

'Ik had een vriendje. Verder was er wel een vriendinnengroepje, maar een beste vriendin had ik niet.'

'En later, toen je studeerde?'

'Ik zal je een lijstje met namen sturen. Dat doe ik straks meteen. Voor je in het vliegtuig stapt heb je het, maar ik kan me echt niet voorstellen dat je daar iets aan hebt.'

'In dit soort zaken is de uitkomst altijd onvoorstelbaar,' zegt Maud en Carla knikt.

'Zou je ook de vrienden van je broer voor me kunnen opschrijven?'

'Dat is makkelijk,' zegt Carla. 'Want hij had alleen maar Fred. Die was toen in de leer bij zijn vader, en van dezelfde leeftijd als Vincent, zo leerden ze elkaar kennen. Vincent werd door mijn ouders gedwongen te leren en wilde dat niet. Fred werd door zijn ouders gedwongen te werken en wilde eigenlijk liever naar school. Ergens in dat midden vonden ze elkaar blijkbaar.'

'Ik heb hem gesproken,' zegt Maud. 'Beetje kleurloos persoon.'

'In die tijd niet,' zegt Carla lachend. 'Hij hield Vincent een beetje op het rechte pad. Echt, het is geen verkeerde kerel. Er zit geen kwaad in.'

'Ik kreeg de indruk dat hij je erg graag mocht.'

Carla antwoordt niet.

'Iemand wil je familie een hak zetten,' zegt Maud. 'Of in een kwaad daglicht stellen. Kan er iemand wraak willen nemen op deze manier? Kun je niemand bedenken die een conflict had met je ouders, met je moeder?'

Carla snuift.

'Ik denk dat er veel, heel veel mensen zijn die mijn ouders een hak zouden willen zetten. Maar ik ken ze niet bij naam. Niet bij hun echte naam. En als ik ze al kende, dan nog...' Carla staart zwijgend voor zich uit.

'Ik mag jou, Maud,' zegt ze. 'Je gedrevenheid is mooi. Maar ik heb dat vaker gezien. Het leidt nergens toe. Het is gevaarlijk. Je zou het beter met rust kunnen laten. Ik kan me er ook beter niet mee bemoeien. Het is niet veilig. Echt niet.'

'Dat gaat niet,' zegt Maud. 'Dat kan ik niet. Ik kan er niet voor weglopen. Het is mijn leven, mijn werk – om ervoor te zorgen dat dit soort dingen niet gebeuren, om dit soort moordenaars te stoppen.'

Carla draait zich weg van Maud en tuurt naar de heuvels achter haar huis. Een paar minuten staat ze daar zo en Maud durft haar tweestrijd niet te onderbreken.

'Ik zal mijn verhaal voor je opschrijven,' zegt Carla uiteindelijk. 'Zo snel mogelijk. Ik zorg dat je het zo snel mogelijk hebt.'

Als ze wegrijdt kijkt Maud in de achteruitkijkspiegel naar de vrouw en de hond, kleine figuurtjes aan het eind van een steeds langer wordende weg.

– 67 –

Londen

Sarah bedwingt haar neiging om te dicht langs de gevels van de huizen te lopen. De nabijheid van zo'n muur en de mensen daarachter geeft haar een veilig gevoel, maar ze moet gewoon normaal over straat kunnen gaan en niet als een bang jong vogeltje bij een muurtje schuilen. Ze zet nog een stap opzij. Midden op straat, midden in het leven.

Stevig houdt ze de tas van biologisch katoen vast. Ze heeft vers brood gekocht, een fles veel te dure olijfolie, flinterdun gesneden serranoham, een doosje kleine tomaatjes, een pakje humus.

Ze went steeds meer aan haar leven buiten de instelling, hoewel ze er nog steeds vier keer in de week naartoe gaat voor therapie. Mabel heeft een coach voor haar gezocht, iemand die haar gaat helpen bij het zoeken van een baan. In de tussentijd werkt ze twee keer in de week een middag bij het bejaardentehuis verderop in de wijk. Koffie en thee schenken. De bingo leiden. Mens-erger-je-nieten. Ze glimlacht omdat ze morgen Tyler weer zal zien. Elke week bezoekt hij zijn oma, een kleine vrouw, vreselijk lief en vreselijk verward. Hij neemt koekjes voor haar mee en leest stukken uit de krant voor. De oude vrouw knikt en onthoudt geen woord van wat hij zegt, maar toch herhaalt het ritueel zich elke week.

De eerste keer dat ze Tyler zag schrok ze. Een lange jongen, enorm gespierd, donkere tatoeages op zijn donkere huid, zijn dreadlocks slordig samengeknoopt. Hij zag eruit als het type dat ze uit de banlieue kende, gewelddadig en grof. Maar bijna meteen had ze zich geschaamd voor haar vooroordelen, al helemaal toen hij de koekjes neerzette en de krant erbij pakte. Ongewild kan een mens soms erg dom zijn.

Toch was hij minder schattig dan ze hem in haar gedachten had voorgesteld. De koekjes en de krant verborgen ook een kant van hem die kennelijk toch een link had met een minder ideale wereld. Toen hij hoorde van haar verleden – ze had besloten er geen geheim van te maken en desgevraagd vertelde ze over haar tijd in de instelling, en de reden daarvan – had hij gevraagd of ze nooit bang was. Bij het antwoorden op die vraag twijfelde ze, want over haar angsten praatte ze toch liever niet.

'Laat maar,' had hij lachend gezegd. 'Je hebt het antwoord al gegeven.'

Bij het weggaan had hij gefluisterd dat hij bij zijn volgende bezoek iets voor haar zou meenemen. Iets wat een mogelijke aanval zeker op een afstand zou houden. Ze was benieuwd naar wat dat zou zijn.

Ze slaat de hoek om en loopt weg van de winkels de woonwijk in. Op het midden van de stoep blijven. Je niet in een hoek laten drukken. Haar hartslag is verhoogd en ze versnelt haar pas. Dat mag wel. Snel lopen mag, rennen niet. Toch overvalt haar een gevoel van haast en angst. Ze heeft de neiging om te kijken om te zien of iemand haar volgt, of daar gevaar dreigt dat ze niet ziet aankomen, maar ze houdt zich in. Niet doen.

'Een dwangstoornis moet je meteen de kop indrukken,' had haar therapeut gezegd. 'Niet aan toegeven want dan wordt het steeds erger.' Ze dwingt zichzelf om iets langzamer te gaan lopen. Misschien had ze toch een fles wijn moeten meenemen. Dat vergeet ze steeds, dat ze voor zichzelf een drankje in huis kan halen.

Hier naar links, een smallere straat in. Nog twee straten en ze is thuis. De huizen staan hier een stukje van de straat af, omdat er kleine voortuinen zijn. Sommige bewoners hebben daar iets van gemaakt, anderen gebruiken het stukje grond vooral als opslagplaats.

'Sorry,' *zegt een man naast haar. Ze schrikt. Maant zichzelf tot rust.*

'Could you give me a hand please?' *Hij spreekt het bekakte soort Engels. Verontschuldigend beweegt hij zijn linkerarm, die hij in een mitella draagt, iets omhoog.*

Ze opent haar mond om hem antwoord te geven, maar iets blokkeert en ze staat daar maar. Ze probeert te glimlachen, wat half lukt, en de man begint uit te leggen dat hij een klein bankje naar zijn zus moet brengen, maar het lukt hem niet het ding in zijn busje te zetten. Hij heeft zich verkeken op het gewicht.

'Ik dacht dat mijn arm al sterker was,' zegt hij. 'Het busje staat hier, maar het moet even snel, ik sta dubbel geparkeerd.'

Haar hart is bezig met een Olympische wedstrijd en ze voelt het bloed naar haar hoofd stijgen.

Niet wegrennen. Beleefd zijn. Behulpzaam.

'Oké?' vraagt hij.

Ineens krijgt ze totaal geen lucht meer. Straks valt ze flauw. Ligt ze hier bewusteloos op straat. Beelden schieten door haar hoofd van alle momenten waarop ze zich hulpeloos heeft gevoeld. Toen hij haar vastgebonden had aan de verwarmingspijp en vier dagen had laten zitten. Toen hij haar een week naakt had laten rondlopen omdat ze stout was geweest.

'Ik...' stamelt ze en ze wankelt.

Hij pakt haar bij haar arm en trekt haar naar de rand van de stoep. 'Ik sta hier vlak naast deze auto, toe, het is maar een kleine moeite.' Zijn toon is dwingend, zijn stem hard.

Ze trekt zich los, maar nu pakt hij haar arm vast met een kracht waarvan ze zich rot schrikt. Hij liegt. Hij wil iets anders van haar. Hij wil haar kwaad doen. Ze probeert zich los te trekken maar hij pakt haar nog steviger vast en ze hapt naar adem. Hijgend draait ze haar elleboog naar buiten en brengt haar pols tot vlak voor haar borst, legt haar onderarm over zijn onderarm en duwt naar beneden. De hele beweging neemt een seconde in beslag en zijn hand schiet los. Ze ziet een glimp van zijn verbijsterde uitdrukking als ze het op een lopen zet, wild met de boodschappentas zwaaiend. Als een dolle rent ze over de stoep. Twee jongens van een jaar of vijftien die haar tegemoet lopen springen lachend aan de kant. 'Yo, mama!' *roept er een.* 'Go for it!'

Ze slaat de hoek om, probeert nog harder te rennen. Het razende geluid van een motor komt dichterbij. In een grote bocht rent ze om de volgende straathoek en bibberend pakt ze haar huissleutel uit haar jaszak, de deur in haar vizier. Nog tien meter. Nog vijf. Ze steekt de sleutel voor zich uit, alsof ze op afstand de deur kan openen en ze blijft voor de deur staan. Ze hijgt zo erg dat ze haar hand amper stil kan houden. Achter haar hoort ze het busje hard remmen. De deur schiet open en ze springt naar binnen, in één beweging de deur dichtgooi-

end. Meteen rent ze met twee treden tegelijk de trap op en ze vlucht haar appartement binnen. Dan begint ze met het dichtdraaien van de sloten.

'Nummer één aan de bovenkant,' zegt ze buiten adem en ze duwt de schuif dicht. 'Nummer twee aan de onderkant.' Ze bukt en schuift ook dat slot dicht. 'Nummer drie is het gewone slot.' Ze draait de sleutel om. 'De ketting.' Ze doet de schuif van de ketting in de sleuf. 'Nummer vier is het hangslot.' Ze steekt het hangslot door de twee dikke ogen die ze op de deur en de deurpost heeft bevestigd en duwt het slot dicht. De duidelijke klik die ze hoort stelt haar gerust. Dan draait ze zich om en gaat de ramen controleren.

– 68 –

Dat teringwijf is er gewoon vandoor gegaan. Hij had totaal niet verwacht dat ze aan zelfverdediging had gedaan maar ineens realiseert hij zich dat dit best onderdeel van haar therapie geweest kan zijn. Tenslotte werkt hij nog pas kort bij de inrichting. Hij had verdomme haar dossier door moeten nemen, dan had hij het gewoon geweten. Shit. Kutzooi.

Vloekend stapt hij de bus in en hij rijdt weg, voordat de buren hem goed hebben kunnen zien. Hoopt hij. Verdomme. Straks heeft iemand het kenteken van het busje opgeschreven. Hij moet maken dat hij dat ding inlevert.

Sneller dan is toegestaan, maar niet te snel want dan loopt hij het risico aangehouden te worden, rijdt hij naar een andere wijk. Op een parkeerterrein bij een gesloten winkel rukt hij de deuren van de bus open. Hij springt erin, schuift het bankje eruit, gooit de bus weer dicht en rijdt snel weg. Binnen een kwartier is hij bij het verhuurbedrijf en hij levert de bus in, de boete betalend omdat hij het ding niet heeft volgetankt.

Hij kan niet geloven dat ze hem de baas is geweest. Natuurlijk is het wel eens eerder voorgekomen dat iemand hem niet wilde helpen, maar het is nog nooit gebeurd dat iemand zich uit zijn greep los heeft kunnen maken.

Verdomme. Nu zal hij ook iets anders moeten bedenken, want de truc met het busje kan hij niet opnieuw gebruiken. Kutwijf. Hij zou haar voor haar kop moeten slaan. Haar moeten achtervolgen op straat en een donker steegje in moeten trekken. Dan zou hij haar op haar hoofd slaan totdat ze buiten westen was. Hij zou haar broek losscheuren, naar beneden trekken en hij zou haar nemen, kapotneuken, ze zal weten wie hier godverdomme de baas is. Hij zou wachten tot ze bij zou komen, verward, duizelig, met koppijn en een bloedende benedenverdieping. Hij zou haar uitlachen als ze de pijn tussen haar benen zou voelen, de brand in haar kont.

Hij gaat haar te grazen nemen. Hij gaat haar zo ontzettend te grazen nemen dat ze niet zal weten wat haar gebeurt. Razend loopt hij over straat, en briesend sprint hij de trap naar het metrostation af. Hij gaat een mooi pakket voor haar samenstellen. No way dat hij dit laat gebeuren. Hij moet haar niet de kans geven zichzelf te herpakken. Niet de kans geven om hulp in te schakelen. Hij moet meteen weer in actie komen.

Zonder ook maar een moment te twijfelen over wat hij aan het doen is gaat hij naar huis, kleedt zich om, spoelt zijn haren een paar keer goed uit in de wasbak, haalt de gekleurde lenzen uit zijn ogen en trekt een spijkerbroek en een T-shirt met lange mouwen aan. Hij vist zijn postbezorgersjasje uit een van de verhuisdozen en stapt in zijn auto.

Hij parkeert bij het winkelcentrum en loopt meteen een luxe cadeauwinkel binnen. Hij zoekt een paar kostbare spullen uit. Een prachtige fotolijst. Een aantekenboekje. Wierook. Altijd al heeft hij de zaken grondig aangepakt. Als hij een pakje maakt, dan maakt hij ook een pakje.

Bij de post haalt hij een geschikte doos en hij pakt de zaken meteen in, plakt de doos dicht en loopt – de caissière verbaasd achterlatend – met het pak de deur weer uit.

Dan stelt hij de routeplanner in met Sarahs adres en rijdt weg.

– 69 –

'Kyra.' De stem van Maud Mertens klinkt hard en geagiteerd. 'Ben je al terug?'

'Hoezo?' vraagt Kyra. Ze staat naast een benzinepomp en verplaatst de telefoon naar haar andere hand. Achter haar raast het verkeer over de snelweg.

'Er is nog een ontwikkeling in de zaak van je zus.'

Kyra vergeet adem te halen. Zo is het dus als de grond onder je voeten verdwijnt. Dit bedoelde mama met vallen. Vallen en niet neerkomen.

'Is ze gevonden?' fluistert Kyra met een vreemd schorre stem. Zo klinkt ze niet. Dit is niet haar stem.

'Nee,' zegt Maud. Ze klinkt gehaast. 'Maar er is iemand die je zus heeft gesproken na haar verdwijning. En dan bedoel ik uitgebreid gesproken.'

'Echt?' Weer die vreemd fluisterende klank. 'Wie? Waar is ze? Ik moet haar spreken.'

'Ze wil je graag ontmoeten. Maar ze kan niet naar Amsterdam komen. Je zult naar haar toe moeten.'

Een vrachtwagen dendert langs en Kyra houdt met haar vinger haar vrije oor dicht om Maud beter te kunnen horen. Holy shit, nog een getuige.

'Geen probleem. Zeg maar waar ik naartoe ga.' Dat klinkt al wat meer als zichzelf. Goddank.

'Londen,' zegt Maud. 'We kregen het bericht van de recherche daar. Niet zo ver, maar toch.'

Londen? 'Ik vertrek meteen.'

'Rustig aan. Dit bezoek moet goed voorbereid worden. Voor deze vrouw, maar ook voor jou. We gaan niet halsoverkop gekke dingen doen.'

'Wat stel je voor? Wanneer kan ik... Ik kan er morgen zijn.'

'Waar ben je nu?'

'We zijn nog onderweg. We rijden in het zuiden van Denemarken. Ik kan ook het vliegtuig nemen.'

'Dan ben je niet sneller hier,' zegt Maud. 'Rij jij maar rustig terug naar Amsterdam en dan overleggen we over wanneer je naar Londen gaat. Misschien ga ik wel met je mee.'

'Vertel me iets over haar,' zegt Kyra. 'Wie is het? Waar heeft ze Sarina gesproken en wat is er gebeurd?'

Het verkeer lijkt wel sneller te gaan dan anders. Met een razende vaart schieten de auto's langs haar. Zij moeten ook de weg op, snel.

'Ze heet Sarah,' zegt Maud. 'Of eigenlijk Beatrice. Het is ingewikkeld. Ze kan het je beter zelf vertellen. Bel me als je terug bent.'

Maud heeft opgehangen en Kyra staat wezenloos voor zich uit te staren. Ze stopt de telefoon in haar broekzak en draait zich om naar Tom, die net heeft afgerekend en met zijn vader staat te bellen. Als hij haar gezicht ziet breekt hij het gesprek af.

'Wat?' vraagt hij en hij pakt haar bovenarm vast.

'Iemand die Sarina heeft gesproken,' antwoordt ze. 'Een vrouw. Sarah heet ze. Ik moet naar Londen om haar te ontmoeten.'

'Wanneer heeft die Sarah haar gesproken? Hoe? Leeft Sarina nog?' vraagt Tom. Zijn stem is hard. Hij praat snel.

'Ik weet het niet,' stamelt Kyra. 'Maud zei niets over Sarina. Nee. Ze kan niet leven. Dat zou Maud dan wel hebben gezegd. Sarah heet ze, zei ik dat al? Ze heeft Sarina gezien. Ze kan me over haar vertellen. Jezus.' Ze lacht en haalt diep adem. 'Eindelijk. Eindelijk gebeuren er dingen, eindelijk iemand die meer weet.'

*

'Ik heb twee verklaringen kunnen opnemen over Demsterwold,' zegt Niels. Het lijkt wel alsof hij nog bleker is geworden. Maud zit met het team bij elkaar om bij te praten. 'Het zijn twee oude getuigen die hun verhaal opnieuw hebben gedaan,' vervolgt hij en hij kucht. Hij zal toch niet weer aan het roken zijn? 'Van die twee mannen heb ik de namen en e-mailadressen gekregen van nog vier anderen, onder wie twee vrouwen. Verder meldde zich een journalist, een serieuze jongen, Joris Verstraten, die heel veel onderzoek naar Demsterwold heeft gedaan en al zijn materiaal met ons wil delen.'

'Op voorwaarde dat hij het eerst nieuwtjes krijgt,' stelt ze.

'Dat heeft hij niet gevraagd,' zegt Niels. 'Maar het zou wel netjes zijn om wat terug te doen natuurlijk.'

'Zijn er nog identificaties?' vraagt Maud aan Myrna.

'Er zijn nog twee meiden geïdentificeerd,' antwoordt John in haar plaats. 'Verdwenen in 2013 en 2014. Peggy Kay, een studente uit Engeland, en Sylvia Kaatbergen, werkte bij een advocatenkantoor in Amsterdam.'

'Ik herinner me die zaken,' zegt Maud. 'Naar allebei is gezocht, toch?'

'Uitgebreid,' zegt John. 'Tragisch allemaal. Heel tragisch. Klotezooi.'

'Zeker ook blond, sportief...'

'Voldoen aan het hele lijstje.' Niels schudt zijn hoofd en hoest nog een keer.

'Sarina Slagter voldoet ook aan dat lijstje.' Maud kan niet langer negeren dat het mogelijk kan zijn dat Sarina toch in de tuin van Demsterwold gevonden wordt.

Myrna staat op en gaat naast de plattegrond van de tuin staan. 'Er is er net nog een binnengekomen,' zegt ze. 'Het is niet Sarina, maar Laila O'Connel, een meisje uit Nieuw-Zeeland, verdwenen in 1998.' Ze beweegt haar vinger langs de vindplaatsen en noemt de jaartallen op. '1996, 1997, 1998, 2010, 11, 12, 13, 14 en 15.'

'Vooral de laatste jaren een grote regelmaat,' zegt Thomas. 'Maar wat is er tussen 1998 en 2010 gebeurd?'

'Er is er nog eentje niet geïdentificeerd,' zegt Myrna. 'Dat zou Sarina kunnen zijn, maar ze schatten dat die schedel redelijk oud is. Van voor 2010, toen Sarina verdween.'

'Ik laat de familie Slagter pas iets weten als alle schedels zijn geidentificeerd,' zegt Maud. 'En wanneer dat laatste slachtoffer ook vermist is geraakt, er is sowieso een flink gat na 1998.'

Maud schrijft de conclusie op in haar schrijfblok: *pauze tussen 1998 en 2010*.

'Er is niets bijzonders te vertellen over die jaren,' zegt Myrna. 'Daarvoor is de periode ook te lang. Het enige opvallende is dat de vrouwen voor zover we nu kunnen zien telkens in juni vermist zijn geraakt.'

'Is er iets bekend over de manier waarop ze vermist zijn geraakt? Laatste momenten waarop ze zijn gezien? Getuigenverklaringen?'

'Ik heb geen getuigenverklaringen gevonden. Tot nog toe hebben we geen inzicht in de manier van te werk gaan. Veel vrouwen waren in een soort buitengebied. Wandelpad, fietspad – dat soort locaties. Van de meisjes die in de stad verdwenen weten we alleen dat ze bijvoorbeeld zijn weggegaan van school, en dat was dan het laatste. Maar ik zoek door. Het slachtofferprofiel geeft wel een duidelijk beeld,' gaat Myrna verder. 'Uiterlijke overeenkomsten hadden we al genoteerd, maar wat verder opvalt is dat ze allemaal actief waren: werkend, studerend, sportend. Hij heeft een voorkeur voor mooie, blonde, "succesvolle" vrouwen.'

Dus hij zoekt aantrekkelijke vrouwen. Die ergens voor staan. Dit moet ze nog eens met Jan Anne overleggen.

'Laten we een rondje doen,' zegt Maud. 'Weten we al wat voor kamer dat was, waar al die hoofden naar keken?'

'Dat was de zitkamer van Ina Demsterwold,' zegt Jolanda. 'Blijkt dat ze daar meestal de hele dag doorbracht.'

'En dat is altijd zo geweest?'

'In elk geval de laatste twintig jaar, sinds ze uit het buitenland terugkwamen en daar weer zijn gaan wonen.'

'Toevallig al wat meer informatie over het laatste slachtoffer?' vraagt Maud. Ze griezelt nog steeds een beetje van het idee dat zij met haar hand in de aarde zat te woelen waar dat losse hoofd lag begraven. Voor hetzelfde geld had ze met haar vingers in de mond gezeten of zo. Ze rilt.

'Wat het NFI wel liet weten,' zegt Jolanda, 'is dat ze DNA-materiaal dat niet van haarzelf is in haar mond hebben aangetroffen.'

Er valt een stilte waarin iedereen bedenkt wat dit betekent.

'Dus ze is voor haar dood misbruikt?' vraagt Maud.

'Niet heel verbazingwekkend,' stelt Niels, maar Jolanda schudt haar hoofd.

'Erger,' zegt ze. 'Het sperma leefde nog. En het hoofd is van iemand die al een tijdje dood is.'

*

'Maar hoe weet de politie dan zeker dat het over Sarina gaat?'

Kyra's moeder zit aan de keukentafel, kaarsrecht, een mok dampende thee voor haar.

'Dat meisje in Londen heeft haar naam genoemd. En ook mijn naam. Ze vraagt speciaal naar me.'

'Maar dat vind ik juist zo gek, wat heeft dit allemaal met jou te maken?'

Misschien heeft haar moeder er moeite mee dat Sarah niet naar de moeder van Sarina heeft gevraagd, maar naar haar zus.

'Ik ga mijn tas pakken. We vliegen om halftwaalf, kun jij me morgen naar Schiphol brengen?'

Haar moeder trekt een moeilijk gezicht en pakt haar telefoon.

'Ik heb een cliënt,' zegt ze.

'Papa heeft ook dienst,' zegt Kyra. 'Dan ga ik wel met de trein, geen probleem.'

'Twee dagen was het, toch?' Haar moeder blijft op haar telefoon staren. Even heeft Kyra de neiging om te vragen of ze meegaat, maar ze heeft het niet aangeboden, er niets over gezegd. Haar vader heeft haar ticket betaald en geld overgemaakt zodat ze het hotel kan betalen en iets kan eten, maar ook hij heeft niet gesproken over meegaan.

'Hebben ze een foto van Sarina aan haar laten zien?' vraagt haar moeder.

Kyra haalt haar schouders op. Om de een of andere reden wil haar moeder niet geloven dat iemand meer informatie heeft over haar oudste kind.

'Ik neem aan dat ze ons niet voor niets laten komen, mama.'

'Ons?'

'Mij en Maud.'

'Hmm.' Haar moeder kijkt weer naar haar telefoon. 'Ik vind dit allemaal heel vreemd lopen. Zo iemand die haar geheugen kwijt is, ergens ronddoolt, dan ineens weer alles weet en Sarina noemt. Ik geloof er niets van. Klinkt meer als een psychiatrisch patiënt dan als een betrouwbare getuige.'

*

'En het buurtonderzoek?' vraagt Maud aan Jolanda. Ze hebben even een kleine pauze ingelast, zodat iedereen het beeld van wat er allemaal met het hoofd van het laatste slachtoffer gebeurd kan zijn, van zijn netvlies heeft kunnen zetten.

'Niemand heeft ooit iets gemerkt van het graafwerk om die hoofden te verstoppen,' vertelt Jolanda. 'Wel opvallend was dat een buurvrouw aangaf dat de wagen – met vermoedelijk de chauffeur – van Ruud Demsterwold regelmatig 's nachts langskwam om de kinderen op te halen. En dat hij ook wel eens 's nachts een paar uur thuis was. Dan bleef de chauffeur wachten in de auto en dan ging hij weer.'

'Dat is gek,' stelt John. 'Sliep hij daar dan nooit?'

Jolanda haalt haar schouders op. 'Ik vind het ook meer klinken alsof ze gescheiden waren dan getrouwd. Dit gebeurde overigens in de beginjaren. Dus in de jaren negentig en het begin van het millennium, maar later niet meer. Logisch, want toen studeerde Carla in Utrecht en was Vincent naar Londen, dus ik denk echt dat hij dan voor de kinderen kwam.'

Nachtelijk bezoek door Ruud Demsterwold, schrijft Maud bij haar feiten, onder een aantekening over de zitkamer van Ina en het slachtofferprofiel.

'Wat ik van Carla Demsterwold hoorde,' zegt Maud, 'is dat zij een huis heeft in Ransdorp, Clever heeft dat ook bevestigd. Zij gaf aan dat zij daar in geen jaren is geweest, maar dat Vincent er regelmatig verblijft. Ik wilde daar eens een kijkje gaan nemen.'

'Huiszoekingsbevel?' vraagt Niels.

'Geen aanleiding voor,' antwoordt Maud. 'Maar toch. Heb jij nog iets ontdekt?'

'Alleen dat Demsterwold tijdens zijn studie lid was van Minerva, samen met een behoorlijk aantal andere hotemetoten uit bestuurlijk Nederland. Allemaal mensen die zelf weinig creërend vermogen hebben, dus geen bedrijf starten, maar via de politiek en mooie functies hier en daar hun zakken vullen. Veel van die mannen uit de Minerva-connectie hebben iets met de zaak-Demsterwold te maken. Zij hebben bijvoorbeeld onderzoek naar hem gefrustreerd of gedwarsboomd. Ze beweren altijd allemaal dat alle verdachtmakingen betreffende Demsterwold grote onzin zijn. De burgemeesters van verschillende grote steden zeggen die dingen, vooral als er sprake zou zijn van pedofiele activiteiten in hun stad.'

Minerva-connectie, schrijft Maud op.

'Maar niks concreets?' vraagt Maud. 'Geen hard bewijs voor wat beweerd wordt?'

'Niet iets wat jij goed genoeg vindt, Maud. Maar ik heb nog een paar sporen die ik kan volgen.'

'En het autootje?' vraagt Maud. 'Is daar al iets mee gedaan?'

'Het staat niet hoog op de prioriteitenlijst van het NFI,' zegt Myrna. Onbewust laten een aantal mensen hun blik naar het bord gaan. Een foto van een zwartgeblakerd en verwrongen autootje hangt naast een plaatje van een knalroze slee. 'Maar ik heb ze zover weten te krijgen dat ze er morgen naar kijken. Wie ik ook gesproken heb in de tussentijd is Fred van Leeuwen.'

'De tuinman.'

'Precies. Ik kreeg een rondleiding van een uur langs al dat klassieke speelgoed, maar hij miste verder niets. Alleen dat roze ding. Het onderzoek naar de diefstal heeft nog niets opgeleverd. Ik heb hem gevraagd om op te schrijven wie er in de paar weken voor de diefstal bij hem langs zijn geweest en hij zou me die lijst vandaag mailen. Hij was des duivels, dat dat ding gestolen is.'

Maud vertelt over haar bezoek aan Carla en geeft aan dat zij haar verhaal op papier gaat zetten en zal opsturen. Ze verdeelt de taken en sluit af. Samen met Niels loopt ze naar buiten.

'Eerst naar Fred van Leeuwen?' vraagt ze. 'Ik wil hem nog wat vragen stellen over Carla. En dan even doorrijden naar haar huis?'

Bij het appartement van Van Leeuwen wordt niet opengedaan en ze besluiten dan maar door te rijden naar Ransdorp. Een oudere dame roept naar Maud vanaf de galerij van de flat.

'Zoeken jullie Fred?' vraagt ze. 'Hij is in Durgerdam, op zijn boot.'

'Weet u toevallig hoe die boot heet?' vraagt Maud.

'Het is de Carla,' zegt de vrouw. 'Een lange, witte boot. Hij zit daar vaker dan hier.'

Ze bedanken de oude dame en lopen de trap af. Niels hijgt.

'Rook je weer?' vraagt Maud.

'Wat gaat jou dat aan?'

'Ik heb niets aan je als je omvalt van de slaap of ziek wordt,' zegt ze, maar Niels reageert er niet op.

'De Carla,' zegt Niels als ze weer instappen.

'Zo'n vermoeden had ik al,' zegt Maud terwijl ze achter het stuur plaatsneemt. 'Tussen die twee heeft iets gespeeld, maar ik weet niet wat. Het moet een bijzonder karakter hebben gehad, want het zijn geen types die zo op het eerste gezicht bij elkaar passen.'

Even is ze stil.

'Ik weet niet waarom,' vervolgt ze, 'maar ik heb de indruk dat Fred haar ergens voor beschermd heeft. Ze was mild over hem. En verder over niemand uit haar verleden.'

De haven van Durgerdam is klein, maar schitterend gelegen aan de dijk met de prachtige dijkwoningen en het uitzicht op het IJsselmeer. Het is windstil en het water weerspiegelt de zon en een enkele wolk in de verder blauwe lucht. Vlak buiten de waterlijn staat een rood-wit gestreepte vuurtoren en op deze zomerse dag is het alsof ze in een collectie ansichtkaarten zijn gestapt.

Maud en Niels lopen over de steigers, op zoek naar de Carla. Niels stoot haar aan en wijst naar een prachtige witte zeilboot die even verderop ligt. Als ze dichterbij komen zien ze in krullerige letters *Carla* op de boeg staan.

'Fred?' roept Niels. 'Van Leeuwen?'

Maud stapt aan boord, een beetje onwennig loopt ze over het gangboord. 'Meneer van Leeuwen?' roept ook zij.

Geen antwoord.

Ze blijven in de kuip staan, Maud aarzelt of ze de deur naar de kajuit zomaar open zal maken, maar besluit dat ze nou wel genoeg heeft rondgereden zonder resultaat en ze loopt naar het deurtje toe. Uit beleefdheid klopt ze, maar als er geen antwoord komt trekt ze het lage deurtje open. Binnen is het duister. De gordijntjes zijn dicht en het duurt even voordat haar ogen aan het donker gewend zijn.

Fred van Leeuwen zit op de U-vormige bank, aan tafel. Over zijn hoofd is een plastic zak getrokken, aan de onderkant een beetje knullig vastgeplakt met tape. Op tafel liggen lachgaspatronen en medicijnen.

'Had hij daar nou geen ondoorzichtige zak voor kunnen kiezen?' moppert Niels. Het gezicht van Van Leeuwen is blauw aangelopen, zijn tong hangt uit zijn mond en zijn ogen staan open.

'Zelfmoord,' zegt Maud, verwijzend naar een vrij nieuwe methode onder de zelfmoordenaars van de laatste jaren. 'Althans, men wil het daarop laten lijken.'

– 70 –

Er is een parkeerplaats bijna voor de deur van haar huis. Het valt hem amper op, hij heeft altijd een plaats waar hij die verwacht. Hij parkeert zijn auto, zet zijn zonnebril op en zijn pet, doet het postbezorgersjasje aan, pakt het pakket mee en stapt uit.

SARAH LEBLANC staat er bij de bel van de eerste verdieping, en hij ergert zich opnieuw aan haar keuze voor LeBlanc. Ze is niet blank, niet onverdorven, niet onbeschreven. Hoe haalt ze het in haar hoofd om dat soort dingen te doen? Ter plekke besluit hij om haar niet meteen te doden, maar eerst nog plezier met haar te maken. Dat heeft ze verdiend. Híj heeft het verdiend. Even voelt hij weer de woede die hem bij de hand nam toen hij zijn eerste meisjes had. Natuurlijk, hij is volwassener geworden, rustiger. Hij is in staat om zichzelf te beheersen en zo het spel langer te laten duren, hun lijden en zijn genot, maar die eerste keren – de allesomvattende woede, het onbeheerste, ongeremde geweld – hadden toch ook zo hun charme.

Hij belt aan en wacht.

Geen reactie. Hij gelooft er niets van dat ze niet thuis is. Die ligt onder de dekens in bed, wedden? Te rillen en te trillen. Stom wicht. Misschien is ze van uitputting in slaap gevallen. Van de cursussen die hij gedaan heeft weet hij dat angst kennelijk heel uitputtend is. Watjes. Hij kan zich er niets bij voorstellen. Maar hij is dan ook eigenlijk nooit bang geweest. Nooit echt.

Hij zet het pakket op de stoep. Tenslotte heeft hij tijd genoeg. Ineens moet hij denken aan zijn jeugd. Hij heeft geen idee waarom hij er ineens aan denkt, misschien omdat hij in het donker op een geheime missie is, maar ineens herinnert hij zich weer de ontploffende kikkers. Toen hij oud genoeg was om zelf vuurwerk te kopen was de lol er eigenlijk alweer af, maar toch had hij nog een paar keer enkele uurtjes besteed aan zijn vroegere hobby. Het was vooral het stiekeme dat hij leuk vond, het bezig zijn met iets waarvan je weet dat andere mensen het afkeuren en het dan toch gewoon doen. Precies wat hij nu doet. Dat is de lol.

Hij belt nog een keer aan bij Sarah. Hij wacht af en na een paar seconden hoort hij nu toch de intercom.

'Ja?'

'Mevrouw Sarah LeBlanc?' vraagt hij en hij doet zijn best om zijn stem een beetje te verdraaien.

'Ja?'

'Pakketje voor u.'

'Ik heb niets besteld.'

'Uw naam staat erop.' Hij noemt naar naam en het adres. 'Eerste verdieping,' zegt hij.

'Dat klopt wel.'

Hij wacht af. Ze zegt niets meer.

'Hallo?'

'Ik ben er nog,' zegt ze. 'Van wie is het?'

'Het is aan u geadresseerd.'

'Ik verwacht niets,' zegt ze nogmaals. Misschien moet hij toch een van zijn twee troeven uitspelen. Hij denkt na over wat hij zal doen. Hij kan zijn naam noemen – de naam die zij kent – en dat zal haar naar buiten lokken, maar dat is de minst creatieve oplossing.

'Het is van...' zegt hij en hij staart omhoog of hij iets van beweging ziet achter haar ramen. 'Even kijken,' zegt hij, alsof hij veel moeite moet doen om de afzender te vinden. Het pakket staat naast zijn voeten op de stoep. 'Het is van Kyra Slagter.'

Stilte.

Hij weet zeker dat ze nu komt, maar het blijft stil. Na een minuut noemt hij haar naam met zijn dokter-Stevens-stem.

'Sarah?'

Het blijft even stil, maar dan klinkt het: 'Ja?'

'Dokter Stevens hier. Ik kom net aanlopen. Er staat hier een man die zegt dat hij een pakje voor je heeft.'

'Dokter Stevens?'

'Ik was in de buurt. Je had zoveel verteld over je nieuwe huis, ik dacht... Kom je even naar beneden?'

Nu hoort hij eindelijk geluid aan de andere kant van de deur. Hij knielt. De voordeur zwaait naar binnen en even later staat Sarah voor hem en als ze hem herkent zet ze grote ogen op, dan fronst ze.

'Hè,' stamelt ze. 'Wat...?'

Vliegensvlug steekt hij de injectienaald die hij al klaar hield in haar been en injecteert meteen de verdovende vloeistof. Hij komt omhoog, ziet haar wankelen en proberen om te schreeuwen, maar er komt alleen wat gekreun uit haar mond. Hij vangt haar op als ze valt, ondersteunt haar en voert haar mee naar de auto, waar hij haar in de passagiersstoel helpt. Rustig loopt hij terug om het pakket op te halen, gooit het in de achterbak, stapt in en rijdt weg.

– 71 –

Londen

Iemand klopt op de deur. Die deur recht naast haar hoofd.

Herrie. Gigantische herrie.

Gigantische koppijn.

Ze wil naar haar hoofd reiken, maar kan haar armen moeilijk bewegen omdat ze klem zit.

O my god.

Gigantische koppijn. Gigantische misselijkheid.

Ze opent haar ogen en ziet niks. Ze probeert haar benen te strekken, maar ze zit klem. Als ze om zich heen tast voelt ze gladde wanden, een vloer, een dak, vlak boven haar, ze kan niet eens haar armen strekken. Ze hapt naar adem. Ze weet dat ze ligt, maar het voelt alsof ze achterover kiept, van een hoge rots, zo de afgrond in.

Ze ligt in een kist. Hard duwt ze tegen het gladde oppervlak boven haar, maar er gebeurt niks.

Nee.

Nee.

Haar verwarde geest probeert te begrijpen wat er aan de hand is. Iemand heeft haar opgesloten. Ze probeert haar benen te strekken, maar ook die wand geeft niets mee.

Ze schreeuwt. Ze weet niet naar wie, maar ze moeten dit ding openmaken, haar hieruit halen. Ze schreeuwt tot haar keel brandt, niet in staat om helder na te denken.

O my god.

Dokter Stevens.

Hij was het die voor de deur stond. In een of ander uniform, een soort werkmanskleding, hij was de dokter en de postbode. Hij had een pakje voor haar. Van Kyra Slagter. Ze begrijpt er niets van. Helemaal niets. Wat doet de dokter met een pakje? Wat heeft hij gedaan? Waarom?

Ze snikt, maar ze huilt niet. Iets in haar is doof geworden. Gevoelloos. Ze voelt het bewustzijn wegglippen, haar gedachten, haar herinneringen.

Hier geen blauwe lucht. Geen licht. Alleen een flauwe luchtstroom, vlak naast haar. Ze voelt met haar vingers. Een paar kleine gaatjes naast haar hoofd. Ze draait haar gezicht de andere kant op en sluit haar ogen. Ze heeft het geprobeerd. Ontzettend hard geprobeerd, maar nu is het genoeg geweest. Meer dan genoeg. Ze wil niet meer.

– 72 –

Binnen een kwartier staat de haven van Durgerdam vol met politiewagens en rechercheurs. Het gebruikelijke werk wordt gedaan: de plaats delict afzetten, de witte pakken aantrekken, handschoenen aan. De koffers worden uit de auto's gehaald en meteen beginnen de junior rechercheurs bordjes te plaatsen bij de verschillende sporen. De fotograaf stelt zijn camera in.

Maud en Niels staan op een afstandje naar de bedrijvigheid te kijken. Ze zijn op de wal gaan staan. De kajuit is te klein voor al die mensen bij elkaar. Na een paar minuten steekt de schouwarts zijn hoofd naar buiten en roept Maud.

'Hij is al even dood,' zegt de man. 'Een etmaal, schat ik. Kan het niet helemaal precies zeggen, dat weet je.'

'Bedankt.'

De man gaat weer naar binnen en op dat moment gaat Mauds telefoon. Het is John.

'Een nieuwe vermissing,' zegt hij. 'Misschien is dat die nieuwe, die bij het verzorgingshuis lag. Suzanna Vawrinka heet ze.'

'Of dit is een andere en hij is aan het doorslaan,' zegt Maud. 'We komen eraan. Hier kunnen we toch niets doen. Heb je al DNA-materiaal gevraagd?'

'Haar moeder is hier,' zegt John. 'Ik zal meteen een monster nemen.'

*

Kyra zet haar fiets tegen een grote waterton. Het liefst was ze na aankomst in Amsterdam meteen in het vliegtuig naar Londen gestapt, maar zo makkelijk was dat niet.

Sarah was kwetsbaar, werd haar verteld. Daar kon je niet gewoon maar even op afstappen. Het gesprek moest goed voorbereid worden en zou plaatsvinden in de kliniek waar het meisje het afgelopen jaar behandeld was.

'Wat voor kliniek?' had ze aan Niels gevraagd toen hij haar belde met instructies. 'Is er een fysiek probleem? Of mentaal?' Maar hij wilde verder niets zeggen.

Zich verbazend over de bonte verzameling bouwmaterialen, de romantische en vrolijke stapels en bergen steen, ijzer en hout, maar tegelijk ook huiverend van het verval en de rommel, loopt Kyra door naar achteren. Maud heeft gezegd dat Jan Anne meestal ergens in het midden van de tuin te vinden is, in de buurt van zijn zelfgebouwde huis. Hut. Iglo. Ze wist er geen goed woord voor.

Zelf zou ze het misschien een grot noemen, denkt ze als ze het rotsachtige gebouw in het zicht krijgt. Op het pleintje voor de ingang staat de man die ze in de tuin bij Bas Narcing is tegengekomen. In gedachten noemt ze hem nog steeds 'de Beer'. Hij is bezig lange ijzeren repen in een betonnen voet vast te maken. Hij draagt een duikbril, veel te grote leren handschoenen en boort diepe sleuven in het steen.

Rondom het gebouwtje ziet ze voorbeelden van wat hij aan het maken is. Allemaal ijzeren constructies op betonnen voeten. Sommige hebben een soort heen en weer wiegende ijzeren stengels, zoals die waar hij mee bezig is, andere hebben een soort schoepenraderen en draaien door de lichte bries. Kunstwerken die lijken te leven, geluid maken, dansen.

Jan Anne is gestopt met boren, hij trekt zijn handschoenen uit en loopt op haar af. 'Kyra Slagter, welkom.' Hij zegt het op een zodanige toon dat Kyra niet twijfelt aan zijn oprechtheid.

'Hij kon iets mooier,' zegt hij, naar het kunstwerk wijzend. 'Een paar sprietjes erbij en dan is ze nog vrolijker.'

Kyra lacht en geeft Jan Anne een hand. Nu ze naar het kunstwerk toe lopen, ziet ze de kleine details. Sommige sprieten zijn glad en strak, maar er zijn ook kunstwerken met extra ringen, verdikkingen en ogen. De meeste zijn van metaal, sommige verroest, andere zijn van roestvrij staal, en er zijn er ook een paar met versieringen van hout. Hoeveel uren werk heeft hij hier wel niet in zitten?

'Wil je thee?' vraagt hij en Kyra knikt.

'Graag,' zegt ze.

Hij wijst haar op een soort eivormige stoel die voor het huis staat, en ze gaat zitten. Al snel is hij terug met twee niet bij elkaar passende bekers. Hij neemt plaats op een krukje en gaat naast haar zitten.

'Wilt u niet hier zitten?' vraagt ze en ze komt half overeind. Jan Anne maakt een afwerend gebaar.

'Ik zit daar al elke dag,' zegt hij. 'Nu mag jij.'

Ze zakt weer terug en eerlijk gezegd stelt zijn antwoord haar gerust. Het ei lijkt precies de goede vorm te hebben en het voelt heel veilig om daar zo te zitten.

'Maud kon niet komen,' zegt Jan Anne. Hij vertelt haar van de ontwikkelingen bij de haven van Durgerdam en over de nieuwe vondst van een hoofd in de tuin van het tehuis waar Ina Demsterwold woonde.

'Dus hij heeft het ritueel veranderd,' zegt Kyra.

Jan Anne bromt instemmend.

'Het lijkt me,' vervolgt Kyra voorzichtig, 'dat hij ineens impulsief handelt. Dat is, voor zover ik dat kan beoordelen, *out of character*. Ik vraag me af wat dat voor gevolgen kan hebben.'

Weer bromt Jan Anne instemmend, maar hij geeft geen antwoord. Zwijgend zitten ze thee te drinken.

'Het hele patroon is afwijkend,' zegt hij na een paar minuten. 'Als je niet goed oplet, dan zou je denken dat het niet een, maar zelfs twee of drie daders betreft.'

'Het leek me dat al die hoofden op precies, maar dan ook precies de goede plek lagen.'

'In een bocht van honderdtachtig graden, en alle afstanden waren exact honderdzesentwintig centimeter. De hoofden lagen op die afstand van elkaar af en de twee rijen lagen ook op die afstand van elkaar.'

Kyra kijkt de oude man vragend aan.

'Honderdzesentwintig,' mompelt ze en ze denkt na.

'Het is niet het aantal moorden,' zegt ze dan. 'Dat lijkt me wel heel erg veel.'

Jan Anne bromt.

'Honderdzesentwintig,' zegt ze. 'Eén, twee, zes. Twaalf, zes. Of één, zesentwintig.'

Ze neemt een slok thee. Dit moet iets betekenen, misschien zegt het hun niets, maar de dader wel.

'Die vermissingen waren allemaal in juni,' zegt Jan Anne.

'Op dezelfde datum?'

'Nee, dat niet.'

'Dus niet allemaal op 12 juni?'

Jan Anne schudt zijn hoofd.

'Als het nou nog allemaal op die dag was...' Ook Kyra schudt haar hoofd. 'Ik begrijp het niet. Nog niet.'

'Ina Demsterwold was op 12 juni jarig,' zegt Jan Anne dan ineens en ze kijkt hem een beetje boos aan. Waarom zei hij dat niet meteen?

'Dus het zijn cadeautjes,' zegt Kyra nors. 'Voor haar verjaardag.'

'Goed zo,' zegt Jan Anne. Hij grijnst. 'Jij komt er wel.'

'Ik heb een theorie over de moordenaar,' vervolgt hij. 'Maar ik ben niet helemaal zeker van mijn zaak. Zoals altijd eigenlijk. Twijfel helpt. Het vervolmaakt het verhaal. Uiteindelijk.'

Hij begint Kyra uit te leggen wat hij heeft kunnen opmaken uit de vindplaats van de schedels en de schedels zelf.

'Ik vermoed dat onze man – ik denk dat het een man is – begonnen is uit woede. Dat is te zien aan de mate van toegepast geweld. Later is hij minder hard, maar misschien wel net zo hardvochtig en gruwelijk, geweld gaan gebruiken.'

'Andersom,' zegt Kyra.

Jan Anne knikt. 'Ik denk dat hij een ritueel heeft ontwikkeld dat hem voldoening schenkt.'

'Eerst was het een kind in zijn eentje in een snoepwinkel,' zegt Kyra. 'Hij vrat zich als een dolle klem. Maar toen hij voor de zoveelste keer alleen in de snoepwinkel was begon hij de lekkerste snoepjes uit te zoeken en daar langer mee te doen, meer van te genieten.'

Jan Anne kijkt haar geamuseerd aan.

'Inderdaad,' zegt hij.

'Verder is duidelijk dat de woede zich op Ina Demsterwold richt,' vervolgt Jan Anne. 'Alle hoofden keken naar haar.'

'Dus hij offerde ze aan haar?'

'Daar lijkt het op.'

Jan Anne geeft haar een vel papier waarop hij aantekeningen heeft gemaakt.

'Neem maar mee naar Londen,' zegt hij. 'Overleg onderweg maar met Maud. Wie weet bedenken jullie iets wat ik over het hoofd zie.'

Kyra pakt het papier aan, kijkt er vluchtig naar, bedankt hem en stopt het in haar jaszak.

'Ik zal je bijpraten over Sarah LeBlanc,' zegt Jan Anne. 'Het meisje in Londen. Een tragisch verhaal is het. Maar tegelijk is dat meisje ook bewonderenswaardig goed bezig aan haar herstel.'

*

'Suzanna Vawrinka is een student uit Polen,' zegt Thomas. 'Volgt hier een opleiding tot verpleegkundige. Bijscholing, neonatologie. Ze is al een week of twee niet gezien door haar klasgenoten en haar buren en omdat haar moeder geen contact kon krijgen is ze in het vliegtuig gestapt om haar dochter te bezoeken, maar ze was niet thuis. Suzanna had geen vriendje of goede vriendin bij wie ze zou kunnen zijn, en bovendien, zegt haar moeder, dan had ze toch wel even gebeld?'

Zoals wel vaker tijdens een onderzoek bekruipt Maud het deprimerende gevoel dat er geen grens is aan wat mensen elkaar kunnen aandoen. Ze zou het werk aan de kant moeten gooien en voor de rest van haar leven kussentjes moeten haken of zo.

'We hebben toch een sprintprocedure aangevraagd,' zegt Jolanda. 'Dat is net akkoord gegeven. Over een uurtje of vijf komt de uitslag. Dan weten we zeker of het Suzanna Vawrinka is.'

'Waar is de moeder nu?' vraagt Maud.

'In de vergaderkamer op de eerste,' zegt John. 'Ik heb haar wat te drinken gebracht en een broodje, een paar koeken.'

'Ik heb twee teams op het buurtonderzoek gezet,' zegt Jolanda en ze wuift een beetje vaag naar de kaart van Amsterdam die aan de muur hangt. 'Een in de straat waar Suzanna woonde, en een in het Vondelpark waar ze blijkbaar elke dag een rondje hardliep.'

'Verder heb ik een paar buurtwachten benaderd,' vult Myrna aan. 'Suzanna is natuurlijk veel te oud voor een amber alert, maar een paar buurtwachten die op persoonlijke titel twitteren hebben een foto van Suzanna op Twitter, Instagram en Facebook geplaatst.'

'En?' vraagt Maud. Dit zou best eens kunnen werken.

'Is meteen opgepikt door de media.'

Yvon van de receptie komt aanlopen, haar gezicht is rood.

'Er zijn hier twee meiden die zijn doorgestuurd door twee buurtwachten die met de zaak van dat nieuwe meisje bezig zijn,' zegt ze buiten adem.

'Iets belangrijks?' vraagt Maud.

'Ze hebben een man gezien rond de tijd dat Suzanna verdween. Hing nogal opzichtig in het Vondelpark rond. Blikjes Smirnoff zuipend, heel dicht bij groepjes meisjes gaan zitten, iedereen aanstarend. Ze hebben een signalement.'

'Compositietekening.' Maud zegt maar één woord en Niels grijpt zijn telefoon om het te regelen.

'En laat het DNA dat in het hoofd is aangetroffen meteen vergelijken met de database van justitie. En ook graag met het DNA-profiel van Fred van Leeuwen.'

'Over Van Leeuwen gesproken,' zegt Thomas. 'Ik hoor net dat ze in zijn boot modderige schoenen hebben gevonden, het profiel daarvan lijkt op het profiel dat we bij het verzorgingshuis hebben aangetroffen.'

'Van Leeuwen?' vraagt Niels fronsend.

'Had ik ook niet verwacht,' zegt Maud en ook zij fronst.

*

Morgen vliegen ze naar Londen. Maud Mertens gaat met haar mee, wat een beetje vreemd voelt. Bijna alsof ze met haar moeder op reis gaat, maar dan met een moeder die ze helemaal niet kent. Wat weet ze eigenlijk van Maud? Alleen maar dat ze een dochter heeft. Dat ze ook in Noord woont. Maar van wat voor soort muziek houdt ze? Met wat voor type is ze getrouwd? Waarover kan ze met haar praten, behalve over het werk?

Kyra ligt op bed en heeft haar televisie aangezet. Ze kijkt naar een detective, maar hoewel het er goed uitziet kan ze haar aandacht niet bij het verhaal houden.

Sarah LeBlanc. Zo heet ze niet, maar zo noemt ze zich. Een gewoon iemand met een pseudoniem. En terecht. Als je van zo ver komt, en zoveel ellende achter je laat, mag je best opnieuw geboren worden.

Ze laat haar blik over Sarina's muur dwalen. De lijst die ze van het BVPN kreeg, met een overzicht van alle ongeïdentificeerde lichamen die de afgelopen vijf jaar rond de Noordzee waren gevonden, spookt door haar hoofd. Een paar pagina's vol beschrijvingen. Vrouw, vijftig tot zestig jaar, aangespoeld in Normandië – huidskleur en ras werden vermeld, eventuele bijzonderheden. Het was een heel tragische lijst. Per dode had Kyra een speld in haar kaart geprikt en nu hingen er kleine wolkjes rode stippen boven sommige kuststreken.

Het konden ook aangespoelde passagiers van cruiseschepen zijn, had haar contactpersoon gezegd. 'Daar valt nogal eens iemand overboord. Of iemand springt, daar houden de maatschappijen van die schepen het meestal op. "Passagier drieëntwintig" noemen ze dat. Geen ongeluk, nooit kwade opzet, alleen maar zelfmoordenaars. Soms spoelt zo iemand aan. Meestal wordt van zo'n lichaam nooit meer iets teruggevonden.'

BVPN heeft alle collega's uit omringende landen waar een vrouw is gevonden van ongeveer de leeftijd van Sarina nogmaals het verzoek gestuurd om te bezien of het aangetroffen lichaam dat van Sarina is. Van een aantal heeft ze al bericht gekregen dat dit eerder al onderzocht is en dat het antwoord definitief negatief is. Er zijn maar een paar rode stipjes over die Sarina zouden kunnen zijn, één in Spanje, drie in Portugal, één in de buurt van Bordeaux, twee in Engeland en een paar in Scandinavië, maar Kyra gelooft niet meer dat dit een oplossing gaat bieden. De kans is zo klein. En hoe meer antwoorden ze krijgt, hoe meer ze ervan overtuigd raakt dat iedereen zijn werk gewoon goed heeft gedaan.

Van haar contactpersoon heeft ze ook een lijst gekregen met gevonden lichamen die wel geïdentificeerd zijn.

Ze staat op, pakt de lijst erbij, pakt het doosje spelden en neemt de gegevens door. Hier, een vrouw van twintig tot veertig jaar. Bretagne. Daar plaatst ze een blauwe speld. Nog een. Iets noordelijker aangetroffen. Normandië. Ook daar plaatst ze een speld met een blauwe knop. Zo gaat ze door, totdat alle gevonden lichamen van jonge vrouwen door een blauwe speld zijn aangegeven. Het zijn er niet zoveel. De meeste verdrinkingen op zee betreffen vissers, of opvarenden van containerschepen. Meestal mannen.

Ze laat zich op haar bed vallen

Wat heeft ze verder nog? Ze ziet de blaadjes met de cijfers 1, 2 en 3. Ze heeft er nog wat aantekeningen op geschreven, maar veel verder is ze niet. De plek: iets met Ina Demsterwold. De slachtoffers: jong, mooi, geen meiden die aan de rand van de samenleving leefden, moorden die over een groot aantal jaren verspreid zijn gepleegd. De dader: eerst woedend, dan rustig, gericht op kinderen en jonge vrouwen. Zelfs Jan Anne kan er geen chocola van maken. Ze is benieuwd naar wat Maud ervan vindt.

– 73 –

De eerste gedachte die hij die dag heeft is dat alles is afgerond. Hij strekt zich uit, realiseert zich dat hij immens goed geslapen heeft en voelt zich sterk en fit. Dit is waar hij al die moeite voor heeft gedaan, al die jaren naartoe heeft geleefd. Hoewel het jammer is dat bepaalde onderdelen van het hele verhaal nu voorgoed afgesloten zijn, is de voldoening zo groot dat hij zijn erectie vastpakt en zich Suzanna voor de geest haalt. Mooie, prachtige Suzanna met de grote ogen. Hij denkt aan haar lijf, vooral aan haar mond, en het beeld dat hij voor zich ziet is zo helder, zo levend, dat hij al snel klaar is.

Hij staat op, springt onder de douche en kleedt zich aan. Als de koffie doorloopt kijkt hij tevreden om zich heen. Alles wat hij mee wil nemen zit in de bus. De rest mag de huisbaas houden, samen met de borg. Nog even en hij is ervandoor, om nooit meer terug te komen. Als hij ooit weer in Londen wil overnachten neemt hij wel een goed hotel. Geld zat, tenslotte. Gisteren was een goede dag. Tikte zo even tienduizend pond binnen. Hoppa. Zo gaat zijn leven eruitzien: vrijheid, geld en vrouwen in overvloed, precies op de manier zoals hij het wil. Godskolere, wat heeft hij het goed voor elkaar.

Hij kijkt naar de grote box die bij de voordeur van zijn appartement staat. Zal hij het nou doen of niet? Sarah zit al in de bus, maar hij heeft plek voor nog een.

Hij loopt naar zijn raam en drinkt zijn koffie terwijl hij naar buiten staat te kijken. Een klein dingetje zit hem dwars en dat is dat hij Sarah – Beatrice, eigenlijk – mee gaat nemen voor Ed. Hij is dit klusje begonnen en hij mag het ook afmaken. Hij ziet het als een welkomstgeschenk. Of hij houdt haar, ook goed, maar dan moet hij wel beter opletten. Tenslotte is ze er al een keer vandoor gegaan en het is een extreem slecht idee om dat nogmaals te laten gebeuren.

Het betekent wel dat Ed bij aankomst al meteen een speeltje heeft en hij niet. Het is onmogelijk, nee, onwenselijk, om nu Kyra al te gaan halen. Dan zou hij met de bus, al zijn spullen en vooral Sarah naar Amsterdam moeten rijden en dan weer terug. Nodeloos risico.

Hij kan ook op haar wachten, want morgen komt ze naar de kliniek, maar dat houdt in dat hij Sarah weg moet gooien, want die blijft natuurlijk niet zo lang goed in die box. Hij kan zich er niet toe zetten. Een soort hebberigheid overvalt hem. Sarah, Ellen, en straks – over een week of twee – weer het genot van voorbereidingen, de jacht, de vangst en ten slotte van Kyra zelf.

Hij slaat zijn laptop open en logt in op het account waarmee hij de Mac van Kyra kan volgen. Waar zit die meid toch? Sinds hij de keylogger heeft geplaatst heeft ze verdomme niet meer aan haar computer gezeten. Het idee was juist dat hij de wachtwoorden van haar mail en Facebook en dergelijke kon opvangen zodat hij haar gangen kon nagaan, wat het weer gemakkelijker zou maken om haar op een slim moment te overmeesteren.

Het trucje dat hij even hulp nodig had, of de andere slimmigheden die hij wel eens gebruikte, zouden bij haar niet werken. Ze kent hem tenslotte. Niet goed, maar wel goed genoeg om hem te herkennen, en ze is hem te slim om het met een vermomming te proberen.

Afijn, zonder Kyra dus voorlopig. Hij heeft de box bij de deur gezet voor Ellen, de geile receptioniste van de inrichting, maar hij twijfelt. Improviseren is risicovol. Nou ja, toch ook weer niet. Zie wat hij voor elkaar kreeg toen hij even helemaal niets plande, maar gewoon naar Sarahs huis stormde om haar mee te nemen. Prima verlopen. Nog niemand heeft haar gemist. De kliniek heeft hem niet gebeld, de voogd, die irritante Mabel die overal met haar neus bovenop zat heeft hem niet gebeld en er is nog niets in de media verschenen. Dus hij heeft nog even de tijd. Het kan. Hij heeft alles perfect gepland.

Hij pakt zijn telefoon en stuurt de jonge vrouw een berichtje. Of ze met hem wil lunchen?

Met alle plezier, antwoordt ze binnen vijf minuten.

Nee, denkt hij, niet jouw plezier, maar het mijne.

– 74 –

'Jan Anne heeft je verteld over Sarah, toch?' vraagt Maud als ze ergens boven het Kanaal hangen. Het voelt alsof ze pas net onderweg zijn en toch is de daling alweer ingezet. De bordjes met FASTEN SEAT BELT zijn nog niet eens uit geweest.

'Klopt,' antwoordt Kyra. 'Gevonden in Schotland. Waarschijnlijk ontsnapt. Geheugenverlies. *Selective mutism*, maar door intensieve therapie weer terug op aarde.'

Maud knikt.

'Ze is door iemand ontvoerd, misbruikt en opgesloten. Toen ze gevonden werd was ze zo goed als naakt en totaal vervuild en verward.'

In één klap voelt Kyra zich ijskoud worden.

'Dat heeft Jan Anne niet verteld,' zegt ze met lage stem. 'Het klinkt als Sarina.'

Weer knikt Maud.

'Er is heel hard gewerkt aan haar geheugen en pasgeleden herinnerde ze zich hoe haar ontvoerder eruitziet. Er zou een compositietekening gemaakt worden, ik weet niet of dat al gebeurd is, maar in elk geval gaat het om een jonge kerel, Engels sprekend, een stoere schipper.'

'Jerry,' fluistert Kyra. 'Hasting.'

Even voelt ze een enorme, vernietigende woede opkomen en dan blijft alleen het verdriet over.

'Waarom?' zegt ze schor. 'Waarom gebeuren dit soort dingen?'

Maud kijkt haar met een verdrietige blik aan. 'Omdat hij gewetenloos is,' zegt ze. 'En extreem egocentrisch.'

'Een psychopaat,' zegt Kyra. 'Of een sociopaat, net als onze moordenaar die de hoofden achterliet.'

‘Je hebt ook met Jan Anne over het daderprofiel gesproken?’ vraagt Maud.

‘Hij wilde dat wij het er tijdens dit tripje over hadden,’ bevestigt Kyra. ‘Maar denk je serieus dat Sarah in de handen van Jerry Hasting is gevallen? Is ze het slachtoffer van diezelfde griezel?’

‘Het lijkt er wel op.’

Ze ziet Sarina over de kustweg rennen. Ontzettend mager. Spierwit. Vervuild en bang, zo bang dat ze haar blote voeten kapot rent. En nu rent er ineens een ander meisje naast haar. Ook naakt, vervuild, doodsbang. Hoeveel slachtoffers heeft hij nog meer gemaakt?

‘De moordenaar die je zoekt,’ zegt Kyra, ‘is ook een psychopaat. Een koele, berekenende, op zichzelf en zijn eigen plezier gerichte man.’

‘Klopt,’ antwoordt Maud. ‘De dader uit Amsterdam en de ontvoerder van Sarah en Sarina lijken op elkaar.’

‘Shit. Echt shit dit allemaal.’ Ze weet gewoon niet wat ze moet zeggen.

‘*Cabin crew, prepare for landing*,’ roept de piloot om. Ze gaan landen.

‘We hebben het er nog over,’ zegt Maud. ‘Ik doe nog even tien minuten mijn ogen dicht, ik ben kapot.’

Toen Maud gisteren vertelde dat het laatste slachtoffer geïdentificeerd was en dat geen van de gevonden schedels van Sarina was, waren haar ouders ongelooflijk opgelucht geweest. Zelf wist ze niet meteen wat ze ervan vond. Op de een of andere manier had ze wel geweten dat haar zus er niet bij zat. Misschien was het zelfs een teleurstelling, dat ze de zoektocht toch niet konden afsluiten. Van die gedachte was ze eerst geschrokken, maar Tom zei dat het helemaal zo gek niet was. Zou het niet goed zijn als ze haar nu eindelijk eens vonden? Wat er ook gebeurd kon zijn, niets was erger dan niet weten.

Waarschijnlijk.

Gelukkig heeft zowel Kyra als Maud alleen handbagage bij zich en als het vliegtuig is geland zijn ze snel door de douane.

‘We moeten meteen door,’ zegt Maud als ze met grote passen op een rij taxi's af loopt. 'De afspraak met Sarah is straks al en dan hebben we vanmiddag de recherche en misschien morgenochtend ook, voor het geval er nog meer vragen zijn.'

'Dertig pond,' klaagt Maud, terwijl ze de taxichauffeur betaalt.

'Is Tijssen zo'n krent?' vraagt Kyra.

'De baas betaalt hier helemaal niets aan,' zegt Maud. 'Het onderzoek naar Sarina slaapt, ik mag er alleen in de loze uurtjes naar kijken en er wordt geen cent aan uitgegeven.'

'O.' Ze weet niet wat ze anders moet zeggen. 'Dank je wel,' zegt ze uiteindelijk maar.

Maud onderhandelt met de taxichauffeur en hij stemt ermee in om voor vijftien pond op ze te wachten.

'Als u nu terugrijdt naar het vliegveld heeft u ook geen betalende klant,' zegt ze. 'Als het langer dan een uur duurt, rijdt u dan maar weg.'

De kliniek is een statig wit gebouw, streng, met rechte lijnen. Boven de overkapping bij de voordeur staat een geestelijke met een mijter en een staf in een erker. Ze melden zich bij de receptie, waar een mooie jonge vrouw met een net te opgewonden blos hen welkom heet.

'Ah, het bezoek voor Sarah,' zegt ze verheugd. 'Dat is leuk. Maar eh...' Het meisje valt even stil en kijkt op haar beeldscherm. 'Uw afspraak is toch morgen?'

Maud kijkt haar geïrriteerd aan en pakt haar papieren erbij. 'Natuurlijk niet,' zegt ze, de blaadjes omslaand. Dan is ze stil.

'Godsakke. U heeft gelijk. Morgen. Hoe kan ik nou zo dom zijn?'

Maud kijkt de vrouw hoofdschuddend aan en put zich uit in excuses.

'Eerst de recherche,' zegt ze. 'Dan de kliniek. Ik heb het al de hele tijd andersom in mijn hoofd.'

'Het is ook op het laatste moment omgedraaid,' zegt het meisje vrolijk. 'Ik heb de afspraken zelf gemaakt. Maar dokter Archbold is wel in huis. Gaat u maar even zitten, dan bel ik even.'

Ze worden op een grote leren bank verderop in de overdadige lobby gezet en krijgen iets te drinken. Maud bladert door de tijdschriften. Kyra kan bijna niet stilzitten. Als er in godsnaam maar kleine positieve dingen te vinden zijn in het verhaal van Sarah over Sarina, en niet alleen maar gruwelijkheden.

*

Kyra is zenuwachtig. Zo heeft ze haar nog niet eerder gezien. Maud probeert rust uit te stralen door wat in een tijdschrift te bladeren, maar Kyra's onrustige geschuif over de bank maakt ook haar licht nerveus. Iedereen is een beetje nerveus, omdat ze op de verkeerde dag zijn gekomen. Gelukkig kon de dokter wat tijd in zijn agenda vrijmaken en ook het meisje scheen een therapiesessie gepland te hebben, dus zij werd ook verwacht.

Welke wetenschap zal dit meisje straks gaan delen met Kyra? Ze weigerde met anderen dan Kyra over haar zus te praten. Inmiddels zijn er verschillende verklaringen van haar opgenomen. De Britse recherche heeft beloofd haar kopieën te sturen, maar ze heeft nog niets binnen. Ook nog niets van Carla trouwens. Wel berichtjes over het gevonden hoofd, dat inderdaad van Suzanna bleek te zijn. Mauds maag kromp ineen bij de gedachte aan de arme moeder van dat meisje dat zulk afschuwelijk nieuws te verwerken kreeg. Ze hadden haar afgeraden afscheid te nemen van de resten van haar dochter, maar de vrouw stond erop haar dochter te zien. Dat was nog niet gebeurd. Ze hadden besloten het lichaam – wat daarvan over was – nog even niet vrij te geven. Ze hoopten dat de vrouw zich in de tussentijd zou bedenken.

Wat heel vreemd was, was dat Fred de in zijn boot gevonden schoen met het profiel dat in de tuin bij Ina was gevonden, helemaal niet paste omdat die twee maten te klein was. Omdat het DNA-materiaal dat in de mond van Suzanna was gevonden ook niet van Fred van Leeuwen was dacht Maud dat hij misschien toch zelfmoord had gepleegd. De zelfmoord van iemand die te veel weet en nooit heeft gesproken. Van iemand met een geweten dus. En met schaamte. Waarschijnlijk had Carla toch gelijk gehad: Fred van Leeuwen was een beter mens dan zij had gedacht.

Op een paar meter afstand begroet de receptioniste met hoge stem een van de artsen.

'*Oh, hello doctor Stevens*,' kirt ze.

Maud en Kyra kijken verstoord om. Dat meisje probeert een van die doktoren aan de haak te slaan. Goeie partij. Een manier om achter die balie vandaan te komen.

Ze schrikt. Als ze niet beter wist, zou ze denken dat... Maar de receptioniste zei toch Stevens? Dit is vreemd. Ze gaat staan en doet een stap naar voren. Heel vreemd.

*

'Vincent?' zegt Maud. 'Vincent Demsterwold?'

De man bij de balie kijkt verbijsterd om. Hij doet zijn best om kalm te blijven, ziet Kyra, maar dat lukt hem niet. Als Maud niets gezegd had dan had ze hem niet herkend, maar nu ziet ze duidelijk dat daar Vincent Demsterwold staat. Wat doet hij in godsnaam in de kliniek van Sarah en waarom doet hij zich voor als ene dokter Stevens?

Vincent staart hen met samengeknepen ogen aan, hij lijkt eerder woedend dan bang of beschaamd, zoals een betrapte leugenaar zich zou moeten voelen. Zonder een woord te zeggen draait hij zich om en rent weg. Hij vliegt de deur uit en zonder daar goed over na te denken rent Kyra achter hem aan. Ze hoort Maud achter haar.

'*Call the police*,' roept Maud naar de receptioniste. '*Get him arrested!*'

Vincent Demsterwold is behoorlijk snel, maar godzijdank loopt ze nog steeds hard, in navolging van haar loopverslaafde zus, en Kyra kan hem goed bijhouden. Hij rent over de parkeerplaats, op een jeep af die vlak bij de ingang van de kliniek geparkeerd staat. Terwijl Vincent instapt en wegscheurt, rent Maud naar de taxi die iets verderop op hun terugkeer staat te wachten en gilt dat hij de auto moet volgen. Nog net op tijd weet Kyra in de wagen te springen en dan zet de taxichauffeur de achtervolging in.

'Dit mag ik niet van de baas,' roept de man terwijl hij zijn gaspedaal verder indrukt. Hij scheurt de bocht om en mist op een haar na een auto die uit tegenovergestelde richting komt. Vincent racet over een lange rechte weg. Rechts bebouwing en huizen, links groen. Hun taxi schiet vooruit. Kyra grijpt zich vast aan de stoel voor haar.

'Maar ik hou d'r van!' roept de taxichauffeur. '*It will cost you though!*'

Maud roept dat de kosten niet uitmaken, maar dat ze die *bastard* te pakken moeten krijgen.

Ze rijden nog steeds rechtdoor en aan weerszijden flitst het groen van bomen en struiken voorbij. Vincent weet waar hij naartoe op weg is. Dat kan niet anders. Hij heeft dit allemaal goed voorbereid en weet waar eventuele vluchtroutes zijn. Planmatig, koelbloedig, vasthoudend. De auto maakt een scherpe bocht naar links.

'Motherfucker!' schreeuwt de taxichauffeur als hij op zijn rem gaat staan en het stuur omgooit. 'Wat is dat voor vent?'

'*A killer!*' roept Maud. 'Van jonge vrouwen!'

'*Asshole*,' scheldt de chauffeur weer en hij blijft gas geven.

'Het zijn trofeeën,' zegt Kyra tegen Maud. 'Hij adoreerde zijn moeder.'

'Of haatte haar,' zegt Maud.

'Maar wat doet hij hier in de kliniek?' roept Kyra als ze weer bijna een auto raken. Maud antwoordt niet. Angst en woede strijden bij Kyra om voorrang. God, wat rijdt die kerel hard. Maar jezus, wat wil ze hem graag te pakken krijgen. Ineens lijkt het wel alsof ze op het platteland zijn. Om hen heen een en al groen, grasland, keurige hekjes, bomen met een beschermend hekwerk om hun stam. Een man op een racefiets rijdt van schrik het gras in als ze langs komen scheuren.

Ineens schiet de jeep van de weg af, het gras op. Hij mindert niet eens vaart maar scheurt door. De taxichauffeur remt af, maar blijft volgen.

'Zo kan ik hem niet bijhouden,' roept hij. De taxiwagen hobbelt als een gek en de afstand tussen hen en Vincent wordt groter.

'Kun je hier een snelweg op?' roept Maud. 'Waar rij je heen als je wilt vluchten?'

'De A3,' roept de man. 'Richting de zuidkust!'

Ze schieten tussen een aantal bomen door en Kyra en Maud worden zo hard door elkaar geschud dat ze hun hoofden tegen het dak stoten. Bijna rijden ze een man aan die een hond uitlaat. De taxichauffeur mindert vaart.

'Sorry,' zegt hij. Hij rijdt zo snel mogelijk terug naar de weg, maar ze zijn Vincent uit het oog verloren.

'Florence Terrace,' mompelt de man en zodra hij weer op asfalt rijdt geeft hij opnieuw gas. 'Ik denk dat hij daar weer de weg op wil!'

Even is Kyra bang dat Vincent verdwenen is en ineens weet ze zeker dat ze hem nooit meer zullen vinden, en ze nooit zullen weten wat hij in godsnaam in de kliniek van Sarah deed, de jonge vrouw die zegt haar zus te hebben gesproken na haar verdwijning. Ineens duikt de jeep rechts naast hen op.

'Daar!' roept Kyra. 'Op het gras, hij rijdt naar die bomen toe, naar ons!'

De grote jeep rijdt nog steeds keihard. In de verte ziet Kyra een splitsing van wegen.

'Drempel!' roept ze hard, maar de chauffeur rijdt onverminderd hard door. Even komt de taxi los van de weg, maar dan schieten ze door, in de richting van de kruising. Ineens horen ze een gruwelijke knal. Een misselijkmakende botsing van iets levends tegen staal. De jeep begint te glijden, zijn achterkant komt naar voren en hij schuift achteruit over het gras, tolt nogmaals om zijn as en knalt dan tegen een boom. De taxichauffeur remt.

Kyra springt uit de auto en is eerder dan Maud bij de jeep. Ze rukt de bestuurdersdeur open. Vincent zit klem. Zijn been zit bekneld tussen het dashboard en de stoel. Hij vloekt en probeert iets van de grond te vissen.

Ze schrikt van de paniek in zijn bewegingen en instinctief weet ze dat ze hem moet tegenhouden. Wild springt ze op hem af en geeft hem een schouderduw. Achter zich hoort ze Maud roepen dat ze weg moet gaan, maar ze wringt haar lichaam tussen Vincent en het stuur in. Ze tast rond de pedalen en dan voelt ze het koude staal, de vorm van de loop. Ze pakt het pistool vast en wurmt zich los. 'Dacht het niet,' zegt ze als ze overeind komt en het wapen op hem richt.

– 75 –

Zijn hoofd gloeit, zijn been brandt. Bloed drupt van zijn hoofd op zijn broek. De hele rechterkant van zijn lichaam voelt beurs en zijn enkel doet een godgloeiende hoeveelheid pijn. Verbijsterd kijkt hij naar zijn handboeien.

Allemaal omdat anderen zich niet aan de afspraak houden. Morgen zouden Kyra en Mertens komen, níét vandaag. En Ed had gewoon zijn klusje zelf moeten doen, dan was hij überhaupt niet meer in de buurt geweest. Had hij allang hoog en droog in het noorden gezeten.

Een hert. Schoot er verdomme een hert voor zijn auto. Ook al weer zoiets dat nergens op slaat. Waarom blijft dat beest niet gewoon tussen de bomen, waar het hoort? Overal heeft hij rekening mee gehouden, maar als hij het nou ook al tegen Moeder Natuur moet gaan opnemen...

Bloody hell, ze hebben hem opgepakt. Maar waarvoor? Hebben ze iets? Weten ze iets? Onmogelijk.

Dat wijf lult maar tegen hem aan over misdaden in Nederland. Die Britse beambte schreeuwt ertussendoor over de chaos die hij heeft aangericht. Hij. Hij heeft die achtervolging niet ingezet. Zij gingen als een stel debielen achter hem aan, beschuldigend, agressief. Hij zag meteen aan Mertens dat zij een conclusie trok. Hij moest er wel vandoor.

Nu vragen ze hem waar Sarah is. Ze is niet op de afspraak komen opdagen. Haar appartement is leeg. Ze neemt haar telefoon niet op. Iemand schreeuwt hysterisch dat hij moet vertellen waar ze is.

Hij lacht dat mens recht in haar bek uit en ze ziet eruit alsof ze hem wil aanvliegen. Ze kunnen hem boeien en opsluiten, maar uiteindelijk hebben ze helemaal geen macht over hem. Dat staat hij eenvoudigweg niet toe.

– 76 –

Kyra houdt haar armen stijf over elkaar heen geslagen voor haar borst. Ze zou hem door de spiegelwand heen willen trekken. Een klap voor zijn verrotte arrogante kop willen geven. Vincent weigert te praten.

'Vertel eens over je baan bij de kliniek,' zegt Maud. Haar stem is en blijft rustig, begripvol. Het is Kyra een raadsel hoe ze dat voor elkaar krijgt. 'Ik wist niet dat je gediplomeerd therapeut bent.' Ze glimlacht als een moeder die blij verrast is door de prestatie van haar kind.

Vincent grijnst terug maar zegt niets. De hooghartige blik in zijn ogen is om gek van te worden.

Praat, idioot, praat!

Maud kijkt in haar papieren. 'Ik zie hier dat je pas net begonnen bent,' zegt ze. 'Gespecialiseerd in rouwverwerking en PTSS. Aangenomen om EDMR toe te passen bij een selecte groep patiënten.'

Vincent grijnst weer en Kyra duwt haar armen nog steviger tegen haar borst. Het is niet te geloven hoe gemakkelijk die kliniek zich om de tuin heeft laten leiden. Mooie praatjes, valse diploma's en vooral dat onwankelbare zelfvertrouwen hebben Vincent precies daar gekregen waar hij zijn wilde.

Hij heeft niet eens een gezin. Iedereen wijsgemaakt dat hij een vrouw had en twee kinderen, maar die zijn nergens te bekennen. Hij is niet getrouwd, niet volgens de burgerlijke stand in Nederland en ook niet volgens die in Groot-Brittannië. Een bedrijf heeft hij ook al niet. Noch een baan. Toch verdient hij kennelijk ergens veel geld mee want er zijn een paar bankrekeningen ontdekt met leuke bedragen erop. Het zijn vast niet de enige bankrekeningen die hij heeft. Wedden dat hij in het buitenland nog veel mooiere bedragen heeft staan? Het laat hem koud als ze over de in beslag genomen bedragen beginnen. Hij reageert niet eens.

'Hoeveel sessies heb je met Sarah gedaan?' probeert Maud het nog een keer. Ze kijkt hem niet aan. Waarschijnlijk in de hoop dat hij nu wel antwoord geeft, maar hij geeft geen krimp.

'Ik heb er genoeg van,' zegt hij ineens.

'Ik heb toch nog wat vragen voor je,' reageert Maud met een mierzoete stem. 'Als je die nu even beantwoordt dan zijn we klaar.'

Ze laat een heel korte pauze vallen.

'Waar is Sarah?' vraagt ze dan, bijna alsof het de meest onbelangrijke informatie is die ze wil hebben.

Vincent snuift.

'Ik hoef hier niet aan mee te werken,' zegt hij. 'Er is een maximum aan het aantal uren dat jullie me mogen verhoren. En aan het aantal dagen dat jullie me mogen vasthouden.'

'Dat maximum is nog lang niet bereikt, Vincent, nog lang niet. Ik vraag dit ook in jouw eigen belang. Als je meewerkt, is dat altijd in je voordeel.'

Kyra's bewondering voor Maud groeit met de minuut. Ze zit daar al uren en hij heeft nog helemaal niets losgelaten. Niet over Sarah, niet over de dode vrouwen in de tuin van zijn ouderlijk huis, niet over het hoofd in de tuin van zijn moeder.

'Vertel eens iets over je moeder,' vraagt Maud. 'Wat was het voor een vrouw? Hoe was jullie band?'

Vincent is ineens hevig geïnteresseerd in een velletje aan zijn nagelrand.

Hoe lukt het haar om zo rustig te blijven? Die zelfingenomen klootzak verdient een pak rammel, verdomme.

'Ik praat alleen met Kyra Slagter,' zegt hij ineens en Kyra's hart springt zowat uit haar keel. Wil hij met haar praten? Met haar?

'Kyra is hier niet meer,' zegt Maud.

'Natuurlijk wel,' pareert Vincent. Hij draait zich naar de spiegel en steekt zijn hand op. 'Dag Kyra. Hoe is het?'

'Waarom wil je met haar praten?' vraagt Maud. Ze zwijgt en wacht.

Vincent kijkt nog steeds naar de spiegel. Als ze niet beter wist zou ze denken dat hij haar kan zien. Hij lacht, met een licht opgetrokken mondhoek, zijn ogen een fractie dichtgeknepen, zijn kin een beetje omhoog.

'Dat gaat je niets aan,' zegt Vincent kalm. Hij richt zijn blik nu op Maud. 'Ik zeg geen woord meer. Ik praat alleen met Kyra.'

Een paar minuten zitten ze zwijgend tegenover elkaar. Maud stelt nog een paar vragen, maar Vincent doet alsof hij haar niet hoort.

Ineens kijkt hij haar weer aan, met opgetrokken wenkbrauwen.

'Goed,' verzucht Maud. 'Ik kan het proberen. Maar ik bepaal hier niet wat er gebeurt. Ik ben hier maar te gast, net als jij.'

'Doe je best,' zegt Vincent als ze opstaat.

*

Elke cel in haar lichaam zegt dat Kyra die verhoorkamer niet in moet gaan, maar toch laat ze het gebeuren. Maud wrijft met beide handen over haar gezicht, in een poging de vermoeidheid en die kloppende hoofdpijn weg te poetsen. Sarah is al een heel etmaal verdwenen en ze hebben nog geen spoor van waar ze kan zijn.

Ze had een afspraak met de creatief therapeut, maar is niet op komen dagen. Ze is niet thuis en niet bij Mabel en Phil, die haar ook niet kunnen bereiken, terwijl ze anders altijd haar telefoon opneemt of snel terugbelt. De twee hebben meteen alarm geslagen. De recherche heeft er een groot team op gezet. Uit het buurtonderzoek blijkt dat de onderbuurvrouw van Sarah regelmatig een man aan de overkant van de straat heeft zien staan. Steeds dezelfde figuur, hoewel ze geen gedetailleerd signalement kon geven.

'Uitslag van het DNA-onderzoek,' zegt een van de Britse rechercheurs als die de ruimte naast de verhoorkamer komt binnenlopen. Net als in Nederland kennen ze hier een soort sprintprocedure. 'De uitslag is meteen naar Den Haag gestuurd en het materiaal dat in het hoofd van Vawrinka is aangetroffen is inderdaad van Demsterwold.'

Maud houdt haar adem in. Dus haar instinct klopte.

'Het appartement van Demsterwold wordt nauwgezet onder de loep genomen, maar we hebben nog niks gevonden...' zegt de rechercheur.

'Bedankt,' zegt Maud mat. De vraag is of hij Sarah vermoord heeft en ergens heeft gedumpt of dat ze nog ergens gevangen zit en gered kan worden.

Kyra gaat zitten. Maud verbijt zich. Eigenlijk moet ze Kyra onmiddellijk uit die kamer halen. De man is een nietsontziende moordenaar. Een gewetenloze sadist. Maar stel dat hij iets zegt waardoor ze Sarah kunnen vinden, kunnen redden. Stel... Kan ze het risico nemen dat hij Kyra beschadigt? En aan de andere kant: kan ze het risico nemen het niet te proberen? Mag ze met Sarahs leven spelen?

Haar mobiel trilt en ze ziet dat Niels haar een bericht heeft gestuurd.

Op de polsen en enkels van Fred van Leeuwen is lijm aangetroffen, schrijft hij. Over een breedte van zeven centimeter, ongeveer de breedte van duct tape. Ook zijn kleine bloeduitstortingen gevonden. Hij heeft zich blijkbaar verzet. Er zijn sporen aangetroffen in de plastic zak die over het hoofd van Fred getrokken was. Vezels. Haren. Schilfers. Het aantonen dat Vincent de moordenaar is van zijn jeugdvriend lijkt een kwestie van tijd.

Daar zit hij. Onverstoord. Sterker nog, geamuseerd.

Hij moet ook degene zijn die Ina... Kyra moet daar weg. God, als je aan deze kant van het glas staat is de situatie niet te harden.

'Wat leuk om je te zien,' zegt Vincent tegen Kyra.

Even dan. Laat haar even met hem praten.

Kyra lacht minzaam.

Laat niet doorschemeren dat je van hem walgt, Kyra. Probeer vriendjes met hem te worden.

'Dat is lang geleden,' zegt Kyra.

Goed zo, meisje. Laat hem in zijn waan.

'Niet voor mij,' zegt Vincent. 'Niet voor mij.'

'O,' zegt Kyra. 'Eh...'

Nu niet gaan stotteren en stamelen. Wees doelgericht.

'Kunnen we over Sarah praten?' vraagt ze zakelijk.

Goed zo. Prima.

'De noodprocedure is in werking getreden,' antwoordt Vincent. 'Zij is al opgehaald.'

'Door wie?'

Vincent grijnst. Dan tuit hij zijn mond en doet iets vreemds met zijn lippen, in vreemde, obscene bewegingen. Hij buigt iets voorover. Even later is zijn gezicht weer uitdrukkingloos.

'Waar is ze dan?' vraagt Kyra. Ze trekt haar bovenlip iets op en het is duidelijk te zien dat ze van hem walgt.

Pas op, doe niet, laat hem niet merken wat je denkt. Lach vriendelijk.

Weer grijnst Vincent. Weer maakt hij smerige bewegingen met zijn mond. Ze ziet Kyra rillen.

'Op een mooie plek,' zegt hij dan. 'Heel mooi. Ze zal het daar goed hebben.'

'Ze wilde me iets vertellen,' zegt Kyra. 'Over mijn zus. Dat is belangrijk voor mij.'

'Sarina,' zegt Vincent glimlachend.

Sarina. Wat heeft hij met de zus van Kyra te maken? Weer speelt het instinct van Maud op. De hele zaak is duister en ze heeft de hele tijd het gevoel dat dit allemaal heel, heel slecht gaat aflopen. Dit moet een stoot in de maag van Kyra zijn. Toch zit ze daar redelijk onbewogen. Alleen aan de kleine bibbering van haar mondhoek kun je zien dat ze nerveus is. Dat, en haar ongewoon grauwe kleur.

'Niet zenuwachtig zijn,' zegt Vincent. 'We zitten hier gewoon gezellig een beetje te kletsen. Niets om bang voor te zijn. Je bent een braaf meisje, toch? Brave meisjes krijgen altijd een beloning.'

Hij draait zijn stoel een kwartslag.

'Met die stoere agent erbij ben je hartstikke veilig,' zegt hij, zich overduidelijk richtend tot de agent die in de hoek van de verhoorkamer staat.

Hij draait terug naar Kyra.

'Misschien...' vervolgt hij op fluistertoon. 'Als wij even met zijn tweetjes konden zijn, alleen jij en ik, zonder pottenkijkers, zonder geluidsband, misschien dat ik je dan iets meer kon vertellen.'

Geen denken aan. No way. Dat gaan die Engelsen ook nooit goedvinden.

'Ik denk niet dat dat mag, Vincent,' zegt Kyra timide. 'Ook al zou ik het willen.'

'Dan heb ik niets meer te zeggen.'

'Ik wil graag nog wat langer met je praten.'

Hij antwoordt niet.

'Gewoon praten,' vervolgt Kyra. 'Zoals je net zei, gewoon een beetje kletsen.'

Vincent buigt iets voorover en krabt uitgebreid aan de onderkant van zijn rug.

'Wat ik me afvraag,' zegt Kyra, 'is of ik het goed heb.'

'Het lijkt me dat je je moeder haat,' vervolgt Kyra en Vincent stopt meteen met wat hij aan het doen is en staart haar aan. 'Maar tegelijkertijd heb je een prachtig monument voor haar gemaakt, een blijvend aandenken ter ere van haar.'

Vincent snuift. Hij legt zijn hoofd in zijn nek en kijkt naar het plafond.

'Ze zei altijd dat ik geen meisje kon krijgen,' zegt hij en hij kijkt Kyra aan. Minachting, ziet ze. Woede en haat, pure haat. '*Jij bent nergens goed voor. Niemand zal ooit van je houden. Ik ben je eigen moeder en ik kan je al niet in mijn buurt verdragen. Die mooie meisjes zul jij nooit hebben. Nooit.*'

Weer snuift hij.

'Ze had medelijden met zichzelf,' vervolgt hij. 'Met mij als zoon zou ze nooit de schoondochter krijgen die ze verdiende. Iemand die haar bewonderde, vreesde. Zoals iedereen altijd ontzag moest hebben voor haar.'

Hij kijkt Kyra aan en grijnst, bijna vrolijk – opgetogen.

'Dus gaf ik haar de meisjes.' Hij haalt zijn schouders op. 'En telkens als ik thuis was zei ik tegen haar: "Ze kijken allemaal naar jou op, mama. Allemaal."'

Vincent legt zijn hoofd weer in zijn nek. Hij lacht en schudt zijn hoofd.

'Goeie, vind je niet?' vraagt hij aan Kyra. Verward kijkt ze hem aan, zoekend naar woorden.

'En Sarah?' fluistert ze dan. 'En Sarina?'

Ineens buigt hij zich over de tafel heen, tot vlak voor Kyra.

'Wat is daarmee?' vraagt hij, ook fluisterend.

Kyra knippert met haar ogen, maar deinst niet terug.

'Waren die ook voor je moeder?' vraagt ze zacht.

Vincent gaat weer rechtop zitten. Hij fronst en draait zijn hoofd iets van haar af.

'Voor haar?' zegt hij met opgetrokken neus. 'Natuurlijk niet.'

'Vertel het me,' zegt Kyra.

Niet smeken, denkt Maud. Als je gaat smeken vergroot je zijn macht, en dan is het einde zoek. Geef hem niet waar hij om vraagt. Spreek hem niet aan op zijn menselijk gevoel. Doe het niet. Ze houdt haar adem in.

Kyra zwijgt.

Vincent kijkt haar onbewogen aan.

'Je wilt het weten, hè?' zegt hij. 'Je wilt weten waar Sarah is en wat er met Sarina is gebeurd?'

Ze knikt, bijna onzichtbaar.

'Je moet het me netjes vragen,' zegt Vincent. 'En niet bevelen, zoals je daarnet deed. Dat werkt niet.'

Kyra zit roerloos op haar stoel. Zonder met haar ogen te knipperen staart ze Vincent aan.

'Als ik het netjes vraag,' zegt ze, 'zul je het me dan echt vertellen?'

Er valt een stilte.

'Echt?' vraagt ze nog een keer, maar Vincent antwoordt niet. 'Of lieg je?'

'Ik lieg niet.' Ineens slaat hij met zijn geboeide vuisten op tafel, keihard, vlak voor Kyra's neus, en ze deinst terug. 'Ik heb niets meer te zeggen,' herhaalt hij zijn eerdere woorden. 'Niets meer.'

Maud heeft het afschuwelijke idee dat hij inderdaad geen woord meer zal zeggen.

*

Van een afstandje kijkt Kyra naar het overleg dat Maud met de Britten voert.

'Wij houden ermee op,' zegt Maud. 'De Engelse recherche neemt het over.'

'Sarah is daar ergens,' zegt Kyra. Het gevoel van wanhoop is zo groot dat het haar de adem beneemt. 'We kunnen haar toch niet... We kunnen toch niet...' Ze krijgt het niet over haar lippen en loopt met grote stappen op de hoogste baas af.

'Ik durf dat wel aan, wat hij vroeg,' zegt ze buiten adem. 'Stuur mij daar in mijn eentje naar binnen. Ik vind het goed. Jullie zijn vlakbij, aan de andere kant van de spiegel. We kunnen hem hier niet mee weg laten komen. Hij weet waar ze is.'

De Engelsen staren haar aan.

'Hij weet waar ze is,' zegt Kyra nog een keer. 'Hij weet het...' In haar stem klinkt een snik door en ze weet dat daarmee haar kans – als die er al was – verkeken is. Ze zullen haar nooit meer met hem laten praten als ze zo emotioneel is.

'We kunnen jouw veiligheid niet garanderen,' antwoordt de Brit neutraal.

Het duizelt haar van de dingen die ze wil zeggen. Over Sarina, haar zus, over dat ze wilde stoppen met naar haar zoeken, afgelopen week nog. Over voorlezen en het vlechten van haren, over met je ogen rollen om je moeder en samen plannen smeden om toch je zin te krijgen, over haar lege kamer, haar foto en de kaarsjes. Over haar onzekerheid, haar verdriet en hoe ze veel meer verdiende dan ze van het leven heeft gekregen.

'Laat hem praten,' zegt ze. 'Laat me in godsnaam nog een keer met hem praten.'

– 77 –

De hele terugvlucht huilt ze. Maud is vreselijk lief en zorgzaam voor haar, maar Kyra merkt duidelijk dat ook zij kapot is van de gedachte dat ze Sarah aan haar lot overlaten. Wel vijftig keer heeft Maud tegen haar gezegd dat de Britse politie alles op alles zal zetten om haar zo snel mogelijk te vinden. Het rechercheteam was nogmaals vergroot. Het verstandigst wat zij nu konden doen was naar huis gaan en daar verder onderzoek doen naar de misdaden van Vincent. Misschien was in Nederland iets te vinden wat hen op het spoor zou zetten naar Sarah, of de compagnon waar Vincent naar gehint had, alhoewel er hevig gediscussieerd werd over wat hij nou precies bedoeld had met 'zij is al opgehaald'.

Het is allemaal hopeloos. Niks heeft nog zin. Ergens verkeert een jonge vrouw, niet zoveel ouder dan zij is, iets ouder dan haar zus Sarina, in doodsangst. Misschien heeft hij iets met haar gedaan waardoor ze ontzettend veel pijn heeft – als ze nog leeft. Maar ook als ze niet meer leeft verdient ze het niet om in de steek gelaten te worden. Maar wat kan ze doen? Wat kan ze in godsnaam doen als Vincent niet meer wil praten en als niemand haar nog een keer bij hem laat om te proberen hem toch op andere gedachten te brengen?

Haar vader staat bij Schiphol op haar te wachten en hij pakt haar stevig beet als ze naar hem toe loopt. Meteen huilt ze weer. Ze kan niet stoppen. Er is een ader vol verdriet opengesprongen en het lukt haar niet het gat te dichten.

'Ach, meisje,' zegt haar vader. 'Lieve schat.'

Ze kan niet uitleggen hoe afschuwelijk het was. Hoe afschuwelijk ze zich voelt. Als hij nou maar niet zegt dat het allemaal wel goed zal komen. Alsjeblieft geen stomme praatjes nu.

'We gaan naar huis,' zegt hij. 'Mama heeft eten gemaakt en er staat een goede fles wijn klaar.'

Hij zwijgt even en houdt haar stevig vast.

'Dat hotel tegenover het Centraal viel een beetje tegen,' zegt hij zacht. 'Daar ga ik nooit meer naartoe. Het spijt me. Hoor je me? Het spijt me.'

*

Maud ziet Kyra in de auto stappen bij haar vader. Het lijkt haar wel een lieve man. Iemand met hart voor zijn gezin.

'Ik breng je naar huis,' zegt Niels.

'Dat lijkt me een goed idee,' antwoordt Maud. 'Praat me in de auto even helemaal bij alsjeblieft.'

Als ze over de A4 richting Amsterdam rijden vertelt Niels haar over de laatste uitkomsten van het onderzoek.

'Dat materiaal in het hoofd van Vawrinka,' zegt Niels, 'is afkomstig van Vincent Demsterwold.'

'Ja.' Maud knikt. 'Dat vertelden de Britten me al. Dus die hebben we te pakken.'

'Geen ontsnappen mogelijk,' beaamt Niels. 'Het resultaat van het DNA-materiaal gevonden bij Van Leeuwen kan ook elk moment binnenkomen. Tien tegen een dat dat ook van hem is.'

'Dus hij vermoordt jonge vrouwen,' zegt Maud. 'Uit woede, omdat zijn moeder hem jarenlang kleineert door te zeggen dat hij nooit een leuk meisje zal krijgen. Met een ziek gevoel voor humor begraaft hij ze in haar tuin, zodat hij sarcastische opmerkingen naar haar kan maken, waarvan alleen hij weet wat ze betekenen.'

'Als zijn spektakelstuk klaar is,' vult Niels aan. 'Vermoordt hij haar, en terloops ook zijn jeugdvriend.'

'Ik vraag me af wat Fred van Leeuwen precies met dit alles te maken heeft gehad,' zegt Maud hoofdschuddend.

'Misschien wist hij te veel,' zegt Niels.

'Maar wat heeft hij met Sarah LeBlanc te maken?' vraagt Maud. Ze rijden langs de kolencentrale aan de Hemweg. Uit de hoge schoorstenen komt onophoudelijk witte rook. 'En met Kyra en Sarina?'

Niels zwijgt en stuurt de auto de Coentunnel in.

'Al die tijd dacht ik dat het onmogelijk was dat Sarina onder de slachtoffers van de Nieuwendammerdijk zou zitten.'

'Dat zit ze ook niet.'

'Maar toch hebben die moorden en Sarina iets met elkaar te maken. Ik snap alleen totaal niet wat.'

'Is er al nieuws over Sarah?' vraagt Niels. Zijn stem klinkt zwaar. Waarschijnlijk omdat hij wel weet wat haar antwoord zal zijn.

'Nee,' zegt Maud. Was het maar waar. Zij is het enige slachtoffer dat ze misschien nog zouden kunnen redden. Als Vincent maar zou praten. Als...

Op het moment dat ze de tunnel uitrijden, piept de telefoon van Niels.

'Kijk eens even,' zegt hij als hij Maud zijn mobiel geeft. 'Van het NFI.'

'Het materiaal dat bij Van Leeuwen is gevonden is inderdaad van Vincent,' bevestigt Maud terwijl ze het bericht leest. 'Er zijn ook sporen van hem in het appartement van Van Leeuwen gevonden, onder andere in de kamer met de autootjes.'

'Godskolere,' zegt Niels en er valt een stilte.

'Ze staan op het punt om het huis van Carla Demsterwold in Ransdorp met speurhonden af te zoeken,' zegt Niels na een paar minuten. 'Stichting Signi Zoekhonden heeft hulp aangeboden en ik heb ze meteen laten komen omdat onze eigen honden steeds bezet zijn.'

'Wanneer gaat dat gebeuren?' vraagt Maud.

'Zo'n beetje nu.'

'Laten we er dan meteen naartoe rijden.'

'Jij moet naar huis,' zegt Niels stellig.

'Ik moet daarbij zijn, Niels, echt, geloof me.'

Binnen een kwartier nemen Maud en Niels de afslag naar Noord. Ze rijden onder de ringweg door, Amsterdam uit, de polder in. Voor hen strekt zich een weids landschap uit, vlak, groen, waterig. Het huis van Carla is niet moeilijk te vinden. Het staat een stukje buiten de dorpskern, direct aan de smalle weg naar Schellingwoude. Een klein huis met een moderne uitbouw, wit gestuukt en omringd door bloeiende heesters, sommige in plantenbakken.

'Smaakvol,' zegt Maud.

'En Carla zegt dat ze hier nooit komt?' vraag Niels. 'Het ziet er zo goed verzorgd uit.'

'Blijkbaar heeft Vincent het bijgehouden.'

Jan Anne staat in de voortuin, net als een handvol andere geïnteresseerden, onder wie Tijssen. Ze groeten elkaar. De honden worden net uit het busje gehaald. Blaffend en piepend springen ze om elkaar heen, totdat een van de begeleiders hen tot stilte maant.

'Ze ruiken het al,' hoort Maud de vrouw van het zoekteam zeggen. 'Ik laat ze maar meteen gaan.' Ze geeft de honden een commando en onmiddellijk rennen ze de tuin in. De begeleidster, maar ook de rechercheurs, Maud en Niels achteraan, lopen langs de garage, naar de achtertuin van het huis. Daar rennen de honden opgewonden over het grote terras, piepend, blaffend en snuivend van plantenbak naar plantenbak. De begeleidster geeft de honden een beloning en stapt op Niels af.

'Duidelijker kan het niet,' zegt ze.

'Of sneller,' zegt Niels een beetje verbouwereerd.

'In die bakken zitten lichamen,' zegt de vrouw. 'Of delen daarvan.'

Ze kijkt peinzend naar de plantenbakken. 'Ik zal de honden meenemen op een rondje om het huis en ook binnen met ze aan de slag gaan,' vervolgt ze.

De collega's van Forensische Opsporing hebben inmiddels hun witte pakken aangetrokken en brengen alles in gereedheid om de tuin te gaan onderzoeken.

Maud en Niels blijven op een afstand staan wachten, maar Jan Anne volgt het onderzoek van zo dichtbij mogelijk.

'Blauwbaard,' zegt Jan Anne grimmig als hij na een tijd terug komt lopen. 'Hij heeft ze in stukken gesneden en dicht in zijn buurt bewaard.'

Maud houdt zich vast aan de tuintafel die op het terras vlak achter het huis staat.

'Die linker daar,' zegt Jan Anne en hij wijst naar een lage, langwerpige bak die naast de garage staat, 'bevat vermoedelijk de resten van Suzanna Vawrinka. Zwaar aangetast, maar veel minder ontbonden dan de anderen.'

Hij zit vast. Ze heeft dit beest gepakt. Wat er ook gebeurt, dit kan hij niet meer doen. De families van deze meisjes kan meegedeeld worden dat het lichaam van hun kind compleet is. Wat een gruwel dat zo'n afschuwelijke mededeling troost moet bieden.

Maud gaat op een van de tuinstoelen zitten en voelt zich een klein beetje lichter.

*

De spaghetti met tomatensaus en ansjovisfilet is heerlijk, maar Kyra draait vooral rondjes met haar vork. Telkens als ze een hap wil nemen heeft ze het gevoel dat er een soort klont van zuur brooddeeg onder in haar maag ligt.

'Uit de verslagen van de psychiater en de andere therapeuten blijkt dat Sarah eigenlijk Beatrice heet,' zegt Kyra. 'Blijkbaar wil ze niet meer zo genoemd worden en heeft ze gevraagd of men haar Sarah wil noemen. Naar haar beste vriendin. Saar, zei ze daarbij.' Kyra neemt een slok rode wijn. 'Omdat ze zich dus later Sarina herinnerde, gaan de kliniek en de recherche ervan uit dat die Saar eigenlijk Sarina is.'

'Maar Sarina had geen vriendin die Beatrice heette,' zegt haar moeder. Ook zij heeft niet echt veel gegeten.

'Ik denk dat ze Sarah heeft leren kennen nadat ze ontvoerd is door Jerry Hasting,' antwoordt Kyra. Ze neemt nog een slok wijn. Misschien dat wijn de tranen kan tegenhouden.

'Ik moet terug,' zegt ze dan. 'Ik kan hier toch niet gewoon gaan doen alsof er niets aan de hand is? Gewoon een beetje vakantie vieren, terrasje, biertje, festivalletje – terwijl ik weet dat Vincent Sarah te pakken heeft? Voor hetzelfde geld ligt ze ergens dood te gaan.'

Ze schuift het bord van zich af en veegt haar wangen droog.

'Ik ga naar bed,' zegt ze. 'Ik kan dit niet.'

Ze staat op, loopt naar de gang en schiet de trap op naar haar kamer.

'Concentreer je dan op Jerry Hasting,' zegt haar moeder met schrille stem. Ze staat op en loopt achter Kyra aan. 'Concentreer je op je zus en op... op die vent.'

Kyra laat zich op haar bed vallen en sluit haar ogen. Het voelt heel verkeerd om hier te zijn, terwijl Sarah daar op hulp wacht.

*

'In elk geval hebben we de lichamen compleet,' zegt Thomas. 'Behalve dat van het jongetje. Zijn lichaam zat er niet bij.'

'Wat een troost,' zegt Niels zuur. Zijn gezicht oogt een beetje ingevallen.

Maud is met haar team in café 't Sluisje. Ze staat bij de bar en bestelt een rondje bij de barvrouw. De hectiek rond het onderzoek is nog lang niet afgenomen, maar de druk is bij hen nu even van de ketel.

De dader is gepakt. Althans, één dader is gepakt. Het is nu zaak om al het bewijsmateriaal te verzamelen, maar terwijl nog maar een klein deel van alle sporen is onderzocht lijkt het toch al onomstotelijk bewezen dat Vincent Demsterwold de moordenaar van de vrouwen in de tuin van zijn ouders is.

De discussie over Ruud Demsterwold is in volume toegenomen nu bekend is geworden dat de gevonden kinderschedel van Menno Schatbos is. Journalisten die eerder nog hardhandig werden teruggefloten vanwege hun berichtgeving over Demsterwold en de vermeende kring van pedofielen die tentakels leek te hebben tot in Groot-Brittannië en België, zijn nu ineens deskundigen geworden en worden voor het ene na het andere nieuwsprogramma gevraagd.

Maud deelt bier en glazen fris uit en gaat bij Niels staan.

'Wanneer heb jij die afspraak met Marcel Doornbos?' vraagt ze. Dat Niels zelfs zo ver zou gaan om contact op te nemen met politici om een dossier samen te stellen zodat dat aan de Kamer kan worden aangeboden, had ze niet verwacht.

'Overmorgen,' zegt hij. 'Hij heeft er zin in. Zegt dat het hoog tijd wordt dat er een grootschalig onderzoek wordt ingesteld, geleid door een commissie. Hij heeft op mijn aanraden ook contact gezocht met een Britse politicus, een van de aanjagers van het onderzoek daar. Ze willen graag dat wij met de Britten gaan samenwerken en alles tot op de bodem uitzoeken.'

'Ik ben benieuwd,' zegt Maud. 'Ik heb altijd het gevoel gehad dat Demsterwold van alle belangrijke spelers iets weet. Dat iedereen op de een of andere manier chantabel is en dat daarom de onderste steen nooit boven zal komen.'

'Maar zelfs ik geloof niet dat het allemaal pedo's zijn,' zegt Niels.

'Dat bedoel ik ook niet,' reageert Maud. 'Waarom zou zo'n relatief hoog percentage van hoge ambtenaren pedofiel zijn? Daar kan ik me niets bij voorstellen. Misschien is het iets anders.'

'Zoals wat?'

'Geen idee. Interesseert me ook verder niet zo. Voor mij is het voldoende dat de moordenaar van al die jonge meiden vastzit. Boeit me niets als hij niet bekent, we hebben genoeg bewijzen.'

'En de dood van een twaalfjarig jongetje laat je koud?' Niels heeft zijn bier al op en hij loopt naar de bar om een nieuw rondje te halen.

'Natuurlijk niet,' zegt Maud. 'Ik denk gewoon dat Vincent ook met zijn dood te maken heeft. Misschien was het wel zijn eerste. Misschien is dat per ongeluk gegaan en heeft hij daarna zijn woede ontwikkeld, en later zijn ritueel.'

'Dus je bent het niet eens met Jan Anne?' Niels reikt zijn collega's nog wat te drinken aan. 'Heb je ook pinda's?' roept hij tussendoor naar de barvrouw en ze gebaart dat die eraan komen. 'Je denkt niet dat er twee, of zelfs drie daders zijn?'

'Ik denk dat het er gewoon eentje is,' zegt Maud. 'En die zit nu achter de tralies.'

– 78 –

‘Zullen we Lot ophalen?’ Tom ligt naast haar op bed, op zijn rug. Kyra heeft haar hoofd in het kommetje van zijn schouder gelegd. De eerste keer dat Tom bij haar sliep vond ze het vreemd. Een man in de kamer van haar zus. Nu is het al minder gek dan het toen leek.

‘Is goed,’ zegt ze en ze gaat zitten. Dat de foto’s van Sarina, de kaart van de Noordzee en al haar aantekeningen in haar eigen kamer hangen is maar goed. Ze heeft er niet meer altijd zin in om dat allemaal te zien. Eerder kon ze er uren naar zitten staren, maar sinds ze Tom kent is er iets minder plek in haar hoofd voor het mysterie rond haar zus. Tom heeft zijn eigen deel geclaimd.

Ze duikt op hem en probeert hem te kietelen, maar al snel heeft hij haar polsen te pakken en hij gaat boven op haar zitten.

‘Zul je braaf zijn?’ vraagt hij.

Ze knikt.

‘Als je braaf bent mag je naar buiten,’ zegt hij. ‘Wil je dat? Naar buiten?’

‘Als ik kon kwispelen,’ antwoordt Kyra, ‘dan deed ik dat.’ Ze steekt haar tong naar hem uit.

Vrolijk zijn voelt eigenlijk verkeerd, na Sarina, na Sarah, maar ze kan het niet helpen. Ze kan er niets aan doen dat ze zich gelukkig voelt.

*

‘Mam?’

Roos komt de tuin in.

‘Dit is voor je gekomen.’

Haar dochter overhandigt haar een grote envelop. Haar naam staat er met zwierige, ouderwetse letters op.

Maud scheurt de envelop open en haalt er een paar A4'tjes uit. Het is van Carla. Ze heeft zich aan haar woord gehouden.

Beste Maud, begint ze. *Ik merk dat het niet gemakkelijk is om dit verhaal te vertellen. Ik stel het al een paar dagen uit om te gaan zitten en het op te schrijven, hoe graag ik het je ook wil vertellen en hoe nodig dat ook is. Het is een bizarre geschiedenis. Ik weet niet of je me zult geloven. Ik weet soms niet of ik mezelf wel geloof. Bovendien is het ook gevaarlijk om te spreken. Beter is het als ik mijn mond hou. En hetzelfde geldt voor jou en je collega Niels Bingsten.*

Snel kijkt Maud hoeveel blaadjes het zijn. Een stuk of tien. Helemaal vol getypt. Carla heeft er werk van gemaakt. En haar toon is onheilspellend. Meteen heeft ze de neiging om Carla te bellen. Nog voordat ze haar relaas heeft gelezen. Ze moet naar Nederland komen. Ze moeten verder praten. Stiekem denkt ze ook dat het veiliger is om haar in de buurt te hebben. De gedachte aan haar, alleen in de wildernis in Zweden, bezorgt haar koude rillingen.

*

'Vincent praat nog steeds niet,' zegt Kyra als ze over het drassige gras bij het IJ lopen. Ze trekt aan de ketting van het kleine ijzeren pontje dat op de punt van een van de velden ligt. 'Hij heeft niet bekend, maar de bewijzen schijnen overweldigend te zijn.'

'Bizar,' zegt Tom. 'En dan te bedenken dat hij al die tijd vlak bij jou heeft gewoond.'

'Ik ken hem amper. Alleen van gezicht. In al die jaren heb ik hem misschien vier of vijf keer gesproken.'

'Maar toch, dat iemand die zoveel kwaad in de zin heeft gewoon in je dagelijkse omgeving is, vind ik een gekke gedachte.'

Kyra knikt. Ze roept Lot en de hond stapt bij hen op het pontje. Samen met Tom trekt ze het kleine ijzeren schuitje naar de overkant van de sloot. Tom gooit een stok en Lot sprint erachteraan. Langzaam slenteren ze terug naar huis.

'Wat ik eigenlijk net zo idioot vind,' zegt Kyra, 'is dat die ouders van hem nooit iets hebben gemerkt. Sterker nog, dat ze iets hebben gedaan wat hem gemaakt heeft tot wat hij is.'

'Is het niet aangeboren dan, die gekte?'

'Psychopathie kun je op een hersenscan zien. Er is bij sommige stimulansen ook verschil in hersenactiviteit, vergeleken met niet-psychopaten. Dus het is inderdaad aangeboren. Maar niet alle psychopaten worden moordenaars. Het overgrote merendeel niet, in feite. Het stikt van de psychopaten en sociopaten. Het zijn gewoon gewetenloze, egocentrische mensen. Vaak charmant. En succesvol.'

'Wat hebben die ouders dan gedaan?'

'Die moeder moet een bitch zijn geweest. De vader was de afwezige ouder. Nooit in de buurt als je hem nodig hebt, en dominant en bestraffend als hij dan wel eens zijn neus liet zien. Toch moet er iets gebeurd zijn. Iets heeft hem getriggerd, de woede aangewakkerd.'

'Dat kan niet veel goeds zijn,' zegt Tom. 'Als je ziet waar het toe geleid heeft.'

*

Als Maud Carla's verhaal gelezen heeft, legt ze de blaadjes op haar schoot en haalt diep adem. Carla en Vincent en Fred. Jonge mensen die elkaar van verzuipen probeerden te redden.

Niels heeft gelijk. Mensen als Ruud Demsterwold moeten gestopt worden. De gevolgen van hun daden gaan veel verder dan alleen wat hun directe slachtoffers ervaren.

Zóveel blauwe plekken had ze nou ook weer niet.

Er werd gezegd dat het meisje uit de hondenbench niet gewoon maar vermoord zou zijn door haar stiefvader. *Gewoon maar.* Alsof je die woorden kunt gebruiken. Het gerucht ging dat haar ouders haar misschien verhuurden, in een club... Maar de geruchten bleven geruchten en er was nooit iets bewezen, zelfs niet het kleinste flintertje bewijsmateriaal was gevonden. Spookverhalen. Ze doen zo snel de ronde, nemen zo snel gigantische proporties aan. Juist omdat het zo gruwelijk is, praten de mensen erover. Voor je het weet zijn de meest idiote details toegevoegd aan geruchten.

Wat is waar? Hoe stel je dat vast? Bij gebrek aan recente slachtoffers, vingerafdrukken, foto's of video's waar daders herkenbaar op staan, of 'heterdaadjes', moet je het hebben van getuigen. Minderjarige getuigen, of mensen die pas na jaren met hun verhaal naar buiten komen. Zoveel jaren dat het ze minder geloofwaardig maakt. Bovendien wíllen we dit soort verhalen ook niet geloven, we kunnen ze niet geloven. Het idee dat dit soort ellende recht onder onze eigen neuzen gebeurt is te pijnlijk. Dat die voor een deel wordt veroorzaakt door mensen die onze maatschappij besturen, of door mensen tegen wie wij opkijken, is helemaal beangstigend. Wat als de macht van mensen met macht veel verder gaat dan wij denken?

Haar mobiel gaat en ze neemt op. Het zijn de Engelsen. Als ze ophangt denkt ze even na en dan belt ze Kyra.

*

'Vincent Demsterwold,' zegt Kyra als ze met Tom en Lot bij de villa op de Nieuwendammerdijk staat. De zwarte schermen zijn weggehaald. De betonnen vijver ligt strak en recht in de voortuin. Een grote boeddha braakt water uit zodat het water in beweging blijft. Ze slikt en aarzelt. Eigenlijk had ze dit Tom meteen moeten vertellen. Of Maud. Ze weet het niet.

'Hij murmelde iets tegen me,' vervolgt ze.

Tom kijkt haar met grote ogen aan.

'Wat?' dringt hij aan.

'Hij zei dat hij wist waar Sarina was.'

'Wat? Waarom zeg je dat nu pas? Waarom heb je daar niets mee gedaan?'

'"Als je praat zeg ik niks", zei hij ook. Dus ik heb niks gezegd. Tegen niemand. Maar nu begin ik te twijfelen of ik daar wel goed aan heb gedaan.'

'Je moet onmiddellijk Maud bellen,' zegt Tom. 'Misschien dat de Engelsen er iets mee kunnen in hun verhoren.'

'Precies,' zegt Kyra. 'Daarom heb ik niets gezegd. Omdat ik wist dat ze het zouden gaan gebruiken.'

'Jezus.' Tom is geïrriteerd. 'En Sarah dan?'

'En zodra die Engelsen het zouden gebruiken, zou Vincent helemaal nooit meer iets hebben gezegd, ook niet tegen mij. Dat weet ik zeker.'

Even staan ze zwijgend naar het huis te kijken en dan begint Kyra terug naar de dijk te lopen.

Haar telefoon gaat en ze kijkt op het schermpje wie het is.

'Maud,' zegt ze.

'Neem op dan.' Tom klinkt nog steeds kortaf.

Een minuut later hangt ze met bonzend hart op.

'Vincent Demsterwold wil me spreken,' zegt ze. 'Hij wil weer praten. Maar alleen met mij.'

– 79 –

Ze bestaat uit twee mensen.

Eén wil overleven, de ander niet.

Sarah opent haar ogen. De blauwe lucht. Zo helder en licht dat het pijn doet. Ze houdt ervan. Wolken. De wollige streepjes van vliegtuigen. Je zou overal naartoe kunnen gaan. Naar de Grand Canyon, de Niagara-watervallen, een tropisch strand met palmbomen en een hangmat...

Ze zou zich uit willen strekken. Haar lijf uit die onmogelijke plooi halen. De helse pijnen zijn gestopt. Ze voelt haar benen niet meer. Haar rug doet ook geen pijn meer. Haar lichaam is gestopt met praten.

Ze voelt het zand tussen haar tenen en loopt naar de bar.

Een grote vruchtensap, alstublieft. Sinaasappel, abrikoos, mango. Met ijs. Condens op het glas. Het tinkelen van de ijsblokjes. Het goddelijke vocht in haar droge mond, door haar rauwe keel, in haar lijf dat schreeuwt om water. Water. Water!

Het is donker. Haar mond doet pijn. Haar keel is zo droog dat ze geen geluid meer kan maken.

'Help!' zegt het mens dat wil leven. Voor de duizendste keer: help!

Het mens dat niet meer wil is stil. Knippert niet eens meer met haar ogen. Probeert te stoppen met ademhalen.

Toe.

Als ik het gewoon verdom. Als ik mijn mond dichthoud. Het is mijn lijf. Ik mag het zelf bepalen. Ze voelt de ander vechten om lucht.

Adem. Adem. Adem in.

Nee. Hou vol.

Dan hoort ze het weer en ze hapt naar lucht. Een tik. Geritsel. Zijn het voetstappen?

Ze kreunt. Hoor me. Bevrijd me.

NAWOORD

Net als in de andere delen van *De Noordzeemoorden* zijn sommige feiten in dit boek waargebeurd, of geïnspireerd op feiten die in onze geschiedenis, op internet of in andere media te vinden zijn. Dit boek is evenwel fictie en dat betekent dat ik gebruik wat het verhaal nodig heeft en dat ik verander wat ik denk dat voor het verhaal goed is. Dat is immers het kenmerk van het schrijven van fictie: de auteur heeft het voorrecht alles te kunnen verzinnen. Wij auteurs gebruiken daarbij stukjes werkelijkheid – maar dat betekent niet dat je ons de hele tijd moet geloven.

In Groot-Brittannië loopt daadwerkelijk een onderzoek naar een aantal hoge politici die verdacht worden van pedofilie. Elm Guest House, Dolphin Square en de Spartacus Club zijn allemaal zaken die echt bestaan en in dit Britse onderzoek voorkomen. Dat Geoffrey Dickens hierover al in 1984 een lijvig rapport aan de Britse regering overhandigde en dat dit in een of andere diepe la belandde (nadat al twee keer in zijn huis was ingebroken) is ook waar.

In de jaren negentig verdween daadwerkelijk een twaalfjarige jongen in Nederland nadat hij door verschillende getuigen in het jongensbordelencircuit was gesignaleerd. De Nederlandse politie deed er een onderzoek naar. Zijn ouders weten nog steeds niet wat er met hem is gebeurd. Wat er in dit boek met de fictieve jongen gebeurt is door mij verzonnen.

Het huis aan de Nieuwendammerdijk bestaat ook echt, trouwens. Het is ook inderdaad niet zo lang geleden verkocht, maar voor zover ik weet zijn er in de tuin geen gruwelijke vondsten gedaan.